Die McKettricks 5:
Ein Fest der Liebe

MIRA®

MIRA® TASCHENBUCH
Band 25486
1. Auflage: Dezember 2010

MIRA® TASCHENBÜCHER
erscheinen in der Cora Verlag GmbH & Co. KG,
Valentinskamp 24, 20350 Hamburg

Titel der nordamerikanischen Originalausgaben:
Sierra's Homecoming

erschienen bei: Silhouette Books, Toronto

McKettrick's Christmas

erschienen bei: Harlequin Enterprises Ltd., Toronto

Published by arrangement with
HARLEQUIN ENTERPRISES II B.V./S.àr.l.

Konzeption/Reihengestaltung: fredebold&partner gmbh, Köln
Umschlaggestaltung: pecher und soiron, Köln
Redaktion: Stefanie Kruschandl
Titelabbildung: Corbis GmbH, Düsseldorf;
mauritius images GmbH, Mittenwald; pecher und soiron, Köln
Autorenfoto: © by Harlequin Enterprise S.A., Schweiz /
John Hall Photography
Satz: Buch-Werkstatt GmbH, Bad Aibling
Druck und Bindearbeiten: CPI – Ebner & Spiegel, Ulm
Printed in Germany
Dieses Buch wurde auf FSC-zertifiziertem Papier gedruckt.
ISBN 978-3-89941-793-7

www.mira-taschenbuch.de

Linda Lael Miller

Winter der Zärtlichkeit

Roman

Aus dem Amerikanischen von
Tess Martin

MIRA®

1. KAPITEL

Heute

„Bleib im Auto", befahl Sierra McKettrick ihrem siebenjährigen Sohn Liam.

Mit großen Augen fixierte er sie durch seine Brille. „Ich möchte auch die Gräber sehen." Entschlossen legte er eine Hand an den Türgriff.

„Ein andermal", antwortete sie mit fester Stimme. Es war zwar übertrieben, zu befürchten, dass der Besuch eines Friedhofs eine Asthma-Attacke auslösen konnte, aber was Liams Gesundheit betraf, wollte sie kein Risiko eingehen. Sie setzte sich mit einem langen strengen Blick durch, allerdings nur mit Mühe und Not.

„Das ist nicht fair", seufzte Liam, er klang resigniert. Normalerweise gab er nicht so schnell auf, doch nach der langen Fahrt von Florida nach North Arizona war er müde.

„Willkommen im wahren Leben", erwiderte Sierra. Sie zog die Handbremse an, ließ den Motor laufen und stellte die Heizung auf die höchste Stufe. Dann kletterte sie aus ihrem alten Kombi.

Bis zu den Knöcheln im Schnee versunken, stand sie da und ließ die Umgebung auf sich wirken. Normale Menschen liegen nach ihrem Tod auf öffentlichen Friedhöfen, dachte sie verdrossen.

Die McKettricks aber hatten ihre eigenen Regeln, ob lebendig *oder* tot. Ihnen genügte ein normales Grab nicht. Oh nein. Sie mussten einen ganzen Ort nur für sich haben. Einen mit Ausblick.

Und was für einen Ausblick!

Sierra stopfte die Hände in die Taschen ihres Stoffmantels, der fast so schäbig war wie ihr Auto. Dann drehte sie sich in alle Richtungen, um einen prüfenden Blick auf die Triple M

Ranch zu werfen, die sich weit über den Horizont hinaus erstreckte. Rote Tafelberge und Spitzkuppen von feinem Schnee überzogen, Wälder aus majestätischen Weißeichen entlang dem breiten und glitzernden Fluss. Ausgedehnte Weideflächen und sogar gelegentlich ein Kaktus, ein Fremder im Hochland, ein verirrter Reisender, der dort nicht hingehörte.

Genauso wenig wie sie.

Plötzlich spürte sie eine enorme Abneigung in sich aufsteigen, erkannte aber, dass es nicht ihre eigene, sondern die ihres verstorbenen Vaters Hank Breslin war.

Was die McKettricks betraf, hatte Sierra keine eigene Meinung, weil sie diese Leute überhaupt nicht kannte.

Sie hatte den Namen nur aus einem einzigen Grund angenommen – weil das Teil der Vereinbarung war. Liam brauchte ärztliche Versorgung, und sie konnte sie nicht bezahlen. Sierras leibliche Mutter Eve McKettrick hatte ein Treuhandkonto für ihren Enkel eingerichtet, an das jedoch Bedingungen geknüpft waren.

Bei den McKettricks, hörte sie ihren Vater sagen, als ob er neben ihr stünde, gibt es nichts ohne Bedingungen.

„Sei still", rief Sierra laut aus. Sie war dankbar für Eves Hilfe, und wenn sie dafür den Namen McKettrick annehmen und ein Jahr auf der Triple M Ranch leben musste, sollte es so sein. Außerdem war es ja nicht so, dass sie irgendeine andere Alternative hatte.

Entschlossen näherte sie sich dem Friedhofseingang und marschierte unter dem verschnörkelten Torbogen mit der in graziösen Buchstaben gehaltenen Inschrift „McKettrick" hindurch.

In der Mitte stand die lebensgroße Bronzestatue eines Mannes, der stolz auf einem Pferderücken saß, breitschultrig und imposant, mit einem wehenden Tuch um den Hals und einem Revolver um die Hüfte.

Angus McKettrick, der Patriarch. Der Gründer von Triple M und der ganzen Familiendynastie. Sierra wusste wenig über ihn, aber als sie in sein strenges, entschlossenes und hartes Gesicht schaute, fühlte sie eine Art Seelenverwandtschaft.

Skrupelloser alter Mistkerl, hörte sie die Stimme von Hank Breslin. *Von dir haben die McKettricks ihre Arroganz.*

„Sei still", wiederholte Sierra und schob ihre Hände noch tiefer in die Manteltaschen. So stand sie für einen langen Moment, lauschte dem ratternden Brummen ihres Automotors, dem einsamen Schrei eines nahen Vogels und dem Pochen des Bluts in ihren Ohren. Harzduft würzte die Luft.

Sierra drehte sich um und erblickte die marmornen Engel, die die Gräber von Angus McKettricks Ehefrauen markierten – Georgia, die Mutter von Rafe, Kade und Jeb, und Concepcion, die Mutter von Kate.

Suche nach Holt und Lorelei, hatte ihr Eve beim letzten Telefonat gesagt. *Das ist unser Teil der Familie.*

Sierra entdeckte noch andere Bronzestatuen, kleiner als die von Angus, aber nicht weniger eindrucksvoll. Es waren kunstvolle Objekte, Museumsstücke. Ohne ihr festes Zementfundament wären sie wahrscheinlich längst gestohlen worden. Andererseits hatte auch niemand an diesem einsamen und zugigen Ort die Gräber zerstört, was einiges über den Ruf der McKettricks aussagte.

Jeb McKettrick, der jüngste der Brüder, war als Cowboy mit gezogenem sechskalibrigen Revolver dargestellt, seine Ehefrau Chloe als schlanke Frau in einem typischen Kleid aus der Pionierzeit, die lächelnd ihre Augen mit einer Hand abschirmte. Sie waren von ihren Kindern, Enkeln, Urgroß- und ein paar Ururgroßenkeln umgeben, ihre imposanten Grabsteine ordentlich aufgereiht wie die Straßen einer Westernstadt.

Dann kam Kade McKettrick, lässig, mit dem gleichen Revolver wie sein Bruder. Allerdings trug er ihn umgeschnallt und hielt ein offenes Buch in der Hand. Seine Ehefrau Mandy trug Hosen, eine locker sitzende Bluse und hielt eine Flinte in der Hand. Sie lächelte wie Chloe. Gemessen an der Anzahl von Gräbern um sie herum, waren sie ebenfalls sehr produktive Eltern gewesen.

Die Statue von Rafe McKettrick zeigte einen großen, kräftig gebauten Mann mit einem entschlossenen Kinn. Seine Frau Emmeline stand nah an seiner Seite, sie hatten die Arme umeinander gelegt, ihr Kopf ruhte an seinem Unterarm.

Sierra lächelte. Auch sie hatten für reichlich Nachkommen gesorgt.

Die letzte Statue versetzte ihr einen unerwarteten Stich. Hier also war Holt, Halbbruder von Rafe, Kade und Jeb und von Kate. In seinem langen Mantel sah er zugleich attraktiv und kämpferisch aus. Um den Hals hatte er zwei Munitionsgürtel gelegt, auf der Anstecknadel an seinem breiten Jackenrevers stand Texas Ranger.

Wie gebannt starrte Sierra in die Bronzeaugen und spürte wieder, wie sich tief in ihr etwas rührte. Von diesem Mann stamme ich ab, dachte sie. Wir haben die gleichen Gene.

Liam hupte ungeduldig. Er konnte es kaum erwarten, endlich das Ranchhaus zu sehen, das für die nächsten zwölf Monate ihr Zuhause sein würde.

Nach einem kurzen Winken in Liams Richtung ging Sierra zu Loreleis Statue. Sie saß auf einem Maultier, der lange, spitzenbesetzte Rock fiel zu beiden Seiten ihrer unglaublich schmalen Taille. Ein Männer- und kein Sonnenhut schützte ihr Gesicht vor der Sonne. Ihr lebhafter Blick ruhte liebevoll auf ihrem Ehemann Holt.

Nun legte Liam sich auf die Hupe.

Aus Furcht, er könnte sich selbst hinters Steuer setzen und zum Ranchhaus fahren, machte Sierra widerwillig kehrt. Sie folgte dem mit den Kiefernadeln und dem Laub der sechs hohen weißen Eichen übersäten Pfad zurück zu ihrem Auto.

Zurück zu ihrem Sohn.

„Sind alle McKettricks *tot*?", fragte Liam, nachdem sie eingestiegen war und sich anschnallte.

„Nein" antwortete Sierra, die darauf wartete, dass der Teil von ihr, der noch immer zwischen den Gräbern herumwanderte, um ihre Ahnen kennenzulernen, sich ihr wieder anschloss. „*Wir* sind McKettricks, und wir sind nicht tot. Genauso wenig wie deine Großmutter oder Meg." Sie wusste, dass es auch noch Cousins und Cousinen gab, die von Rafe, Kade und Jeb abstammten. Aber das einem Siebenjährigen zu erklären, war ihr zu kompliziert. Davon abgesehen musste sie sich selbst erst mal einen Überblick verschaffen.

„Ich dachte, ich heiße Liam *Breslin*", bemerkte der kleine Junge ganz praktisch.

Eigentlich solltest du Liam Douglas heißen, überlegte Sierra und dachte an ihren ersten und einzigen Liebhaber. Wie immer, wenn ihr Liams Vater Adam in den Sinn kam, spürte sie ein Ziehen im Herzen, eine komplizierte Mischung aus Leidenschaft, Trauer und hilfloser Wut. Da sie nie mit Adam verheiratet gewesen war, hatte Liam ihren Mädchennamen bekommen.

„Jetzt sind wir McKettricks", seufzte Sierra. „Du wirst das alles verstehen, wenn du älter bist."

Wegen der steilen Abhänge zu allen Seiten parkte sie vorsichtig aus und fuhr zurück auf die Schotterstraßen, die nach Triple M führten.

„Ich kann das schon *jetzt* verstehen", behauptete Liam, nachdem er die Sache – wie es seine Art war – gründlich abgewogen hatte. „Schließlich bin ich *hochbegabt*."

„Du magst vielleicht *hochbegabt* sein", entgegnete Sierra, die sich hoch konzentriert aufs Fahren konzentrierte, „aber du bist immer noch sieben Jahre alt."

„Werde ich jetzt Cowboy und reite auf wilden Pferden und so was?“

Sierra unterdrückt ein Schaudern. „Nein“, sagte sie.

„Das ist ja doof.“ Ihr Sohn verschränkte die Arme und schmiegte sich tiefer in seinen dicken Nylonmantel, den sie ihm gekauft hatte, als sie die Grenze zu den kälteren Staaten erreicht hatten. „Was ist denn gut daran, auf einer Ranch zu leben, wenn man kein Cowboy ist?“

2. KAPITEL

Der alte Kombi schlitterte in den Hof – halb gefrorener Kies spritzte vor den abgefahrenen Reifen auf – und kam abrupt zum Stehen. Travis Reid sah auf. Er stand hinter dem Pferdeanhänger von Jesse McKettricks verschmutztem schwarzen Truck und schob sich den Hut auf den Hinterkopf. Dann wartete er grinsend darauf, dass irgendein Teil von der alten Karre abfiel. Aber es gab noch Zeichen und Wunder.

Gleich darauf tauchte Jesse mit dem alten Baldy am Halfter hinter dem Trailer auf. „Wer ist das?“, fragte er und blinzelte in die späte Winternachmittagssonne.

Aber Travis hatte kaum einen Blick für ihn übrig. „Eine lange verloren geglaubte Verwandte von dir, wenn ich mich nicht täusche“, erwiderte er leichthin.

Der Kombi spuckte noch etwas Qualm, bevor er abstarb. Travis vermutete, dass das normal war. Er beobachtete interessiert, wie eine gut aussehende Frau vom Fahrersitz kletterte, das alte Auto einmal kurz musterte und der Fahrertür einen festen Tritt mit dem Fuß versetzte.

Sie war eine McKettrick, kein Zweifel.

Jesse ließ Baldy stehen, sprang vom Trailer und senkte die Rampe auf den Boden. „Megs Halbschwester?“, fragte er. „Die in Mexiko bei ihrem verrückten, betrunkenen Vater aufgewachsen ist?“

„Glaub schon“, nickte Travis, der aus Megs E-Mails einiges über Sierra erfahren hatte. Doch keiner aus der Familie kannte Sierra gut, nicht einmal ihre Mutter Eve. Insofern waren die Informationen äußerst spärlich. Sie hatte einen siebenjährigen Sohn – der gerade aus dem Auto stieg – und in den letzten Jahren in Florida Cocktails serviert. Das war in etwa alles, was Travis von ihr wusste. Als Megs Verwalter und Pferdetrainer, und nicht zuletzt als ihr guter alter Freund, hatte Travis für Sierra die Vorratsschränke und den Kühlschrank aufgefüllt und dafür gesorgt, dass die Heizung lief. Außerdem hatte er ihren Chevrolet Blazer jeden Tag gestartet, um sicherzugehen, dass er ansprang.

Nach dem Aussehen des Kombis zu urteilen, war es eine gute Idee gewesen, Megs Anweisungen zu folgen.

„Wirst du mir jetzt mit diesem Pferd helfen", frage Jesse gereizt, „oder willst du nur weiter dastehen und glotzen?"

„Im Augenblick", gestand er, „würde ich lieber glotzen."

Sierra McKettrick war groß und schlank, mit kurzem glänzenden Haar, dessen Farbe an ein edles kastanienbraunes Pferd erinnerte. Sie hatte große und wahrscheinlich blaue Augen, doch noch war sie nicht nah genug, um das genau zu erkennen.

Fluchend kletterte Jesse auf die Rampe zurück, wobei er möglichst viel Lärm machte. Wie fast alle McKettricks verstand er es, seinen Willen durchzusetzen. Zwar war er Frauen gegenüber gewöhnlich äußerst charmant, doch bei Sierra schien er das für überflüssig zu halten. Schließlich waren sie miteinander verwandt – da lohnte sich der Aufwand vermutlich nicht.

Travis jedoch ging einen Schritt auf die Frau und den Jungen zu, der ihn mit offenem Mund anstarrte.

„Ist das Megs Haus?", fragte Sierra.

„Ja", erwiderte Travis, streckte ihr die Hand entgegen, zog sie schnell wieder zurück, um den Arbeitshandschuh auszuziehen, dann hielt er sie ihr erneut hin. „Travis Reid."

„Sierra Bres-McKettrick", antwortete sie. Ihr Händedruck war fest. Und ihre Augen waren eindeutig blau. Die Art von Blau, das sich einem Mann direkt ins Herz bohrte. Sie lächelte, aber zögernd. Irgendwann im Laufe ihres Lebens hatte sie offenbar gelernt, vorsichtig mit ihrem Lächeln umzugehen. „Das ist mein Sohn, Liam."

„Tag“, sagte Liam und straffte die schmalen Schultern.

Travis grinste. „Tag.“ Von Meg wusste er, dass der Junge gesundheitliche Probleme hatte, davon war aber nichts zu erkennen.

„Das ist ja mal ein hässliches Pferd.“ Liam zeigte auf den Anhänger.

Travis drehte sich um. Mitten auf der Rampe stand Baldy, ein graues Vieh mit klapprigen, gespreizten Beinen, roten Augen und kahlen, grauen Stellen auf dem glanzlosen Fell.

„Kann man wohl sagen“, stimmte Travis zu und blickte Jesse finster an, der ihm das Tier aufgehalst hatte. Es sah ihm ähnlich, in letzter Sekunde eine dramatische Rettungsaktion zu starten, um dann die Umsetzung jemand anderem zu überlassen.

Als Jesse grinste, stieg eine Art Beschützerinstinkt in Travis auf. Am liebsten hätte er sich zwischen Sierra und seinen ältesten Freund gestellt. Das brachte ihn irgendwie ziemlich durcheinander, er hatte fast das Gefühl, in einen Hinterhalt gelockt zu werden. Was zum Teufel hatte *das* denn zu bedeuten?

„Ist das ein Rodeopferd?“, fragte Liam und wagte sich einen Schritt an Baldy heran.

Sierra reagierte schnell und packte ihn an seiner fellbesetzten Kapuze, um ihn zurückzuziehen. Die tief stehende Wintersonne spiegelte sich auf den Brillengläsern des Kindes, sodass man seine Augen nicht sehen konnte.

Jesse lachte. „In alten Zeiten war Baldy mal ein Rodeopferd. Die Cowboys haben vor Angst gezittert, wenn sie ihn reiten mussten. Jetzt allerdings hat er, wie du sehen kannst, seine besten Zeiten hinter sich.“

„Und Sie sind …?“, fragte Sierra mit kühlem Unterton. Vielleicht war sie die Eine unter tausend Frauen, die Jesse als das erkannten, was er war – eine sehr gut aussehende, freundliche Mogelpackung.

„Dein Cousin Jesse."

Eingehend musterte sie seine ausgebeulten Jeans, das Arbeitshemd, die Schaffelljacke und die sehr teuren Stiefel. „Welche Linie …?", erkundigte sie sich dann.

Die McKettricks sprachen so miteinander. Jeder von ihnen konnte seine Herkunft über verschiedenste Linien bis zum alten Angus zurückverfolgen. Man tat zwar gut daran, die Familie nicht als Ganzes zu beleidigen, aber davon abgesehen blieb jeder Ast des Familienstammbaums lieber unter sich.

„Jeb", verkündete Jesse.

Sierra nickte.

Liams Aufmerksamkeit war noch immer ausschließlich auf das Pferd gerichtet. „Kann ich es reiten?"

„Klar", antwortete Jesse.

„Auf keinen Fall", sagte Sierra im gleichen Moment. „Wir hatten eine lange Fahrt", fuhr sie fort. „Ich glaube, wir sollten erst einmal hineingehen."

„Fühlt euch ganz wie zu Hause", lächelte Travis und deutete auf das Haus. „Um eure Taschen kümmern Jesse und ich uns."

Einen Moment zögerte sie. Wahrscheinlich fragte sie sich, ob sie sich damit zu etwas verpflichtete. Am Ende nickte sie. Nachdem sie Liam wieder an der Kapuze seines Mantels geschnappt hatte, drehte sie ihn vom Pferd weg und schob ihn zur Eingangstür.

„Schade, dass wir verwandt sind", murmelte Jesse, der Sierra mit seinem Blick verfolgte.

„Ja, schade", stimmte Travis ihm leise zu, obwohl er sich insgeheim mächtig darüber freute.

Das Haus war zweistöckig, lang gestreckt und zu allen Seiten von einer Veranda umgeben. Auf den ersten Blick wirkte es eher praktisch und stabil als elegant. Sie verspürte einen sehnsüchtigen Stich, als ob sie viele Jahre auf einer nebligen Straße herumgeirrt wäre und der Nebel nun plötzlich aufreißen würde.

„Diese Typen sind *echte Cowboys*", strahlte Liam, als sie im Haus waren.

Während Sierra abwesend nickte, ließ sie den alten Holzfußboden, die Doppeltüren und die steile Treppe auf der rechten Seite, die hohen Decken und die antike Standuhr, die neben der Tür laut vor sich hin tickte, auf sich wirken. Neugierig sah sie in ein geräumiges Wohnzimmer, das man früher wahrscheinlich Salon genannt hatte, und bewunderte den riesigen offenen Natursteinkamin. Abgenutzte, aber bunte Teppiche hellten die ansonsten kompromisslos männliche Einrichtung aus Ledersofa, Stuhl und Tisch aus grob bearbeitetem Kiefernholz ein wenig auf, genau wie das Klavier, das in einem Alkoven mit deckenhohen Fenstern stand.

Ein eigenartig nostalgisches Gefühl überkam Sierra. Sie hatte noch nie einen Fuß auf Triple M gesetzt, geschweige denn das Heim von Holt und Lorelei McKettrick betreten. Doch alles wäre anders gekommen, wenn ihr Vater sie nicht an dem Tag, an dem Eve die Scheidung eingereicht hatte, entführt und nach San Miguel de Allende gebracht hätte. Sie hätte die Sommer hier verbracht, hätte Pferde geritten und Brombeeren gepflückt und wäre durch Bergflüsse gewatet, so wie Meg. Stattdessen war sie barfuß durch die Straßen von San Miguel gelaufen, ohne Erinnerung an ihre Mutter. Nur manchmal kam ihr ein schwacher Duft von teurem Parfüm bekannt vor, den sie zwischen den Touristenströmen aufschnappte, die die Märkte, Läden und Restaurants ihrer Heimatstadt bevölkerten.

„Mom?" Liam zerrte am Ärmel ihrer Jacke.

Sie erwachte aus ihren Träumen und sah lächelnd zu ihm hinunter. „Bist du hungrig, Kumpel?"

Darauf nickte er feierlich, doch als die Tür aufsprang und Travis mit zwei Koffern im Türrahmen erschien, strahlte er.

„Es gibt genug Essen in der Küche“, erklärte er. „Soll ich das Zeug hier nach oben tragen?“

„Ja“, erwiderte Sierra. „Danke.“ So wüsste sie wenigstens, welche Räume sie und Liam bekamen, ohne nachfragen zu müssen. Meg hatte ihr erzählt, dass der Hausverwalter in einem Wohnwagen neben dem Stall wohnte. Nicht erwähnt hatte sie jedoch, dass er Anfang dreißig war und nicht in den Sechzigern, wie Sierra vermutet hatte. Außerdem sah er bemerkenswert gut aus: schlanker Körper, blaugrüne Augen und dunkelblondes Haar, das mal wieder geschnitten werden musste.

Bei diesen Gedanken errötete sie leicht und schob Liam schnell in Richtung Küche.

Der große Raum hatte denselben schönen Holzfußboden und war mit modernen Haushaltsgeräten ausgestattet, die neben dem alten schwarzen Holzofen in der linken Ecke recht eigentümlich wirkten. Der Tisch war lang und rustikal, mit Holzbänken an jeder Seite und einem Stuhl an jedem Ende.

„Solche Tische sind Tradition bei den McKettricks“, verkündete eine männliche Stimme hinter ihr.

Sierra schreckte hoch und drehte sich rasch. Vor ihr stand Jesse.

„Entschuldigung“, sagte er. Er sieht gut aus, dachte sich Sierra. Obwohl er eine ähnliche Haarfarbe wie Travis und auch seinen Körperbau hatte, ähnelten die beiden sich überhaupt nicht.

„Kein Problem“, erwiderte Sierra.

Erwartungsvoll riss Liam den Kühlschrank auf. „Mortadella!“, schrie er triumphierend.

„Heißa“, erwiderte Sierra mit einem trockenen Unterton, der an ihren Sohn vollkommen verschwendet war. „Wo Mortadella ist, muss auch Weißbrot sein.“

„Jesse!", erklang Travis' Stimme von der Eingangstür. „Komm und hilf mir!"

Nach einem freundlichen Lächeln in Sierras Richtung machte Jesse sich auf den Weg.

Sierra zog den Mantel aus, hängte ihn an einen Haken neben der Hintertür und forderte Liam auf, dasselbe zu tun. Eine Sekunde nachdem er das getan hatte, widmete er sich umgehend wieder der Mortadella. In einer bunt getupften Tüte entdeckte er Brot und begann, sich ein Sandwich zu machen.

Während Sierra ihn dabei beobachtete, spürte sie ein schmerzhaftes Ziehen in ihrem Herzen. Liam war sehr eigenständig. Das hatte er lernen müssen, bei ihren vielen Nachtschichten im Club. Die alte Mrs. Davis von der Wohnung gegenüber war zwar ein gewissenhafter Babysitter gewesen, aber eben kein Muttterersatz.

Nachdem Liam am Tisch Platz genommen hatte, setzte Sierra Kaffee auf. Ihr Sohn saß mit dem Rücken zur Wand und konnte sie in der Küche beobachten.

„Cooles Haus", bemerkte er zwischen zwei Bissen, „aber es spukt."

In aller Ruhe nahm Sierra eine Suppendose vom Regal, öffnete sie, schüttete den Inhalt in einen Kochtopf und stellte ihn auf den modernen Gasherd. Liam war ein fantasievolles Kind, das oft überraschende Dinge von sich gab. Darum ließ Sierra gern ein paar Sekunden vergehen, bevor sie ihm antwortete.

„Wie kommst du darauf?"

„Weiß auch nicht", meinte Liam kauend. Auf der Herfahrt hatten sie in einem Imbiss gefrühstückt, aber das war bereits Stunden her. Er musste sehr hungrig sein.

Wieder bekam sie ein schlechtes Gewissen, diesmal noch heftiger als zuvor. „Komm schon", stupste sie ihn an. „Dafür muss es doch einen Grund geben." Natürlich gibt es einen Grund, dachte sie. Der Friedhof der McKettricks – kein

Wunder, dass er an den Tod dachte. Sie hätte warten und die Fahrt irgendwann allein unternehmen sollen, statt Liam mitzuschleppen.

Liam schaute sie nachdenklich an. „Da liegt so eine Art … Schwirren in der Luft“, sagte er. „Kann ich mir noch ein Sandwich machen?“

„Nur wenn du mir versprichst, zuerst was von der Suppe zu essen.“

„Abgemacht“, versprach Liam.

Sierra ging zu dem alten Geschirrschrank an der Wand neben dem Herd, obwohl sie nicht vorhatte, das unschätzbar wertvolle Geschirr darin zu benutzen.

Viele Generationen ihrer Familie hatten von diesen Tellern gegessen.

Ihr Blick blieb an einer Teekanne hängen. Sie sah gleichzeitig robust und wertvoll aus. Gebannt öffnete sie die Glastür und streckte die Hand aus, um sie zu berühren, aber nur mit den Fingerkuppen.

„Die Suppe kocht über“, verkündete Liam.

Entsetzt schreckte sie auf, machte auf dem Absatz kehrt und zog den Kochtopf von der Flamme.

„Mom“, murmelte Liam.

„Was?“

„Beruhige dich, es ist doch nur Suppe.“

Im selben Moment steckte Travis den Kopf zur Küchentür herein. „Die Sachen sind oben“, sagte er. „Brauchen Sie sonst noch etwas?“

Sierra starrte ihn lange an, als ob er eine fremde Sprache spräche. „Ähm, nein“, sagte sie schließlich. „Danke.“ Wieder eine Pause. „Möchten Sie etwas essen?“

„Nein, danke. Ich muss mich noch um das verdammte Pferd kümmern.“

Schon war er wieder draußen.

„Wieso darf ich nicht auf dem Pferd reiten?“, fragte Liam.

Seufzend stellte Sierra ihm einen Teller Suppe vor die Nase. „Weil du nicht reiten kannst.“

Liams Seufzer klang wie das Echo ihres eigenen, worüber sie gelächelt hätte, wenn sie nicht gerade über ein so ernstes Thema sprechen würden, bei dem es um Leib und Leben ging.

„Wie soll ich es denn lernen, wenn du mich nicht lässt? Du bist überfürsorglich, und das könnte meiner Psyche schaden. Ich könnte echte psychologische Probleme entwickeln.“

„Es gibt Momente“, sagte Sierra und setzte sich mit ihrem eigenen Teller Suppe ihm gegenüber an den Tisch, „da wünschte ich, du wärst nicht so schlau.“

„Das habe ich von dir.“

„Nein“, widersprach Sierra. Liam hatte ihre Augen, ihr dichtes, feines Haar und ihre Beharrlichkeit, aber seine bemerkenswerte Intelligenz stammte von seinem Vater.

Denk nicht an Adam, ermahnte sie sich.

Dafür kam ihr Travis Reid in den Sinn.

Noch schlechter.

Nachdem Liam seine Suppe und ein zweites Sandwich verzehrt hatte, machte er sich auf, um das Haus zu erkunden, während Sierra gedankenvoll ihren Kaffee trank.

Das Telefon läutete.

Nach kurzem Suchen fand sie den kabellosen Hörer und nahm ab. „Hallo?“

„Du bist da!“, trillerte Meg.

Sierra bemerkte, dass sie den Geschirrschrank offen gelassen hatte und stand auf, um ihn zu schließen. „Ja“, sagte sie. Meg war am Telefon immer freundlich zu ihr gewesen, allerdings auf eine distanzierte Weise. Da Sierra ihre Halbschwester mit zwei zum letzten Mal gesehen hatte, waren sie im Grunde Fremde.

„Wie gefällt es dir? Das Haus, meine ich?“

„Davon hab ich noch nicht viel gesehen“, antwortete Sierra. „Liam und ich sind gerade angekommen und haben schnell etwas gegessen.“ Ihre Hand streckte sich wie von selbst nach der Teekanne aus, und sie hatte das Gefühl, bei der Berührung einen ganz leichten elektrischen Schlag zu spüren. „Hier stehen eine Menge Antiquitäten herum“, dachte sie laut.

„Du kannst sie problemlos verwenden“, antwortete Meg. „Familientradition.“

Erst jetzt zog Sierra die Hand von der Teekanne zurück und schloss die Schranktüren.

„Familientradition?“, wiederholte sie.

„McKettrick-Regeln“, erklärte Meg. In ihrer Stimme war ein Lächeln zu hören. „Die Dinge sind dazu da, benutzt zu werden, egal, wie alt sie sind.“

„Aber wenn etwas kaputt geht …“

„… geht es kaputt“, beendete Meg den Satz. „Hast du Travis schon kennengelernt?“

„Ja“, sagte Sierra. „Und er ist vollkommen anders, als ich erwartet hatte.“

Meg lachte. „Was hast du denn erwartet?“

„So einen mürrischen alten Typen halt“, gestand Sierra. „Du sagtest ja, er würde sich um den Hof kümmern und in dem Wohnwagen neben dem Stall wohnen, da dachte ich …“ Sie brach verlegen ab.

„Er ist niedlich und er ist alleinstehend“, informierte Meg sie.

„Sogar die Teekanne?“, grübelte Sierra.

„Wie bitte?“

„Entschuldige. Ich dachte gerade an die Teekanne im Küchenschrank – ich frage mich, ob ich wohl …“

„Ich weiß, welche du meinst“, antwortete Meg mit einer gewissen Zärtlichkeit in der Stimme. „Sie stammt von Lorelei. War ein Hochzeitsgeschenk.“

Lorelei. Die Matriarchin der Familie. Sierra machte einen Schritt zurück.

„Benutz sie", bat Meg so, als ob sie Sierras Zurückweichen gespürt hätte.

Sierra schüttelte den Kopf. „Das kann ich nicht. Ich hatte ja keine Ahnung, wie alt sie ist. Wenn ich sie fallen lasse ..."

„Sierra", sagte Meg, „sie ist nicht aus Porzellan, sondern aus Gusseisen mit einer Emailleglasur."

„Oh."

„Ein bisschen so wie die McKettrick-Frauen, sagt Mom immer", fuhr Meg fort. „Harte Schale, weicher Kern."

Mom. Sierra schloss die Augen, um gegen die aufkeimenden Gefühle anzukämpfen, aber es half nichts.

„Wir lassen dir noch Zeit zum Eingewöhnen", meinte Meg sanft, als Sierra nicht sprechen konnte. „Und dann kommen Mom und ich, wenn es dir recht ist natürlich."

Meg und Eve lebten in San Antonio, Texas, wo sie für McKettrickCo arbeiteten. Also würden sie sicher nicht ohne Vorankündigung vorbeikommen.

Sierra musste schwer schlucken. „Es ist euer Haus", sagte sie.

„Und deins", stellte Meg sehr leise klar.

Danach musste Sierra Meg versprechen, anzurufen, wenn sie irgendetwas brauchte. Nach dem Telefonat ging Sierra zum Geschirrschrank, um die Teekanne zu holen. In dem Moment kam Liam die Hintertreppe hinuntergeflitzt. „Ich hab doch gesagt, dass es in diesem Haus spukt!", schrie er, sein kleines Gesicht strahlte.

Die Teekanne war schwer – definitiv Gusseisen –, aber Sierra war trotzdem vorsichtig, als sie sie auf die Theke stellte. „Wovon in aller Welt sprichst du?"

„Ich habe gerade ein Kind gesehen", verkündete Liam. „Oben, in meinem Zimmer!"

„Das bildest du dir ein."

Liam schüttelte seinen Kopf. „Ich habe es *gesehen*!"

Prüfend legte Sierra eine Hand an seine Stirn. „Kein Fieber", stellte sie besorgt fest.

„Mom", protestierte Liam. „Ich bin nicht krank – und Wahnvorstellungen habe ich auch nicht."

Wahnvorstellungen. Wie viele Siebenjährige benutzten dieses Wort? Seufzend nahm Sierra Liams eifriges Gesicht in beide Hände. „Hör zu. Es ist in Ordnung, Freunde zu erfinden, aber …"

„Er ist nicht erfunden."

„Okay." Natürlich könnte ein Nachbarskind im Haus sein, so unwahrscheinlich es auch klang, weil die nächsten Nachbarn Meilen entfernt wohnten. „Lass uns nachschauen."

Zusammen stiegen sie die Hintertreppe hinauf, und Sierra bekam einen ersten Eindruck vom Obergeschoss. Der Flur war breit, es gab elektrisches Licht, obwohl die Lampen sehr alt aussahen. Doch das meiste Licht fiel durch die großen bogenförmigen Fenster am anderen Ende. Sechs Zimmertüren standen offen, was darauf hindeutete, dass Liam nacheinander jedes einzelne Zimmer besichtigt hatte, nachdem er vorhin aus der Küche verschwunden war.

Er führte sie in das mittlere Zimmer auf der linken Seite.

Niemand da.

Es war ein großer, perfekter Raum für einen Jungen. Zwei Erkerfenster gaben den Blick auf die Stallungen frei. Dort stand Baldy, das außerordentlich hässliche Pferd, tapfer in der Mitte des Geheges und sah aus, als ob es seinen Ausbruch planen würde. Travis stand neben Baldy und strich ihm sanft über den Rücken, während er ihm ein Halfter über den Kopf zog.

Ein zittriges Gefühl machte sich in Sierras Bauch breit.

„Mom", platzte Liam heraus. „Er war hier. Er trug eine kurze Hose und komische Schuhe und Hosenträger."

Etwas verärgert drehte Sierra sich zu ihrem Sohn um. Liam stand neben dem Fenster und untersuchte ein antikes Teleskop, das auf einem glänzenden Messingstativ saß. „Ich glaube dir", sagte sie.

„Tust du nicht", widersprach ihr Sohn. „Du gibst einfach nur nach."

Sierra setzte sich auf die Seite des Bettes, die zwischen den beiden Fenstern lag. Wie die Schränke, so trug auch das Bett die Narben der Zeit, aber das Holz war robust. Das schlichte Kopfteil zierten verschlungene Ornamente, ein verblasster Quilt sorgte für etwas Farbe. „Gut, vielleicht ein bisschen", gab sie zu, weil sie Liam sowieso nichts vormachen konnte. Er besaß ein unheimliches Talent dafür, die Dinge zu durchschauen. „Ich weiß nur nicht, was ich denken soll, das ist alles."

„Glaubst du nicht an Geister?"

Ich glaube so ziemlich an gar nichts, dachte Sierra traurig. „Ich glaube an dich", sagte sie und klopfte neben sich auf die Matratze. „Komm, setz dich mal."

Widerstrebend gehorchte er, versteifte sich allerdings, als sie einen Arm um seine Schultern legte. „Wenn du glaubst, dass ich einen Mittagsschlaf mache, irrst du dich. Das meine ich todernst."

Bei dem Wort todernst lief ihr ein Schauer über den Rücken. „Alles wird gut, weißt du", versprach sie ihm sanft.

„Ich mag den Raum", gestand Liam, und seine großen hoffnungsvollen Augen versetzten ihrem Herz einen Stich. Bisher hatten sie immer in billigen Wohnungen oder Hotelzimmern gewohnt. Ob Liam sich insgeheim schon immer nach so einem Zuhause gesehnt hatte? Nach einem Ort, wo er hingehörte und wie ein ganz normales Kind leben konnte?

„Ich auch", gab Sierra zu. „Es hat eine freundliche Ausstrahlung."

„Soll das ein Schrank sein?", fragte Liam und deutete auf

ein riesiges Ungetüm aus Kiefer, das fast die gesamte Wand einnahm.

Sierra nickte. „Das ist ein Kleiderschrank."

„Vielleicht ist das so einer wie in dieser Geschichte. Man gelangt durch seine Rückwand in eine andere Welt. Da könnte ein Löwe drin sein und eine Hexe." An seinem Lächeln sah sie, dass diese Möglichkeit ihn eher faszinierte als verängstigte.

Liebevoll zerzauste sie sein Haar. „Vielleicht", stimmte sie zu.

Als Nächstes sah Liam zu dem Teleskop. „Wie schön wäre es, wenn ich da durchschauen und Andromeda sehen könnte", meinte er. „Wusstest du, dass sich die gesamte Galaxie auf Kollisionskurs mit der Milchstraße befindet? Da wird die Hölle los sein, wenn die sich treffen."

Sierra erschauerte bei dem Gedanken. Die meisten Eltern waren besorgt, dass ihre Kinder zu viele Videospiele spielten. Bei Liam musste man sich eher wegen der Wissenschafts- und Techniksender Sorgen machen, ganz zu schweigen von Sendungen wie *Nova.* Er beschäftigte sich beispielsweise mit dem Thema, dass die Erde ihr Magnetfeld verlor, und litt unter Albträumen von Kreaturen, die in dunklen Ozeanen unter dicken Eisschichten auf Jupitermonden schwammen. Oder handelte es sich um Saturn?

„Nicht aufregen, Mom", sagte er mit einem verständnisvollen Lächeln. „Es wird noch zirka fünf Milliarden Jahre dauern, bevor so was passiert."

„Bevor was passiert?", fragte Sierra blinzelnd.

„Die *Kollision*", erklärte er geduldig.

„Richtig."

Liam gähnte. „Vielleicht werde ich doch einen Mittagsschlaf machen. Aber glaub nicht, dass das jetzt zur Regel wird."

Sie strich über sein Haar und küsste seine Stirn. „Das ist mir klar", dabei griff sie nach der Häkeldecke, die ordentlich gefaltet am Fußende des Bettes lag.

Nachdem Liam seine Schuhe ausgezogen hatte, streckte er sich erneut gähnend auf der blauen Chenillebettdecke aus. Behutsam legte er seine Brille auf den Nachttisch.

Beim Zudecken widerstand Sierra der Versuchung, ihn noch einmal auf die Stirn zu küssen. Als sie sich beim Verlassen des Zimmers umdrehte, schlief Liam bereits.

1919

Hannah McKettrick hörte ihren Sohn bereits lachen, bevor sie um das Haus auf den Stall zuritt. Die Satteltaschen um den Hals des Maultiers waren dick ausgebeult von der Post der letzten Woche. Der Schnee lag stellenweise meterhoch mit hart gefrorener Oberfläche, und der Januarwind blies frostig.

Als sie ihren Sohn nur mit einer dünnen Jacke und ohne Mütze in der Kälte sah, biss sie die Zähne zusammen. Er und ihr Schwager Doss bauten etwas, das wohl ein Schneefort werden sollte. Ihr Atem formte weiße Wolken in der eisigen Luft.

Angesichts Doss' Ähnlichkeit mit seinem Bruder und ihrem verstorbenen Ehemann Gabe zog sich Hannahs Herz qualvoll zusammen. Dabei sollte sie seinen Anblick eigentlich gewohnt sein, da sie unter ein und demselben Dach lebten.

Sie trieb ihr Maultier mit den Absätzen ihrer Stiefel an, aber Seesaw-Two wurde nicht schneller. Er trottete einfach weiter.

„Was macht ihr hier draußen?", rief Hannah.

Augenblicklich verstummten Tobias und Doss und drehten sich schuldbewusst zu ihr um.

Die Atemwolken lösten sich auf.

Tobias richtete sich auf und schob die schmalen Schultern zurück. Er war erst acht. Aber seit Gabes Sarg an einem warmen Sommertag im letzten Jahr in eine amerikanische Flagge gehüllt mit dem Zug nach Hause gebracht worden war, besaß er den Gesichtsausdruck eines Erwachsenen.

„Wir bauen nur eine Befestigung, Ma“, erklärte er.

Hannah blinzelte die brennenden Tränen weg. Gabe war als Soldat in einem Armeespital an der Grippe gestorben, ohne das Schlachtfeld auch nur gesehen zu haben. Tobias dachte wie ein Soldat, und Doss spornte ihn dazu an. Beides machte Hannah nicht sehr glücklich.

„Es ist kalt hier draußen“, sagte sie. „Du holst dir noch den Tod.“

Doss verlagerte sein Gewicht und schob den verbeulten Hut auf den Hinterkopf. Sein Gesicht verhärtete sich wie das Eis im Teich hinter dem Obstgarten, wo die Obstbäume stoisch mit ihren kahlen Ästen auf den Frühling warteten.

„Geh ins Haus!“, befahl Hannah ihrem Sohn.

Zögernd gehorchte Tobias.

Doss jedoch blieb und sah sie lange an.

Die Küchentür krachte lautstark ins Schloss.

„Du solltest ihm so etwas nicht sagen“, bemerkte Doss ruhig. Er hielt Seesaws Zügel fest, während sie vorsichtig abstieg und darauf achtete, dass ihr Wollrock nicht hochrutschte.

„Tobias hatte letzten Herbst eine Lungenentzündung. Er wäre fast gestorben und ist immer noch schwach, das weißt du genau. Und kaum kehre ich euch den Rücken zu, lockst du ihn nach draußen, um ein Schneefort zu bauen!“

Sie griffen gleichzeitig nach den Satteltaschen, und nach kurzem Ringen ließ sie los. „Er ist ein Kind“, sagte Doss. „Wenn es nach dir ginge, würde er nichts anderes tun als durchs Teleskop schauen und Schach spielen!“

„Ich habe durchaus die Absicht, dass es auch weiterhin nach mir geht“, erwiderte sie. „Tobias ist mein Sohn, und ich werde mir nicht von dir sagen lassen, wie ich ihn zu erziehen habe!“

Mit Schwung warf Doss sich die Satteltaschen über die

Schulter und trat zurück, seine braungrünen Augen verfinsterten sich. „Er ist der Sohn meines Bruders – und ich will verdammt sein, wenn ich zulasse, dass du aus ihm ein verweichlichtes kleines Hündchen machst, das an deinen Rockschößen klebt.“

„Das reicht, Doss. Du hast genug gesagt“, erwiderte sie knapp.

Da lehnte er sich so weit nach vorn, dass ihre Nasen sich beinahe berührten. „Ich habe noch nicht mal angefangen zu reden, Mrs. McKettrick.“

Hannah ließ ihn stehen und marschierte Richtung Haus. Der Schnee war fast kniehoch, was es schwierig machte, wütend davonzustapfen. Ohne sich umzudrehen, rief sie ihm über die Schulter zu: „In einer Stunde ist das Abendessen fertig, aber vielleicht isst du ja lieber bei den Arbeitern.“

Doss' Lachen ärgerte sie, was er sicherlich auch beabsichtigt hatte. „Mit dem alten Charlie kommt man zwar viel leichter aus als mit dir, aber wenn es ums Kochen geht, kann er dir nicht das Wasser reichen. Wie auch immer, er ist für einen Monat weg, falls dir das noch nicht aufgefallen ist.“

Obwohl ihr in Gabes altem Wollmantel bitterkalt war, spürte Hannah, wie sie errötete. Gabes Geruch verflüchtigte sich langsam aus dem alten Gewebe, und sie wünschte, sie wüsste einen Weg, ihn festzuhalten.

„Ganz wie du willst“, erwiderte sie scharf.

Tobias schob gerade ein Holzscheit in den Herd, als sie hereinkam. Glühende Funken stoben den schwarzen Rauchfang hinauf, bevor er die Ofenklappe mit einem lauten Knall schloss.

„Wir haben doch nur ein Fort gebaut“, brummte er.

Hannah wurde ganz reglos bei seinem Anblick, so, als ob jemand ein Lasso über sie geworfen und fest zugezogen hätte. „Ich könnte Brot und Würstchen in Bratensoße machen“, sagte sie leise.

Aber Tobias ignorierte ihr Friedensangebot. „Du bist hinuntergeritten, um den Postwagen abzufangen“, meinte er, ohne sie anzusehen. „Habe ich irgendwelche Briefe bekommen?“ Mit den Händen in den hinteren Hosentaschen und den dunkelblonden Haaren, die in der durchs Fenster schimmernden Wintersonne glänzten, sah er aus wie Gabe in seinem Alter.

„Einen von deinem Großvater“, sagte Hannah. Automatisch hängte sie ihre Mütze an den üblichen Haken, zog die gestrickten Fäustlinge aus und stopfte sie in die Taschen von Gabes Mantel. Den Mantel streifte sie immer zuletzt ab, weil sie es hasste, sich von ihm zu trennen.

„Welcher Großvater?“ Tobias wärmte seine Hände am Ofen und weigerte sich noch immer, seine Mutter anzusehen.

Hannahs Familie lebte in Missoula, Montana, in einem großen Haus an einer dreispurigen Wohnstraße, und sie vermisste sie schrecklich. Dass Tobias auf einen Brief von Holt und nicht von ihrem Vater hoffte, schmerzte sie ein wenig.

„Der McKettrick-Opa“, antwortete sie.

„Gut“, nickte Tobias.

Die Hintertür ging auf, und Doss trat ein, noch immer die Satteltaschen über der Schulter. Normalerweise klopfte er vor dem Eintreten den Schnee von seinen Stiefeln, aber heute war er stur.

Hannah ging zum Ofen und füllte eine Schüssel mit heißem Wasser, um das Geschirr zu spülen, bevor sie zu kochen begann.

„Fang“, rief Doss fröhlich.

Als sie sich umdrehte, sah sie die Satteltasche mit der Post durch die Luft fliegen. Tobias fing sie geschickt und mit einem Grinsen auf.

Wann hatte er sie zuletzt so angegrinst?

Aufgeregt durchwühlte der Kleine die Taschen und fand schließlich den dicken, in San Antonio, Texas, abgestempelten Umschlag. Ihre Schwiegereltern Holt und Lorelei McKettrick besaßen eine Farm etwas außerhalb dieser weit entfernten Stadt. Seit Kriegsbeginn verbrachten sie viel Zeit dort, auch wenn Triple M nach wie vor ihr Zuhause war. Hannah kannte sie kaum. Auch Tobias kannte seine Großeltern nicht, doch seit er lesen konnte, führte er einen lebhaften Schriftverkehr mit den beiden. Seit Gabes Tod kamen die Briefe wöchentlich.

Natürlich waren Gabes Eltern zum Begräbnis gekommen, und seitdem hegte Hannah insgeheim eine bestimmte Befürchtung. Holt und Lorelei sahen in Tobias ihren verlorenen Sohn, genau wie sie selbst. Vor ihrer Abreise boten sie Hannah an, ihn mit nach Texas zu nehmen. Sie brauchte nicht abzulehnen – das erledigte Tobias für sie, aber er war sichtlich hin- und hergerissen. Ein Teil von ihm *wollte* mit.

Bis zur Abreise von Holt und Lorelei hatte Hannah furchtbare Ängste ausgestanden. Und wann immer nun ein Brief von ihnen kam, fühlte sie die Sorgen wieder in sich aufsteigen.

Sie sah Doss zu, wie er sich aus seiner Jacke schälte. Er war zusammen mit Gabe in die Army eingetreten, und auch er hatte die Grippe bekommen, aber überlebt. Nachdem er seinen toten Bruder zur Beerdigung nach Hause gebracht hatte, war er bei Hannah auf der Farm geblieben. Obwohl sie nie darüber gesprochen hatten, wusste sie, dass Doss nicht mit seinen Eltern nach Texas gegangen war, um sich hier um Tobias zu kümmern.

Womöglich befürchteten die McKettricks, dass sie zurück nach Montana gehen würde, sobald sie über den Tod ihres Mannes hinweg war, und sie dann die Verbindung zu ihrem Enkel verlieren würden.

Tobias verschlang jedes einzelne Wort des Briefes, und als er am Ende angelangt war, begann er wieder von vorn.

Schnell sah Hannah weg. Das war der Moment, in dem ihr Blick auf die Teekanne auf der Küchentheke fiel. Sie sah zum Geschirrschrank, denn sie hatte die Teekanne nicht angerührt, da sie wusste, wie wichtig Lorelei die Kanne war. Auch Doss und Tobias hatten sie bestimmt nicht herausgenommen. Schließlich hatten sie im Schnee gespielt, während sie die Post geholt hatte, und kein Teekränzchen abgehalten.

„Hat einer von euch die Kanne rausgestellt?", fragte sie trotzdem beiläufig und nahm die Kanne vorsichtig in die Hand, um sie zurückzustellen. Sie war zwar aus Gusseisen, aber die schöne Glasur hätte beschädigt werden können, und dieses Risiko wollte Hannah nicht eingehen.

Tobias schaute gar nicht erst in ihre Richtung, als er den Kopf schüttelte. Er war noch immer mit seinem Brief aus Texas beschäftigt.

Doss aber hob den Kopf. Neugierig wanderte sein Blick von Hannah zu der Teekanne. „Nein", sagte er schließlich, um den Rest Kaffee aus der Kanne in den Ausguss zu kippen und frisches Wasser einzufüllen.

Mit gerunzelter Stirn schloss Hannah die Türen des Geschirrschranks.

„Komisch", murmelte sie sehr leise.

3. KAPITEL

Heute

Um Liam nicht zu wecken, schlich Sierra die Hintertreppe hinunter in die Küche. Er hatte zwar schon fast einen Monat lang keinen Asthmaanfall mehr gehabt, aber er brauchte seinen Schlaf.

In der Absicht, Tee zu kochen und ein paar Minuten die Ruhe zu genießen, holte sie eine Tasse aus dem Schrank. Nach kurzem Suchen entdeckte sie auch eine Schachtel mit Orange Pekoe Tee und griff nach der Teekanne, dem Erbstück.

Sie war weg.

Ganz automatisch blickte sie zum Küchenschrank und entdeckte Loreleis Teekanne hinter dem Glas.

Ob Jesse oder Travis unbemerkt hier gewesen waren und die Kanne wieder in den Schrank gestellt hatten?

Das erschien ihr unwahrscheinlich. Männer und speziell Cowboys interessierten sich üblicherweise nicht für Teegeschirr, oder? Nicht, dass sie viel über Männer und Cowboys im Speziellen wusste.

Vorhin hatte sie Travis von Liams Schlafzimmerfenster aus gesehen, wie er das Pferd trainierte. Sierra war sicher, dass er nicht im Haus gewesen war, nachdem er die Taschen reingebracht hatte.

„Jesse?", rief sie vorsichtig und rechnete schon halb damit, dass er hinter einem Möbelstück vorspringen würde.

Keine Antwort.

Sie ging ins Wohnzimmer und spähte durch den Spitzenvorhang hinaus. Jesses Truck war weg, er hatte tiefe Spuren in Matsch und Schnee hinterlassen, auf die sich bereits wieder eine frische Schneeschicht legte.

Irritiert kehrte Sierra in die Küche zurück, schnappte sich

ihre Jacke und ging durch die Hintertür hinaus. Sie stopfte die Hände in die Taschen ihrer Jacke und zog den Kopf ein. Der Schneefall wurde heftiger, der Wind, der ihr entgegenschlug, war eiskalt. Nichts in ihrem Leben hatte sie auf dieses Hochlandwetter vorbereitet. Sie war in Mexiko aufgewachsen, nach dem Tod ihres Vaters nach San Diego gezogen und hatte die letzten Jahre in Florida verbracht. Vermutlich würde es eine Weile dauern, bis sie sich an den Klimawechsel gewöhnt hatte. Doch wenn sie etwas gelernt hatte auf ihrem langen Weg von damals bis heute, dann, sich anzupassen.

Die Tore des großen, verwitterten Stalls standen offen. Zitternd trat Sierra ein. Zwar war es hier drinnen wärmer, aber sie konnte noch immer ihren Atem sehen.

„Mr. Reid?“

„Travis“, kam die knappe Antwort aus einer Box. „Ich höre fast auf nichts anderes.“

Sierra überquerte den mit Sägemehl bedeckten Boden und entdeckte Travis auf der anderen Seite der Tür. Mit langen sanften Bürstenstrichen striegelte er Baldy.

„Haben Sie sich schon ein wenig eingewöhnt?“, fragte er.

„Schätze schon.“ Sie lehnte sich an die Stalltür, um ihm beim Arbeiten zuzusehen. Es lag etwas sehr Beruhigendes in der Art, wie er sich um das Pferd kümmerte, fast hatte sie das Gefühl, als ob er ihre Haut berühren würde.

Gott bewahre!

Er richtete sich auf. Ein Zucken durchlief Baldys Körper. „Stimmt etwas nicht?“, fragte Travis.

„Nein, alles in Ordnung“, erklärte Sierra schnell und bemühte sich zu lächeln. „Ich habe mich nur gefragt ...“

„Was?“ Travis fuhr fort, das Tier zu bürsten. Dabei ließ er Sierra jedoch nicht aus den Augen, und das Pferd gab ein zufriedenes Schnaufen von sich.

Plötzlich kam ihr die Geschichte mit dem Teekessel albern

vor. Wie sollte sie ihn oder Jesse fragen, ob sie die Kanne weggestellt hatten? Und selbst wenn es so gewesen wäre? Jesse war ein waschechter McKettrick, alles in dem Haus gehörte ihm genauso wie ihr. Und Travis war ein langjähriger Freund der Familie – wenn nicht mehr.

Zu ihrem Erstaunen berührte Sierra dieser Gedanke unangenehm. Meg hatte erwähnt, dass er alleinstehend und frei war – was durchaus bedeuten konnte, dass Meg und Travis mehr als nur Freundschaft verband.

„Ich habe mich nur gefragt … ob Sie auch Tee trinken", redete Sierra sich notdürftig heraus.

„Nicht oft", gab er zurück. Obwohl er lachte, sah man seinem Gesicht die Verwirrung an. Wahrscheinlich fragte er sich gerade, was für eine Verrückte ihm Meg und Eve da aufgehalst hatten. „Laden Sie mich gerade ein?"

Sierra errötete und fühlte sich noch unwohler als zuvor. „Ähm … ja. Ja, ich glaub schon."

„Ich hätte lieber Kaffee", sagte Travis, „wenn das möglich wäre."

„Ich setze schon mal eine Kanne auf", antwortete Sierra erleichtert. Nun hätte sie eigentlich gehen sollen. Doch ihre Füße ließen sich nicht bewegen, als ob jemand ihre Schuhsohlen mit Sekundenkleber eingeschmiert hätte.

Travis hörte auf, das Pferd zu striegeln, strich mit einer behandschuhten Hand über den Pferdehals und wartete höflich, bis Sierra aus dem Weg ging, damit er die Boxentür öffnen und heraustreten konnte.

„Was ist denn wirklich los, Ms. McKettrick?", fragte er, als sie sich auf dem langen Gang gegenüberstanden. Links und rechts von ihnen ertönte das Gewieher weiterer Pferde, die wahrscheinlich Travis' Aufmerksamkeit auf sich ziehen wollten.

„Sierra", sagte sie und versuchte angestrengt, freundlich zu klingen.

„Gut, Sierra. Irgendwie habe ich das Gefühl, Sie sind nicht gekommen, um mich auf ein Tässchen Tee oder einen Kaffeeklatsch einzuladen."

Darauf atmete sie seufzend aus und schob die Hände noch tiefer in die Jackentaschen. „Okay", gab sie zu. „Ich wollte wissen, ob Sie oder Jesse noch einmal im Haus waren, nachdem Sie das Gepäck hereingebracht haben."

„Nein", antwortete Travis bereitwillig.

„Es wäre natürlich nichts dagegen einzuwenden, wenn Sie ..."

Ohne etwas zu sagen, nahm Travis Sierra am Arm und schob sie Richtung Stalltür. Draußen angekommen schloss er sie hinter ihnen ab.

„Jesse ist gleich darauf mit seinem Truck weggefahren", informierte er sie. „Und ich habe mich in der letzten halben Stunde um Baldy gekümmert. Warum?"

Sierra wünschte, sie hätte gar nicht erst davon angefangen. Warum hatte sie nur die warme Küche verlassen, um sich der Kälte und Travis' fragendem Blick zu stellen? Aber nachdem sie nun einmal beides getan hatte, musste sie die Sache jetzt auch aufklären. „Ich habe eine Teekanne aus dem Geschirrschrank genommen", begann sie, „und auf den Tresen gestellt. Dann bin ich hoch in Liams Zimmer gegangen, um ihn für seinen Mittagsschlaf ins Bett zu bringen. Als ich wieder runterkam ..."

Ein Grinsen ließ Travis' Gesicht erstrahlen wie die Sommersonne einen kristallklaren See. „Was?", hakte er nach. Er wechselte auf die andere Seite, um Sierra gegen den eisigen Wind abzuschirmen. Sie beschleunigten ihre Schritte.

„Sie stand wieder im Schrank. Aber ich könnte schwören, dass ich sie auf die Theke gestellt habe."

„Seltsam." Travis klopfte an der Treppe den Schnee von seinen Stiefeln.

Zitternd vor Kälte trat Sierra ins Haus, nahm ihren Mantel ab und hängte ihn auf.

Travis folgte ihr, schloss die Tür, zog die Handschuhe aus und steckte sie in die Taschen seiner Jacke, bevor er sie zusammen mit seinem Hut neben Sierras Mantel hängte. „Dann muss es Liam gewesen sein", mutmaßte er.

„Er schläft", gab Sierra zurück. Da der Kaffee, den sie vorhin gekocht hatte, noch immer heiß war, schenkte sie zwei Becher ein und warf einen nervösen Blick auf den Geschirrschrank. Sie hätte es gesehen, wenn Liam die Treppe hinuntergekommen wäre. Doch selbst wenn nicht, war er zu klein, um an die Kanne zu kommen. Dafür hätte er sich einen Stuhl heranziehen müssen, und sie hätte die Schiebegeräusche gehört. Außerdem hätte Liam den Stuhl anschließend nicht mehr zurückgestellt, wie es nun mal seine Art war.

Mit einem Kopfnicken nahm Travis die Tasse, die Sierra ihm reichte, entgegen und trank einen Schluck. „Dann haben Sie sie eben selbst weggestellt", beruhigte er sie. „Und es einfach vergessen."

Sierra setzte sich auf den Stuhl direkt neben den Küchenofen, in dem ein tröstliches Feuer brannte. Travis machte es sich in ihrer Nähe auf der Bank gemütlich.

„Ich weiß, dass ich es nicht war." Nervös knabberte sie an ihrer Unterlippe.

Einige Sekunden lang konzentrierte Travis sich auf seinen Kaffee, dann sah er ihr wieder ins Gesicht. „Es ist ein merkwürdiges Haus", sagte er.

Cooles Haus, hatte Liam gleich nach ihrer Ankunft gesagt, aber es spukt. „Was meinen Sie damit?", fragte sie.

„Meg wird mich umbringen, wenn ich es Ihnen sage", erwiderte Travis.

„Wie bitte?"

„Sie will Ihnen keine Angst machen."

Mit gerunzelter Stirn wartete Sierra ab.

„Das hier ist ein guter Ort“, erklärte Travis und ließ den Blick liebevoll durch die heimelige Küche wandern. Offenbar hatte er schon viel Zeit hier verbracht. „Obwohl manches Mal seltsame Dinge geschehen.“

Sierra hörte wieder Liams Stimme. *Ich habe ein Kind oben in meinem Zimmer gesehen.*

Sie schüttelte den Gedanken ab. „Unmöglich“, murmelte sie.

„Wenn Sie es sagen“, erwiderte Travis leutselig.

„Was für ‚komische Dinge‘ geschehen in diesem Haus?“

Als Travis lächelte, überkam Sierra auf einmal das Gefühl, dass er sich um sie kümmerte, sie auf geschickte Weise lenkte wie zuvor das Pferd. „Von Zeit zu Zeit kann man hören, wie das Klavier von selbst spielt. Oder man betritt ein Zimmer und hat das Gefühl, an jemandem vorbeizugehen, obwohl man allein ist.“

Wieder erschauerte Sierra, aber dieses Mal nicht wegen der eisigen Januartemperaturen. In der Küche war es wohlig warm. „Ich wüsste es sehr zu schätzen, wenn Sie vor Liam nicht so einen Quatsch erzählen würden. Er ist ... leicht zu beeindrucken.“

Travis hob eine Augenbraue.

Seltsamerweise verspürte Sierra auf einmal das Bedürfnis, ihm zu erzählen, dass Liam einen Jungen in seinem Zimmer gesehen hatte. Aber sie brachte es nicht übers Herz. Sie wollte nicht, dass Travis Reid oder irgendwer sonst dachte, dass Liam ... anders war. Das hörte er oft genug von anderen Kindern, weil er überdurchschnittlich intelligent war, und sein Asthma machte die Sache auch nicht einfacher.

„Ich habe die Teekanne vermutlich selbst zurückgestellt“, sagte Sierra schließlich. „Und es dann vergessen. Genau wie Sie sagten.“

Doch Travis wirkte nicht überzeugt. „Sicher“, sagte er.

1919

Tobias trug den Brief zum Tisch. Doss hatte es sich in dem Sessel gemütlich gemacht, den jeder als Holts Sessel betrachtete.

„Sie haben dreihundert Stück Vieh gekauft", erklärte der Junge seinem Onkel stolz und reichte ihm das Papier. „Und haben es den ganzen Weg von Mexiko nach San Antonio transportiert."

Sein Onkel lächelte. „Wirklich?" Im Licht der Petroleumlampe wirkten seine eisblauen Augen viel wärmer. Das Haus hatte inzwischen zwar Strom, aber Hannah versuchte, damit so sparsam wie möglich umzugehen. Die letzte Rechnung hatte über einen Dollar für gerade mal zwei Monate betragen. Diese hohe Summe hatte sie entsetzt.

Energisch drehte sie sich wieder zum Herd, hob das Kinn ein wenig und stieß mit dem Holzlöffel fest in den Kuchenteig. Offensichtlich kam es Tobias nicht in den Sinn, dass sie den Brief vielleicht auch gern gelesen hätte. Immerhin war auch sie eine McKettrick, wenn auch nur eine angeheiratete.

„Wie es scheint, hat Mutter und Vater der Büffel sehr gefallen, den du für sie geschnitzt hast", bemerkte Doss, nachdem er den Brief zur Seite gelegt hatte. „Hier steht, es sei das schönste Weihnachtsgeschenk, das sie je bekommen haben."

Tobias strahlte vor Stolz. Er hatte den ganzen Herbst an dem Büffel gearbeitet. Selbst im Krankenbett hatte er an dem Scheit geschnitzt, den Doss ihm aus dem Feuerholz ausgesucht hatte.

„Ich glaube, nächstes Jahr mache ich ihnen einen Bären", verkündete er. Kein Wort darüber, *ihren* Eltern etwas zu schnitzen, wie Hannah feststellte. Dabei hatten sie ihm im Dezember ein Fahrrad und eine Spielzeugfeuerspritze geschickt. Die McKettricks hingegen mussten ihm natürlich am Weihnachtstag ein geflecktes Pony liefern lassen, mit nagelneuem Sattel und Zaumzeug. Obwohl Tobias seinen Großeltern in Montana pflichtbewusst geschrieben hatte, um sich für die Geschenke zu bedanken, hatte er nicht ein einziges Mal mit der Feuerspritze gespielt. Sie landete lediglich im Regal in seinem Zimmer, wo er sie umgehend vergaß. Das Fahrrad nutzte vor dem Frühling nicht viel, das war richtig. Aber er zeigte auch überhaupt kein Interesse mehr daran, seit das Pony angekommen war.

„Wasch dir die Hände vor dem Essen, Tobias McKettrick", forderte Hannah ihn auf.

„Das Essen ist noch gar nicht fertig", protestierte er.

„Hör auf deine Mutter", ermahnte Doss ihn ruhig.

Dass er augenblicklich folgte, hätte Hannah freuen sollen, tat es aber nicht.

In der Zwischenzeit öffnete Doss die Satteltaschen und nahm die übliche Auswahl an Briefen, Magazinen und kleinen Paketen heraus, die Hannah bereits durchgesehen hatte, bevor der Postwagen um die Kurve verschwunden war. Sie war gleichermaßen enttäuscht und erleichtert gewesen, dass ihr Name nirgendwo zu lesen war. Einmal, Ende Oktober, als die feuerroten Blätter der Eichenbäume sich auf den Boden ergossen wie die Falten ausrangierter Kleider, hatte sie einen Brief von Gabe bekommen. Da war er schon vier Monate tot gewesen, und ihr Herz hatte vor Schreck fast ausgesetzt, als sie seine Handschrift auf dem Briefumschlag erkannte.

Einen kurzen verwirrenden Moment lang glaubte sie, dass alles nur ein Missverständnis gewesen war. Dass nicht Gabe, sondern irgendein Fremder an der Grippe gestorben war. Solche Verwechslungen kamen in Kriegszeiten schon mal vor, zumal sie die Leiche in dem zugenagelten Sarg nie gesehen hatte.

Mit dem Brief in der Hand stand sie weinend und zitternd an der Straße. Es verging über eine Viertelstunde, bevor sie in der Lage war, das Siegel zu brechen und den dicken Packen Pergamentpapier herauszunehmen. Zu diesem Zeitpunkt war sie wieder auf den Boden der Tatsachen zurückgekehrt, doch als sie das Datum auf der ersten Seite sah, schrie sie laut auf: 17. März 1918.

Gabe war noch gesund gewesen, als er den Brief geschrieben hatte. Er freue sich auf zu Hause, schrieb er, dass es an der Zeit sei, die Familie zu vergrößern und wieder eine Rinderzucht auf ihrem Teil von Triple M aufzubauen.

Hannah fiel auf dem schmutzigen Boden auf die Knie, zu verzweifelt, um wieder aufzustehen. Das Maultier trottete allein nach Hause. Kurz darauf tauchte Doss auf. Noch immer presste sie die Seiten an ihre Brust, ihre Kehle schmerzte so sehr, dass sie kein Wort hervorbrachte.

Ohne ein Wort zu sagen, hatte Doss sie hochgehoben, auf sein Pferd gesetzt und war mit ihr nach Hause geritten.

„Hannah?"

Blinzelnd kehrte sie in die Realität zurück, betrachtete den Teig und das Päckchen mit den Würsten in ihrer Hand.

Doss stand neben ihr. Er roch nach Schnee und Kiefernholz und Mann. Er berührte ihren Arm.

„Geht es dir gut?", fragte er.

Sie nickte.

Natürlich war das gelogen. Hannah war es nicht einen Tag gut gegangen, seit Gabe in den Krieg gezogen war. Wahrscheinlich würde es ihr nie wieder gut gehen.

„Du setzt dich jetzt hin", befahl Doss. „Ich werde das Essen machen."

Da sie keine Kraft mehr in den Beinen spürte, gehorchte sie und sah sich überrascht um. „Wo ist Tobias?"

Doss wusch sich die Hände, öffnete das Wurstpaket und gab den Inhalt in die riesige gusseiserne Bratpfanne, die schon auf dem Herd stand. „Oben", antwortete er.

Tobias hatte einfach so den Raum verlassen, ohne dass sie es gemerkt hatte?

„Oh“, seufzte sie entnervt. War sie dabei, den Verstand zu verlieren? Trieb die Trauer sie nicht nur in gelegentliche Geistesabwesenheit, sondern über die Grenzen der Zurechnungsfähigkeit hinaus?

Sie dachte an den mysteriösen Ortswechsel der Teekanne ihrer Schwiegermutter.

Geschickt rollte Doss den Teig aus und stach mit der Kante eines Glases Kreise aus. Lorelei McKettrick hatte ihren Söhnen beigebracht, wie man kochte, Knöpfe annähte und jeden Morgen das Bett machte. Das zumindest musste man ihr hoch anrechnen, und eine ganze Menge mehr.

Im nächsten Moment reichte er ihr einen Becher Kaffee. Instinktiv wollte er seine Hand auf ihre Schulter legen, besann sich aber eines Besseren und zog sie wieder zurück. „Ich weiß, es ist schwer“, sagte er.

Hannah konnte ihn nicht ansehen. Sie wollte nicht, dass er die Tränen in ihren Augen sah, vermutete aber, dass er es auch so wusste. „Es gibt Tage, da weiß ich einfach nicht, wie es weitergehen soll. Aber es muss weitergehen, schon wegen Tobias“, flüsterte sie.

Doss ging neben Hannah in die Knie, nahm ihre Hände und sah ihr ins Gesicht.

„Ich habe mir bestimmt tausend Mal gewünscht, dass ich in diesem Grab oben auf dem Hügel liege und nicht Gabe. Ich würde alles dafür geben, an seiner Stelle zu sein, damit er hier bei dir und dem Jungen sein könnte.“

Der Schmerz fuhr in Hannahs Herz wie ein erbarmungslos geführtes Schwert. „So etwas darfst du nicht einmal denken“, stieß sie hervor, nachdem sie wieder Luft bekam. Sie zog ihre Hände weg, legte sie ganz kurz an sein ernstes, hübsches Gesicht und riss sie dann schnell wieder zurück. „Das darfst du nicht, Doss. Es ist nicht richtig.“

In diesem Moment polterte Tobias die Treppe hinunter.

Mit gerötetem Gesicht sprang Doss auf.

Hannah drehte sich weg und gab vor, sich für die Post zu interessieren. Doch das meiste war ohnehin für Holt und Lorelei und würde nach San Antonio weitergeleitet werden.

„Was ist los, Ma?“, fragte Tobias, besorgt über die unbehagliche Stille. „Geht es dir nicht gut?“

Offensichtlich hatte der Junge doch noch gesehen, wie Doss neben ihr kniete.

„Mir geht es gut“, sagte sie munter. „Ich habe mir nur vorhin vom Feuerholz einen Splitter zugezogen. Doss hat ihn herausgezogen.“

Tobias schaute von ihr zu seinem Onkel und wieder zurück.

„Kochst du darum das Essen?“, wandte er sich an Doss.

Wie Gabe war Doss dazu erzogen, jede Art von Lügen zu verabscheuen, selbst harmlose, die einen Jungen beruhigen würden, der seinen Vater verloren hatte und nun im tiefsten Innern befürchtete, seiner Mutter könnte ebenfalls was Schlimmes passieren.

„Ich koche unser Essen“, erklärte er tonlos, „weil ich es kann.“

Hannah schloss kurz die Augen und öffnete sie wieder.

„Kannst du bitte den Tisch decken?“, bat Doss Tobias.

Hastig nahm Tobias Teller und Besteck aus dem Geschirrschrank.

In dem dämmrig beleuchteten Raum trafen sich Hannahs und Doss’ Blicke.

In ihrem Blick lag eine gewisse Anklage, so wie vorhin, als sie gesehen hatte, wie Tobias in der eisigen Kälte eines Hochlandwinters ein Schneefort baute.

„Es ist verdammt dunkel in diesem Haus“, fluchte Doss, ging in die Mitte des Raums und zog an der Schnur des Deckenleuchters. Die Glühbirne leuchtete so hell, dass Hannah blinzeln musste. Aber sie protestierte nicht.

Irgendetwas in Doss’ Gesicht hielt sie davon ab.

Heute

Travis hatte längst seinen Kaffee getrunken und das Haus wieder verlassen, als Liam mit zerrauftem Haar und geschwollenen Augen die Treppe herunterkam.

„Dieser Junge war wieder in meinem Zimmer", sagte er. „Er saß am Schreibtisch und hat einen Brief geschrieben. Kann ich fernsehen? Da steht ein tolles HDTV-Gerät in dem Zimmer neben der Eingangstür. Und ein Computer mit großem Flachbildschirm."

Auch Sierra kannte die noble elektronische Ausstattung, da sie eine Runde durchs Haus gedreht hatte, nachdem Travis gegangen war. „Du darfst eine Stunde fernsehen. Aber Hände weg vom Computer, der gehört nicht uns."

Liams Schultern sackten ein wenig herab. „Ich weiß, wie man einen Computer bedient, Mom", protestierte er. „Wir haben das in der Schule gelernt."

Neben den Ausgaben für Miete, Essen und Arztrechnungen hatte Sierra kein weiteres Geld zusammenkratzen können, um einen PC zu kaufen. Sie selbst hatte den im Büro der Bar in Florida benutzt, in der sie gearbeitet hatte. So hatte Meg auch Kontakt mit ihr aufnehmen können.

„Wir kaufen uns einen", versprach sie. „Sobald ich einen Job habe."

„Meine Mailbox ist wahrscheinlich schon voll", verkündete Liam beunruhigt. „All die Kinder aus dem Freak-Programm wollen mir schreiben."

Dieser Ausdruck versetzte Sierra, die gerade eine Packung tiefgefrorener Erbsen zum Auftauen in die Mikrowelle legte, einen kleinen Stich. „Sag bitte nicht Freak-Programm."

Darauf zuckte Liam nur mit den Schultern. „Alle tun das."

„Geh fernsehen."

Er ging.

Als es an der Hintertür klopfte, spähte Sierra durchs Fenster und sah Travis auf der Veranda stehen.

„Kommen Sie rein", rief sie und ging zur Spüle, um sich die Hände zu waschen.

Als Travis eintrat, hielt er eine verführerisch duftende Tüte mit Essen vom Lieferservice in einer Hand. Der Kragen seiner Jacke war gegen die Kälte aufgestellt, den Hut hatte er bis zu den Augenbrauen gezogen.

„Brathähnchen", sagte er und hob wie als Beweis die Tüte.

Die Zeitschaltuhr der Mikrowelle klingelte. „Ich war gerade dabei zu kochen", erwiderte Sierra.

Travis grinste. „Dann komme ich ja gerade noch rechtzeitig", antwortete er. „Wenn Sie Ihrer Schwester auch nur ein bisschen ähnlich sind, sollte man Sie nicht in die Nähe eines Herds lassen."

Wenn Sie Ihrer Schwester auch nur ein bisschen ähnlich sind.

Bei diesen Worten wurde Sierra das Herz schwer. Sie wusste nicht, ob sie ihrer Schwester ähnelte oder nicht. Wenn Meg ihr nicht vor ein paar Wochen ein Foto gemailt hätte, hätte sie sie auf der Straße nicht einmal erkannt.

„Habe ich etwas Falsches gesagt?", fragte Travis.

„Nein", entgegnete Sierra schnell. „Es ist sehr aufmerksam von Ihnen, ein Hähnchen vorbeizubringen."

Offenbar hatte Liam Travis' Stimme gehört, denn er flitzte mit einem breiten Lächeln im Gesicht in die Küche.

„Hey, Travis", rief er.

„Hey, Cowboy", erwiderte Travis.

„Der Computer macht ein komisches klingelndes Geräusch", berichtete Liam.

„Meg hat das so eingestellt, damit sie nicht vergisst, ihre Mails abzurufen, wenn sie hier ist", erklärte Travis. Er stellte die Tüte auf den Tresen, machte aber keine Anstalten, Hut und Mantel abzulegen.

„Mom lässt mich nicht ran", beschwerte Liam sich.

Travis blickte kurz zu Sierra, bevor er wieder Liam ansah. „Regeln sind Regeln, Cowboy", sagte er.

„Regeln sind doof", entgegnete Liam prompt.

„Fünfundneunzig Prozent davon mindestens", stimmte Travis ihm zu.

Liams Laune besserte sich schlagartig. „Bleibst du zum Essen hier?"

„Das würde ich wirklich gern, aber ich werde woanders zum Essen erwartet", antwortete er.

Damit erlosch Liams Strahlen umgehend wieder.

Sierra fragte sich, wo und mit wem Travis zu Abend essen würde – was sie sofort ärgerte. Das ging sie überhaupt nichts an, und ganz nebenbei war ihr auch egal, was er machte oder mit wem er was machte. Völlig egal.

„Vielleicht ein andermal", sagte Travis.

Mit einem tiefen Seufzer zog Liam sich wieder ins Arbeitszimmer zu seiner einstündigen Fernsehzeit zurück.

„Das wäre wirklich nicht nötig gewesen." Sierra deutete auf die Tüte.

„Es ist doch Ihr erster Abend hier." Travis öffnete die Tür. „Das gehört sich so für Nachbarn."

„Vielen Dank", erwiderte Sierra, aber da hatte er die Türe schon geschlossen.

Travis startete den Truck. Nur für den Fall, dass Sierra auf Motorengeräusche achtete, fuhr er hinter den Stall und parkte. Nachdem er noch kurz nach Baldy und den anderen drei Pferden gesehen hatte, zog er den Kopf ein und ging zu seinem Wohnwagen.

Die Unterkunft war eng, kleiner als der Kleiderschrank in seinem Schlafzimmer zu Hause in Flagstaff. Aber er brauchte nicht viel Platz. Er hatte ein Bett, eine kleine Küche, ein Badezimmer und Platz für seinen Laptop. Das reichte.

Mehr, als Brody jemals haben würde.

Er schleuderte Hut und Jacke auf die eingebaute Bank, die man auch als Sofa benutzen konnte. Ständig bemühte er sich, nicht an Brody zu denken, was ihm tagsüber, wenn er beschäftigt war, auch gut gelang. Abends und nachts jedoch sah die Sache ganz anders aus. Nach Einbruch der Dunkelheit gab es nicht viel mehr zu tun, als eine Tiefkühlmahlzeit zu verschlingen und Nachrichten zu sehen.

In Gedanken wanderte er zu Sierra und dem Jungen drüben in dem großen Haus, die bestimmt gerade das Hähnchen und die Beilagen verspeisten, die er in der Feinkostabteilung des einzigen Supermarkts in Indian Rock gekauft hatte. Er hatte nie vorgehabt, mit ihnen zusammen zu essen. Schließlich waren sie gerade erst angekommen und mussten sich einrichten. Und doch konnte er es sich gut vorstellen, mit ihnen an dem langen Tisch in der Küche zu sitzen.

Um seinen Kühlschrank zu durchforsten, musste er in die Hocke gehen. Zur Auswahl stand Hacksteak, Hacksteak und Hacksteak.

Während der Plastikteller in der winzigen Mikrowelle seine Runden drehte, machte Travis Kaffee. Dabei musste er an den letzten Besuch von Rance McKettrick denken. Als Witwer lebte Rance allein in dem Haus, das sein legendärer Vorfahre Rafe für seine Frau Emmeline und ihre gemeinsamen Kinder – zwei Töchter, die er größtenteils ignorierte – in den 1880ern gebaut hatte.

„Deine Behausung ist nicht mehr als ein schicker Sarg", hatte Rance in seiner unverblümten Art bemerkt, als er sich in dem Wohnwagen umgesehen hatte. „Dabei ist Brody tot, Trav, nicht du."

Travis rieb sich mit Daumen und Zeigefinger über die Augen. Brody war tot, richtig. Das ließ sich nicht bestreiten. Mit seinen siebzehn Jahren hatten ihm alle Türen offen gestanden. Doch er hatte es vorgezogen, sich in einem Hinterzimmer in den Slums von Phoenix bei dem Versuch, Meth herzustellen, in die Luft zu jagen.

Sein Blick fiel auf das Fenster über der Spüle und sein eigenes Spiegelbild. Hastig drehte er sich weg.

Als sein Mobiltelefon läutete, hätte er am liebsten die Mailbox angehen lassen, doch das konnte er nicht. Wenn er in der Nacht rangegangen wäre, als Brody angerufen hatte …

Also fischte er das Ding aus seiner Tasche, klappte es auf und sagte: „Reid."

„Wie steht es mit ‚Hallo'?", fragte Meg.

Seine Mikrowelle klingelte. Travis griff nach seinem Abendessen, verbrannte sich die Finger und fluchte laut.

Sie lachte. „Das wird ja immer besser."

„Ich bin nicht in der Stimmung für Scherze, Meg", bemerkte er, während er mit seiner unverletzten Hand den Wasserhahn aufdrehte und die schmerzenden Finger darunterhielt.

„Das bist du nie", entgegnete sie.

„Den Pferden geht es gut."

„Ich weiß. Sonst hättest du mich angerufen."

„Was willst du dann?"

„Mann, Mann, haben wir aber gute Laune heute Abend. Ich rufe an, du alter Nörgler, um nach meiner Schwester und meinem Neffen zu fragen. Wie geht es ihnen? Wie sehen sie aus? Sierra ist so zurückhaltend, beinahe schon reserviert."

„Das kannst du zweimal sagen."

„Vielen Dank, aber das werde ich nicht tun. In der Kürze liegt die Würze."

„Seit wann denn das?", erkundigte sich Travis und lächelte endlich.

Wieder lachte Meg. Und einmal mehr wünschte Travis sich, er könnte sich in sie verlieben. Er hatte es versucht, beide hatten versucht, etwas zwischen ihnen in Gang zu bringen, nicht nur einmal. Dass Meg sich ein Kind wünschte und er nicht allein sein wollte, waren schließlich gute Voraussetzungen. Aber es hatte nicht funktioniert.

Der berühmte Funken fehlte.

Es gab keine Leidenschaft.

So würde es nie mehr zwischen ihnen geben als eine enge Freundschaft. Inzwischen hatte er sich größtenteils damit abgefunden, doch in den einsamen Momenten sehnte er sich nach etwas anderem.

„Erzähl mir von meiner Schwester", verlangte Meg.

„Sie ist hübsch", berichtete Travis. *Richtig* hübsch, korrigierte ihn eine innere Stimme. „Und sie ist stolz auf ihr Kind, aber geradezu überfürsorglich."

„Liam hat Asthma", sagte Meg leise. „Ich weiß von Sierra, dass er ein paarmal fast daran gestorben wäre."

Travis vergaß seine verbrannten Finger, sein Hacksteak und seine persönlichen Sorgen. „Wie bitte?", keuchte er.

„Das ist der einzige Grund, warum Sierra überhaupt bereit war, sich auf Mutter und mich einzulassen. Mutter, besser gesagt unsere Firma, bezahlt die medizinische Versorgung für Liam und sorgt dafür, dass er regelmäßig Termine bei einem Spezialisten in Flagstaff bekommt. Als Gegenleistung war Sierra damit einverstanden, ein Jahr auf der Ranch zu leben."

Völlig reglos stand Travis da, während er die Worte auf sich wirken ließ. „Aber warum hier?", fragte er dann. „Warum nicht bei dir und Eve in San Antonio?"

„Mutter und ich hätten uns sehr darüber gefreut", gab Meg zu, „aber Sierra braucht ... Distanz. Zeit, um sich an uns zu gewöhnen."

„Zeit, um sich an zwei McKettrick-Frauen zu gewöhnen. Also sprechen wir vom Jahr 2050 plus minus einer Dekade?"

„Sehr witzig, Trav, Sierra ist selbst eine McKettrick, schon vergessen? Sie ist der Herausforderung gewachsen."

„Sie ist definitiv eine McKettrick", stimmte Travis ihr zu. Und noch definitiver eine Frau. „Wie hast du sie wiedergefunden?"

„Mom hatte sie und Hank schon aufgespürt, als Sierra noch klein war", antwortete Meg.

Um die ganze Geschichte in Ruhe zu hören, ließ Travis sich auf sein ungemachtes Bett fallen. Das Laken muffelte langsam ein wenig, und jede Nacht kämpfte er mit den Pizzakrümeln, die in seinen Rücken piekten. Irgendwann dieser Tage würde er sich aufraffen und das Bett frisch beziehen.

„Sie aufgespürt?", wiederholte er neugierig.

„Ja", seufzte Meg. „Ich glaube, diesen Teil der Geschichte habe ich dir noch nicht erzählt."

„Das glaube ich auch." Travis wusste von der Entführung, davon, dass Sierras Vater mit ihr am Tag der Scheidung nach Mexiko verschwunden war. „Eve wusste Bescheid und hat keinen Finger gerührt, um ihre eigene Tochter zurückzuholen?"

„Mom hatte ihre Gründe." Plötzlich klang Meg ein wenig abweisend.

„Oh, gut, na dann", bemerkte Travis, „dann ist ja alles klar. Und was für Gründe sollen das gewesen sein?"

„Es ist nicht an mir, dir das zu sagen, Trav. Mom und Sierra müssen das zuerst miteinander klären, und es könnte eine Weile dauern, bevor Sierra bereit ist, überhaupt zuzuhören."

Seufzend fuhr er sich mit einer Hand durchs Haar. „Da hast du wohl recht", räumte er ein.

Meg klang wieder fröhlicher. Trotzdem spürte er eine Verletzlichkeit, die mehr über sie verriet, als sie vermutlich wollte, egal, wie gut sie befreundet waren. „Und? Wie, glaubst du, stehen Mutters Chancen? Sich mit Sierra zu versöhnen, meine ich", erkundigte sie sich.

„Die Wahrheit?"

„Die Wahrheit“, forderte Meg.

„Gleich Null. Sierra ist höflich zu mir, keine Frage. Aber sie ist so eigensinnig, wie eine McKettrick nur sein kann, und das will was heißen.“

„Na, besten Dank.“

„Du wolltest die Wahrheit hören.“

„Trotzdem, wie kannst du dir so sicher sein, dass Mom es nicht schafft?“

„Ist so eine Ahnung“, erwiderte Travis.

Travis war berühmt für seine Ahnungen. Zu dumm nur, dass er die eine, die ihm sagte, dass sein kleiner Bruder in großen Schwierigkeiten steckte, ignoriert hatte. Dabei hätte er alles stehen und liegen lassen und nach seinem Bruder suchen müssen, bis er ihn gefunden hätte.

„Vielleicht irre ich mich ja auch“, fügte er hinzu.

„Und was denkst du wirklich über Sierra, Travis?“

Mit der Antwort ließ er sich Zeit. „Sie ist geradezu übermäßig eigenständig. Vor allem aber hat sie eine Mauer um sich und das Kind aufgebaut, und sie macht nicht den Eindruck, als würde sie irgendjemanden an sich ranlassen. Außerdem wirkt sie ziemlich nervös. Wenn es nicht um Liam ginge und sie nicht pleite wäre, wie ich vermute, wäre sie auf keinen Fall nach Triple M gekommen.“

„Verdammt“, rief Meg. „Wir sind davon ausgegangen, dass sie nicht viel Geld besitzt, aber …“

„Ihr Auto hat in der Auffahrt den Geist aufgegeben, gleich, nachdem sie geparkt hatte. Ich hab mal einen Blick unter die Haube riskiert, und glaub mir, der Mechaniker, der diese Schrottkarre reparieren kann, ist noch nicht geboren.“

„Sie kann meinen Blazer fahren.“

„Das wird dich einiges an Überzeugungsarbeit kosten. Sie ist keine Frau, die man zu etwas zwingen kann. Vermutlich würde sie am liebsten ihr Kind schnappen und mit dem nächsten Bus irgendwohin abhauen."

„Wie deprimierend", seufzte Meg.

„Hey", tröstete er sie. „Betrachte es doch mal von der positiven Seite. Sie ist hier, sie ist auf Triple M. Das ist ein Anfang."

„Pass auf sie auf, Travis."

„Als ob sie das zulassen würde."

„Tu es für mich."

„Oh bitte, Meg", brummte er.

Nach einer kurzen Pause zielte Meg – und traf mitten ins Schwarze. „Dann tu es für Liam."

4. KAPITEL

1919

Doss verließ das Haus nach dem Abendessen, angeblich, um ein letztes Mal nach dem Vieh zu sehen, bevor er nach oben ins Bett ging. Den Abwasch überließ er Tobias und Hannah. Vor der Tür stellte er den Kragen auf, um sich gegen die klirrende Kälte zu schützen. Sterne sprenkelten den schwarzen Winterhimmel.

In solchen Momenten vermisste er Gabe mit so berennender Intensität, dass er fast in Tränen ausgebrochen wäre. Doch er war ein McKettrick. Die Eigenschaft, die die McKettricks auszeichnete, nannte seine Mutter Willensstärke, Doss sprach im Stillen eher von Dickköpfigkeit.

Wenn er an seine Mutter dachte, musste er auch an seinen Vater denken. Seine Eltern vermisste er fast so schmerzlich wie Gabe. Seine Onkel Rafe, Kade und Jeb hatten sich zusammen mit ihren Frauen im Süden rund um Phönix niedergelassen, wo das Klima für ihre alten Knochen viel angenehmer war. Ihre Söhne dienten alle noch immer in der Army, obwohl der Krieg vorbei war. Sie warteten auf ihre Ausmusterung. Die Töchter hatten alle geheiratet und ihren Familiennamen McKettrick behalten. Sie lebten weit verstreut und entfernt in Boston, New York oder San Francisco.

Niemand von der Familie war hier geblieben, außer ihm, Hannah und Tobias. Das machte Doss' Einsamkeit nur noch größer. Er wünschte sich sehnlichst, dass sie einfach alle zurück nach Hause kämen, wo sie schließlich hingehörten. Aber es war einfacher, wilde Katzen einzufangen als diese Horde.

Beim Blick zurück zum Haus sah er die Laterne im Küchenfenster leuchten. Er lächelte.

Unmittelbar nachdem er das Haus verlassen hatte, musste

Hannah die elektrische Lampe ausgeschaltet haben. Sie machte sich ständig Sorgen und war äußerst sparsam, obwohl sie aus einer wohlhabenden Familie kam und in eine noch wohlhabendere Familie eingeheiratet hatte.

Sein Hals schnürte sich zusammen. Natürlich wusste er, dass sie sich verändert hatte, seit er Gabe in dem Kiefernsarg nach Hause gebracht hatte. Andererseits hatten sie sich alle verändert. Gabes Tod hatte ein Loch in die McKettrick-Familie gerissen. Nicht etwa ein kleines, säuberlich abgestepptes Loch – nein, ein großes, ausgefranstes Loch, und gemessen an der Tiefe seiner eigenen Trauer konnte er sich nicht vorstellen, dass es sich jemals wieder schließen würde.

Die Zeit heilt alle Wunden, hatte seine Mutter gesagt, nachdem sie Gabe oben auf dem Hügel begraben hatten, neben Angus und denen, die ihm gefolgt waren. Doch in ihren Augen glänzten Tränen, als sie es sagte. Und sein Vater – der hatte lange am Grab gestanden. So lange, bis Rafe, Kade und Jeb ihn weggeführt hatten.

Bei der Erinnerung stieß Doss einen Seufzer aus. „Gabe“, murmelte er tonlos, „Hannah sagt zwar, ich dürfe so nicht denken, aber ich wünsche mir noch immer, dass ich an deiner Stelle gestorben wäre.“

Er hätte alles für eine Antwort gegeben. Doch wo immer Gabe auch war, er schien mit anderen Dingen beschäftigt zu sein. Vielleicht gab es dort oben im Himmel Fischteiche oder Rinderherden, die zusammengetrieben und zum Markt gebracht werden mussten.

„Pass auf Hannah und meinen Jungen auf“, hatte Gabe ihn damals im Armeekrankenhaus gebeten, nachdem sie erfahren hatten, dass er sterben würde. „Versprich es mir, Doss.“

Doss hatte schwer geschluckt und dann das Versprechen gegeben, das nicht leicht zu halten war. Hannah schien keine Hilfe annehmen zu wollen. Jeden Morgen beim Aufwachen befürchtete er, dass dies der Tag war, an dem sie für immer zurück zu ihrer Familie nach Montana ging.

Als er hörte, wie die Hintertür geöffnet wurde, schreckte Doss aus seinen Gedanken auf. Er zögerte einen Moment, dann steuerte er auf den Stall zu – bemüht, wie ein Mann zu wirken, der ein Ziel hatte.

Hannah holte ihn ein, eingewickelt in einen Schal und mit einer Laterne in der Hand.

„Ich glaube, ich werde wahnsinnig", platzte sie heraus.

„Das ist die Trauer, Hannah", erwiderte er schroff. „Das geht vorbei."

„Das glaubst du genauso wenig wie ich", entgegnete Hannah. Der Schnee fiel immer heftiger, der Wind war eisig.

Doss wechselte auf die andere Seite, um sie abzuschirmen. „Ich muss es einfach glauben", erklärte er. „Ich ertrage die Vorstellung nicht, mich für immer so schrecklich zu fühlen."

„Ich habe die Teekanne weggeräumt", sagte Hannah. Kleine weiße Wölkchen stiegen von ihren Lippen auf. „Ich *weiß*, dass ich sie weggeräumt habe. Aber ich muss sie irgendwann wieder herausgestellt haben, ohne dass ich mich daran erinnern kann. Und das macht mir Angst, Doss. Das macht mir wirklich Angst."

Am Stall nahm Doss ihr die Laterne ab und zog mit der anderen Hand die großen Tore auf. Das war nicht leicht, da der Schnee sich angehäuft hatte, seit er den Pferden, der Milchkuh und diesem verflixten Maultier Seesaw Wasser gegeben hatte. Die Kreatur stammte von dem Maultier seiner Mutter ab, das genauso geheißen hatte. Wer noch daran beteiligt gewesen war, konnte nicht festgestellt werden.

„Vielleicht bist du momentan ein bisschen vergesslich", mutmaßte Doss, nachdem sie den Stall betreten und die Kälte hinter sich gelassen hatten. Bei dem vertrauten Geruch und den Geräuschen des dunklen Stalls fühlte er sich gleich etwas besser. Er kam oft hierher, auch wenn er nichts zu tun hatte, was selten vorkam. Auf einer Ranch gab es *immer* etwas zu tun – Holz hacken, Pferdegeschirr ausbessern, Tiere füttern: „Das bedeutet nicht, dass irgendetwas mit dir nicht in Ordnung ist, Hannah."

Bitte sag es nicht, flehte er stumm. Bitte komm jetzt nicht auf den Gedanken, dass es besser für dich wäre, mit Tobias zurück nach Montana zu gehen.

Das war ein selbstsüchtiger Wunsch, das wusste er. In Montana könnte Hannah wieder ein Stadtleben führen. Sie müsste nicht fünf Meilen auf einem Maultier reiten, um die Post zu bekommen. Sie müsste auch nicht jeden Wintermorgen das Eis in den Wassertrögen zerstoßen, damit die Rinder und Pferde trinken konnten. Es gäbe keine Hühner, die gefüttert werden müssten, und keine Arbeitskleidung, in der sie fast wie ein Mann aussah.

Wenn Hannah Triple M verlassen würde, wüsste er nicht, wie es weitergehen sollte. Vor allem müsste er dann sein Versprechen brechen, auf Gabes Sohn und Frau aufzupassen. Aber das allein war es nicht. Da war noch so viel mehr.

„Das ist noch nicht alles", vertraute Hannah ihm an.

Ohne etwas zu sagen, ging er von Stall zu Stall und betrachtete die verschlafenen Pferde, die irritiert in den Lichtstrahl seiner Laterne blinzelten. Er wollte Hannah genug Raum geben, um ihm zu sagen, was immer sie zu sagen hatte.

„Was ist es?", fragte er dann aber doch, als sie nicht antwortete.

„Es geht um Tobias. Er hat mir gerade erzählt ... er hat mir erzählt ..."

Als Doss sich umdrehte, sah er Hannah in dem vom Mond erhellten Eingang stehen, von Silber übergossen, eine Hand an die Lippen gepresst.

Er ging zu ihr, stellte die Laterne ab und fasste sie mit beiden Händen an den Schultern. „Was hat er dir erzählt, Hannah?"

„Doss, er sieht Gespenster."

„Was für Gespenster?"

„Einen Jungen." Viel zu fest für eine zierliche Frau umklammerte sie seinen Arm. Ihre Finger durch die dicke Kleidung zu spüren, stellte seltsame Dinge mit ihm an. „Doss, Tobias behauptet, einen Jungen in seinem Zimmer gesehen zu haben."

Prüfend sah Doss sich um. Er sah nichts als blankes, gefrorenes Land im Umkreis von vielen Meilen. „Das kann nicht sein", sagte er.

„Du musst mit ihm sprechen."

„Und ob ich mit ihm sprechen werde." Hastig lief Doss zum Haus zurück, so versessen darauf, mit Tobias zu sprechen, dass er gar nicht daran dachte, Hannah vor dem Wind zu schützen. Hannah musste ihre Röcke anheben, um mit ihm Schritt zu halten.

Heute

„Erzähl mir von dem Jungen, den du in deinem Zimmer gesehen hast", bat Sierra, nachdem sie das Grillhähnchen mit Kartoffelbrei, Bratensaft und gegrillten Maiskolben vertilgt hatten.

Liam sah ihr über den Tisch hinweg direkt in die Augen, als er antwortete. „Er ist ein Geist", erklärte er und wartete förmlich auf ihren Protest.

„Vielleicht ein erfundener Spielkamerad?", schlug Sierra vor. Dass Liam einsam war, das brachte ihr Leben mit sich. Nachdem ihr Vater sich in schäbigen Hinterhofkneipen in San Miguel zu Tode gesoffen hatte, waren sie wie Zigeuner durch Amerika gezogen. San Diego, North Carolina, Georgia und zuletzt Florida.

„Ich kann nichts Erfundenes bei ihm entdecken“, widersprach Liam fest. „Er trägt komische Kleidung, so wie diese Kinder früher, wie man es im Fernsehen sieht. Er ist ein Geist, Mom. Akzeptier das.“

„Liam ...“

„Nie glaubst du mir!“

„Ich glaube dir immer“, sagte Sierra ruhig. „Aber du musst zugeben, was du erzählst, klingt ziemlich ungewöhnlich.“ Wieder dachte sie an die Teekanne. Wieder schob sie ihre Erinnerung zur Seite.

„Ich lüge nie, Mom.“

Als sie seine Hand nahm, um sie zu tätscheln, zog er sie zurück, presste störrisch die Lippen aufeinander und sah sie durchdringend an. Sie versuchte es noch einmal. „Ich weiß, dass du nicht lügst, Liam. Aber du bist in einem fremden neuen Haus und vermisst deine Freunde und ...“

„Und ich darf nicht mal nachsehen, ob sie mir E-Mails geschrieben haben!“, schrie er.

Sierra seufzte, stützte die Ellbogen auf den Tisch und rieb sich die Schläfen. „Gut“, lenkte sie ein. „Du kannst ins Internet gehen. Sei aber bitte vorsichtig. Der Computer ist teuer, und wir können es uns nicht leisten, ihn zu reparieren.“

Glücklich strahlte ihr Sohn sie an. „Ich mache nichts kaputt“, versprach er.

Ob er sie gerade ausgetrickst hatte und die ganze Geistergeschichte nur eine Erfindung gewesen war, um sie um den Finger zu wickeln?

Im nächsten Moment schämte Sierra sich für diesen Gedanken. Liam war grundehrlich. Er glaubte wirklich, ein anderes Kind in seinem Schlafzimmer gesehen zu haben. Sie sollte morgen früh seine neue Ärztin in Flagstaff anrufen und herausfinden, was sie aus medizinischer Sicht dazu zu sagen hatte. Im Geiste schickte sie ein Stoßgebet zum Himmel, dass ihr Auto anspringen würde, weil die Ärztin Liam sicher unverzüglich sehen wollte.

Inzwischen war Liam aufgesprungen und aus dem Raum gestürmt.

Nachdem Sierra abgespült hatte, folgte sie ihm so beiläufig wie nur möglich in den Raum neben der Eingangstür.

Er war bereits online.

„Genau, wie ich es mir gedacht habe!“, rief er erfreut. „Meine Mailbox *explodiert* beinahe.“

Der Fernseher lief noch immer, der Sprecher beschrieb mit trübsinniger Stimme die Folgen einer zweiten Eiszeit, die jede Sekunde anstand. Sierra drehte den Fernseher ab.

„He“, protestierte Liam. „Ich habe mir das gerade angehört.“

„Du bist erst sieben“, sagte sie. „Du solltest dir über das Schicksal unseres Planten keine Sorgen machen.“

„Irgendjemand muss das aber tun“, erwiderte Liam, ohne aufzusehen. „*Deine* Generation ist da ja nicht sonderlich erfolgreich.“ Wie hypnotisiert starrte er auf den Computerbildschirm. Das blaugraue Licht spiegelte sich in seinen Brillengläsern, seine Augen waren nicht zu sehen. „Sieh mal! Die gesamte Freak-Gruppe hat mir geschrieben!“

„Ich habe dich gebeten ...“

„Okay“, gab Liam sich geschlagen. „Die außerordentlich klugen Kinder der Begabtenförderung üben sich in Kommunikation.“

„Das ist schon besser.“ Sierra unterdrückte ein Lächeln.

„Für dich sind auch ein paar Mails gekommen“, erzählte er ihr, während er schon dabei war, auf dic Nachrichten zu antworten. Seine kleinen Finger flitzten geschickt über die Tastatur. Die Ein-Finger-Methode hatte Liam komplett übersprungen, wie all die anderen Kinder in seiner Klasse auch. Mit einem Computer umzugehen war für ihn selbstverständlich, gerade, als ob er schon mit dem nötigen Wissen auf die Welt gekommen wäre. Da es sich dabei um ein vollkommen normales Phänomen handelte, war Sierra einigermaßen beruhigt.

„Die lese ich später", antwortete sie. Da sie nicht viele Freunde hatte, erwartete sie ohnehin nur den üblichen Penisverlängerungskram. Wie war sie nur auf deren Liste geraten?

„Sie werden bei einem richtigen Raketenstart dabei sein!", schrie Liam ohne eine Spur von Neid in der Stimme. „*Wow!*"

„In der Tat, *wow*", stimmte Sierra ihm zu. Sie sah sich in dem Raum um, der laut Meg ursprünglich ein Herrenzimmer gewesen war. Alte Bücher standen fein säuberlich in den Regalen. Es gab einen Kamin aus Naturstein, in dem das Feuerholz bereits aufgeschichtet war. Sierra entdeckte ein Streichholz auf dem Kaminsims und machte ein Feuer.

Ein Läuten ertönte vom Computer.

„Du hast gerade eine IM von Tante Meg bekommen", verkündete Liam.

Wo hatte er eigentlich dieses Tante Meg her? Bisher hatte er sie noch kein einziges Mal getroffen, geschweige denn eine persönliche Beziehung zu ihr aufgebaut.

„IM?", wunderte Sierra sich.

„Instant Message", erklärte Liam. „Da solltest du wohl mal besser gleich nachschauen. Aber beeil dich, ich habe noch einen Haufen Mails zu beantworten."

Also nahm Sierra sich den Stuhl, den Liam nur sehr ungern herausrückte, und las Megs Nachricht.

Travis hat mir erzählt, dass dein Auto kaputt ist. Nimm meinen Blazer. Die Schlüssel sind in der Zuckerdose neben der Teekanne.

Sofort meldete sich Sierras Stolz. *Danke*, antwortete sie viel langsamer, als Liam getippt hätte, *aber wahrscheinlich werde ich dein Auto nicht brauchen. Mein Wagen ist nur …* Sie hielt inne. Ihr Auto war nur was? Alt? *… etwas müde,* tippte sie, zufrieden mit der Wortwahl.

Die Batterien vom Blazer werden leer sein, bis ich wiederkomme, wenn das Auto nicht gefahren wird. Megs Antwort kam unverzüglich, sie war offensichtlich so schnell wie Liam.

Wird dir Travis alles berichten, was ich so treibe?, schrieb Sierra. Dabei machte sie so viele Fehler, dass sie immer wieder von vorn beginnen musste, und das ärgerte sie.

Ja, antwortete Meg. *Weil ich vorhabe, jedes kleinste Detail aus ihm herauszupressen.*

Sierra seufzte. *Das wird aber nicht sonderlich spannend werden*, antwortete sie langsam, aber ohne einen Fehler zu machen. Sie war aus der Übung. Wenn sie darauf hoffte, einen besseren Job als in einer Kneipe zu finden, musste sie schleunigst ihre Computerkenntnisse aufbessern.

Abschließend schickte Meg ein Smiley und ein *Gute Nacht, Schwesterchen. (Das wollte ich schon immer mal sagen.)*

Sierra biss sich auf die Lippen. *Gute Nacht*, hämmerte sie in die Tasten und stand auf. Ihr Blick fiel auf die Uhr über dem Kamin, in dem das Feuer loderte.

Warum hatte sie es überhaupt angemacht? Sie war hundemüde und musste nun entweder einen Eimer Wasser über das Feuer schütten oder warten, bis es von selbst ausging. Da die erste Methode eine große Sauerei zur Folge hätte, blieb ihr nichts anderes übrig, als zu warten.

„Beeil dich“, sagte sie zu Liam, der sich in der Sekunde, in der Sierra aufgestanden war, wieder auf den Stuhl hatte plumpsen lassen. „In einer halben Stunde ist Schlafenszeit.“

„Aber ich habe einen *Mittagsschlaf* gemacht“, erklärte Liam, während er gleichzeitig tippte.

„Mach bald Schluss.“ Sierra verließ das Arbeitszimmer, ging die Treppe hoch in Liams Schlafzimmer und suchte seinen

Lieblingspyjama, der noch in einem der Koffer sein musste. Sie wollte den Pyjama ein paar Minuten auf die Heizung legen, um ihn aufzuwärmen.

Irgendetwas zog sie jedoch zum Fenster. Und dann sah sie, dass in Travis' Wohnwagen die Lichter brannten und sein Auto daneben parkte. Anscheinend war er nicht lange in der Stadt oder wo auch immer gewesen.

Warum machte sie der Gedanke so fröhlich?

1919

Hannah stand im Türrahmen von Tobias' Zimmer und betrachtete ihren schlafenden Sohn. Er sah so friedlich aus, wie er dalag. Aber sie wusste, dass ihn manchmal schlimme Albträume quälten. Gestern erst war er in den frühen Morgenstunden in ihr Bett gekrabbelt, hatte sich so nah an sie gekuschelt, wie sein Kleiner-Jungen-Stolz es zuließ, und geflüstert, dass sie niemals sterben dürfe.

Das hatte sie so aus der Fassung gebracht, dass sie einen Moment nicht sprechen konnte.

Als sie ihn jetzt so daliegen sah, verspürte sie den Wunsch, ihn aufzuwecken, ganz fest an sich zu drücken und ihn davor zu bewahren, kleine Jungen zu sehen, die es nicht gab.

Er war einsam, das war alles. Tobias brauchte andere Kinder um sich. Zwar besuchte er eine weit entfernt liegende Schule, wenn sie nicht wegen Schneefalls geschlossen blieb, aber es gab nur ein Klassenzimmer und insgesamt sieben Schüler, die alle älter waren als er.

Vielleicht sollte sie wirklich mit ihm zurück nach Montana ziehen. Dort hatte er Cousins und Cousinen. Und sie würden in einer Stadt wohnen, wo es Läden gab und eine Bibliothek und sogar ein Lichtspielhaus. Im Frühjahr könnte er Fahrrad fahren lernen und mit anderen Jungs Baseball spielen.

Hannah fühlte einen furchtbaren Druck in ihrer Brust. Gabe hätte gewollt, dass sein Sohn so wie er auf der Ranch aufwuchs, ein Teil dieses gefährlichen, rauen Landstrichs wurde und lernte, auf seinem Pferd verirrte Rinder einzufangen. Natürlich hatte Gabe nicht damit gerechnet, jung zu sterben. Nach dem Krieg hatte er mit Hannah eine große Familie gründen wollen. Dann hätte Tobias viele Spielkameraden gehabt.

Eine Träne lief über Hannahs Wange, die sie hastig wegwischte.

Gabe war tot, und sie würde keine weiteren Kinder mehr bekommen.

Sie hörte Doss die Treppe hochsteigen. Eigentlich wollte sie nicht von ihm im Schlafzimmer ihres Sohnes gesehen werden. Er fand, dass sie sich viel zu viele Sorgen um Tobias machte und ihn keine Sekunde aus den Augen ließ.

Aber wie sollte ein Mann verstehen, was es hieß, Mutter zu sein und ein Kind großzuziehen?

Hannah schloss ihre Augen und rührte sich nicht.

Kurz darauf blieb Doss hinter ihr stehen. Sie konnte fühlen, wie unsicher er war, aber auch welche Hitze und Kraft von seinem Körper ausging.

„Lass das Kind schlafen, Hannah“, sagte er leise.

Vorsichtig schloss sie die Tür und drehte sich in dem dunklen Flur zu ihm um. Er trug ein Buch unter dem Arm und eine Laterne in der anderen Hand.

„Es ist, weil er einsam ist“, erklärte sie.

Und Doss verstand sofort, dass sie über Tobias' Halluzinationen sprach. „Kinder erfinden nun mal Sachen“, sagte er. „Und einsam zu sein gehört zum Leben. Dieses Tal muss der Mensch durchschreiten und nicht davor weglaufen.“

Ein McKettrick lief niemals davon, das musste Doss nicht ausdrücklich betonen und sie auch nicht. Allerdings war sie keine McKettrick, zumindest keine geborene. Oh, sie schrieb zwar diesen Namen, wann immer sie etwas unterzeichnen musste, aber sie hatte an dem Tag aufgehört, sich als eine McKettrick zu fühlen, an dem sie Gabe zu Grabe getragen hatten.

Warum, das wusste Hannah nicht. Gabe war so stolz auf seinen Namen gewesen, so wie alle anderen McKettricks auch.

„Hast du dir jemals gewünscht, woanders zu leben?", hörte Hannah sich fragen.

„Nein", erwiderte Doss so schnell und so ernst, dass sie fast glaubte, er hätte ihre Gedanken gelesen. „Ich gehöre hierher."

„Aber die anderen – deine Onkel und Cousinen –, sie sind nicht geblieben …"

„Frag jeden Einzelnen von ihnen nach seiner Heimat, und jeder wird dir antworten, dass es die Triple M Ranch ist."

Hannah wollte noch was sagen, doch sie hielt inne und nickte. „Gute Nacht, Doss", sagte sie.

Er neigte den Kopf, ging in sein Zimmer und schloss die Tür hinter sich.

Aber Hannah blieb noch lange allein in der Dunkelheit stehen.

Mit Gabe war sie auf der Ranch so glücklich gewesen, sogar noch, als er in die Army eingetreten war. Denn sie hatte nie auch nur eine Sekunde lang daran gezweifelt, dass er zurückkommen würde, mit einem Seesack über der Schulter und pfeifend. Diese Vorstellung war sie tausendmal in ihrem Kopf durchgegangen, hatte sich ausgemalt, wie sie ihm entgegenlaufen und sich in seine Arme werfen würde.

Ohne ihn könnte sie genauso gut auf dem kalten, kahlen Mond leben.

Mit Tränen in den Augen ging sie langsam zum anderen Ende des Flurs auf den Raum zu, in den Gabe sie in ihrer Hochzeitsnacht getragen hatte. Er selbst war in diesem großen

Bett gezeugt und geboren worden, genau wie Tobias. Und wie all die anderen Kinder, die sie gehabt hätte, wenn Gabe noch am Leben wäre.

Nachdem sie die Tür hinter sich geschlossen hatte, zog Hannah sich nicht aus. Sie öffnete ihr Haar nicht und bürstete es nicht aus wie sonst, wusch sich nicht das Gesicht in der Schüssel auf der Kommode.

Stattdessen setzte sie sich in Loreleis Schaukelstuhl und wartete. Sie saß einfach nur da und wartete.

Worauf, das wusste sie nicht.

Heute

Als Liam schlief, ging Sierra wieder hinunter, um ihre E-Mails zu lesen. Als sie Allie Douglas-Fletchers Absender entdeckte, wusste sie, dass sie besser bis zum nächsten Morgen gewartet hätte. Denn in den Morgenstunden war sie immer stärker und gefasster.

Allie war Adams Zwillingsschwester, Liams Tante. Adam war während eines Einsatzes in Südamerika ermordet worden. Seitdem konzentrierte sich seine untröstliche Schwester auf eine ungesunde Weise auf ihren Neffen.

Nachdem Sierra tief eingeatmet und sehr langsam wieder ausgeatmet hatte, öffnete sie die Nachricht. Eine höfliche Einleitung fehlte, was typisch für Allie war. Sie kam immer direkt auf den Punkt.

Das Gästehaus steht für dich und Liam bereit. Wie du weißt, hätte Adam gewollt, dass sein Sohn hier in San Diego aufwächst. Tim und ich können Liam alles bieten – ein richtiges Zuhause, eine Familie, eine Ausbildung, die beste medizinische Versorgung. Natürlich werden wir auch alles tun, um für dich zu sorgen. Wenn du nicht nach Hause kommst, sag uns wenigstens, ob ihr gut in Arizona angekommen seid.

Reglos saß Sierra auf dem Stuhl und starrte auf die steife Bitte auf dem Bildschirm. Obwohl Allie und Adam in eher einfachen Verhältnissen aufgewachsen waren, hatten beide etwas aus ihrem Leben gemacht. Adam hatte als Fotojournalist für ein großes Nachrichtenmagazin gearbeitet. Er und Sierra hatten sich bei Aufnahmen in San Miguel kennengelernt.

Allie besaß ein eigenes Finanzunternehmen, ihr Ehemann war Neurochirurg. Sie hatten alles – bis auf das, was sie sich am meisten wünschten: Kinder.

Ihr werdet Liam nicht bekommen, schrie Sierra stumm auf. Er gehört zu mir.

Sie massierte ihre Finger, seufzte und drückte die Antworttaste. Allie war ein guter Mensch, genau wie Adam ein guter Mensch gewesen war, obwohl er Sierra auf unfassbare Weise belogen hatte. Und Adams Schwester glaubte wirklich, sie und ihr Doktor könnten Liam eine bessere Zukunft garantieren als sie. Vielleicht hatten sie sogar recht. Denn sie hatten Geld und sozialen Status.

In Sierras Augen brannten Tränen.

Liam geht es gut. Wir sind sicher gelandet auf Triple M, und bis auf Weiteres bleiben wir hier.

Zu mehr konnte sie sich nicht überwinden.

Nachdem sie auf Senden gedrückt hatte, schaltete sie den Computer aus.

Das Feuer brannte noch immer kräftig. Sierra stand auf, durchquerte den Raum, schob die Abschirmung zur Seite und stocherte mit einem Schürhaken in dem brennenden Holz, was die Flammen nur noch höher aufzüngeln ließ.

Also streifte sie die Schuhe ab, kuschelte sich in den großen Ledersessel und wickelte sich in die Decke, um darauf zu warten, dass das Feuer ausging.

Die alte Uhr auf dem Kaminsims tickte laut und stetig, fast hypnotisch.

Sierra gähnte. Schloss die Augen. Öffnete sie wieder. Ganz kurz überlegte sie, den Fernseher wieder anzumachen, nur um jemanden reden zu hören, entschied sich aber dagegen. Müde wie sie war, würde sie all ihre Energie brauchen, um sich die Treppen hochzuschleppen und ins Bett zu fallen.

Wieder schloss sie ihre Augen.

Öffnete sie wieder.

Überlegte, ob in Travis' Wohnwagen wohl noch Licht brannte.

Schloss die Augen.

Fiel in einen schweren, unruhigen Schlaf.

Obwohl Sierra wusste, dass sie träumte, fühlte es sich ganz real an.

Sie hörte die Uhr ticken.

Sie fühlte die Wärme des Feuers.

Und obwohl sie in der Küche des Ranchhauses stand, sah diese anders aus, ein klein wenig anders als die Küche, die sie kannte.

Sie selbst war anders.

Ihre Augen waren geschlossen, trotzdem konnte sie klar sehen.

Eine nackte Glühbirne baumelte von der Decke und spendete zwar mattes, aber ausreichendes Licht.

Voller Erstaunen sah sie an sich herab, an der Traum-Sierra.

Sie trug einen langen, wollenen Rock. Ihre Hände waren kleiner, rissig und abgearbeitet – die Hände einer anderen.

„Ich träume", erklärte sie sich selbst, aber es half nichts.

Die Teekanne stand auf dem Tresen.

„Wie kommt die denn dahin?", fragte die andere Sierra. „Ich weiß, dass ich sie weggestellt habe. Das weiß ich mit Sicherheit."

Mit aller Kraft wollte Sierra aufwachen. Dieser Traum war zu intensiv. Sie steckte im Körper einer anderen Frau. Dieser Körper war sehnig und stark. Sie fühlte den Herzschlag und den Atem der anderen. Fühlte das Gewicht langer Haare, die zu einem losen Knoten geschlungen waren.

„Wach auf", rief sie.

Aber sie konnte nicht.

Reglos stand sie in der Küche und starrte auf die Teekanne.

Und sie spürte eine so schreckliche Einsamkeit, dass sie glaubte, von innen bersten und in tausend Stücke springen zu müssen. Spürte die Sehnsucht nach einem Mann, der für immer gegangen war, einen unbeschreiblichen Schmerz. Die Liebe zu einem Kind, so unendlich tief, dass sie schon fast an Trauer grenzte.

Und dann war da noch etwas, ein verbotenes Verlangen, das nichts mit dem Mann zu tun hatte, der sie verlassen hatte.

Als es Sierra endlich gelang aufzuwachen, entdeckte sie die Tränen der anderen Frau in ihrem Gesicht.

Sie musste eine ganze Weile geschlafen haben, denn im Kamin war nur noch Asche, und es war kalt geworden.

Zitternd wickelte sie die Decke fester um ihren Körper und stand auf. Sie sah aus dem Fenster. In Travis' Wohnwagen war es dunkel.

„Es war nur ein Traum", redete sie sich ein.

Und warum brach dann gerade ihr Herz?

Energisch ging sie in die Küche. Da sie nicht wusste, wo die Lichtschalter waren, musste sie sich in der Dunkelheit ihren Weg bahnen. Als sie in der Mitte der Küche angekommen war, dort, wo sie auch im Traum gestanden hatte, unterdrückte sie den Drang, nach der Schnur für das Licht zu greifen, von der sie wusste, dass sie nicht mehr da war.

Was sie jetzt brauchte, war eine schöne Tasse Tee.

Neben der Hintertür entdeckte sie einen Lichtschalter und knipste ihn an.

Als der Raum sich mit beruhigendem Licht füllte, schien sie wieder in der realen Welt gelandet zu sein.

Sierra fand den Wasserkocher, füllte ihn in der Spüle und schaltete ihn ein. Vorhin war sie noch zu müde gewesen, um auch nur aufzustehen und den Fernseher anzuschalten, doch sie wusste, dass sie jetzt nicht schlafen könnte.

Dann kann ich es genauso gut auch gleich machen, dachte sie, ging zum Geschirrschrank, nahm die Teekanne heraus und stellte sie auf den Tisch. Sie gab die Teeblätter dazu und stieß in einer der Schubladen auf ein kleines Sieb. Das Wasser kochte.

Still saß sie da, nippte an ihrem Tee und beobachtete, wie dicke Schneeflocken im Licht der Veranda tanzten. Liam kam die Hintertreppe herunter. Blinzelnd rieb er sich die Augen.

„Ist es schon morgen?“, fragte er.

„Nein“, erwiderte Sierra sanft. „Geh zurück ins Bett.“

„Kann ich auch Tee haben?“

„Wieder nein“, antwortete Sierra, protestierte jedoch nicht, als er sich auf die Bank setzte. „Aber wenn wir Kakao haben, mach ich dir welchen.“

„Haben wir“, sagte Liam. Er sah unglaublich jung aus und so verletzlich ohne seine Brille. „Ich hab welchen in der Speisekammer gesehen. So ein Pulverzeug.“

Mit einem Lächeln stand Sierra auf und ging in die Speisekammer. Sie kam mit dem Kakao und einer Tüte Marshmallows zurück, die schon etwas älter waren. Dank Travis stand frische Milch im Kühlschrank. In der Mikrowelle war die heiße Schokolade in weniger als einer Minute fertig.

„Ich finde es schön hier", sagte Liam. „Schöner als alles, wo wir bisher waren."

Sierras Herz wurde schwer. „Findest du das wirklich? Warum?"

Nach einem Schluck Schokolade zuckte er auf seine typische Art mit den Schultern. „Es ist wie ein richtiges Zuhause", erklärte er mit einem kleinen Milchbart um die Lippen. „Viele Leute haben hier schon gelebt. Und sie alle waren McKettricks – so wie wir."

Den Stich, den Sierra spürte, verbarg sie hinter einem Lächeln. „Überall, wo wir wohnen, ist unser richtiges Zuhause, weil wir beide zusammen sind."

Liam betrachtete sie mit einem liebevoll skeptischen, beinahe geduldigen Ausdruck. „Wir hatten noch nie so viel Platz. Wir hatten auch noch keinen Stall mit Pferden. Und wir hatten noch nie *Geister.*" Als er das letzte Wort flüsterte, erschauerte er wohlig.

Gerade als Sierra nach einem Weg suchte, um noch einmal auf das Thema Geister zu sprechen zu kommen, drang schwache, sanfte Klaviermusik an ihr Ohr.

5. KAPITEL

Hörst du das auch?", fragte Sierra Liam.

Mit gerunzelter Stirn verlagerte er sein Gewicht, um einen Schluck Kakao zu trinken. „Was soll ich hören?"

Die klagende Melodie erklang noch immer leise aus dem vorderen Zimmer.

„Nichts", log Sierra.

Liam musterte sie verwirrt und argwöhnisch.

„Trink deinen Kakao aus", forderte sie ihn auf. „Es ist spät."

Die Musik brach ab, und sie fühlte große Erleichterung und zugleich eine merkwürdige Traurigkeit, die sie auf den viel zu lebhaften Traum vorhin im Sessel zurückführte.

„Was hast du gemeint, Mom?", bohrte Liam.

„Ich dachte, ich würde ein Klavier hören", räumte sie ein. Ihr Sohn würde sowieso keine Ruhe geben, bis sie ihm die Wahrheit erzählt hatte.

Liam strahlte. „Dieses Haus ist echt cool. Ich habe auch den Freaks – den anderen Kindern – erzählt, dass es hier spukt. Und Tante Allie auch."

Mit zittrigen Fingern setzte Sierra die Tasse ab. „Wann hast du mit Allie gesprochen?"

„Sie hat mir eine E-Mail geschickt, und ich habe geantwortet."

„Na großartig", stöhnte Sierra.

„Hätte mein Dad wirklich gewollt, dass ich in San Diego aufwachse?", erkundigte sich Liam mit ernster Stimme.

Natürlich hatte Allie ihn auf diese Idee gebracht! Sierra fand Adams Schwester eigentlich nicht unsympathisch, aber jetzt hatte sie eindeutig eine Grenze überschritten. Allie hatte kein Recht, Liam hinter ihrem Rücken zu manipulieren.

„Dein Vater hätte gewollt, dass du bei mir aufwächst“, erwiderte Sierra fest, und das war die Wahrheit, egal, wie sehr Adam sie hintergangen hatte.

„Tante Allie sagt, meine Cousinen würden mich mögen“, fuhr Liam fort.

Liams „Cousinen“ waren in Wahrheit seine Halbschwestern. Aber erst einmal wollte Sierra ihm diesen Teil der Geschichte noch ersparen. Sie hoffte inständig, dass Allie sich ebenfalls daran hielt. Adam hatte Sierra damals erzählt, dass er geschieden wäre. Und sie hatte sich sofort rettungslos in ihn verliebt. Sechs Monate später, als sie sein Baby unter ihrem Herzen trug, fand sie heraus, dass er noch immer mit seiner Frau und seinen Kindern zusammenlebte, wenn er nicht unterwegs war. Es war Allie, die ernste und besorgte Allie, die Sierra in San Miguel ausfindig machte und ihr die Wahrheit erzählte.

Niemals würde sie die Familienfotos vergessen, die ihr Allie an diesem Tag gezeigt hatte. Schnappschüsse von Adam, der seine lächelnde Frau Dee im Arm hielt. Die zwei kleinen Mädchen in gleichen Kleidchen standen neben ihnen, mit weit geöffneten, unschuldigen und vertrauensvollen Augen.

„Vergiss ihn, Kindchen“, hatte Hank ihr unbekümmert empfohlen, als sie ihm, in Tränen aufgelöst, die beschämende Geschichte erzählte. „Daraus wird nix mehr.“

Sie schrieb Adam sofort, doch ihr Brief kam eines Tages ganz zerfleddert von den vielen Nachsendungen zurück. Und bei den vielen Telefonnummern, die sie von ihm hatte, ging nie jemand ran.

Acht Wochen später brachte Sierra Liam zur Welt, zu Hause, unterstützt von Hanks Langzeitgeliebter Magdalena. Drei Tage nach der Geburt brachte Hank eine amerikanische Zeitung mit und schleuderte sie ihr ohne Kommentar in den Schoß.

Von stiller, wachsender Furcht erfasst, blätterte sie langsam die Seiten um, bis sie den Bericht über Adam Douglas' Tod entdeckte. Er war am Stadtrand von Caracas erschossen worden, nachdem er sich in ein Drogenkartell eingeschmuggelt hatte, um Fotos für eine Story zu machen.

„Mom?" Liam schnippte mit den Fingern unter Sierras Nase. „Hörst du schon wieder die Musik?"

Blinzelnd schüttelte Sierra den Kopf.

„Glaubst du auch, dass meine Cousinen mich mögen würden?"

Sie streckte die Hand aus, das Zittern war kaum zu sehen, und zerzauste sein Haar. „Ich bin mir sicher, *jeder* würde dich mögen", versicherte sie ihm. Später, wenn er älter war, wollte sie ihm von Adams anderer Familie erzählen. Aber noch war es zu früh dafür. „Geh jetzt rauf, putz dir die Zähne und hau dich wieder aufs Ohr."

„Gehst du noch nicht ins Bett?", fragte Liam.

„Doch", antwortete sie. Zwar glaubte sie nicht, schlafen zu können, aber Liam würde sich wundern, wenn sie die ganze Nacht aufblieb und durchs Haus strich. „Geh schon mal vor. Ich sehe nur nach, ob die Eingangstür abgeschlossen ist."

Er gehorchte ohne Protest. Sierra überlegte einen Moment, dieses Ereignis in ihrem Kalender rot zu markieren.

Kaum war er verschwunden, lief sie direkt ins Wohnzimmer zum Klavier. Der Deckel war geschlossen, die Bank stand ordentlich auf ihrem Platz. Sie knipste das Licht an und suchte das glatte, sauber polierte Holz nach Fingerabdrücken ab. Nichts.

Doch als sie den Deckel berührte, hinterließen ihre Finger deutliche Spuren.

Niemand hatte heute Abend das Klavier berührt, es sei denn mit Handschuhen.

Ungläubig überprüfte Sierra das Schloss der Haustür.

Abgeschlossen.

Sie inspizierte die Fenster – alle geschlossen – und sogar den Fußboden. Es schneite stark, und wenn jemand durch diesen Sturm das Haus betreten hätte, müsste er irgendwelche Spuren hinterlassen haben, egal, wie sorgfältig er war – eine kleine Pfütze da, ein bisschen Matsch dort.

Aber wieder entdeckte sie nichts.

Endlich ging sie nach oben, duschte und zog ihr Nachthemd an. Da Travis ihre Taschen in dem Raum neben Liams abgestellt hatte, öffnete sie die Verbindungstür einen kleinen Spalt, bevor sie ins Bett kletterte.

Binnen Sekunden war Sierra eingeschlafen.

1919

Hannah schloss den Klavierdeckel, stapelte die Noten ordentlich übereinander und stand auf. Sie hatte so leise wie möglich gespielt, hatte all ihre Sehnsucht und Trauer in die Melodie gelegt, und als sie jetzt oben am Flur ankam, sah sie noch Licht unter Doss' Tür.

Was er wohl tun würde, wenn sie in sein Zimmer gehen, sich ausziehen und zu ihm ins Bett kriechen würde?

Natürlich würde sie das niemals tun, weil sie ihren Ehemann liebte und es sich nicht geziemen würde. Aber es gab Momente, in denen in ihrem Innersten ein solcher Schmerz wühlte, dass sie sich einfach nur wünschte, berührt und gehalten zu werden. Und jetzt war so ein Moment.

Sie schluckte schwer, entsetzt über ihre unsittlichen Gedanken.

Selbstverständlich würde Doss sie wütend wegschicken. Und sie daran erinnern, dass sie die Witwe seines Bruders war – falls er überhaupt je wieder mit ihr spräche.

Trotzdem machte sie leise einen Schritt auf seine Tür zu.

„Ma?“

Tobias stand hinter ihr. Sie hatte nicht gehört, wie er sein Bett verlassen und die Tür seines Zimmers geöffnet hatte.

Schnell drehte sie sich zu ihm um.

„Was ist denn?“, fragte sie sanft. „Hast du schlecht geträumt?“

Kopfschüttelnd wanderte sein Blick von Hannah zu Doss’ Tür und wieder zurück, ernst und besorgt. „Ich wünschte, ich hätte einen Pa“, sagte er.

Hannahs Herz zog sich zusammen. Sie ging zu ihm, zog ihn an sich, und er ließ es zu. Tagsüber hätte er sich gewehrt. „Ich auch“, sagte sie und küsste ihn auf den Kopf. „Ich wünschte, dein Pa wäre hier. Ich wünsche es mir so sehr, dass es wehtut.“

Tobias löste sich von ihr. „Aber Pa ist tot“, sagte er. „Vielleicht könntest du Doss heiraten. Dann wäre er nicht mehr mein Onkel, oder? Dann wäre er mein Pa.“

„Tobias“, seufzte Hannah sehr sanft, wobei sie im Stillen betete, dass Doss nichts von dieser Unterhaltung hörte. „Das wäre nicht richtig.“

„Warum nicht?“, fragte Tobias.

Da ging sie in die Hocke und sah in sein Gesicht. Er würde einmal ein gut aussehender Mann werden, mit dieser Entschlossenheit im Ausdruck, den alle McKettrick-Männer an sich hatten. Doch jetzt war er noch ein kleiner Junge mit einem unschuldigen Gesicht. „Ich war die Frau deines Vaters. Ich werde ihn lieben, solange ich lebe.“

„Das kann aber noch lange dauern“, warf Tobias ein, dann senkte er die Stimme zu einem Flüstern. „Ich möchte nicht, dass Doss jemand anders heiratet, Ma“, flüsterte er. „All die Frauen in Indian Rock mögen ihn, und eines Tages wird er vielleicht auf die Idee kommen, sich eine Frau zu suchen.“

„Tobias, du musst dir diesen Unsinn aus dem Kopf schlagen. Wenn Doss beschließt, sich eine Frau zu suchen, dann ist das sein gutes Recht. Aber ich werde es sicher nicht sein, die er heiratet. Das verstehst du jetzt noch nicht, aber Doss ist der Bruder deines Vaters. Ich könnte …“

„Aber du würdest einen Mann aus Montana heiraten, oder?“, rief Tobias plötzlich wütend. Nun machte er keine Anstalten mehr, leise zu sprechen. „Irgendeinen Fremden, der einen Anzug trägt, wenn er zur Arbeit geht!“

„Tobias!“

„Ich werde nicht nach Montana gehen, hörst du? Ich werde Triple M nicht verlassen, es sei denn, Doss geht auch!“

Vor Zorn und Scham röteten sich Hannahs Wangen, denn das musste Doss gehört haben. Sie richtete sich auf.

„Tobias McKettrick“, sagte sie streng, „du gehst jetzt sofort wieder ins Bett, und wage es ja nicht, jemals wieder in diesem Ton mit mir zu sprechen!“

Tobias schob das Kinn auf typische McKettrick-Art vor, seine Augen blitzten. „Du kannst gehen, wohin du willst“, schrie er und flüchtete in sein Zimmer, „aber ich werde nicht mitkommen!“ Und damit knallte er ihr die Tür vor der Nase zu.

Hannah trat einen Schritt vor und streckte schon die Hand nach dem Türknauf aus. Doch sie war einfach nicht in der Lage, ihrem Sohn jetzt gegenüberzutreten.

„Hannah.“

Doss.

Sie versteifte sich, drehte sich aber nicht um. Denn sonst würde Doss zu viel in ihrem Gesicht erkennen, viel zu viel.

Als er sanft ihren Arm ergriff, flüsterte sie seinen Namen. Er nahm ihre Hand, zog sie auf die andere Seite des Flurs und öffnete die letzte Tür auf der rechten Seite, dort, wo sie ihre Nähmaschine aufbewahrte.

„Was hast du …?“

Ohne ein Wort zu sagen trat Doss zuerst ins Zimmer,

drehte sich um und zog sie ebenfalls hinein. Dann schloss er die Tür.

Hannah lehnte sich dagegen, das Holz fühlte sich hart an ihrem Rücken an.

„Doss", wiederholte sie.

Immer noch stumm, nahm er ihr Gesicht in beide Hände, beugte sich herab und küsste sie auf den Mund.

Ein süßer Schauer durchfuhr sie. Sie wusste, sie sollte ihm Einhalt gebieten. Wenn sie auch nur den geringsten Widerstand zeigte, würde er sofort aufhören. Aber sie konnte kein Wort sagen. Ihr Körper reagierte mit aller Macht, als er sich an sie presste, fest und warm und so wunderbar lebendig.

Doss zog die Nadeln aus ihrem Haar und vergrub stöhnend sein Gesicht darin.

Längst stand Hannah nur noch aufrecht, weil Doss sie am Umfallen hinderte.

„Das dürfen wir nicht tun", flüsterte sie.

„Wir werden es verdammt noch mal tun", antwortete Doss, „bevor wir beide verrückt werden."

„Aber wenn Tobias …"

Jetzt lehnte Doss sich zurück, öffnete die Knöpfe an ihrem Mieder, glitt mit den Händen darunter und umfasste ihre Brüste. Mit den Daumen strich er ihr zärtlich über ihre Spitzen.

„Er wird uns nicht hören", versprach er und beugte sich vor, um eine Brustwarze in den Mund zu nehmen. Dann begann er sanft daran zu saugen.

Stöhnend vergrub Hannah die Finger in seinem Haar und warf den Kopf zurück, schon bereit, sich zu ergeben. Schon verloren.

Sie versuchte, sich Gabes Gesicht in Erinnerung zu rufen, weil sie hoffte, dadurch die Kraft zu haben aufzuhören – *aufzuhören* –, bevor es zu spät war, doch sie konnte sich nicht an sein Gesicht erinnern.

Und Doss verwöhnte ihre Brüste mit der Zunge, bis sie glaubte, verrückt zu werden. Sie bekam kaum noch Luft. Kraftlos sank sie auf den Boden. Hannah begann zu zittern. Obwohl es kalt war in dem Raum, brach ihr der Schweiß aus. Sie wimmerte leise, als Doss ihre Röcke anhob, den Kopf darunterschob und ihr die Unterwäsche abstreifte.

Gleich darauf spürte sie seine Zunge in ihrem Schoß, so heiß wie Feuer, und schluchzte leise seinen Namen. Ihre Hüften bewegten sich rhythmisch, sie drängte sich ihm entgegen, eine Hand auf den Mund gepresst, um die lustvollen Schreie zu ersticken.

Eine heiße Welle durchflutete ihren ganzen Körper, bis sie die Erlösung spürte, so gewaltig, dass sie befürchtete, in tausend Stücke zu zerbersten.

„Doss", flehte sie, da sie wusste, dass es wieder geschehen würde. Und wieder und wieder.

Und so war es.

Danach zog er den Kopf unter ihren Röcken hervor und nahm sie fest in seine Arme. Sie sahen einander an, ihr Körper bebte noch immer.

„Wir können hier aufhören", sagte er leise.

Aber sie schüttelte den Kopf. Sie hatten die Schwelle schon lange überschritten, an der sie noch hätten umdrehen können. Also öffnete Doss seine Hose, griff unter ihren Rock und Unterrock und hob sie auf sich. Als er in sie drang, stöhnte sie laut auf. Er bedeckte ihre Lippen mit seinen und küsste sie um den Verstand, während er sie auf sich hob und senkte, hob und senkte. Hannah krallte die Finger in seine Schultern und liebte ihn ohne Scham, bis sie erneut kam – es war, als ob eine gigantische Faust sie umschlossen hielt und erst wieder losließ, als sie vollkommen erschöpft war.

Als sie vor Erleichterung zu weinen begann, ließ auch Doss

sich gehen. Sie spürte, wie er in ihr explodierte. Dann, noch immer in ihr, wischte er ihre Tränen weg und sah ihr tief in die Augen. „Es war nicht falsch, Hannah“, murmelte er rau. „Bitte weine nicht.“

Er verstand nicht.

Denn sie weinte nicht aus Scham, auch wenn die sicher nicht lange auf sich warten lassen würde, sondern aus Glück.

„Nein“, schniefte sie leise und küsste ihn leidenschaftlich. „Das ist es nicht. Ich spüre …“

Er wurde erneut hart in ihr.

„Oh“, seufzte sie.

Als er ihre Brustspitzen küsste, wurde er noch härter.

„Doss“, keuchte Hannah, „*Doss* …“

Heute

Sierra erwachte schlagartig aus einem Traum, der so erotisch gewesen war, dass sie beinahe zum Höhepunkt gekommen wäre. Das Licht blendete sie, und eine dumpfe Stille schien nicht nur ihr Schlafzimmer, sondern die ganze Welt zu erfüllen.

Lange lag sie einfach nur da und lauschte ihrem eigenen flachen Atem. Sie wartete darauf, dass sich ihr Herzschlag wieder beruhigte.

Liam spähte durch die Tür, die ihr Zimmer mit seinem verband.

„Mom?“

„Komm rein“, sagte Sierra.

Begeistert hüpfte er ins Zimmer. „Es hat geschneit!“, schrie er und rannte zum Fenster. „Ich meine, es hat wirklich geschneit!“

Lächelnd setzte Sierra sich auf und stellte die Füße auf den Boden.

Eiseskälte fuhr ihr in die Glieder.

„Hier drinnen ist es ja *eiskalt*!“, rief sie.

Grinsend wandte Liam sich vom Fenster ab. „Travis sagt, die Heizung ist ausgefallen.“

„Travis?“

„Er ist unten“, erklärte Liam. „Er will sie wieder zum Laufen bringen.“

Wie zum Beweis quollen plötzlich rußige Rauchschwaden aus dem Lüftungsschacht.

„Was will er hier?“ Sierra durchwühlte ihren Koffer nach dem Bademantel. Doch sie fand nur ein hauchdünnes Nylonding, das noch schlimmer als gar nichts wäre. Also wickelte sie sich in ihre Bettdecke.

„Jetzt sei doch nicht so“, entgegnete Liam. „Travis tut uns einen Gefallen, Mom. Ohne ihn wären wir wahrscheinlich schon zu Eiszapfen gefroren. Wusstest du, dass der alte Ofen unten funktioniert? Travis hat ihn angemacht, und Kaffee hat er auch aufgesetzt. Ich soll dir sagen, dass der Kaffee in ein paar Minuten fertig ist und wir eingeschneit sind.“

„Eingeschneit?“

„Nicht aufregen, Mom“, zirpte Liam. „Es gab einen Schneesturm letzte Nacht. Darum ist Travis gekommen, um zu sehen, ob es uns gut geht. Ich habe ihn klopfen hören und aufgemacht.“

Sierra stellte sich neben Liam ans Fenster und hielt die Luft an.

Die Helligkeit des Schnees blendete so stark, dass sie fast nichts sehen konnte. Auf eine apokalyptische Weise war der Anblick wunderschön. Nie zuvor hatte sie so etwas gesehen, und für einen langen Moment war sie wie gebannt. Dann gewann ihre praktische Ader wieder Oberhand.

„Gott sei Dank ist der Strom nicht ausgefallen.“ Sie sah sich um und rückte etwas näher an den Lüftungsschacht, dem wohlig warme Luft entstieg.

„Er *ist* ausgefallen“, informierte Liam sie fröhlich. „Aber Travis hat gleich den Generator gestartet. Wir haben kein Licht oder so was, aber er sagt, die Heizung ist das Einzige, was zählt.“

„Wie kann er dann Kaffee kochen?“, fragte sie stirnrunzelnd.

„Na auf dem alten Küchenherd, Mom.“ Liam verdrehte die Augen. „Der funktioniert mit Holz.“

Erst jetzt fiel ihr auf, dass Liam bereits angezogen war.

Im nächsten Moment lief er zur Tür. „Ich sollte Travis jetzt besser helfen, das Holz reinzubringen. Zieh dir was *Richtiges* an, ja?“

Fünf Minuten später gesellte Sierra sich zu Travis und Liam in die Küche, wo es herrlich warm war. Ihre Jeans reichten aus, aber sie hatte in Megs Zimmer nach Socken und einem dicken Pullover suchen müssen, weil ihre Tanktops nun wirklich nicht warm genug waren.

„Sitzen wir hier wirklich fest?“, fragte sie und sah, wie Travis aus einer blauen Emaillekanne, die verdächtig nach Campinggeschirr aussah, Kaffee einschenkte.

Er grinste. „Kommt darauf an, wie man es sieht. Liam und ich, wir betrachten das als ein Abenteuer.“

„Tolles Abenteuer“, grummelte Sierra, nahm den Kaffee aber mit einem dankbaren Nicken entgegen.

„Machen Sie sich keine Sorgen. Sie werden sich schon eingewöhnen.“

Sierra lief schnurstracks zum warmen Küchenherd. „Passiert so was oft?“, erkundigte sie sich.

„Nur im Winter“, scherzte Travis.

„Sehr witzig“, erwiderte sie gedehnt.

Liam brüllte vor Lachen.

„Du genießt das ja richtig“, warf sie ihm vor und zerstrubbelte sein Haar.

„Ich find's spitze!", strahlte Liam. „Schnee! Warte nur, bis ich den Freaks davon geschrieben habe!"

„Liam", ermahnte Sierra ihren Sohn.

Daraufhin warf ihr Sohn Travis einen vielsagenden Blick zu. „Sie mag es nicht, wenn ich Freaks sage", klärte er ihn auf.

Travis trank einen Schluck Kaffee, dabei funkelten seine Augen belustigt. Dann ging er zur Tür, stellte die Tasse auf dem Tresen ab und nahm sich seinen Mantel vom Haken.

„*Gehst* du?", fragte Liam entsetzt.

„Ich muss nach den Pferden sehen." Travis setzte seinen Hut auf.

„Kann ich mitkommen?", bettelte Liam und klang dabei so hoffnungsvoll, dass Sierra ihr Nein hinunterschluckte.

„Dein Mantel ist nicht warm genug", sagte sie stattdessen.

„Meg hat einen alten hier irgendwo rumliegen", verkündete Travis ruhig. „Kleiderschrank im Flur, glaube ich."

Liam brauste davon.

„Ich werde gut auf ihn aufpassen, Sierra", flüsterte Travis, als der Junge draußen war.

„Das würde ich Ihnen auch raten", entgegnete Sierra.

1919

An der vollkommenen Stille erkannte Hannah, noch bevor sie die Augen öffnete, dass es die ganze Nacht geschneit hatte. Sie schmiegte sich in die Decke in ihrem großen Bett, das sie mit Gabe geteilt hatte, und stöhnte.

Sie war wund.

Sie war befriedigt.

Sie war eine Dirne.

Eine Schlampe.

Letzte Nacht hatte sie sich Doss regelrecht an den Hals geworfen. Und sie hatte ihn Dinge tun lassen, die außer Gabe noch niemand jemals mit ihr getan hatte.

Jetzt war es Morgen, sie war wieder zu sich gekommen und musste ihm nun gegenübertreten.

Trotzdem fühlte sie sich merkwürdig unbeschwert.

Fast ein bisschen glücklich.

Hannah zog sich die Decke über den Kopf und kicherte.

Kicherte.

Sie versuchte, streng zu sich zu sein. Schließlich handelte es sich um eine sehr *ernste* Sache.

Unten hörte sie die Ofenklappen scheppern. Doss machte gerade Feuer im Herd, so wie jeden Morgen. Er würde Kaffee aufsetzen und dann in den Stall gehen, um nach den Tieren zu sehen. Wenn er zurückkam, hätte sie Frühstück gemacht und sie würden darüber sprechen, wie kalt es draußen war und überlegen, ob er noch mehr Holz reinbringen sollte, für den Fall, dass es weiter schneite.

Ein ganz normaler Morgen auf einer Ranch.

Mit dem Unterschied, dass sie sich in der vergangenen Nacht wie ein Flittchen aufgeführt hatte.

Hannah stieß die Decke weg und stand auf. Sie gehörte nicht zu den Menschen, die sich drückten, egal, wie peinlich die Situation sein mochte. Sie und Doss hatten den Kopf verloren und sich geliebt. Das war alles.

Es würde nicht wieder geschehen.

Sie würden einfach weitermachen, als ob gar nichts geschehen wäre.

Das Wasser in der Schüssel auf der Kommode war viel zu kalt, um sich damit zu waschen. Hannah entschied, sich nach dem Frühstück etwas Wasser für ein Bad aufzuwärmen. Dazu würde sie Tobias ins Herrenzimmer schicken, um Schulaufgaben zu machen, und Doss in den Stall.

Rasch zog sie sich an, bürstete ihr Haar und wand es zu

dem üblichen Haarknoten. Kurz bevor sie ihre Schlafzimmertür öffnete, um den neuen Tag zu begrüßen, spürte sie ein Zittern in der Magengrube. Sie atmete tief durch, straffte die Schultern und griff entschlossen nach dem Türknauf.

Entgegen ihrer Vermutung war Doss noch nicht im Stall, sondern noch immer in der Küche. Als sie die Treppe herunterkam und auf der letzten Stufe erstarrte, sah er sie an, wurde rot und drehte sich weg.

Tobias zog gerade seinen wärmsten Mantel über. „Doss und ich wollen zur Witwe Jessup reiten", erklärte er Hannah sachlich, wobei er sich wie ein erwachsener Mann anhörte, der solche Entscheidungen selbst traf. „Könnte sein, dass ihre Wasserpumpen eingefroren sind. Außerdem sind wir nicht sicher, ob sie genügend Brennholz hat."

Aus den Augenwinkeln nahm Hannah wahr, dass Doss sie beobachtete.

„Geh doch schon mal raus und sieh mal nach der Kuh", bat Doss Tobias. „Vergewissere dich, dass kein Eis in dem Trog ist."

Natürlich wusste Hannah, dass dies ein Vorwand war, um mit ihr allein sprechen zu können, und das ärgerte sie. Sie unterdrückte den Drang, sich übers Haar zu fahren oder sich die Röcke glattzustreichen.

Tobias verschwand pfeifend durch die Hintertür.

„Er ist noch nicht kräftig genug, um bei diesem Wetter zu den Jessups zu reiten", sagte sie. „Es sind vier Meilen, und ihr müsst den Fluss durchqueren."

„Hannah. Dem Jungen geht es gut."

Als sie daran dachte, was sie alles auf dem Zimmerboden getan hatten, sie und dieser Mann, errötete Hannah ebenfalls. Seufzend hob sie das Kinn ein wenig, damit er nicht glaubte, dass sie sich schämte.

„Wegen letzter Nacht …", begann Doss, als hätte er ihre Gedanken erraten. Er sah verstört aus.

Sie wartete, ihre Wangen mussten inzwischen dunkelrot sein. Insgeheim wünschte sie sich, die Erde würde sich vor ihr auftun und sie würde hineinfallen, am liebsten gleich bis nach China, damit niemand jemals wieder von ihr hörte.

Doss fuhr sich mit der Hand durchs Haar. „Es tut mir leid", sagte er.

Zwar hatte sie auch mit nichts anderem gerechnet als Scham, aber dennoch traf es sie. „Nun, wir werden einfach so tun …" Sie musste sich räuspern und ein paarmal blinzeln, bevor sie weitersprechen konnte. „Wir werden einfach so tun, als ob nichts geschehen wäre."

„Hannah, es ist geschehen, das lässt sich nicht mehr ändern."

Ihr Blick war auf den Boden gerichtet. „Was sollen wir denn sonst tun, Doss?", wisperte sie.

„Mal angenommen, du wirst schwanger?"

An diese Möglichkeit hatte Hannah noch nicht gedacht, obwohl der Gedanke jetzt bei Tageslicht eigentlich auf der Hand lag. Keuchend griff sie sich an die Kehle.

Wie würden sie das nur Tobias erklären? Oder den McKettricks und den Leuten von Indian Rock?

„Dann müsste ich nach Montana gehen", sagte sie nach einer langen Pause. „Zu meinen Eltern."

„Aber nicht mit meinem Kind unter deinem Herzen, ganz sicher nicht", erwiderte Doss so scharf, dass Hannah ihn erschrocken ansah.

„Doss, der Skandal …"

„Zum Teufel mit dem Skandal!"

Plötzlich ganz mutlos, sank Hannah auf Holts Stuhl am Tisch. „Vielleicht bin ich es gar nicht. Bei einem einzigen Mal …"

„Vielleicht bist du es", beharrte Doss.

Natürlich hatte sie sich noch mehr Kinder gewünscht, aber nicht auf diese Art und Weise. Nicht außerehelich und vom

Bruder ihres verstorbenen Mannes. Die Leute würden sie eine Hure nennen, nicht ganz unbegründet, und sie würden auch Tobias das Leben schwer machen. Mit den Fingern würden sie auf ihn zeigen und hinter vorgehaltener Hand flüstern. Die anderen Kinder würden ihn hänseln.

„Was sollen wir also tun?“, fragte sie.

Er durchquerte den Raum, setzte sich rittlings auf die lange Bank, so nahe, dass sie seine Hitze spürte, die wie das gut geschürte Feuer im Küchenofen loderte.

Seine Nähe ließ sie an Dinge denken, die sie lieber vergessen wollte.

„Wir haben nur eine Möglichkeit, Hannah. Wir werden heiraten.“

Vollkommen fassungslos starrte sie ihn an. *„Heiraten?“*

„Das wäre das Anständigste.“

Das Wort versetzte Hannah einen Stich. Sie war eine stolze Frau, die immer ein achtbares Leben geführt hatte. Bis gestern Nacht.

„Wir lieben uns nicht“, erwiderte sie leise. „Und überhaupt, vielleicht bin ich gar nicht ...“

„Das Risiko will ich nicht eingehen“ unterbrach Doss sie. „Sobald die Wege etwas passierbarer sind, reiten wir nach Indian Rock, um zu heiraten.“

„Da habe ich wohl auch noch ein Wörtchen mitzureden“, protestierte Hannah.

Draußen auf der hinteren Veranda klopfte Tobias seine Stiefel gegen die Treppe, um den Schnee abzuschütteln.

„Bist du sicher?“, fragte Doss.

6. KAPITEL

Heute

Während Travis und Liam im Stall nach den Pferden sahen, inspizierte Sierra den alten Küchenherd. Dann suchte sie nach einer Bratpfanne und nahm Speck und Eier aus dem dunklen und stillen Kühlschrank. Als die Speckstreifen in der Pfanne zu brutzeln begannen, erfüllte sie ein kleines Triumphgefühl.

Sie kochte auf einem Herd aus dem 19. Jahrhundert! In diesem Moment fühlte sie sich mit all den McKettrick-Frauen verbunden, die vor ihr hier gelebt hatten.

Als der Strom mit einem erstaunlich lauten Knall wieder ansprang, war sie fast ein wenig enttäuscht. Mit einem Auge auf der Bratpfanne sah sie sich die Morgennachrichten in dem kleinen Fernseher auf dem Küchentresen an.

Der ganze nördliche Teil von Arizona war von dem Schneesturm überrascht worden, Tausende waren ohne Strom. Sie sah Bilder von Menschen, die auf Skiern zur Arbeit fuhren.

Das Telefon klingelte. „Hallo?“, meldete Sierra sich.

„Hier ist Eve“, antwortete eine freundliche Stimme. „Bist du das, Sierra?“

Augenblicklich erstarrte Sierra. Gleichzeitig kamen Travis und Liam von draußen herein, sie lachten über irgendetwas. Doch als sie Sierra sahen, verstummten sie, und keiner der beiden bewegte sich mehr, nachdem Travis die Tür geschlossen hatte.

„Hallo?“, fragte Eve. „Sierra, bist du da?“

„Ich bin … Ich bin da“, sagte Sierra.

Travis legte Jacke und Hut ab, durchquerte den Raum und schob sie vom Herd. „Gehen Sie“, sagte er und deutete mit dem Daumen zur Küchentür. „Liam und ich kümmern uns ums Frühstück.“

Nach einem dankbaren Nicken eilte sie aus der warmen Küche. Im Esszimmer war es kalt.

„Ist es ein schlechter Zeitpunkt, um zu sprechen?", fragte Eve. Sie klang unsicher, sogar ein bisschen schüchtern.

„Nein ...", entgegnete Sierra rasch. Inzwischen im Arbeitszimmer angekommen, schloss sie die Tür und nahm in dem großen Ledersessel Platz, in dem sie auch letzte Nacht gesessen und darauf gewartet hatte, dass das Feuer ausging. Jetzt konnte sie ihren Atem sehen und sehnte sich nach einem Feuer. „Nein, es ist gut."

Eve atmete hörbar aus. „Ich habe auf dem Wetterkanal gesehen, dass ihr da oben einen ganz schön heftigen Schneesturm hattet."

Unwillkürlich nickte Sierra, erst dann fiel ihr wieder ein, dass ihre Mutter – die Frau, die sie nicht kannte – sie gar nicht sehen konnte. „Ja", sagte sie. „Der Strom ist wieder da, dank Travis. Er hat außerdem den Generator angeworfen, also funktioniert auch die Heizung und ..."

Die letzten Worte verschluckte sie, schließlich wollte sie die Zeit nicht mit Gequassel verschwenden.

„Armer Travis", meinte Eve.

„Arm?", wiederholte Sierra. „Warum?"

„Hat er es dir nicht erzählt? Oder Meg?"

„Nein. Niemand hat mir irgendwas erzählt."

Eine lange Pause entstand, dann seufzte Eve. „Wahrscheinlich sollte ich das gar nicht sagen, aber wir machen uns alle etwas Sorgen um Travis. Er gehört irgendwie zur Familie, weißt du. Vor ein paar Monaten ist sein jüngerer Bruder Brody bei einer Explosion ums Leben gekommen. Das hat Travis völlig aus der Bahn geworfen. Er hat seinen Job gekündigt und Flagstaff verlassen. Meg musste mit Engelszungen auf ihn einreden, dass er auf die Ranch kommt und bleibt."

Sierra war sehr froh, dass sie nicht mehr in der Küche stand.

„Das wusste ich nicht“, erklärte sie.

„Ich habe schon mehr gesagt, als mir zusteht“, bemerkte Eve reumütig. „Und überhaupt rufe ich ja an, um zu hören, wie es dir und Liam geht. Ich weiß, dass ihr kaltes Wetter nicht gewöhnt seid, und als ich den Wetterbericht sah, musste ich einfach anrufen.“

„Uns geht’s gut“, versicherte Sierra. Wenn sie Eve besser gekannt hätte, hätte sie ihr vielleicht von ihren Sorgen wegen Liam erzählt, der Geister in seinem Zimmer sah. Noch immer wollte sie die neue Ärztin anrufen, aber bei diesem Wetter konnten sie unmöglich zu einem Termin nach Flagstaff fahren.

„Das klingt ein bisschen zögerlich“, erwiderte Eve. Offenbar ließ sie sich nicht so leicht täuschen. Immerhin führte sie die Geschäfte von McKettrickCo, und hunderte Mitarbeiter hörten auf sie.

Sierra lachte, eher nervös als amüsiert. „Liam behauptet, dass es im Haus spukt.“

„Ach das“, antwortete Eve, und sie hörte sich geradezu erleichtert an.

„Ach das?“, hakte Sierra nach und richtete sich auf.

„Die sind harmlos. Die Geister, meine ich. Falls es welche sind.“

„Du weißt von den Geistern?“

Ihre Mutter lachte. „Aber sicher weiß ich Bescheid. Ich bin schließlich in dem Haus aufgewachsen. Allerdings bin ich nicht sicher, ob es wirklich Geister sind. Für mich waren es immer eher Mitbewohner. Ich hatte das Gefühl, dass sie – die anderen Personen – so lebendig waren wie ich. Und dass sie mindestens genauso überrascht gewesen wären wie wir, wenn wir uns jemals von Angesicht zu Angesicht gegenübergestanden hätten.“

In Sierras Kopf drehte sich alles. Die Klaviermelodie, die sie letzte Nacht gehört hatte, kam ihr wieder in den Sinn. „Du willst doch nicht etwa sagen, dass du wirklich daran *glaubst* …"

„Ich will sagen, dass ich gewisse Erlebnisse hatte", sagte ihr Eve. „Ich habe nie jemanden gesehen, sondern nur das starke Gefühl gehabt, dass noch jemand da ist. Und natürlich gab es auch noch die berühmte verschwindende Teekanne."

Zugleich erleichtert und verwirrt sank Sierra nach hinten an die Sessellehne. Hatte sie Meg von der Teekanne erzählt? Sie konnte sich nicht daran erinnern. Vielleicht hatte Travis sie erwähnt. Hatte er Eve angerufen, um ihr zu berichten, dass ihre Tochter ein bisschen verrückt war?

„Sierra?"

„Ich bin noch immer da."

„Ich habe beispielsweise die Teekanne aus dem Schrank genommen", erklärte Eve, „und bin dann aus der Küche gegangen, um etwas anderes zu erledigen. Als ich wieder zurückkam, stand sie wieder im Schrank. Die gleiche Geschichte ist auch meiner Mutter und meiner Großmutter passiert. Sie dachten, es wäre Lorelei."

„Aber wie soll das möglich sein?"

„Wer weiß?", entgegnete Eve, offenkundig unbesorgt. „Das Leben ist eben rätselhaft."

Das ist es mit Sicherheit, dachte Sierra. Kleine Mädchen werden von ihrer Mutter getrennt und niemanden kümmert es.

„Ich möchte gern kommen und dich treffen", fuhr Eve fort. „Sobald das Wetter es zulässt. Wäre das in Ordnung, Sierra? Wenn ich ein paar Tage auf der Ranch verbringe, meine ich? Damit wir uns in Ruhe unterhalten können?"

Sierra schlug das Herz bis zum Hals. „Es ist dein Haus", antwortete sie. Doch am liebsten hätte sie den Hörer hingeschmissen und sich Liam geschnappt, um zu verschwinden, bevor sie dieser Frau gegenüberstehen musste.

„Ich werde nicht kommen, wenn du noch nicht bereit dazu bist“, meinte Eve sanft.

Vielleicht werde ich nie dazu bereit sein, dachte Sierra. Laut sagte sie: „Ich schätze, ich bin es.“

„Gut. Dann komme ich, sobald der Jet landen kann. Wenn kein neuer Schneesturm dazwischenkommt, sollte das morgen oder übermorgen der Fall sein.“

Der Jet? „Sollen wir dich irgendwo abholen?“, erkundigte sich Sierra.

„Ich werde mich von einem Fahrer abholen lassen. Brauchst du irgendetwas, Sierra?“

Als Kind hätte ich eine Mutter brauchen können. Und als ich Liam bekam und Dad so getan hat, als ob nichts geschehen wäre, hätte ich dich auch ganz gut brauchen können, Mom. „Mir geht's gut“, wehrte sie ab.

„Ich melde mich, bevor ich aufbreche“, versprach Eve. Nach einer erneuten vorsichtigen Pause und einem schnellen Abschiedsgruß legte sie auf.

Danach saß Sierra lange im Sessel und hielt den Hörer in der Hand. Vielleicht hätte sie sich nie mehr gerührt, wenn Liam nicht gekommen wäre, um sie zum Frühstück zu holen.

1919

Der Ritt zu den Jessups war kalt, und er kam Doss endlos vor. Sie kamen nur schwer voran. Immer wieder blickte er besorgt zu seinem Neffen, der bis zu den Augen eingemummelt geduldig auf seinem Maultier neben ihm ritt. Jetzt wünschte er, er hätte auf Hannah gehört und den Jungen zu Hause gelassen.

Mehr als einmal war er versucht, das Thema anzusprechen, das ihm am meisten auf dem Herzen lag. Die halbe Nacht hatte er damit gerungen – aber er wusste einfach nicht, wie er es anfangen sollte.

Ich habe die Absicht, deine Mutter zu heiraten.

Das war die Wahrheit, ganz einfach.

Tobias würde nach den Gründen fragen. Vielleicht hätte er sogar etwas dagegen. Er hatte seinen Vater geliebt und wollte womöglich nicht, dass sein alter Onkel Doss nun dessen Stelle einnahm.

„Hast du jemals daran gedacht, in der Stadt zu leben?“, unterbrach Tobias plötzlich seine Gedanken.

Doss brauchte einen Moment, um sich auf dieses überraschende Thema zu konzentrieren. „Manchmal“, antwortete er schließlich. „Speziell im Winter.“

„Dort ist es auch nicht wärmer als hier“, erklärte Tobias. Worauf er auch immer hinauswollte, es war weder seinem Gesicht noch seiner Tonlage zu entnehmen.

„Nein“, stimmte Doss zu. „Aber man ist unter Leuten. Man kann die Post täglich vom Postamt holen und muss nicht eine Woche darauf warten, dass der Postwagen kommt. Man kann hin und wieder zum Essen ins Restaurant gehen. Und ich muss zugeben, dass ich eine Bibliothek schon verlockend finde, so klein sie auch sein mag.“ Voller Zärtlichkeit dachte er an die aufgereihten Bücher im Regal des Hauses. Er hatte sie alle schon einmal gelesen – und die meisten sogar mehrfach. Außerdem borgte er sich Bücher von seinem Onkel Kade aus, und seine Mutter schickte ihm regelmäßig welche aus Texas. Trotzdem konnte er nicht genug von diesen verdammten Dingern bekommen.

„Ma hat darüber gesprochen, wieder zurück nach Montana zu gehen“, platzte es aus Tobias heraus. Er sah Doss nicht an, sondern hielt den Blick auf die kurzgeschorene Mähne des Maultiers gesenkt. „Wenn sie mich zwingen will mitzukommen, laufe ich weg.“

Natürlich wusste Doss, dass Hannah darüber nachdachte, zu ihrer Familie zurückzukehren. Aber die Worte laut ausgesprochen zu hören gab ihm das Gefühl, nicht nur vom Pferd geschleudert, sondern auch noch niedergetrampelt zu werden.

„Wohin würdest du gehen?“, fragte er, als er glaubte, wieder mit normaler Stimme sprechen zu können – was nicht ganz funktionierte. „Wenn du weglaufen würdest, meine ich.“

Tobias drehte sich in seinem Sattel um und sah ihn an. „Ich würde mich irgendwo in den Bergen verstecken“, verkündete er mit überzeugender Unschuld. „Vielleicht in der Schlucht, in der Kade und Mandy die Banditen gestellt haben.“

Trotz allem musste Doss sich ein Lachen verkneifen. Er kannte diese Geschichte noch aus seiner Jugend, und bis heute fragte er sich, wie viel davon Wahrheit und wie viel Legende war. Mandy war eine Scharfschützin gewesen und Kade der Polizeichef von Indian Rock, also war es vielleicht wirklich so passiert, wie sein Vater und seine Onkel es immer geschildert hatten.

„Gewaltig kalt da oben“, erklärte er dem Jungen. „Da gibt es nur eine Höhle als Unterschlupf. Und wo würdest du Essen herbekommen?“

Bei dieser Frage sackten Tobias’ Schultern etwas herab unter all den Lagen von Kleidungsstücken, die Hannah ihm angezogen hatte. „Ich könnte jagen. Pa hat mir beigebracht, wie man schießt.“

„Die McKettricks laufen nicht weg“, warf Doss ein.

Tobias blickte ihn finster an. „Sie leben aber auch nicht in *Missoula*.“

Das brachte Doss zum Lachen, was ihm etwas von der Last nahm, die er seit der Liebesnacht mit Hannah nicht loswurde. Gabe war tot, aber es fühlte sich noch immer so an, als ob er ihn betrogen hätte. „Sie leben an den verschiedensten Orten“, sagte Doss. „Das weißt du auch.“

„Ich gehe trotzdem nicht mit“, beharrte Tobias.

„Vielleicht musst du das gar nicht“, erklärte Doss und räusperte sich.

Neugierig sah der Junge ihn an.

„Was würdest du sagen, wenn ich deine Ma heirate?“, erkundigte sich Doss.

Tobias sah aus, als ob er eine hell leuchtende Laterne verschluckt hätte. „Das würde mir gefallen“, strahlte er. „Das würde mir sogar *sehr* gefallen!“

Zu dumm, dass Hannah seine Begeisterung nicht teilte. „Ich hatte Angst, dass du meine Idee nicht gut findest“, gestand Doss. „Weil ich der Bruder von deinem Pa bin.“

„Pa würde sich freuen. Das weiß ich.“

Insgeheim war Doss der gleichen Meinung. Gabe war ein praktischer Mann gewesen, und er würde sich wünschen, dass sie alle ihr Leben weiterlebten. Plötzlich brannten seine Augen so heftig, dass er seine Hutkrempe tief nach unten ziehen und für einen Moment wegsehen musste.

Pass auf Hannah und meinen Jungen auf, hatte Gabe gesagt. *Versprich mir das, Doss.*

„Ist Ma einverstanden?“, fragte Tobias und zog die Augenbrauen zusammen, bis sein ganzes Gesichtchen sich runzelte. „Letzte Nacht habe ich ihr gesagt, dass sie dich heiraten soll, und sie sagte, es wäre nicht richtig.“

Um die Beine zu strecken, stellte Doss sich in seinen Steigbügeln auf. „Dinge können sich ändern“, meinte er behutsam. „Sogar innerhalb einer Nacht.“

„Liebst du meine Ma?“

Die Frage war nicht leicht zu beantworten, zumindest nicht laut. Er liebte Hannah seit dem Tag, an dem Gabe sie als seine Braut mit nach Hause gebracht hatte. Er hatte sie leidenschaftlich, hoffnungslos und ehrenhaft aus einer angemessenen Distanz geliebt. Gabe aber hatte es sofort gemerkt und gewartet, bis sie allein im Stall waren. Dort hatte er ihm auf die Schulter geklopft und gesagt: *Schäm dich nicht, mein kleiner Bruder, es fällt leicht, meine Hannah zu lieben.*

„Natürlich liebe ich sie“, sagte Doss. „Sie gehört zur Familie.“

Doch Tobias verzog das Gesicht. „Ich meine nicht so.“

Der Junge war erst acht. Er konnte nicht wissen, was letzte Nacht geschehen war.

Oder?

„Wie meinst du dann?“

„Pa hat Ma die ganze Zeit geküsst. Er hat auch immer ihren Po angefasst, wenn er dachte, dass niemand es sehen würde. Sie musste immer lachen, und dann hat sie sich ganz fest an ihn gedrückt und die Arme um seinen Hals gelegt.“

Wenn Doss allein geritten wäre, hätte er mit beiden Händen den Sattelknauf umklammert, weil es so wehtat. Nicht die Tatsache, wie sehr sich Hannah und Gabe geliebt hatten, schmerzte ihn, sondern der Verlust seines Bruders und die Erinnerung daran, wie es gewesen war und nie mehr sein würde.

„Ich werde deine Mutter gut behandeln“, schloss er, nachdem er den Hut noch tiefer gezogen und noch weiter weggesehen hatte.

„Du scheinst ziemlich sicher zu sein, dass sie Ja sagen wird“, bemerkte der Junge.

„Das hat sie schon“, erwiderte Doss.

Heute

Am späten Vormittag schneite es wieder. Weil Sierra befürchtete, dass der Strom wieder ausfallen und dieses Mal nicht so schnell wieder fließen würde, sammelte sie ihre und Liams Schmutzwäsche ein und stellte die Waschmaschine an. Vom

Arbeitszimmer aus hatte sie die Ärztin in Flagstaff angerufen, während Liam und Travis den Geschirrspüler einräumten – allerdings ohne seine Halluzinationen zu erwähnen. Schließlich hatte sie selbst das Klavier spielen hören, und Eve hatte über all das gesprochen, als ob es ganz normal wäre.

Zwar wusste Sierra noch nicht genau, was hier eigentlich vorging. Und nach wie vor beunruhigte sie Liams Behauptung, einen Jungen in altmodischen Kleidern zu sehen, aber sie war noch nicht bereit, das Thema mit einem Außenstehenden zu besprechen, egal, ob es sich dabei um eine Ärztin handelte oder nicht.

Dr. O'Meara hatte Liams Akte, die ihr von der Klinik in Florida geschickt worden war, bereits durchgesehen. Sie wollte, dass Liam immer einen Inhalator bei sich trug und versprach, ein Rezept an die Apotheke in Indian Rock zu schicken. Am Ende des Gesprächs vereinbarten sie einen Termin für den nächsten Montag.

Liam saß im Arbeitszimmer und sah fern, während Travis draußen Holz für den Ofen und die offenen Kamine hackte. Falls der Strom wieder ausfiel, brauchten sie Holz zum Kochen. Der Generator erzeugte Strom für die Heizung und ein paar Lampen, aber er verbrauchte viel Benzin. Außerdem bestand immer die Gefahr, dass er kaputtging oder einfror.

Als Sierra gerade begann, das Mittagessen zuzubereiten, kam Travis mit einer Armladung voll Holz in die Küche.

Sie musste daran denken, was Eve ihr am Telefon erzählt hatte. Travis jüngerer Bruder war erst vor Kurzem unter schrecklichen Umständen ums Leben gekommen. Nur kurze Zeit später hatte Travis seinen Job gekündigt und war auf die Ranch gezogen, um in einem Wohnwagen zu wohnen und sich um Megs Pferde zu kümmern.

Er sah nicht aus wie ein Mann, der eine schwere Bürde auf den Schultern trägt, aber der Schein konnte trügen. Das wusste niemand besser als Sierra.

„Was haben Sie eigentlich beruflich gemacht, bevor Sie hier angefangen haben?“, fragte sie, um sich gleich darauf zu verwünschen. Denn Travis’ Gesicht verschloss sich, und seine Augen wurden leer.

„Nichts Besonderes“, wich er aus.

„Ich war Kellnerin in einer Cocktailbar“, erklärte sie, weil sie das Gefühl hatte, etwas von sich preisgeben zu müssen, da ihre Frage offenbar zu aufdringlich gewesen war.

Wie er in seiner Lederjacke und mit dem Cowboyhut so neben dem antiken Herd stand, hätte er genauso gut aus einer anderen Zeit kommen können, aus einem früheren Jahrhundert.

„Ich weiß“, nickte er. „Meg hat es mir erzählt.“

„Das war ja klar.“ Sierra schüttete eine Dosensuppe in den Kochtopf, begann, geschäftig darin zu rühren und errötete.

Lange schwieg Travis. „Ich habe bei McKettrickCo als Anwalt gearbeitet“, sagte er dann.

Aus den Augenwinkeln warf Sierra ihm einen Blick zu. Er sah angespannt aus, so wie er seinen Hut in einer Hand hielt.

„Eindrucksvoll“, bemerkte sie.

„Nicht besonders“, gab er zurück. „In meiner Familie sind alle Anwälte. Zumindest alle außer meinem Bruder Brody. Der wurde stattdessen von Meth abhängig und hat sich selbst ins Jenseits gesprengt, als er sich gerade eine Ladung zubereiten wollte. Tja.“

Sierra drehte sich zu ihm um und sah, dass sein Gesichtsausdruck hart geworden war und seine Augen sogar noch härter. Er war wütend oder voller Schmerz oder beides.

„Das tut mir aufrichtig leid.“

„Ja“, erwiderte Travis knapp. „Mir auch.“

Er ging zur Tür.

„Wollen Sie mit uns essen?“, fragte Sierra.

„Ein andermal“, antwortete er und war auch schon verschwunden.

1919

Die Sonne ging schon fast unter, als Doss und Tobias von den Jessups zurückkehrten. Zu dem Zeitpunkt war Hannah bereits außer sich vor Wut. Nachdem es wieder zu schneien begonnen hatte, war sie den Großteil des Nachmittags auf und ab gegangen und hatte sich vorgestellt, was den beiden auf ihrem langen Weg alles passieren konnte.

Das Pferd oder das Maultier hätten lahmen oder beim Überqueren des Flusses ins Eis einbrechen können.

Es hätte eine Lawine abgehen können. Erst letztes Jahr war eine ganze Familie in ihrem Haus unter einer Lawine von der Größe eines Bergs begraben worden.

Draußen trieben sich halb verhungerte Wölfe herum, die Vieh anfielen und manchmal sogar Menschen.

Doss hatte nicht einmal sein Gewehr mitgenommen.

Als Hannah die Pferde hörte, lief sie zum Fenster und wischte mit dem Saum ihrer Schürze die Eisblumen vom Fenster. Sie sah die beiden absteigen und die Tiere in den Stall führen.

Während sie gewartet hatte, hatte sie Kuchen gebacken, um nicht den Verstand zu verlieren. Die ganze Küche duftete herrlich. Sie strich ihre Röcke glatt, tastete nach ihrem Haar und drehte sich vom Fenster weg, weil sie nicht erwischt werden wollte, wie sie auf den Hof schaute.

Fast eine Stunde verging, bevor die zwei hereinkamen. Sie hatten noch die Stallarbeit erledigt, und Hannah hatte den Tisch gedeckt, die Lampen angezündet und Kaffee gekocht. Am liebsten hätte sie Tobias' Ohren und Finger nach Frostbeulen untersucht und seine Stirn nach Fieber abgetastet, doch sie zwang sich, nichts dergleichen zu tun.

Doss ließ sich von ihrer aufgesetzten Zurückhaltung nicht irreführen, das merkte sie. Aber Tobias wirkte grenzenlos erleichtert, als ob er befürchtet hätte, dass sie sich wie eine Wilde auf ihn stürzen würde.

„Wie habt ihr denn die Witwe Jessup angetroffen?", fragte sie.

„Exakt da, wo sie auch das letzte Mal war", antwortete Doss mit einem leichten Grinsen.

Hannah warf ihm einen Blick zu.

„Ihr war gerade das Feuerholz ausgegangen", erklärte Tobias, der sich gerade aus seiner Kleidung schälte, Schicht für Schicht, bis er nur noch Hosen und Pullover anhatte. Eine kleine Wasserlache bildete sich um seine Füße. „Zum Glück sind wir zu ihr hinuntergeritten. Sie wäre sonst sicher erfroren."

„Ganz sicher", bestätigte Doss. „Sie hat Tobias bei den Ohren gepackt und ihn überall im Gesicht geküsst, so glücklich war sie, dass er sie gerettet hat."

Darauf gab Tobias ein entsetztes Keuchen von sich und versuchte, Doss einen Haken zu verpassen, der problemlos auswich.

„Hört auf zu raufen und wascht euch die Hände", befahl Hannah, aber es tat gut, die beiden so zu sehen. Früher hatte Gabe sich Tobias immer wie einen Sack Getreide über die Schulter geworfen, und der Junge hatte gebrüllt vor Lachen und mit seinen kleinen Fäusten gegen Gabes Brustkorb getrommelt, als ob er sich wehren wollte. Es waren diese einfachen Dinge, die sie mehr als alles andere vermisste, abgesehen von seinen Umarmungen.

Sie hatte ihr bestes Porzellangeschirr herausgeholt und servierte nun Huhn mit Knödeln und Apfelkuchen als Nachtisch.

Nach dem langen Ausritt und den vielen Stunden an der frischen Luft aß Tobias mit großem Appetit und schlief anschließend fast auf seinem Stuhl ein.

Doss stand auf, hob ihn hoch und trug ihn Richtung Treppe.

Als sie den beiden hinterhersah, schnürte sich Hannahs Kehle zusammen.

Um sich abzulenken, schenkte sie Doss eine zweite Tasse Kaffee ein, die auf ihn wartete, als er ein paar Minuten später wieder zurückkam.

„Hast du ihm sein Nachthemd angezogen und ihn mit der Extradecke zugedeckt?“, fragte sie. „Er darf sich nicht erkälten …“

„Ich habe ihm die Schuhe ausgezogen und so ins Bett geworfen, wie er war“, unterbrach Doss sie. „Ich habe dafür gesorgt, dass er es warm hat, also hör auf, dich verrückt zu machen.“

Nachdem Hannah das Geschirr zum Einweichen in eine Schüssel mit warmem Wasser gestellt hatte, saß sie unschlüssig am Tisch und nippte an dem Tee aus Loreleis Kanne.

„Ich habe mit Tobias über unsere Hochzeit gesprochen“, verkündete Doss auf einmal unverblümt. „Er ist einverstanden.“

Hitze legte sich auf Hannahs Wangen, hervorgerufen durch eine Mischung aus Empörung und einem ganz anderen Gefühl, das sie gar nicht genauer erkunden wollte. „Doss McKettrick“, rief sie vorwurfsvoll. „Das hättest du nicht tun sollen. Ich bin seine Mutter, und es wäre meine Aufgabe gewesen.“

„Es ist erledigt, Hannah“, sagte Doss. „Lass es dabei bewenden.“

Verärgert atmete Hannah aus. „Sag du mir nicht, was erledigt ist und was nicht“, protestierte sie. „Ich werde von dir keine Befehle entgegennehmen, weder jetzt noch nach der Hochzeit.“

Da grinste er. „Möglicherweise wirst du nicht gehorchen. Aber das heißt noch lange nicht, dass ich dir keine geben werde.“

Als sie lachte, war sie selbst so überrascht, dass sie eine

Hand vor den Mund schlug, um es zu unterdrücken. Diese Bewegung jedoch erinnerte sie an die Nacht zuvor, als Doss sie geliebt hatte und sie vor Lust beinahe aufgeschrien hätte.

Sie errötete so heftig, dass ihr Gesicht brannte. Diesmal war es Doss, der lachte.

„Ich glaube, es gibt bald den nächsten Schneesturm", bemerkte er dann. „Es könnte Frühling werden, bevor wir in die Stadt kommen, um einen Priester aufzusuchen. Ich hoffe, dass du bis dahin nicht wie eine Wassermelonenschmugglerin aussiehst."

Hannah öffnete den Mund und schloss ihn dann wieder.

Doss' Augen funkelten, während er einen Schluck von seinem Kaffee trank.

„Das zu sagen ist unerträglich *dreist*!", zischte Hannah.

„Ausgerechnet du sprichst von dreist", erwiderte Doss und wiederholte etwas, das sie gestern auf dem Gipfel der Lust ausgestoßen hatte.

„Es *reicht*, Mr. McKettrick."

„Ich gehe in den Stall und sehe nach dem Vieh. Vielleicht solltest du mitkommen. Würde schneller gehen, wenn du mit anpackst."

Unentschieden wand sich Hannah auf ihrer Bank.

Nach außen hin völlig ruhig, durchquerte Doss den Raum und nahm Jacke und Hut vom Haken. „Da drüben im Stall könnte man auch laut aufschreien, wenn man Lust dazu hätte. Niemand würde es hören."

Hannah wand sich noch ein bisschen mehr.

„Es gibt frisches Heu", fuhr er fort. „Bequem und weich, speziell, wenn jemand ein paar Pferdedecken darüberlegen würde …"

Hitze schoss durch ihren Körper. Sie stotterte etwas und schickte ihn mit einer Handbewegung davon.

Sie wird schon kommen, dachte er. Lachend öffnete er die Tür und ging vergnügt pfeifend hinaus.

Wenn Doss McKettrick sich einbildete, dass er sie so einfach im Stall haben konnte – ausgerechnet im *Stall* – nun, dann …

Sie stand auf, ging zum Ofen und stocherte im Feuer herum.

Dann hatte er *recht*.

In ihren wärmsten Umhang gewickelt, lief sie ihm nach.

Heute

Gerade als Sierra das Abendessen auf den Tisch stellte, fiel der Strom wieder aus. Während sie nach Kerzen kramte, schoss Liam zum nächsten Fenster.

„Travis' Wohnwagen ist dunkel", verkündete er. „Er wird *erfrieren* da draußen."

„Ich wette, er wird wieder kommen und nach der Heizung sehen, so wie heute Vormittag. Und dann werden wir ihn zum Abendessen einladen", erwiderte Sierra.

„Ich sehe ihn!", rief Liam fröhlich. „Er kommt gerade aus dem Stall, mit einer Laterne!" Bevor Sierra ihn aufhalten konnte, lief er zur Tür und war schon draußen. Ohne Mantel galoppierte er durch den tiefen Schnee und schrie Travis' Namen.

Sierra zog sich ihren Mantel an, schnappte sich den von Liam und rannte ihm nach.

Aber Travis jagte ihn schon wieder zurück zum Haus.

„Mom hat Hackbraten gemacht, und sie sagt, du kannst auch welchen haben", rief Liam, der völlig außer Atem durch den Schnee stapfte.

In Windeseile steckte Sierra ihn in seinen Mantel und hätte sicher mit ihm geschimpft, wenn ihr Blick nicht unerwartet den von Travis gekreuzt hätte.

Und Travis schüttelte den Kopf.

Sie schluckte ihre Gardinenpredigt hinunter und schob ihren Sohn zurück ins Haus.

„Ich werde den Generator starten", erklärte Travis.

Mit einem hastigen Nicken schloss sie die Tür.

„Liam McKettrick", platzte es aus ihr heraus. „Was hast du dir dabei gedacht, ohne Mantel in die Kälte zu rennen?"

Im Kerzenlicht sah sie Liams Unterlippe beben. „Travis sagte, das wäre nicht die Cowboy-Art. Er wollte mir gerade seinen Mantel geben, als du kamst."

„*Was* wäre nicht die Cowboy-Art?", fragte sie, rieb seine eisigen Hände und konnte nur beten, dass er keinen Asthmaanfall oder gar eine Lungenentzündung bekommen würde.

„Keinen Mantel anzuziehen", erklärte Liam niedergeschlagen. „Ein Cowboy ist auf jedes Wetter vorbereitet und reitet nicht vorschnell los, ohne seine Ausrüstung."

Da entspannte sie sich etwas und unterdrückte ein Lächeln. „Travis hat recht", sagte sie.

Auch Liams Gesicht hellte sich etwas auf. „Essen Cowboys Hackbraten?"

„Da bin ich mir ziemlich sicher", antwortete Sierra.

Die Heizung ging wieder an. Im Stillen dankte sie Travis Reid dafür, dass er da war.

Ein paar Minuten später kam er in die Küche. Sierra hatte einen Teller für ihn auf den Tisch gestellt und noch mehr Kerzen angezündet. Alle drei setzten sich im gleichen Moment, und dieses Zusammensein erschien Sierra so selbstverständlich, dass sie schlucken musste.

„Ich hoffe, Sie haben Hunger", sagte sie unbeholfen.

„Ich bin am Verhungern", erwiderte Travis.

„Cowboys essen Hackbraten, nicht wahr?", fragte Liam hoffnungsvoll.

„Dieser hier jedenfalls", lächelte Travis.

„Dieser hier auch“, verkündete Liam.

Sierra lachte, und ihre Augen füllten sich mit Tränen. Zum Glück war es nicht sehr hell in dem Raum. Vielleicht blieben ihre Tränen auf diese Weise unbemerkt.

„Einmal“, begann Liam, der gerade eine Portion Hackbraten auf seinen Teller schaufelte und Travis dabei immer wieder bewundernde Blicke zuwarf, „habe ich eine Sendung im Wissenschaftskanal gesehen. Man hat einen in einem Eisblock eingefrorenen Höhlenbewohner gefunden. Er war ungefähr *vierzehntausend* Jahre alt! Ich wette, die könnten seine DNA nehmen und ihn klonen, wenn sie wollten.“ Er hielt kurz inne, um Luft zu holen. „Er war ganz blau. So wirst du auch aussehen, wenn du heute Nacht in deinem Wohnwagen schläfst.“

„Du bist in Wahrheit kein Kind“, frotzelte Travis. „Du bist ein 40-Jähriger, der ein Zwergenkostüm trägt.“

„Ich bin *richtig* klug“, fuhr Liam fort. „Es wäre also besser, wenn du auf mich hörst.“

Travis sah zu Sierra, und ihre Blicke verhakten sich mit einem geradezu hörbaren Klicken.

„Wir haben nicht mehr viel Benzin für den Generator“, erklärte Travis. „Insofern bleiben uns zwei Möglichkeiten. Wir fahren alle zusammen in meinem Truck los und hoffen, dass wir im Lamplight Inn noch Zimmer bekommen. Oder wir machen ein Feuer in der Küche und schlagen hier unser Camp auf.“

Liam fiel die Entscheidung leicht. „Kampieren!“, schrie er laut und wedelte mit seiner Gabel in der Luft. „Kampieren!“

„Das meinen Sie nicht ernst“, sagte Sierra zu Travis.

„Natürlich meine ich das ernst“, antwortete er.

„Lamplight Inn“, entschied Sierra.

„Die Straßenverhältnisse sind schlecht“, gab Travis zurück. „*Wirklich* schlecht.“

„Einmal im Fernsehen habe ich so eine Geschichte gesehen über Leute, die in ihrem Auto erfroren sind“, warf Liam ein.

„Sei still“, befahl Sierra.

„So etwas passiert tatsächlich immer wieder“, nickte Travis.

Und so kam es, dass die drei sich schließlich Seite an Seite in ihren Schlafsäcken auf Sofa- und Sesselkissen als Unterlagen rund um den warmen Holzofen zum Schlafen legten.

7. KAPITEL

1919

Hannah und Doss verließen den Stall getrennt, das hatten sie so vereinbart. Auf dem Rückweg pumpte sie mit weichen Knien und schlechtem Gewissen Wasser in einen Eimer, um es in den fast leeren Behälter neben dem Herd zu füllen. Dann setzte sie die beiden größten Wasserkessel auf, die sie besaß.

Als Doss hereinkam, legte sie gerade frisches Holz ins Feuer. Mit vor Wut geröteten Wangen weigerte sie sich, ihn anzusehen. Doch sie spürte, wie sein Blick sich in ihr Fleisch bohrte, durch die Kleider hindurch, die er ihr vor kaum einer Stunde ausgezogen hatte, um sie auf das weiche, überraschend warme Heu zu legen und zu küssen und zu liebkosen, bis sie ihn anflehte, sie zu nehmen.

Ihn *anflehte*.

„Sieh mich an, Hannah", sagte er.

Daraufhin starrte sie ihn an, stapfte dann an ihm vorbei in die Vorratskammer und zerrte die große Badewanne heraus, die unter dem hohen Regal lagerte. Mit einem lauten Knall stellte sie die Wanne vor dem Ofen ab.

„Hannah", wiederholte Doss.

„Geh nach oben", zischte sie. „Lass mich allein, ich möchte baden."

„Du kannst nicht wegwaschen, was wir getan haben."

Sie wirbelte zu ihm herum. „Geh", befahl sie so leise wie möglich, falls Tobias noch wach war oder sogar oben an der Treppe lauschte. „Ich will allein sein."

Ergeben hob Doss die Arme, die Handflächen nach oben gestreckt. Doch seine Worte passten nicht zu dieser Geste. „Wenn es darum geht, was du brauchst, Hannah, dann ist es kein Bad, sondern viel mehr von dem, was wir gerade da draußen im Stall gemacht haben."

„Tobias könnte dich hören!", wisperte sie empört.

„Und wenn schon, er würde gar nicht verstehen, worüber wir sprechen", erwiderte Doss, ließ die Arme sinken, zog einen Strohhalm aus ihrem Haar und kitzelte sie damit unterm Kinn.

Schnell schlug sie seine Hand weg.

Lachend beugte er sich vor und knabberte kurz an ihrer Unterlippe. „Gute Nacht, Hannah."

Ein heißer Schauer der Lust durchströmte sie. Wie konnte das nur sein? Er hatte sie sowohl heute Nacht als auch gestern auf eine Weise geliebt und befriedigt, die sie nicht einmal von Gabe kannte.

Allerdings hatte Gabe sie vor Gottes Angesicht zur Frau genommen, und sie hatte ihn geliebt. Mit Doss war sie nicht nur nicht verheiratet, sie liebte ihn nicht einmal. Sie *begehrte* ihn einfach nur, das war alles, und diese Erkenntnis machte sie wütend.

„Du hast aus mir ein Flittchen gemacht", sagte sie.

„Wenn du meinst, Hannah, dann muss es wohl so sein."

Dann küsste er sie auf die Stirn und verließ die Küche.

Atemlos lauschte sie, wie er die Treppen emporstieg, den Flur entlangging und die Tür zu Tobias' Zimmer öffnete, um nach dem Jungen zu sehen, bevor er in sein eigenes Zimmer ging. Erst als er die Tür geschlossen hatte, konnte Hannah wieder durchatmen.

Als das Wasser in den Kesseln heiß war, füllte Hannah die Wanne damit und schlich dann nach oben, um Handtuch, Seife und Nachthemd zu holen. Bis sie alle Lichter in der Küche gelöscht hatte und aus ihren Kleidern geschlüpft war, hatte das Badewasser eine angenehme Temperatur. Sie seufzte laut, als sie ins Wasser glitt.

Nach einigen Minuten begann sie, ihre Haut mit voller Kraft abzuschrubben.

Doch es stellte sich heraus, dass Doss recht gehabt hatte. So sehr sie es auch versuchte, sie konnte die Gefühle nicht wegwaschen, die er in ihr geweckt hatte.

Eine Träne lief ihr über die Wange, während sie sich abtrocknete. Im Nachthemd zerrte sie die Wanne zur Hintertür und goss das Wasser über die Treppe. Mit Gänsehaut am ganzen Körper trat sie zurück in die Küche.

„Es tut mir leid, Gabe“, sagte sie sehr leise. „Es tut mir leid.“

Heute

Als Sierra am nächsten Morgen die Augen öffnete, war Travis gerade dabei, das Feuer wieder anzufachen. „Bleiben Sie in Ihrem Schlafsack“, riet er. „Hier drinnen ist es kälter als in einem Kühlhaus.“

Liam, der die ganze Nacht zwischen ihnen gelegen hatte, schlief noch immer. Sein Atem rasselte. Sierra setzte sich kerzengerade auf und hielt erschrocken den eigenen Atem an. Sie spürte keine Kälte, nur ein vages, nagendes Gefühl.

Kurz darauf öffnete Liam die Augen, blinzelte. „Mom“, sagte er, „ich kann nicht ...“

Atmen, beendete Sierra den Satz für ihn und hörte ihn wieder und wieder in ihren Gedanken.

Mom, ich kann nicht atmen.

Eilig stieg sie aus dem Schlafsack, krabbelte auf allen vieren zu ihrer Handtasche und durchwühlte sie nach Liams Inhalator.

Er begann zu keuchen, und als Sierra zu ihm zurückkam, sah sie die Panik in seinen Augen.

„Ganz ruhig, Liam.“ Sie reichte ihm den Inhalator.

Er packte ihn mit beiden Händen und presste das Gerät gegen Mund und Nase.

Mit düsterer Miene sah Travis ihnen zu.

Neben ihrem Sohn ging Sierra auf die Knie und legte leicht den Arm um seine Schultern. Lass es funktionieren, betete sie im Stillen. *Bitte, lass es funktionieren!*

Liam ließ den Inhalator sinken und sah Sierra entschuldigend an. Er bekam kaum genug Luft, um zu sprechen. „Er ist ... ich glaube, er ist kaputt, Mom ..."

„Ich lasse den Truck warmlaufen", rief Travis und stürmte aus dem Haus.

Verzweifelt riss Sierra den Inhalator an sich, schüttelte ihn und gab ihn Liam zurück. Er war nicht leer – das Risiko wäre sie niemals eingegangen –, aber er musste verstopft sein oder sonst irgendwie defekt. „Versuch es noch mal", drängte sie ihn voller Panik.

Draußen röhrte Travis' Auto. Er gab ein paarmal Vollgas.

Tapfer kämpfte Liam weiter mit dem Inhalator – umsonst.

Travis kam zurück, hob Liam in seinem Schlafsack hoch und trug ihn hinaus. Sierra musste sich beeilen, um hinterherzukommen. Beim Rausgehen griff sie nach ihrem Mantel und ihrer Tasche.

Es schneite nicht mehr, aber es lag gut ein halber Meter Schnee. Travis schaltete auf Allradantrieb, die Reifen drehten ein paarmal durch, bevor sie griffen.

„Ganz ruhig, Kumpel", sagte er zu Liam, der auf Sierras Schoß saß, der Sicherheitsgurt war um beide gelegt. „Ganz ruhig."

Liam nickte ernst. Mit flachen Atemzügen rang er nach Luft, bekam aber nicht genug. *Nicht genug.* Seine Lippen färbten sich blau.

Sierra hielt ihn fest – aber nicht zu fest –, legte ihr Kinn auf seinen Kopf und begann zu beten.

Die Straßen waren noch nicht geräumt. Alles war nur schwer zu erkennen. Ohne die Schneeverwehungen zu beiden Seiten hätte sie nicht gewusst, wo sie überhaupt waren. Aber der Truck bahnte sich mühelos seinen Weg.

Was hätten wir getan, wenn wir allein gewesen wären, überlegte Sierra verzweifelt. Ihr alter Kombi, inzwischen ein schneebedeckter Hügel in der Auffahrt vor dem Haus, wäre wahrscheinlich gar nicht angesprungen. Und falls wie durch ein Wunder doch, wären sie sehr wahrscheinlich irgendwo auf dem Weg im Graben gelandet.

„Es wird alles gut", hörte sie Travis sagen. Sie glaubte, dass er mit Liam sprach. Doch als sie ihn ansah, wurde ihr klar, dass die Worte an sie gerichtet waren.

„Gibt es ein Krankenhaus in Indian Rock?" Liam und sie waren auf dem Hinweg durch den Ort gefahren, aber sie konnte sich nur noch an ein oder zwei Restaurants erinnern, an einige Kneipen, Bars und eine Tankstelle. Sie war zu beschäftigt damit gewesen, der handgezeichneten Karte zu folgen, die sie von Meg per E-Mail bekommen hatte. Der Friedhof der McKettricks war mit einem Kreuz gekennzeichnet gewesen, das Ranchhaus mit einem Rechteck und zwei Strichen, die ein Dach darstellen sollten.

„Ja", sagte Travis. Er sah kurz zu Liam und richtete den Blick dann wieder mit versteinerter Miene auf die Straße. Dabei zog er sein Mobiltelefon aus seiner Tasche und reichte es Sierra.

Sie wählte 112 und bat darum, mit dem Krankenhaus verbunden zu werden.

Als jemand antwortete, erklärte Sierra die Situation. Sie versuchte, dabei so ruhig wie möglich zu wirken, um Liam nicht noch mehr zu erschrecken. Sie hatten solche Situationen in seinem kurzen Leben schon mindestens ein Dutzend Mal erlebt, und trotzdem wurde es nicht leichter. Jedes Mal war Sierra völlig aufgelöst gewesen, allerdings ohne es zu zeigen. Wenn sie die Nerven verlor, würde es Liam ebenso ergehen, und das Ergebnis könnte tödlich sein.

Die Dame am anderen Ende schien glücklicherweise völlig unbeeindruckt. „Wir sind bereit, wenn sie da sind", erklärte sie.

Sierra dankte ihr und legte das Telefon auf den Sitz.

Als sie in der einzigen Klinik der Stadt ankamen, kämpfte Liam darum, bei Bewusstsein zu bleiben. Travis bremste vor dem Gebäude scharf ab, hupte laut und war an Sierras Seite, noch bevor sie den Gurt lösen konnte.

Zwei Krankenpfleger liefen mit einer Trage zu ihnen, ein grauhaariger Arzt begleitete sie. Liam wurde weggetragen. Sierra wollte ihm folgen, aber Travis und eine Krankenschwester hielten sie zurück.

Ihr erster Impuls war zu kämpfen.

„Mein Sohn braucht mich!" Eigentlich wollte sie schreien, aber sie brachte nicht mehr als ein Wimmern hervor.

„Wir brauchen Ihren Namen und den des Patienten", informierte die Schwester sie. Sie hielt ein Clipboard in der Hand. „Und natürlich ist da auch noch die Frage der Krankenversicherung …"

Travis starrte die Frau finster an. „Ihr *Name* ist McKettrick", rief er wütend.

Sierra brauchte etwas, irgendetwas, sie musste etwas tun, um nicht jeden einzelnen Raum in diesem Krankenhaus auseinanderzunehmen, bis sie Liam gefunden und in die Arme geschlossen hatte. „Meine Tasche", keuchte sie. „Ich muss sie im Wagen liegengelassen haben …"

„Ich hole sie", meinte Travis, führte sie aber vorher zu einem Stuhl im Wartebereich.

Tränen der Wut und Angst füllten ihre Augen. Was geschah gerade mit Liam? Atmete er? Zwangen sie womöglich in diesem Moment diesen verhassten Schlauch durch seine Luftröhre?

Nur ganz kurz nahm Travis ihr Gesicht in beide Hände, seine Handflächen fühlten sich kalt und rau von der Arbeit auf der Ranch an.

Das Gefühl löste etwas in Sierra aus, aber sie war zu verstört, um zu verstehen, was.

„Ich bin gleich zurück", versprach er.

Und er hielt Wort.

Sierra riss ihm die Tasche aus der Hand und wühlte in ihrer Geldbörse nach der Versicherungskarte. Eve hatte sie ihr an dem Tag geschickt, an dem Sierra eingewilligt hatte, den Namen McKettrick anzunehmen und mit Liam ein Jahr auf Triple M zu verbringen. Sie hätte diese Karte küssen können, wenn Travis nicht in der Nähe gewesen wäre.

Die Schwester nickte ihr ein wenig nervös zu, als Sierra zur Rezeption lief und nach den Papieren fragte, die sie ausfüllen sollte.

Name des Patienten. Das war leicht. Sie kritzelte Liam Bres…, strich den letzten Teil durch und schrieb stattdessen McKettrick.

Adresse? Da musste sie Travis fragen. Jeder in Indian Rock wusste, wo Triple M lag, da war sie sicher, aber wahrscheinlich galt das nicht für die Mitarbeiter der Krankenversicherung.

Beruf? Kind.

Verdammt, Liam war ein kleiner Junge. So schreckliche Dinge dürften ihm einfach nicht widerfahren.

Sierra trug ihren eigenen Namen als Erziehungsberechtigte ein, dann begann sie, an ihrer Unterlippe zu nagen. Was sollte sie bei Beruf angeben? Arbeitslos? Das konnte sie schlecht schreiben.

Travis nahm ihr Clipboard und Kugelschreiber aus der Hand und schrieb: *verdammt gute Mutter.*

Schon wieder kamen ihr die Tränen.

Dankbar sah sie zu, wie Travis die Papiere und die Versicherungskarte zur Rezeption brachte. Er kam gerade zurück, als der Arzt auftauchte.

„Hallo, Travis", sagte er, sein Blick aber war auf Sierra gerichtet, die ihn trotz aller Übung nicht deuten konnte.

„Ich bin Sierra McKettrick“, sagte sie. Der Name fühlte sich noch immer wie ein Kleidungsstück an, das nicht so recht passte, aber solange er Liam half, benutzte sie ihn gern. „Mein Sohn …“

„Es geht ihm wieder gut“, sagte der Arzt freundlich. Seine Augen waren von einem verblichenen Blau, die Gesichtszüge zerklüftet und verwittert. „Aber trotzdem denke ich, dass wir ihn nach Flagstaff ins Krankenhaus schicken sollten, zumindest für heute Nacht. Nur zur Beobachtung, verstehen Sie? Und weil sie dort eine sichere Stromversorgung haben.“

„Ist er wach?“, fragte Sierra aufgeregt.

„Leicht sediert“, antwortete der Arzt, wobei er einen Blick mit Travis wechselte. „Wir mussten eine Intubation vornehmen.“

Sierra wusste, wie sehr Liam das Einführen der Sonde hasste und wie verängstigt er jetzt sein musste, sediert oder nicht. „Ich muss ihn sehen.“ Innerlich stellte sie sich auf eine längere Diskussion ein.

„Selbstverständlich“, lautete die freundliche Antwort.

Sierra spürte, wie Travis' Hand sich um ihre schloss. Statt sich loszumachen, klammerte sie sich an ihm fest.

Ein paar Minuten später stand jeder von ihnen auf einer Seite des Betts. Liams Augen wurden groß, als er Sierra sah. Mit einem Finger deutete er auf das Mundstück seiner Sauerstoffmaske.

Sie nickte, blinzelte mehrmals und versuchte zu lächeln. Nahm seine Hand.

„Du musst die Nacht im Krankenhaus in Flagstaff verbringen“, erklärte sie ihm. „Aber hab keine Angst, ja? Ich werde mit dir gehen.“

Sofort entspannte Liam sich sichtlich. Dann drehte er die Augen zu Travis. Sierras Herz zog sich zusammen, als sie die Hoffnung im Gesicht ihres kleinen Jungen sah.

„Ich auch“, nickte Travis heiser.

Liam lächelte, dann schlief er ein.

In Flagstaff musste sie weitere Formulare ausfüllen, doch jetzt war sie bedeutend ruhiger, denn sie saß auf einem Stuhl neben Liams Bett.

Travis trat mit zwei Bechern Automatenkaffee ein.

„Danke“, sagte Sierra, und meinte nicht nur den Kaffee.

„Cowboys wie Liam und ich halten zusammen, wenn's hart auf hart kommt“, verkündete er, wobei er Liam einen zerknirscht zärtlichen Blick zuwarf.

Sie nahm den Pappbecher entgegen, legte das Clipboard zur Seite und trank einen Schluck. Travis zog sich einen zweiten Stuhl heran.

„Passiert das oft?“, fragte er nach einer langen und überhaupt nicht unangenehmen Stille.

„Nein, Gott sei Dank nicht. Ich weiß nicht, was wir ohne Sie getan hätten, Travis.“

„Sie hätten das schon hinbekommen. So, wie Sie es schon seit Jahren hinbekommen, wie ich vermute. Wo ist Liams Dad, Sierra?“

Nach einem tiefen Atemzug blickte sie zu Liam, um zu sehen, ob er auch wirklich schlief. „Er starb ein paar Tage vor Liams Geburt.“

„Waren Sie die ganze Zeit allein?“

„Nein.“ Sierra versteifte sich ein wenig im Innern, dort, wo es niemand sehen konnte. Zumindest *hoffte* sie das. „Ich hatte Liam.“

„Sie wissen, was ich gemeint habe.“

Sierra blickte weg, zwang sich dann aber, ihn wieder anzusehen. „Ich wollte die Dinge … nicht noch komplizierter machen. Liam und mir geht es gut.“

Darauf nickte Travis nur und trank seinen Kaffee.

„Müssen Sie nicht zurück zur Ranch und die Pferde füttern oder so was?", fragte Sierra.

„Irgendwann schon." Travis seufzte. Er sah sich im Zimmer um und erschauerte ein wenig.

Die Wunde vom Tod seines Bruders musste noch ganz frisch sein. „Wahrscheinlich hassen Sie Krankenhäuser", bemerkte sie. „Wegen … Brody."

Travis schüttelte den Kopf. Sein Blick war voller Trauer. „Wenn er es doch nur bis hierhin geschafft hätte – bis ins Krankenhaus, meine ich –, dann hätte es zumindest noch Hoffnung gegeben."

Ganz instinktiv streckte Sierra die Hand nach ihm aus. Doch bevor sie ihn berührte, klingelte sein Handy.

„Travis Reid." Er lauschte. Hob die Augenbrauen. „Hallo, Eve. Ich hätte gedacht, dass nicht mal *dein* Pilot bei diesem Wetter landen kann."

Sierra erstarrte.

Nach einer Pause entgegnete Travis: „Das soll Sierra dir erklären." Er hielt ihr das Telefon hin.

„Hallo, Eve."

„Wo bist du?", fragte ihre Mutter besorgt. „Ich bin auf der Ranch. Es sieht so aus, als ob ihr in der Küche geschlafen hättet …"

„Wir sind in Flagstaff im Krankenhaus." Erst jetzt fiel ihr auf, dass Travis und sie noch die Kleider trugen, in denen sie auch geschlafen hatten. Dass sie sich nicht einmal das Haar gekämmt oder die Zähne geputzt hatte.

Plötzlich fühlte sie sich schrecklich schmutzig.

Am anderen Ende atmete Eve hörbar ein. „Oh mein Gott … Liam?"

„Er hatte einen ziemlich schlimmen Asthmaanfall. Jetzt hängt er an der Beatmungsmaschine und muss bis morgen bleiben, aber es geht ihm gut, Eve."

„Ich komme so schnell wie möglich. Welches Krankenhaus?"

„Warte", sagte Sierra. „Es ist wirklich nicht nötig, dass du den ganzen Weg hierherfährst, vor allem bei den Straßenverhältnissen. Ich bin ziemlich sicher, dass wir morgen wieder zu Hause sein werden ..."

„Ziemlich sicher?", hakte Eve nach.

„Seine Medikamente müssen neu eingestellt werden, und die Entzündung der Atemwege muss zurückgehen."

„Das klingt ernst, Sierra. Ich finde, ich sollte kommen. Ich könnte in ..."

„Bitte", unterbrach Sierra sie. „Bitte nicht."

Eine lange Pause folgte. „Na gut", sagte Eve schließlich und zeigte damit ein Verständnis, das Sierra wirklich zu schätzen wusste. „Dann warte ich hier auf euch. Die Heizung läuft, und ein paar Lichter funktionieren auch. Sag Travis, dass er nicht zurückzukommen braucht – ich werde die Pferde füttern."

Weil Sierra nur nicken konnte, nahm Travis ihr das Telefon aus der Hand. Offenbar folgte eine ganze Reihe Anweisungen, die Travis sich grinsend anhörte.

„Ja, Ma'am", sagte er. „Das werde ich."

Dann hängte er ein.

„Was werden Sie?", wollte Sierra wissen.

„Auf Sie und Liam aufpassen."

1919

An diesem Morgen sah die Welt aus, als wäre sie aus einem riesigen Eisblock geschnitzt. Hannah starrte durchs Küchenfenster und bestaunte die Schönheit des Anblicks, obwohl sich jede Faser ihres Körpers nach dem Frühling sehnte. Danach, dass es sich unter der schneebedeckten Erde regte, Wurzeln sich ausbreiteten und sanftes Grün durch die Oberfläche brach.

„Ma?"

Besorgt über den Klang in Tobias' Stimme drehte sie sich um. Er stand am Fuß der Treppe, noch immer im Nachthemd und barfuß.

„Mir geht's nicht gut", murmelte er.

Hannah stellte die Kaffeetasse weg, nahm sich aber noch die Zeit, ihre Hände an der Schürze abzuwischen, bevor sie zu ihrem Sohn lief. Dann legte sie den Handrücken an seine Stirn.

„Du glühst ja", flüsterte sie entsetzt.

Doss, der bereits die Stallarbeit hinter sich hatte und am Tisch die Zeitung von der letzten Woche las, schob seinen Stuhl zurück.

„Soll ich einen Arzt holen?", fragte er.

Stumm nickte Hannah. Wenn du nicht darauf bestanden hättest, ihn mit zur Witwe Jessup zu nehmen, dachte sie …

Aber diesen Gedanken durfte sie nicht weiterverfolgen, denn das war nun wirklich nicht der richtige Zeitpunkt, um jemandem die Schuld zu geben.

„Geh zurück ins Bett", sagte sie zu Tobias. Die Lungenentzündung, die ihn im Herbst beinahe das Leben gekostet hatte, hatte genauso angefangen. „Ich mache dir einen Senfwickel, während Doss in die Stadt reitet, um Dr. Willaby zu holen. Und du wirst in Windeseile wieder kerngesund sein."

Tobias betrachtete sie zweifelnd. Sein Gesicht war gerötet, sein Nachthemd nass vor Schweiß, obwohl es in der Küche eher kühl war. Er wirkte benommen, fast als würde er schlafwandeln, und Hannah fragte sich, ob er überhaupt ein Wort verstanden hatte.

„Ich komme so schnell es geht zurück", versprach Doss, der bereits seinen Mantel übergeworfen hatte und nach seinem Hut griff. „Von Weihnachten ist noch etwas Whiskey übrig. In der Speisekammer hinter der Plätzchendose", fügte er hinzu, bevor er die Tür aufriss. „Mach ihm ein heißes Getränk mit Whiskey und Honig. Pa hat so was immer für uns gebraut, wenn wir krank waren, und es hat jedes Mal geholfen."

Doss, Gabe und ihr adoptierter älterer Bruder John Henry waren in ihrer Kindheit niemals ernsthaft krank gewesen, wenn man einmal von John Henrys Taubheit absah. Woher also wollte Doss wissen, was zu tun war?

Trotzdem nickte Hannah mit zusammengepressten Lippen. Sie hatte drei Schwestern verloren, zwei waren an Diphterie gestorben, eine an Scharlach, nur sie und ihr jüngerer Bruder David hatten überlebt.

Sie kannte sich mit Krankenpflege aus.

Einen Moment verharrte Doss zögernd unter der Tür, als ob er noch etwas sagen wollte, aber die passenden Worte nicht fände, dann ging er hinaus.

„Zieh dir ein trockenes Nachthemd an", befahl Hannah Tobias. Sein Bett war vermutlich auch schweißnass, darum fuhr sie fort: „Und leg dich in unser Bett."

Unser Bett.

Damit meinte sie ihr und Gabes Bett.

Nachdem sie verheiratet waren, würde Doss ebenfalls in diesem Bett schlafen, auf Gabes Seite.

Doch sie konnte und wollte jetzt nicht darüber nachdenken.

Jetzt nicht. Und vielleicht überhaupt niemals.

Sie war wie diese Farmersfrau, von der sie einmal in der Zeitung gelesen hatte. Die Frau war während eines verheerenden Schneesturms vom Haus in den Stall und wieder zurück gelaufen und hatte sich dabei nur an einem gefrorenen Seil festhalten können. Wenn sie es losgelassen hätte, wäre sie verloren gewesen.

Sie musste sich um Tobias kümmern. Er war ihr Seil, und

dem würde sie folgen, einen Griff nach dem anderen, einen Gedanken nach dem anderen.

Hannah zog ein altes Flanellhemd aus dem Lumpenbeutel und schnitt es in zwei gleich große Teile. Sie sollten Tobias' Haut vor der Hitze des Wickels schützen, auch wenn sich Blasen nicht ganz verhindern lassen würden. Eine spezielle Senfmixtur für solche Fälle bewahrte sie in einem großen, mit Draht versiegelten Marmeladenglas auf.

Einen großen Klumpen davon gab sie nun auf das eine Flanellstück, verteilte es wie Butter und legte den zweiten Stoff darauf. Der scharfe Geruch von Senfkörnern und Kampfer kitzelte in ihrer Nase.

Als sie ins Schlafzimmer trat, lag Tobias in der Mitte ihres Betts. Seine Augen wurden groß, als er sah, was sie in den Händen hielt.

„*Nein*", protestierte er schwach. „Kein Senfwickel." Er begann zu zittern, seine Zähne klapperten.

„Stell dich nicht an, Tobias. Dein Großvater schwört darauf."

Tobias stöhnte. „Mein Großvater aus *Montana.* Grandpa Holt würde nie zulassen, dass mir so was aufgelegt wird!"

„Ist das so?", fragte Hannah sanft. „Nun, nächstes Mal, wenn du dem allmächtigen Holt McKettrick schreibst, kannst du ihn ja fragen. Ich wette, er wird dir antworten, dass er darauf schwört, wenn er mal gesundheitlich nicht ganz auf der Höhe ist."

Darauf gab Tobias ein unfreundliches Geräusch von sich, rollte sich aber auf den Rücken, damit Hannah sein Nachthemd aufknöpfen und den Wickel auf seine Brust legen konnte.

„Grandpa Holt", widersprach er, während er die Tortur tapfer ertrug, „würde mir ein heißes Getränk mit Whiskey geben – so wie früher Pa und Onkel Doss."

Insgeheim war Hannah der Ansicht, dass die McKettrick-

Männer zwar nicht gerade schwere Trinker, aber doch Rabauken waren, die mit Alkohol so ziemlich jede Krankheit zu heilen versuchten. Ganz egal, ob es sich um einen Schlangenbiss handelte oder um die Grippe. Sie träufelten ihn auf die klaffenden Wunden vom alten Seesaw, wenn er sich mit einem Bären angelegt hatte, und rieben ihn ins Zahnfleisch von zahnenden Babys.

„Was du jetzt bekommst, Tobias McKettrick, ist Haferbrei."

Angewidert verzog er das Gesicht. „Das brennt", beschwerte er sich und deutete auf den Wickel.

Hannah küsste ihn auf die Stirn. Er drehte sich nicht weg, wie er es in letzter Zeit öfter getan hatte, was sie zugleich tröstlich und besorgniserregend fand.

Als sie zum Fenster sah, bemerkte sie, dass Eiszapfen an der Dachrinne hingen. Doss würde erst in vielen Stunden – vielleicht sogar erst morgen – mit Dr. Willaby aus Indian Rock zurückkehren. Die Warterei würde sie zermürben, aber sie hatte keine andere Wahl, sie musste sie durchstehen.

Als Tobias die Augen schloss und einschlief, verließ Hannah das Zimmer und lief die Treppe hinunter zurück in die Speisekammer. Dort schob sie die Plätzchendose zur Seite, betrachtete die Whiskeyflasche dahinter, schnaubte einmal verächtlich und nahm stattdessen das eingelegte Hühnerfleisch vom Regal. Dieses Huhn war eine Kostbarkeit. Sie hatte es für ein Festmahl aufgehoben, damit sie keins ihrer Eier legenden Hühner schlachten musste, doch jetzt würde daraus eine gute, nahrhafte Suppe werden.

Nachdem sie noch Zwiebeln, Reis und einige ihrer wertvollen Gewürze zusammengesucht hatte, die ebenso kostbar waren wie das eingemachte Fleisch, wenn man bedachte, wie viel sie kosteten, kochte sie eine Suppe.

Dass Doss nur eine Stunde später mit einem Mann zurückkam, den sie als einen der Rancharbeiter von Rafe wiedererkannte, überraschte sie sehr. Mit gerunzelter Stirn sah sie durchs Fenster, wie Doss absprang und es dem anderen Mann überließ, die beiden Pferde in den Stall zu bringen.

Merkwürdig. Doss war also noch gar nicht in Indian Rock gewesen, warum ließ er dann sein Pferd absatteln?

Verwirrt, ungeduldig und ein wenig verärgert erwartete Hannah ihn an der Tür.

„Pack den Jungen warm ein", sagte er ohne große Vorrede. „Willie wird hierbleiben und sich um die Pferde und das Haus kümmern. Sobald ich die Pferde angespannt habe, werden wir mit dem Schlitten nach Indian Rock fahren."

„Schlägst du etwa vor, dass wir mit Tobias den ganzen Weg nach Indian Rock fahren?"

„Ich schlage überhaupt nichts vor, Hannah", versetzte Doss. „Ich habe Seth Baker unten beim Haupthaus getroffen, als ich gerade den Bach überqueren wollte. Er fragte mich, was ich vorhabe. Ich sagte ihm, dass ich Doc Willaby holen wollte, weil es Tobias nicht gut geht. Seth meinte, Willaby hätte einen Gichtanfall, aber sein Neffe wäre zufällig in der Stadt, aber sicher nicht bereit, den ganzen Weg hier heraufzukommen."

Hannahs Hals wurde so eng, dass sie eine Hand darauflegte. „So eine Fahrt könnte Tobias' Tod bedeuten."

„Wir können nicht einfach hier herumsitzen. Zieh den Jungen an, oder ich kümmere mich selbst darum."

„Darf ich dich daran erinnern, dass Tobias *mein* Sohn ist?"

„Er ist ein McKettrick", entgegnete Doss steif, als ob die Diskussion damit beendet wäre – und für ihn war sie das wohl auch.

8. KAPITEL

Heute

Travis wartete, bis Sierra auf ihrem Stuhl in einen unruhigen Schlaf gefallen war. Von einer Krankenschwester ließ er sich eine Decke geben, hüllte sie darin ein und ging.

Ein paar Minuten später saß er hinter dem Steuer seines Trucks.

Die Straßen waren spiegelglatt, und der Himmel war grau, die Wolken schwer beladen mit frischem Schnee. Mithilfe seines Navigationssystems fand er den nächstgelegenen Wal-Mart, parkte so nah am Laden, wie er konnte, und ging hinein.

Obwohl er es hasste einzukaufen, schob er den Einkaufswagen durch die Gänge und warf alles hinein, was Sierra und Liam brauchen würden, falls der Aufenthalt in Flagstaff doch länger als erwartet dauerte. Er selbst würde die Nacht in seiner Wohnung in Flagstaff verbringen, ein paar Meilen vom Krankenhaus entfernt, wo er duschen und sich umziehen konnte.

Als er zurückkam – ein Januarweihnachtsmann, beladen mit riesigen blauen Plastiktüten –, waren Sierra und Liam wach. Ein riesengroßer Teddybär mit einem Gasballon in der Hand saß auf dem Nachttisch. Auf dem Ballon stand in dicken roten Buchstaben: „Werd schnell gesund!"

„Eve?" Travis deutete mit dem Kinn auf den Bären.

„Eve", bestätigte Sierra und betrachtete die Tüten. „Was haben Sie da?"

Travis grinste, obwohl er sich schlagartig so müde fühlte, als ob selbst zehn Tassen Kaffee ihn nicht wachhalten könnten. Vielleicht lag es an der Wärme im Krankenhaus.

„Ein bisschen was für jeden", erwiderte er.

Liam saß aufrecht und musste das Atemgerät nicht mehr

benutzen. „Auch für mich?" Seine Stimme klang heiser, doch er lächelte. Travis verspürte einen Stich. Der Junge war so klein und so tapfer.

„Vor allem für dich." Er reichte dem Jungen eine der Tüten und sah ihm zu, wie er einen tragbaren DVD-Player und die *Nova*-Episoden auspackte.

„Wow", strahlte Liam. „So einen wollte ich schon immer."

Sierra sah besorgt aus. „Der ist viel zu teuer", sagte sie. „Das können wir nicht annehmen."

Da drückte Liam den verpackten DVD-Player fest gegen seine schmale Brust, als wollte er demonstrieren, dass er ihn nie wieder herausrücken würde.

Travis ignorierte Sierras Worte und warf ihr eine andere Tüte zu, die prall gefüllt, aber viel leichter war. „Gehen Sie duschen", lächelte er. „Sie sehen aus wie jemand, der gerade einen medizinischen Notfall erlebt hat."

Sie öffnete den Mund, schloss ihn wieder und spähte in die Tüte. Er hatte ihr einen Jogginganzug gekauft, außerdem Zahnpasta, Zahnbürste, Seife und einen Kamm.

Völlig überrumpelt sah sie ihn an – und schluckte. „Danke."

Während Sierra sich in Liams Badezimmer duschte, half Travis dem Jungen, den DVD-Player auszupacken und einzustöpseln.

„Mom erlaubt sicher nicht, dass ich ihn behalte", sagte Liam traurig.

„Ich wette, das wird sie."

Eine halbe Stunde später, als Sierra in dem dunkelblauen Jogginganzug aus dem Badezimmer kam, war Liam bereits völlig versunken in einen Bericht über Killerbienen. Frisch sah sie aus und vorsichtig optimistisch. Ihr Haar war noch nass, der Kamm hatte deutliche Strähnen hinterlassen, was Travis irgendwie rührend fand.

Auf einmal überrollten ihn vielschichtige Gefühle und trafen ihn mit der Wucht eines Güterzugs, doch er wagte es nicht, auch nur eines davon zu erkunden. Dafür musste er allein sein, in seinem Truck oder auf einem Pferd. Jetzt jedenfalls war er Sierra viel zu nah, um klar denken zu können.

Sie warf Liam einen Blick zu, und ihr Gesicht wurde sichtlich weicher, als sie sah, wie sehr er sich über Travis' Geschenk freute. Er hielt es mit seinen kleinen Händen umklammert, als ob er befürchtete, dass es ihm jemand entreißen könne.

Etwas Ähnliches musste sie tatsächlich gedacht haben, denn er sah, wie sich ihr Gesichtsausdruck änderte. Eine Art von Resignation schien sie zu überkommen, und er hätte sie am liebsten in die Arme genommen – was er natürlich keinesfalls tun würde.

„Ich könnte etwas zu essen gebrauchen", verkündete er.

„Ich auch", gestand Sierra und tippte Liam auf die Schulter. Doch der riss kaum den Blick von dem Bildschirm los, auf dem es vor Bienenschwärmen nur so wimmelte. „Ist es in Ordnung, wenn wir dich einen Moment allein lassen, um in die Cafeteria zu gehen?"

Er nickte zerstreut und konzentrierte sich wieder auf die Bienen.

Das veranlasste Sierra zu einem traurigen Lächeln.

Vor dem Aufzug sagte sie zu ihm: „Ich bin sehr dankbar für das, was Sie für Liam und mich getan haben. Aber Sie sollten ihm nicht so teure Geschenke machen."

„Mir wird das Geld nicht fehlen, Sierra", antwortete Travis. „Er hat eine Menge durchgemacht, und er braucht etwas, das ihn von den Sonden und Atemmasken und medizinischen Tests ablenkt."

Sie nickte kurz.

Dieser McKettrick-Stolz, dachte Travis. Der war schon etwas Besonderes.

Die Fahrstuhltüren öffneten sich mit einem surrenden Geräusch. Travis drückte auf den Knopf für das Untergeschoss. Cafeterias schienen in Krankenhäusern immer im Keller zu liegen – wie die Leichenhallen.

Unten angekommen, stellten sie sich mit ihren Tabletts an und wählten zwischen den Tellern mit fettigen grünen Bohnen, grauem Hackbraten und dunkler Soße die, die am wenigsten widerlich aussahen.

Dann setzten sie sich einander gegenüber an einen Ecktisch. In dem Jogginganzug sah Sierra aus wie ein frisch geduschter Engel aus einem himmlischen Soccer-Team. Travis fragte sich, ob sie überhaupt eine Ahnung hatte, wie schön sie war.

„Wundert mich, dass Eve nicht gekommen ist“, sagte er, nur um irgendetwas zu sagen.

Sierras Wangen röteten sich, sie wich seinem Blick aus und stocherte in ihrem Hackbraten herum.

„Ich weiß nicht, was ich zu ihr sagen soll“, murmelte sie. „Außer ‚danke‘, meine ich.“

„Wie wäre es mit ‚hallo‘?“, witzelte Travis.

Doch sie wirkte nicht belustigt, sondern nervös wie eine Maus, die von einer Stallkatze in die Enge getrieben wurde.

Um sie zu beruhigen, legte er seine Hand kurz auf ihre. „Hören Sie, Sierra, das muss gar nicht so schwer werden. Vermutlich wird Eve sowieso das Reden übernehmen, zumindest am Anfang. Sie müssen nur die Stichworte aufgreifen.“

Sie lächelte, wieder eins ihrer vorsichtigen kurzen Lächeln, das sofort verblasste.

Eine Weile aßen sie schweigend.

„Es ist nicht so, dass ich sie hasse“, erklärte Sierra dann aus heiterem Himmel. „Eve, meine ich.“

Sich darüber im Klaren, dass sie sich auf gefährlichem Gebiet befanden, schwieg Travis. Sierra war schreckhaft wie ein Rehkitz, darum wollte er nichts Falsches sagen.

„Ich kenne sie nicht“, fuhr Sierra fort. „Meine eigene Mutter. Ich habe ihr Foto auf der McKettrickCo-Website gesehen, aber sie sagt, dass sie ganz anders aussieht."

Travis wartete noch immer.

„Wie ist sie?", fragte Sierra fast traurig. „In Wirklichkeit?"

„Eve ist eine schöne Frau", antwortete Travis. Wie Sie, fügte er stumm hinzu. „Sie ist klug und eine toughe Geschäftsfrau. Sie ist wirklich bemerkenswert, Sierra. Geben Sie Ihr eine Chance."

Ihre Unterlippe bebte ein klein wenig. Die blauen, blauen Augen blickten aufgewühlt. Am liebsten wäre er in dieses Blau getaucht wie ein Schwimmer, um ihre Seele zu erkunden.

„Sie wissen, was geschehen ist, oder?", fragte sie sehr leise. „Damals, als meine Eltern sich haben scheiden lassen."

„So ungefähr." Travis war so vorsichtig wie jemand, der eine schmerzende Wunde berührte.

„Dad hat mich mit nach Mexiko genommen, als ich zwei Jahre alt war", erzählte sie. „Sofort, nachdem ihm die Scheidungspapiere zugestellt worden waren."

Er nickte. „Das hat Meg mir erzählt."

„So klein ich auch war, ich konnte mich an ihren Geruch erinnern, an ihre Stimme und daran, wie es sich angefühlt hat, wenn sie mich im Arm hielt." Schmerz flackerte in ihren Augen auf. „Aber so sehr ich es auch versucht habe, ich konnte mich nie an ihr Gesicht erinnern. Dad hat sehr darauf geachtet, dass es keine Fotos von ihr gab, und …"

Der matschige Kartoffelbrei wurde klumpig in seinem Mund und ließ sich so schwer hinunterschlucken wie Stacheldraht. Ganz deutlich spürte er ihren Schmerz. „Was muss das für ein Mann sein, der …"

Hastig brach er ab.

Das geht dich nichts an, Travis.

Zu seiner Überraschung lächelte sie erneut, ihr Blick wurde warm. „Dad war kein Vorzeigevater, eher ein Kumpel. Aber er hat sich gut um mich gekümmert. Ich bin freier aufgewachsen als die meisten Kinder – bin barfuß durch die Straßen von San Miguel gelaufen. Ich kannte alle Verkäufer auf dem Marktplatz. Viele Schriftsteller und andere Künstler kamen fast jeden Abend in unser *Casita*. Dads Freundin Magdalena hat mich zu Hause unterrichtet. Ich habe überall herumstreunende Hunde aufgesammelt, und Dad erlaubte mir immer, sie zu behalten."

„Klingt nicht gerade nach einer traumatischen Kindheit", bemerkte Travis noch immer vorsichtig.

Sie schüttelte den Kopf. „Überhaupt nicht. Aber ich habe meine Mutter trotzdem schrecklich vermisst. Eine Zeitlang dachte ich, dass sie mich holen würde. Dass irgendwann ein Auto vor der *Casita* halten und sie aussteigen würde, lächelnd und mit weit geöffneten Armen. Aber weil es dann kein Lebenszeichen von ihr gab, nicht einmal einen Brief – nun, da dachte ich, dass sie wohl tot sein müsse. Erst als ich alt genug war, um im Internet zu surfen, habe ich sie gefunden."

„Sie haben nicht angerufen oder geschrieben?"

„Es war ein Schock, herauszufinden, dass sie noch lebt – und dass, wenn ich in der Lage war, sie zu finden, sie mich genauso hätte finden können. Aber das hat sie nicht. Bei all ihren Möglichkeiten …"

Nun spürte auch Travis, wie eine ungeheure Wut in ihm aufstieg. Er schob sein Tablett von sich. „Ich habe für Eve gearbeitet. Und ich kenne sie fast mein ganzes Leben. Ich begreife nicht, warum sie nicht mit einer ganzen Armee in Mexiko aufgetaucht ist."

Sierra biss sich so fest auf die Unterlippe, dass Travis beinahe Blut erwartete. Ihre Augen glänzten vor Tränen, die sie aus Stolz vermutlich nicht vergießen wollte, jedenfalls nicht, wenn es um sie selbst ging. Wegen Liam hatte sie vermutlich oft geweint, heimlich und allein. Es lähmte ihn, wenn eine Frau weinte. In diesem Moment hätte er die Vergangenheit am liebsten umgeschrieben. Dann wäre er da gewesen, hätte Sierra beigestanden, sie in den Arm genommen und ihr versprochen, dass alles gut werden würde. Und er hätte Himmel und Hölle in Bewegung gesetzt, um sein Versprechen zu halten.

Doch er war nun einmal nicht da gewesen.

„Ich gehe besser wieder zu Liam zurück", sagte sie.

Er nickte.

Liam schlief, der DVD-Player auf seinem Schoß lief noch immer.

Weil er mit einer der Krankenschwestern sprechen wollte, die er noch vom College kannte, ging Travis kurz nach draußen. Als er zurückkam, lag Sierra lang ausgestreckt neben ihrem Sohn.

Seufzend betrachtete er die beiden.

Auch schon vor Brodys Tod war er keine festen Beziehungen eingegangen, hatte sich mit vielen Frauen getroffen, aber es stets vermieden, etwas Ernstes aufzubauen.

Und nun, ohne Vorwarnung, geriet mit einem Mal alles aus dem Gleichgewicht, er befürchtete, bereits jetzt in großen Schwierigkeiten zu stecken.

1919

Die Luft war so kalt, dass sie durch die Bärenfelle und die vielen Lagen von Hannahs Kleidung schnitt. Sie sah, wie ihr Atem weißblaue Wolken bildete, genau wie der von Doss. Und der von Tobias.

Ihr Junge wirkte fiebrig fröhlich, wie er so zwischen sie und Doss geschmiegt lag, während die beiden großen Zugpferde Kain und Abel den Schlitten über den vereisten Boden zogen. Normalerweise standen die Tiere den ganzen Winter über im Stall, um dann im Frühjahr die Pflüge über die Wiesen zu ziehen und im Herbst Erntewagen. Im Sommer grasten sie. Hannah erschienen sie lebhaft und kräftig, als ob sie sich über die Bewegung freuten.

Wo die anderen Pferde oder Maultiere in dem tiefen, harschen Schnee gestrauchelt wären, stolzierten die Söhne Abrahams, wie Gabe sie gern genannt hatte, so leichtfüßig wie auf trockenem Grund.

Doss hielt die Zügel in den Händen, den Kopf in den Kragen seines mit Schafspelz gesäumten Mantels geduckt. Seine Ohrläppchen, die unter dem Hut hervorlugten, waren rot. Hin und wieder sah er in Hannahs Richtung, doch meistens blickte er nur vom Weg auf, um Tobias zu betrachten.

„Ist dir warm genug?“, fragte er dann.

Und jedes Mal nickte Tobias. Selbst wenn ihm das Blut in den Adern gefroren wäre, hätte er genickt, das wusste Hannah. Er betete seinen Onkel an, das war schon immer so gewesen.

Würde er Gabe vollkommen vergessen, wenn sie und Doss verheiratet waren?

Alles in Hannah sträubte sich gegen diese Vorstellung.

Warum war sie nicht nach Montana zurückgekehrt, als sie noch konnte?

Jetzt würde sie sich für immer binden, an einen Mann, den sie zwar begehrte, aber niemals lieben würde.

Natürlich konnte sie noch immer nach Hause zu ihrer Familie gehen – sie wusste, dass sie und Tobias immer willkommen waren –, aber nur mal angenommen, sie trug wirklich Doss’ Kind unter dem Herzen? Sobald ihre Schwangerschaft sichtbar würde, wüssten alle, welche Schuld sie auf sich geladen hatte. Die ganze Welt würde es wissen.

Wie sollte sie das ertragen?

Nein. Sie würde Doss heiraten, mit ihm das Bett zu teilen, würde ihr Trost sein. Alles andere musste sie irgendwie aushalten – dass er immerzu versuchte, ihr Befehle zu geben beispielsweise oder dass er sich irgendwann nach anderen Frauen verzehren würde, weil er sie nur aus Ehrgefühl und nicht freiwillig geheiratet hatte.

Sie war das Kreuz, das er zu tragen hatte, und umgekehrt.

In allem lag eine verdrehte Art von Gerechtigkeit.

Am späten Nachmittag, als die Sonne gerade unterging, erreichten sie den Stadtrand von Indian Rock. Doss fuhr direkt zu Mr. Willabys großem Haus auf der Third Street, band die Pferde an und hob Tobias aus dem Schlitten, noch bevor Hannah sich von den ganzen Decken befreit hatte und selbst aussteigen konnte.

Doc Willabys Tochter Constance öffnete ihnen die Tür. Sie war eine hübsche, junge Frau, die Gabe bis zu dem Tag, an dem er Hannah den goldenen Ring ansteckte, schöne Augen gemacht hatte. Und so wie sie Doss nun ansah, schien sie mehr als bereit, sich mit Gabes jüngerem Bruder einzulassen.

Der Gedanke machte Hannah wütend – obwohl sie sich lieber die Zunge abgebissen hätte, als das zuzugeben.

„Wir brauchen einen Arzt“, sagte Doss, der Tobias auf den Armen trug.

„Kommen Sie herein.“ Sie hatte glänzendes goldbraunes Haar, sehr grüne Augen und eine schlanke, aber sinnliche Figur. Was dachte Doss wohl, wenn er sie ansah? „Papa ist krank“, informierte Constance sie, „aber mein Cousin ist hier. Er kann sich den Jungen ansehen.“

Hannah schob all ihre Gedanken beiseite und blickte Constance dankbar an. Ein richtiger Arzt würde sich Tobias ansehen. Jetzt würde alles gut werden, und nichts anderes zählte.

Sie würde bis ans Ende ihres Lebens Doss’ Socken stopfen, sein Essen kochen, sein Haar schneiden und ihm den Rücken schrubben. Im Sommer, wenn er das Vieh trieb oder auf den Feldern arbeitete, würde sie ihm Wasser und Sandwiches bringen. Sie würde sich auf die Zunge beißen, wenn sie sich über ihn ärgerte – was sicher oft der Fall wäre – und ihn an den Winterabenden beim Kartenspiel gewinnen lassen.

Sie würde ihn niemals lieben – ihr Herz würde immer Gabe gehören –, doch niemand auf der Welt, von ihnen beiden abgesehen, würde die traurige Wahrheit jemals erfahren.

„Es ist eine schreckliche Kälte“, sagte der junge Arzt, nachdem er Tobias sorgfältig untersucht hatte. Er war ein sehr schlanker Mann, fast schmächtig, mit dunklem Haar und Koteletten. Er trug einen teuren Anzug und eine goldene Uhr, auf die er oft schaute. Ein Stadtmensch, dachte Hannah, an feste Terminpläne gewöhnt. „Ich würde Ihnen empfehlen, für ein paar Tage ein Hotelzimmer zu nehmen. Denn der Junge sollte bei diesem Wetter nicht im Freien sein.“

Schon zog Doss seine Brieftasche hervor, als ob es seine Aufgabe wäre, den Arzt zu bezahlen. Doch Hannah trat vor ihn. Sie war Tobias' Mutter und nach wie vor verantwortlich für solche Rechnungen.

„Das macht einen Dollar.“ Der Arzt blickte von Hannahs Gesicht zu Doss.

Sie drückte ihm das Geld in die Hand.

„Geben Sie dem Jungen einen Whiskey“, fügte der Arzt hinzu, faltete den Dollarschein und steckte ihn in die Tasche seines perfekt geschneiderten Mantels. „Mischen Sie ihn mit Honig und Zitronensaft, falls es das im Hotel gibt.“

Dass Doss ihr keinen triumphierenden Blick zuwarf, weil der Arzt nun offiziell verschrieb, was er schon längst vorgeschlagen hatte, hielt Hannah ihm zugute. Aber sie boxte ihm trotzdem mit dem Ellbogen in die Rippen.

Sie mieteten sich im Arizona Hotel ein, das, wie so vieles in Indian Rock, den McKettricks gehörte. Rafes Schwiegermutter Becky Lewis hatte das Hotel jahrelang mit der Hilfe ihrer Tochter Emmeline geführt. Doch nun gab es einen Hoteldirektor, Mr. Thomas Crenshaw aus Phoenix.

Im Hotel wurde Doss wie ein Potentat auf Durchreise begrüßt. Ein Angestellter brachte den Schlitten und die Pferde in den Stall, während der Hoteldirektor sie zu den besten Zimmern des Hauses führte.

Die Zimmer waren nur durch eine Tür voneinander getrennt. Hannah hätte es vorgezogen, einen Raum auf der anderen Seite des Flurs zu beziehen, schwieg aber. Wenn Mr Crenshaw auch nicht so weit gegangen war, sie alle in ein und dasselbe Zimmer zu stecken, so ging er ganz offensichtlich davon aus – und der Rest von Indian Rock vermutlich auch –, dass sie und Doss miteinander schliefen. Sie konnte sich seine Gedanken genau vorstellen: Doss und die Witwe seines Bruders teilten sich schließlich ein Haus weit draußen auf dem Land. Der Herr allein wusste, was sie da trieben mit nur einem kleinen Jungen als Zeugen. Ihm mit seinen acht Jahren etwas vorzumachen wäre leicht genug.

Doss legte Tobias auf das nächstbeste Bett.

„Ich gehe nach unten und besorge diese Whiskeymischung", verkündete er.

Tobias war noch nie in einem Hotel gewesen, und trotz seiner Krankheit begeisterte ihn das Abenteuer. Er schmiegte sich in seine Bärenfelle, verschränkte die Hände hinter dem Kopf und lächelte zur Zimmerdecke hinauf.

„Wie du willst", entgegnete Hannah, die gerade ihren schweren Mantel und die Haube abnahm.

Er seufzte. „Wenn wir schon mal in der Stadt sind, sollten wir am besten gleich heiraten."

„Ja", stimmte Hannah beißend zu. „Und wir sollten auch nicht vergessen, Futtermittel zu bestellen, Lebensmittel einzukaufen, die Stromrechnung zu bezahlen und unser Abonnement für die Zeitung zu verlängern."

Lachend schüttelte er den Kopf. „Schätze, ich sollte dir auch eine Dosis Whiskey verpassen. Vielleicht fällt es dir dann leichter, die Flitterwochen durchzustehen."

Gerade als sie aufbrausen wollte, hatte er die Tür schon hinter sich geschlossen.

„Mir gefällt es hier", strahlte Tobias.

„Gut." Verärgert streifte Hannah ihre Handschuhe ab.

„Was sind Flitterwochen?", wollte ihr Sohn wissen. „Und warum brauchst du Whiskey, um sie durchzustehen?"

Hannah gab vor, die Frage nicht gehört zu haben. Sie hatte nur hastig ein paar Sachen für sich und Tobias zusammengepackt, jedoch nichts Passendes für eine Hochzeit und ganz sicher nicht für eine Hochzeits*nacht*. Sobald die Reisetaschen nach oben gebracht worden waren, hätte sie endlich etwas zu tun, Kleider ausschütteln und in die Schränke hängen. Doch im Moment konnte sie entweder nur auf und ab gehen oder einen Wirbel um Tobias machen.

Weil Tobias jetzt keinen Wirbel brauchen konnte, lief sie auf und ab. Doss kam mit ihren Taschen zurück, gefolgt von einer Bediensteten, die auf einem Tablett zwei dampfende Becher hereinbrachte. Sie stellte das Tablett auf den Tisch, nahm das Trinkgeld von Doss entgegen, warf Hannah einen neugierigen Blick zu und eilte wieder hinaus.

„Trinkt", rief Doss fröhlich, reichte Hannah den einen Becher und brachte den anderen Tobias ans Bett.

Vorsichtig roch Hannah an der Whiskeymischung, probierte einen kleinen Schluck und war überrascht, wie gut sie schmeckte. „Wo ist deiner?", fragte sie.

„Ich bin es nicht, der sich vor heute Nacht fürchtet", entgegnete er.

Ihre Hände zitterten. Sie setzte den Becher ab, bat Doss, ihr zu folgen, und stürmte ins angrenzende Zimmer.

„Was soll das heißen, heute Nacht?", wisperte sie, obwohl sie die Antwort natürlich kannte.

Seelenruhig schloss Doss die Tür, musterte das Bett aus einiger Entfernung, dann ging er hinüber und drückte ein paarmal fest auf die Matratze.

Wieder loderte Hannahs Wut auf, doch diesmal war sie sprachlos.

„Gut zu wissen, dass das Bett nicht quietscht", verkündete Doss.

Endlich hatte sie ihre Stimme wiedergefunden. „Doss McKettrick ..."

Sein Blick wanderte einmal von oben nach unten über sie, was sie so erregte, als ob er sie nackt ausgezogen und mit den Händen liebkost hätte. „Der Pfarrer ist in einer Stunde hier. Wir werden unten heiraten, im Büro hinter dem Empfang. Wenn es Tobias gut genug geht, um teilzunehmen, kann er das. Wenn nicht, erzählen wir ihm später davon."

„Du hast diese Vorkehrungen getroffen, ohne vorher mit mir darüber zu sprechen?"

„Ich dachte, wir hätten alles gesagt, was es zu sagen gibt."

„Vielleicht hätte ich noch etwas Zeit gebraucht, um mich an den Gedanken zu gewöhnen. Ist dir das je in den Sinn gekommen?"

„Vielleicht wirst du dich *nie* an den Gedanken gewöhnen", überlegte Doss laut, der jetzt auf dem Bett saß, das er ganz offensichtlich in der kommenden Nacht mit ihr zu teilen gedachte. Dann stand er auf und reckte sich auf eine Weise, die man nun wirklich nicht als salonfähig bezeichnen konnte. „Ich werde eine Weile ausgehen", erklärte er.

„Wohin?", fragte Hannah, und ärgerte sich, dass es sie überhaupt interessierte.

Er kam zu ihr – viel zu nah.

Sie wollte zurückweichen, konnte sich aber nicht rühren.

„Unter anderem einen Ehering kaufen." Sein Atem kitzelte ihre Lippen. „Und ich schicke meinen Leuten ein Telegramm und deinen auch, wenn du möchtest."

Hannah schluckte, dann schüttelte sie den Kopf. „Ich werde Mama und Papa selbst schreiben, wenn es vorbei ist."

Amüsiert blitzten seine Augen auf. „Wie du magst."

Damit ließ er sie stehen.

Sie hörte, wie er leise mit Tobias sprach, dann fiel eine Tür ins Schloss. Nach ein paar Minuten kehrte Hannah in das andere Zimmer zurück.

Nach dem Whiskey waren Tobias' Augenlider schwer. Hannah steckte die Bettdecke um ihn fest und küsste ihn auf die Stirn. Was auch immer geschehen mochte, sie klammerte sich an das Wissen, dass er außer Gefahr war. Ihr eigenes Schicksal war nicht so wichtig.

„Wird Onkel Doss mein Pa sein, wenn ihr beide geheiratet habt?", fragte er schläfrig.

„Nein", antwortete Hannah mit fester Stimme. „Er ist dann immer noch dein Onkel." Tobias sah so niedergeschlagen aus, dass sie hinzufügte: „Und natürlich dein Stiefvater."

„Also ist er so was *Ähnliches* wie mein Vater?"

„So was Ähnliches", stimmte Hannah zu.

„Also gehen wir jetzt wohl nicht mehr nach Montana", murmelte Tobias und sank in sein Kissen zurück.

„Vielleicht im Frühling."

„Du kannst ja gehen", erwiderte Tobias schon halb schlafend. „Ich bleibe hier mit Onkel Pa."

Dass er Doss ihrer Familie vorzog, verletzte sie, aber der Junge war krank, und sie wollte nicht mit ihm streiten. „Schlaf jetzt, Tobias", sagte sie.

Als ob er auf ihre Erlaubnis gewartet hätte, fiel er sofort in tiefen Schlaf.

Hannah saß nur da und betrachtete ihn lange. Dann, als sie sah, wie im Schein einer Gasstraßenlampe der Schnee am Fenster vorbeitrieb, stand sie auf und schaute hinaus.

Inzwischen war es dunkel, und die Gemischtwarenhandlung,

der einzige Laden, in dem man einen Ehering finden konnte, hatte bestimmt schon seit einer Stunde geschlossen. Doss jedoch musste nur an die Tür klopfen, damit man ihm öffnete. Dasselbe galt für das Telegraphenamt oder jede andere Einrichtung in der Stadt.

Schließlich war er ein McKettrick.

Eine Träne tropfte von ihrer Wange.

Sie war eine Braut, sie sollte eigentlich glücklich sein.

Stattdessen hatte sie das Gefühl, Gabe zu betrügen und ihre Eltern zu enttäuschen, die gehofft hatten, dass sie nach Hause kommen und dort einen neuen Ehemann finden würde. Auch wenn sie das nie so deutlich gesagt hatten. Doch jetzt musste sie bis an ihr Lebensende auf der Triple M Ranch bleiben, nur weil sie so töricht gewesen war, mit Doss zu schlafen, nicht nur ein-, sondern zweimal.

Eine weitere Träne lief ihre Wange hinunter, und sie wischte sie schnell mit dem Handrücken weg.

„Wie man sich bettet, so liegt man, Hannah McKettrick“, sagte sie zu ihrem Spiegelbild in der kalten, nachtschwarzen Fensterscheibe.“

Als Doss zurückkam, hatte sie ihr Gesicht gewaschen, ihr Haar gelöst, energisch gebürstet und wieder aufgesteckt. Sie trug ein Kleid aus grauem Wollstoff, förmlich und praktisch, und hatte in ihre Wangen gekniffen, damit sie etwas Farbe annahmen.

Er hatte einen nagelneuen Anzug an, mindestens so schick wie der des Arztes. Außerdem hatte er sich die Haare schneiden und sich rasieren lassen.

Das rührte sie auf eigenartige Weise.

„Ich hätte dir ein Kleid für die Hochzeit gekauft“, sagte er, wobei er sie anstarrte, als hätte er sie noch nie zuvor gesehen, „aber ich wusste nicht, welches dir passen würde und ob du es schicklich finden würdest, Weiß zu tragen.“

Obwohl sie ein leichtes Bedauern verspürte, lächelte sie. „Das Kleid hier wird schon genügen."

„Du siehst schön aus."

Hannah wurde rot. Natürlich meinte er das nicht ernst, sie sah wahrscheinlich wie eine Schulmeisterin aus in ihrem strengen grauen Kleid mit den schwarzen Knöpfen bis hoch hinauf zu ihrem Hals. Aber trotzdem hörte sie die Worte gern. Seit Gabe nicht mehr da war, hatte sie fast vergessen, wie sie klangen.

Doss nahm ihre Hand. Dabei wirkte er so ungewöhnlich schüchtern, dass sie sich fragte, ob er wohl genauso verängstigt und unsicher war wie sie.

„Du musst das nicht zu Ende bringen, Doss", sagte sie.

Er strich mit den Lippen leicht über ihre Fingerknöchel, bevor er ihre Hand losließ. „Wir tun das Richtige."

Sie nickte. „Ich schätze, der Pfarrer ist bereits da."

„Ja, er wartet unten. Sollen wir Tobias aufwecken?"

„Nein, wir lassen ihn besser schlafen."

„Ich schicke ein Zimmermädchen hinauf, damit sie solange auf ihn aufpasst", erklärte Doss und verschwand wieder. Diesmal fiel es ihr schwer, ihn gehen zu lassen. Er kam mit einer molligen, älteren Frau in schwarzer Uniform und weißer Schürze zurück, nahm Hannahs Hand und führte sie aus dem Zimmer die Treppe hinunter in das Büro, in dem sie zum zweiten Mal Mrs. McKettrick werden sollte.

Zumindest, überlegte sie, musste sie sich an keinen neuen Namen gewöhnen.

Heute

Bei einem Blick aus dem Fenster stellte Sierra am nächsten Morgen fest, dass das Wetter sich nicht gebessert hatte. Inzwischen hatte sie Dr. O'Meara kennengelernt. Die Ärztin hatte Liam untersucht und die Entlassungspapiere unterzeichnet. Obwohl Dr. O'Meara jünger als erwartet war, höchstens fünfunddreißig, vertraute Sierra ihr vollkommen. Sie hatte ein hübsches Gesicht, sehr langes braunes, von einer Spange zurückgehaltenes Haar und eine sportliche Figur.

Mit etlichen Rezepten ausgestattet, war Sierra mehr als bereit, sich ihren Sohn zu schnappen und zu verschwinden.

Bereit, Eve gegenüberzutreten und sich dem unvermeidlichen Gefühlschaos zu stellen.

Oder auch nicht.

Als sie sich vom Fenster abwandte, betrat Travis das Zimmer. Er trug einen blauen Pullover, der die Farbe seiner Augen betonte. Er hatte ihr erzählt, dass er ein Haus in Flagstaff besäße und dort die Nacht verbringen würde.

Dass sie so wenig über sein Leben wusste, störte sie irgendwie, doch im Moment hatte sie keine Zeit, etwas daran zu ändern.

„Travis!", krähte Liam, als ob er damit gerechnet hätte, seinen Freund nie wiederzusehen. „Ich darf heute nach Hause!"

Die Bezeichnung *nach Hause* stieß wie ein Angelhaken in Sierras Herz. Das Ranchhaus auf Triple M war Eves und Megs Zuhause, aber nicht ihres und auch nicht Liams. Sie waren nur vorübergehend zu Gast, und Sierra hatte von Anfang an befürchtet, dass Liam sich zu sehr an das Haus gewöhnen und darunter leiden würde, wenn sie es wieder verließen.

Travis ging zum Bett und zerzauste grinsend Liams Haar. „Das ist toll. Wie man hört, läuft der Strom wieder, die Speisekammer ist gefüllt und deine Großmutter kann es kaum erwarten, dich kennenzulernen."

Bei den letzten Worten zog sich Sierras Magen zusammen. So viel dazu, dass sie für ein Treffen mit Eve McKettrick bereit war.

„Du siehst heute gar nicht wie ein Cowboy aus", stellte Liam interessiert fest.

„Du doch auch nicht", lachte Travis.

„Ja, aber ich sehe *nie* so aus."

„Das müssen wir so bald wie möglich ändern."

Innerlich kochte Sierra. Sie und Liam waren verpflichtet, ein Jahr auf der Ranch zu leben, das war Teil der Vereinbarung. Zwölf Monate. Die Zeit würde mit Sicherheit schnell vergehen, und sie wollte nicht, dass ihr Sohn in der heiligen McKettrick-Erde Wurzeln schlug, nur um sie dann wieder ausreißen zu müssen.

„Liam sieht gut aus, so wie er ist", sagte sie.

Travis warf ihr einen langen, nachdenklichen Blick zu. „Das stimmt", nickte er freundlich. „Mein Kumpel Liam ist ein gut aussehender Cowboy. Genau genommen sieht er Jesse sehr ähnlich, als der in seinem Alter war."

Noch eine Verbindung mit dem sagenumwobenen McKettrick-Clan. Sierra wandte unbehaglich den Blick ab. Sie hatte Liams Sachen bereits eingesammelt, doch jetzt ordnete sie sie neu, nur um etwas zu tun zu haben.

Eine halbe Stunde später saßen sie in Travis' Truck. Liam, der angeschnallt hinter Travis und Sierra saß, war umgehend eingeschlafen, doch seine Hände umklammerten den DVD-Player. In Gedanken umklammerte Sierra den neuen, von Dr. O'Meara verschriebenen Inhalator mindestens ebenso fest, den sie in der Krankenhausapotheke gekauft hatten und der jetzt in ihrer Tasche lag.

Während der Fahrt sprach Travis wenig, sondern konzentrierte sich auf die vereisten Straßen. Doch Sierra war sich seiner deutlich bewusst, und zwar auf eine Weise, die sie ärgerte. Er war wie ein Fels in der Brandung gewesen seit Liams Anfall, wofür sie ihm wirklich dankbar war. Aber sie konnte es sich nicht leisten, auf ihn angewiesen zu sein, weder emotional noch sonst wie – und von ihrem Sohn wollte sie das auch nicht.

Vielleicht war es für Liam schon zu spät. Er bewunderte

Travis Reid, und niemand konnte wissen, welche Fantasien durch sein kleines Hochleistungsgehirn tollten. Vermutlich Bilder, wie er und Travis über die Ranch ritten, zusammen Baseball spielten und in einem klaren Bergsee angelten.

All die Dinge, die ein Junge mit seinem Dad machte.

„Sierra?“

Weil sie befürchtete, dass er die Verwundbarkeit in ihren Augen sehen konnte, wagte sie es nicht, ihn anzusehen. All ihre Nerven schienen außerhalb ihrer Haut zu liegen. „Was?“

„Ich habe mich nur gefragt, was Sie gerade denken.“

Das würde sie ihm natürlich nicht verraten, da er dann sicher glauben würde, dass sie sich zu ihm hingezogen fühlte, was nicht der Fall war.

Nicht sehr jedenfalls.

Also log sie. *„All about Eve.“*

Er lachte über ihren dünnen Witz, und Sierra musste ihm zugutehalten, dass er ihre Anspielung auf den alten Film verstanden hatte. Vielleicht hatten sie doch ein paar Gemeinsamkeiten.

„Ich könnte mir vorstellen, dass sie jetzt selbst auf glühenden Kohlen sitzt. Sie kann es bestimmt kaum erwarten, Sie und Liam endlich zu sehen. Aber es wird für sie auch nicht leicht sein.“

„Ich *will* auch nicht, dass es für sie leicht ist“, antwortete Sierra.

„Vielleicht hat sie einen guten Grund für das, was sie getan oder besser gesagt nicht getan hat.“

Sierras Schweigen sagte alles.

„Geben Sie ihr eine Chance, Sierra.“

Erst jetzt sah sie ihn an. „Das tue ich. Ich bin den ganzen Weg von Florida hierhergefahren. Und ich bin bereit, ein ganzes Jahr auf Triple M zu bleiben.“

„Hätten Sie das auch getan, wenn es nicht um die Krankenversicherung ginge?“

Verdammt. Er war wirklich ein Anwalt. „Wahrscheinlich nicht", räumte sie ein.

„Sie würden so ziemlich alles für Liam tun, oder?"

„Nicht nur so ziemlich", erwiderte sie. „Sondern *alles*."

„Und was ist mit Ihnen? Was würden Sie für Sierra tun?"

„Sprechen wir jetzt von mir in der dritten Person?"

„Lenken Sie nicht ab. Ich verstehe vollkommen, wie wichtig Ihnen Liam ist. Ich würde nur einfach gern wissen, was Sie jetzt tun würden, wenn Sie kein Kind hätten, vor allem keins mit einem medizinischen Problem."

Sierra sah nach hinten, ob Liam auch wirklich schlief. „Sprechen Sie nicht über ihn, als ob er irgendwie nicht … normal wäre."

„Das tue ich nicht. Er ist ein toller Junge, und er wird einmal ein außergewöhnlicher Mann werden. Aber ich würde trotzdem gern hören, welche Träume Sie für sich selbst haben."

Zu ihrer eigenen Überraschung kicherte sie ein wenig unsicher. „Nichts Besonderes. Ich möchte einfach irgendwie überleben."

„Das klingt nicht nach einem tollen Leben. Weder für Sie noch für Liam."

Unbehaglich wand sie sich auf ihrem Sitz. „Vielleicht habe ich vergessen, wie man träumt."

„Und das macht Ihnen keine Sorgen?"

„Bis jetzt war es nicht wichtig."

„Wie schade. Liam wird nämlich Ihr Muster übernehmen. Ist es das, was Sie für ihn wollen? Irgendwie zu überleben?"

„Spricht durch Sie vielleicht die Inkarnation irgendeines verstorbenen Lebensberaters?"

Travis lachte leise. „Ganz sicher nicht."

„Dann geben Sie hier einfach die Cowboyversion von Dr. Phil?"

„Na gut. Ich höre auf. Zunächst zumindest."

„Was sind denn *Ihre* Träume, Sie Staranwalt?“, konterte Sierra, zu gereizt, um das Thema fallen zu lassen. „Sie haben studiert, verdienen Ihr Geld aber mit Stallausmisten.“

Todernst sah Travis zu ihr, und als sie den Schmerz in seinen Augen sah, schämte sie sich ihrer Worte.

„Damit musste ich wohl rechnen“, sagte er leise. „Und hier ist meine Antwort: Ich würde gern wieder in der Lage sein zu träumen. *Das* ist mein Traum.“

„Tut mir leid“, murmelte Sierra. Der Mann hatte seinen Bruder auf sehr tragische Weise verloren. Vermutlich versuchte er sein Bestes, wie fast alle anderen auch. „Ich wollte nicht unfreundlich sein. Ich war nur ein bisschen …“

„Getroffen?“

„Das ist ein guter Ausdruck dafür.“

„Sie müssen sehr verletzt worden sein“, meinte Travis. „Und nicht nur von Eve.“ Er sah zu Liam. „Vielleicht vom Vater dieses kleinen Kerls?“

„Vielleicht“, nickte Sierra.

Danach brach das Gespräch zwar ab, doch Sierras Gedanken überschlugen sich.

Als sie die Ranch erreichten, war das Haus hell erleuchtet, obwohl es noch früh am Nachmittag war. Bunte Lichter schimmerten im Wohnzimmerfenster, und Sierra kniff die Augen zusammen, weil sie glaubte zu träumen.

Travis Blick folgte dem ihren. „Oh, oh“, lächelte er. „Sieht aus, als ob sich Weihnachten eingeschlichen hätte, während wir weg waren.“

Bei dem magischen Wort öffnete Liam die Augen. „Weihnachten?“

Trotz des schweren Klumpens, der ihr im Magen lag, musste Sierra lächeln. Was hatte Eve vor?

Sie hielt die Luft an, als die Küchentür aufflog. Da stand Eve McKettrick oben auf der Treppe, eine große schlanke

Frau, atemberaubend attraktiv und mit einer eleganten Hose und einer blauen Seidenbluse bekleidet.

„Ist *das* meine Grandma?“, fragte Liam verblüfft. „Sie sieht wie ein Filmstar aus!“

Das tat sie allerdings, sie sah aus wie Maureen O'Hara. Und plötzlich begriff Sierra, dass sie diese Frau schon früher gesehen hatte, in San Miguel, nicht nur einmal, sondern mehrere Male. Sie war früher regelmäßig in einem der besseren Hotels abgestiegen und hatte Sierra öfter in einem Café zum Eis eingeladen.

Einen Moment vergaß Sierra zu atmen.

Die Lady. Als Kind hatte sie Eve immer „die Lady“ genannt und insgeheim geglaubt, dass sie ein Engel war. Es lag allerdings Jahre zurück, dass sie zum letzten Mal an sie gedacht hatte.

Jetzt wurde sie von Erinnerungen überflutet.

Travis stellte den Motor ab und öffnete die Tür. „Sierra?“, fragte er, als sie sich nicht rührte.

„Hallo!“, brüllte Liam. „Mein Name ist Liam, und ich bin sieben!“

Seine Großmutter lächelte, ihre lebhaften grünen Augen glänzten. „Mein Name ist Eve“, entgegnete sie ruhig, „und ich bin dreiundfünfzig. Komm her und gib mir einen Kuss.“

Endlich löste Sierra sich aus ihrer Erstarrung, stieg aus dem Truck und stellte die Füße fest auf den harten Schnee. Liam fegte so schnell an ihr vorbei, dass er einen kleinen Windzug auslöste.

Um ihren Enkel fest in die Arme zu nehmen, beugte Eve sich vor. Sie küsste ihn auf den Kopf und sah dann wieder Sierra an.

„Ich seh mal nach den Pferden“, verkündete Travis.

„Gehen Sie nicht“, platzte es aus Sierra heraus.

Währenddessen schob Eve Liam in die Küche und beobachtete, wie Travis um den Wagen ging und sich neben Sierra stellte.

„Sie kommen schon klar", sagte er.

Sie biss sich auf die Unterlippe, so töricht kam sie sich vor. Und doch hätte sie sich am liebsten an ihm festgekrallt wie eine irre besessene Freundin.

Einen Moment starrten sie sich nur an. Er war entschlossen, sie war verängstigt. Und *noch* etwas geschah, etwas, das viel schwerer zu definieren war.

Schließlich brach Travis den Bann, indem er sich wegdrehte und Richtung Stall schlenderte.

Und Sierra atmete einmal tief durch, dann steuerte sie auf die offene Küchentür und die Frau zu, die sie auf der Schwelle erwartete.

„Im Wohnzimmer steht eine Überraschung für dich", sagte Eve zu Liam, als sie alle in der Küche waren und sie die Tür geschlossen hatte.

Er flitzte sofort los.

„Du bist die Lady", keuchte Sierra, noch immer fassungslos.

„Die Lady?", wiederholte Eve, doch Sierra sah an ihrer Miene, dass sie ahnte, was ihre Tochter meinte.

„Die, die ich in San Miguel getroffen habe."

„Ja", sagte Eve. „Setz dich, Sierra. Ich koche uns Tee, und dann können wir uns unterhalten."

„Wow!", hörte man Liam aus dem Wohnzimmer kreischen. „Mom, hier steht ein Weihnachtsbaum mit *riesigen* Geschenken darunter!"

„Ach Gott." Sierra sank auf eine der Sitzbänke am Tisch.

„Die sind *alle* für mich!", jubelte Liam.

Wortlos sah Sierra zu, wie ihre Mutter Loreleis Teekanne aus dem Geschirrschrank nahm, Teeblätter hineingab und dann den Wasserkocher füllte. „Weihnachtsgeschenke?", fragte sie dann.

Eve lächelte schuldbewusst. „Ich habe sieben Jahre als Großmutter nachzuholen. Nimm es mir nicht übel, ja?“

Zwar hätte Sierra die Jahre anders berechnet, aber es wäre sinnlos, damit anzufangen. „Ich dachte, du wärst ein Engel“, gestand sie. „In San Miguel, meine ich.“

Während Eve den Tee kochte, warf sie immer wieder verstohlen neugierige Blicke auf Sierra. „Aus dir ist wirklich eine schöne Frau geworden“, lächelte sie. Endlich hörte sie auf herumzuwerkeln, legte die Hände ineinander und sah Sierra direkt an. „Es … es ist so schön, dich zu sehen.“

Sierra sagte nichts.

Dafür kam Liam in die Küche gestampft. „Darf ich meine Geschenke aufmachen?“

„Wenn es deiner Mutter recht ist“, antwortete Eve.

Sierra seufzte. „Na gut. Und beruhige dich bitte wieder. Du bist eben erst aus dem Krankenhaus entlassen worden, schon vergessen? Aufregung und Asthma passen nicht gut zusammen.“

Liam ignorierte ihre Ermahnung, schrie begeistert auf und stürmte wieder davon.

Das Wasser kochte. Eve schüttete es in die antike Teekanne und stellte sie auf den Tisch. Dann wählte sie zwei Tassen und Untertassen aus der unschätzbar wertvollen Sammlung und setzte sich an den Tisch, wobei sie so nervös aussah, wie Sierra sich fühlte.

„Wie geht es Liam?“, fragte sie.

„Ihm geht es gut. Aber er hat gerade erst einen Anfall hinter sich, wie du weißt, also wird er ins Bett gehen, sobald er seine Geschenke geöffnet hat.“ Der Bär mit dem Luftballon lag im Kofferraum des Trucks, und sie stellte sich vor, wie ihre Mutter ihn für einen Enkel bestellt hatte, den sie überhaupt nicht kannte.

„Es gibt so vieles zu sagen“, seufzte Eve. „Und ich habe

überhaupt keine Idee, womit ich anfangen soll.“

Plötzlich war Sierra erschöpft. Und *nicht* so plötzlich überwältigten ihre Gefühle sie. „Warum hast du mir nicht gesagt, wer du bist … als wir uns in San Miguel getroffen haben?“

Nachdem Eve Tee eingeschenkt hatte, legte sie ihre gepflegten Hände mit den wunderschönen Ringen um die durchscheinende Porzellantasse. „Am besten kommen wir also gleich zur Sache.“

„Am besten“, stimmt Sierra unerbittlich zu.

„Wenn ich dir gesagt hätte, wer ich bin, hättest du Hank von mir erzählt, und dann wäre er vielleicht wieder mit dir abgehauen. Es hat fast fünf Jahre gedauert, bis ich dich ausfindig gemacht hatte, darum wollte ich auf keinen Fall, dass so etwas noch einmal geschieht.“

Stumm ließ Sierra die Worte ihrer Mutter sacken. Sie hatte „die Lady“ ihrem Vater gegenüber tatsächlich erwähnt, zumindest nach dem ersten Treffen. Aber vermutlich hatte er die ganze Sache nur als die blühende Fantasie eines kleinen Mädchens abgetan. Davon abgesehen waren elegante Touristen, die den einheimischen Kindern etwas spendierten, nichts Ungewöhnliches in San Miguel.

„Wenn ich in diese Situation käme – wenn mir Liam weggenommen und ich ihn dann finden würde –, hätte ich ihn mit mir nach Hause genommen.“

Eves Augen füllten sich mit Tränen, doch sie blinzelte sie weg. „Hättest du?“, fragte sie dann herausfordernd. „Selbst, wenn er glücklich und gesund gewirkt hätte und du wüsstest, dass er sich nicht mehr an dich erinnert? Hättest du ihn einfach entführt – ihm jeden Menschen und Ort, den er kennt, entrissen? Ohne dabei an die seelischen Folgen zu denken?“

Es wäre tatsächlich entsetzlich gewesen, wenn Eve sie einfach entführt und klammheimlich außer Landes geschafft hätte. Und etwas anderes wäre ihr nicht übrig geblieben, denn Sierras

Vater hätte umgehend davon erfahren und die *Federales* informiert. In dem Fall würde Eve vermutlich heute noch in einem mexikanischen Gefängnis schmoren.

Außerdem hatte sie eine andere Tochter, an deren Wohl sie denken musste, ein Heim und eine Firma.

„Ich bin nun seit einigen Jahren erwachsen", sagte Sierra, nachdem sie lange überlegt hatte. „Was hat dich davon abgehalten, mit mir Kontakt aufzunehmen, nachdem Dad gestorben war und Liam und ich nach Amerika kamen?"

Stumm blickte Eve in ihre Tasse.

Als Liam in die Küche preschte, zuckten beide Frauen erschrocken zusammen.

„Sieh mal, Mom!", kreischte er, ein teures Teleskop an die Brust gepresst, das er bereits auf dem Stativ befestigt hatte. „Mit diesem Ding kann ich sogar zurück bis zum Big Bang schauen!"

„Du bist viel zu aufgeregt." Sierra warf ihrer Mutter einen Blick zu, bevor sie aufstand. „Du solltest dich besser einen Moment hinlegen."

Natürlich protestierte er. Er war sieben und auf einmal mit einer unerwarteten Großzügigkeit konfrontiert. „Aber ich hab noch nicht mal die Hälfte meiner Geschenke aufgemacht!"

„Später", sagte Sierra, legte eine Hand auf seine Schulter und dirigierte ihn zur Hintertreppe.

Den ganzen Weg lang wehrte er sich, wobei er Eves Teleskop genauso umklammert hielt wie zuvor Travis' DVD-Player. Sierras Weihnachtsgeschenke, die sie im Schlussverkauf von ihrem Trinkgeld gekauft hatte, verblassten natürlich im Vergleich, und obwohl sie sich für ihn freute, verspürte sie auch einen Hauch von Ärger.

„Sieh es doch mal so", meinte sie ein paar Minuten später, als sie ihn in einem frischen Schlafanzug ins Bett gesteckt hatte.

Das Teleskop stand vor dem Fenster neben dem alten. „Da sind noch viele Geschenke, die du später aufmachen kannst, wenn du dich ausgeruht hast."

„Versprochen?", fragte Liam argwöhnisch. „Du wirst meine Grandma nicht überreden, sie wieder zurück in den Laden zu bringen oder so was?"

„Hab ich dich jemals angelogen?"

„Ja, als du behauptet hast, dass es den Weihnachtsmann gibt."

Sie seufzte. „Okay. Davon mal abgesehen."

„Du hast gesagt, dass wir keine Familie haben. Aber es gibt Grandma und Tante Meg."

„Ich gebe auf." Sierra hob die Hände. „Ich bin eine schamlose Lügnerin."

Liam feixte. „Wenn dieser Junge zurückkommt, werde ich ihm *mein* Teleskop zeigen."

Ein kalter Schauer fuhr Sierra über den Rücken. „Liam! Es gibt keinen Jungen."

„Das glaubst du." Als er in die Kissen zurücksank, sah Liam sie trotzig an. „Das hier ist sein Zimmer. Das Bett gehört ihm und das alte Teleskop."

Sierra blieb an seiner Seite sitzen, bis er eingeschlafen war.

Und selbst dann rührte sie sich nicht. Denn sie wollte nicht nach unten gehen und sich weitere gut eingeübte Ausreden anhören, warum ihre Mutter sie im Stich gelassen hatte.

1919

Hannah konnte nicht umhin, ihre zweite Hochzeit insgeheim mit ihrer ersten zu vergleichen. Sie und Gabe hatten im Sommer geheiratet, im Hof vor dem Haupthaus der Ranch. Es hatte eine große Hochzeitstorte gegeben und lange Tische, die unter den Speisen fast zusammenbrachen. Viele Gäste kamen. Eine Band hatte gespielt, und es wurde getanzt.

Danach fuhren sie und Gabe in einer Pferdekutsche in die Stadt, wo sie genau hier die Hochzeitsnacht verbrachten, im Arizona Hotel. Am nächsten Tag fuhren sie mit dem Zug in die Flitterwochen bis nach San Francisco. Tobias war in dieser magischen Zeit gezeugt worden, und die Schachtel mit den Fotografien von dieser Reise war Hannahs bestgehüteter Schatz.

Jetzt stand sie in dem vollgestopften Büro hinter dem Empfang – Witwe und Braut zugleich. Nur gab es diesmal keine Torte und keine Hochzeitsreise, auf die sie sich freuen konnte, geschweige denn Musik und Tanz.

Was alles keine Rolle gespielt hätte, wenn sie Doss lieben würde und wüsste, dass er sie liebte. Nicht die Bescheidenheit der Zeremonie verstörte sie, sondern die kühlen und praktischen Gründe, die dazu geführt hatten.

Während der Pfarrer die heiligen Worte brummte und Mr. Crenshaw und eine der Zimmermädchen als Trauzeugen fungierten, warf Hannah gelegentlich einen verstohlenen Blick auf ihren Bräutigam.

Doss sah unerschütterlich aus, fest entschlossen und unglaublich attraktiv.

Was wird aus uns werden, fragte sich Hannah verzweifelt. Sie hatte ein zittriges Lächeln aufgelegt, weil sie nicht wollte, dass der Pfarrer hinterher herumerzählen konnte, dass sie wie ein verängstigtes Reh ausgesehen habe.

Oh nein. Wenn sie täte, was sie wirklich tun wollte, nämlich entweder weglaufen oder in Tränen ausbrechen, würde dieser selbstgefällige alte Ochse die Neuigkeit umgehend im ganzen Land verbreiten. Und wie die Leute sich darüber *amüsieren* würden!

Eine weinende Braut.

Ein finster blickender, resignierter Bräutigam.

Das Geschwätz würde jahrelang nicht abebben.

Darum stand Hannah die Zeremonie durch.

Sie wiederholte das Ehegelübde, als sie dazu aufgefordert wurde, das Kinn hoch erhoben, den Rücken durchgedrückt und mit trockenen Augen. Die Tortur war beinahe vorüber, als plötzlich die Bürotür aufgerissen wurde und Doss' Onkel Jeb hereinspaziert kam. Er sah für sein Alter noch immer gut aus. Grinsend betrachtete er das nicht sonderlich glücklich wirkende Paar.

„Dachte schon, ich hätte es verpasst", sagte er.

Doss lachte, offenbar erfreut, einen anderen McKettrick zu sehen.

Der Pfarrer räusperte sich, er war nicht besonders begeistert über die Unterbrechung, wie es schien.

„Ich erkläre Sie hiermit zu Mann und Frau", endete er schnell.

„Küss deine Braut", drängte Jeb seinen Neffen, ohne ihn aus den Augen zu lassen.

Hannah errötete.

Als Doss sie küsste, fragte sie sich, ob er ohne seinen Onkel überhaupt auf die Idee gekommen wäre.

„Keine Blumen?", fragte Jeb, nachdem Doss den Pfarrer bezahlt hatte, und sah sich in dem Büro um. „Keine Gäste?"

„War eine schnelle Entscheidung", erklärte Doss.

Hannah errötete schon wieder.

„Oh", meinte Jeb. Er schüttelte Doss die Hand, hieb ihm einmal auf die Schulter, dann drehte er sich zu Hannah und küsste sie sanft auf die Wange. „Werde glücklich, Hannah", flüsterte er ihr ins Ohr. „Gabe würde es so wollen."

In Hannahs Augen brannten Tränen, und das, nachdem sie sich die ganze Zeit so tapfer gehalten und sich so angestrengt hatte, die glückliche Braut zu spielen. Sah man ihr ihre wahren

Gefühle doch an? Oder war Jeb nur so einfühlsam?

Sie nickte, unfähig zu sprechen.

„Ich dachte, du wärst unten in Phoenix“, wandte Doss sich an seinen Onkel. Falls er Hannahs Tränen bemerkte, so ließ er es sich nicht anmerken.

„Nein, ich musste mich um ein paar Geschäfte mit der Cattleman’s Bank kümmern. Bin nachmittags mit dem Zug angekommen. Es ist ein langer Ritt zur Ranch, darum habe ich beschlossen, die Nacht hier im Hotel zu verbringen und morgen zurück nach Phoenix zu fahren. Ich habe gerade im Speisesaal zu Abend gegessen, als jemand erwähnte, dass ihr beide euch hier mit einem Pfarrer eingeschlossen habt.“ Er warf Hannah einen Blick zu, und sie sah die Beunruhigung in seinen Augen. „Da dachte ich, dass ich mich selbst zur Feier einlade. Als ich Chloe davon erzählt habe, sagte sie natürlich, dass ich keine Manieren hätte. Nach all den Jahren glaubt meine Frau noch immer, mich ändern zu können.“

Doss schlang einen Arm um Hannahs Hüfte. „Wir sind froh, dass du gekommen bist. Nicht wahr, Hannah?“

Da sie nicht sofort antwortete, besaß er die Frechheit, sie leicht durch den Stoff ihres so wenig feierlichen grauen Kleides zu kneifen.

„Ja“, sagte sie.

„Wo ist Tobias?“, erkundigte sich Jeb. „Chloe wird mir die Haut über die Ohren ziehen, wenn ich nicht mit einem ausführlichen Bericht nach Hause komme. Diese Frau will alles über jeden wissen. Wie groß der Junge geworden ist, wie er in der Schule vorankommt und all das.“

„Er hat eine schwere Erkältung“, erwiderte Doss. „Wir sind mit ihm in die Stadt gekommen, um ihn zum Arzt zu bringen.“

„Und dann habt ihr einfach beschlossen zu heiraten, wo ihr schon mal hier seid?“

Nun errötete sogar Doss, und Hannah schwieg schuldbewusst.

Jeb lächelte. „Dann ist der Junge hier im Hotel?"

Noch immer stumm, nickte Hannah.

Jeb sah Doss an. „Warum gehst du nicht rauf und siehst nach, ob er sich über einen Besuch seines alten Onkels Jeb freuen würde?"

Nach einem kurzen Zögern nickte Doss und verließ den Raum.

„Ich werde Doss dasselbe fragen, was ich dich jetzt frage", begann Jeb in der Sekunde, in der sie allein waren. „Was geht hier vor?"

Hannah schluckte. „Nun, es schien uns einfach vernünftig zu heiraten."

„Vernünftig?"

„Weil wir doch beide auf der Ranch leben. Du weißt, wie die Leute … über so was tratschen."

„Das weiß ich. Chloe und ich haben in unserer Zeit auch für eine ganze Menge Tratsch gesorgt. Aber ich hätte gedacht, dass die Familie schon davon erfährt, wenn eine Hochzeit ansteht."

„Doss hat seinen Eltern telegrafiert, und ich werde meinen bald schreiben …"

„Ihr seid beide erwachsen und könnt tun und lassen, was ihr wollt", sagte Jeb. „Liebst du Doss, Hannah?"

Sie wiederholte das, was sie schon Tobias auf diese Frage geantwortet hatte. „Er gehört zur Familie."

„Er ist auch ein Mann. Ein junger Mann, der noch sein ganzes Leben vor sich hat. Er verdient eine Frau, die *gern* mit ihm verheiratet ist."

Stolz hob Hannah das Kinn. „Vor ein paar Minuten hast du mir gesagt, dass Gabe damit einverstanden wäre. Dass Doss und ich heiraten, meine ich. Und vermutlich hast du recht.

Also habe ich es genauso sehr für ihn getan wie für sonst jemanden."

„Es gibt nur einen einzigen Menschen, für den du so etwas tun solltest, Hannah, und zwar für dich selbst."

„Tobias braucht Doss", verteidigte sie sich.

„Das bezweifle ich nicht. Es war für uns alle hart, Gabe zu verlieren, aber für dich und Tobias war es am schwersten. Die Frage, die ich mir aber stelle, lautet: Brauchst *du* Doss, Hannah?"

Hannah brauchte einen neuen Ehemann, so viel stand fest, aber nicht auf eine Weise, die sie mit Jeb diskutieren wollte – oder überhaupt mit irgendjemandem auf dieser Welt. „Ich werde ihn glücklich machen, falls du dir darüber Sorgen machst." Als ihre Wangen auf einmal brannten, befürchtete sie, genau das zu verraten, was sie unbedingt zu verbergen versuchte.

„Er wird glücklich sein", erklärte Jeb mit solcher Sicherheit, dass Hannah sich fragte, ob er mehr wusste als sie. „Und du?"

„Ich werde es lernen", antwortete sie.

Da legte Jeb die Hände auf ihre Schultern, drückte sie leicht und küsste sie auf die Stirn. Dann verließ er ohne ein weiteres Wort das Zimmer und ließ Hannah allein zurück, verwirrt und traurig.

Ein paar Minuten später kam Doss in die Lobby. Er wirkte schüchtern wie ein Schuljunge. Offenbar hatte Jeb bereits mit ihm gesprochen und war jetzt bei Tobias.

Doss versuchte zu lächeln, was ihm nur kläglich gelang. Jetzt, wo sie tatsächlich verheiratet waren, wusste er offenbar nicht, was er sagen sollte. Hannah erging es nicht anders. Dabei hatten sie doch das Richtige getan.

„Wir sollten wohl zu Abend essen", rang Doss sich endlich ab. „Tobias hat bereits gegessen. Das Zimmermädchen hat ihm etwas aus der Küche geholt, während wir …"

Eindringlich sah Hannah auf ihre Schuhe. „Du verdienst jemanden, der dich liebt“, murmelte sie leise.

„Ich weiß nicht, ob deine Seele und dein Herz mich lieben, Hannah McKettrick“, erklärte er feierlich und ohne eine Spur von Arroganz, während er ihr Kinn hob und sie ansah, „aber dein Körper tut es. Und vielleicht wird er dem Rest von dir beibringen, genauso zu empfinden.“

Sie packte den Jackenaufschlag seines neuen Anzugs, den er nur für die Hochzeit gekauft hatte. „Gabe würde es wollen“, sagte sie. „Dass wir heiraten, meine ich.“

„Ich liebe meinen Bruder“, entgegnete er düster. „Aber ich möchte nicht über ihn sprechen. Nicht heute.“

Gemeinsam betraten sie den Speisesaal und bestellten gegrilltes Huhn. Für Hannah war es ein Ereignis, in einem Restaurant zu essen, fast so ungewöhnlich wie eine Hochzeit. Nach diesem langen und hektischen Tag war sie völlig ausgehungert, doch das Essen schmeckte wie Sägespäne.

Als sie gerade ihr Dessert herunterwürgten, gesellte sich Jeb zu ihnen. Schokoladenkuchen mit Puderzucker – normalerweise Hannahs Lieblingsnachtisch.

„Tobias wird die Nacht in dem Zimmer neben meinem verbringen. Ich habe bereits ein Zimmermädchen damit beauftragt, bei ihm zu bleiben“, erklärte er.

Hannah legte ihre Gabel weg, froh, nicht länger so tun zu müssen, als ob sie äße. Das war fast so anstrengend wie vorzutäuschen, glücklich zu sein, und beides würde sie schon gar nicht hinbekommen.

„Das ist wohl in Ordnung“, nickte sie zögerlich.

Währenddessen sah Doss stumm auf seinen Teller. Er hatte nicht viel mehr als Hannah gegessen, aber wie sie eine beachtliche Darbietung abgegeben. Sich verbotenerweise auf der Ranch zu lieben war eine Sache, wie ihr nun klar wurde, verheiratet zu sein aber eine ganz andere. Ob er wegen der bevorstehenden Nacht genauso nervös war wie sie?

Nachdem Jeb den beiden noch einmal gratuliert hatte, ging er.

Die Teller wurden abgeräumt. Doss bezahlte die Rechnung.

Und dann gab es nichts mehr zu tun, als nach oben zu gehen und mit der Hochzeitsnacht zu beginnen.

9. KAPITEL

Tobias' Bett war leer und seine Sachen weggeräumt. Nervös warf Hannah Doss – ihrem Ehemann – einen Blick zu und legte eine Hand an den Hals.

Seufzend löste er die Fliege, dann öffnete er den Kragen. Wenn es in dem Hotelzimmer Whiskey gegeben hätte, hätte er sich einen doppelten eingeschenkt und mit einem Schluck hinuntergestürzt. Sie hätte ihn am liebsten am Arm berührt, ihn irgendwie beruhigt. Stattdessen stand sie stocksteif auf den praktischen dicken Absätzen ihrer hochgeknöpften Schuhe und wünschte, sie hätte früher ein Machtwort gesprochen und diese verrückte Hochzeit verhindert, ganz egal, was die Leute sagen würden.

Sie war unglücklich.

Doss war unglücklich.

Was in aller Welt war nur in sie gefahren?

„Wir könnten die Ehe annullieren lassen", sagte sie mit bebender Stimme.

„Ich würde sagen, dass wir diese Möglichkeit längst hinter uns gelassen haben", erwiderte er kalt. „Du vielleicht nicht?"

„Damit meinte ich nur, dass wir die Ehe noch nicht … nun, noch nicht *vollzogen* haben und …"

Er kniff die Augen zusammen. „Das habe ich ein wenig anders in Erinnerung."

Verdammt und zugenäht, dachte Hannah wütend. Er war die ganze Zeit so wild auf diese Eheschließung gewesen. Schließlich war es *seine* Idee gewesen, nicht ihre – und jetzt führte er sich auf, als ob er überrumpelt worden wäre und in der Falle säße.

„Ich wäre dir sehr dankbar, Doss McKettrick, wenn du nicht vergessen würdest, dass nicht ich dich verführt habe, sondern du mich!"

Ebenfalls wütend trat er einen Schritt auf sie zu. „Du hättest jederzeit Nein sagen können, Hannah. Wenn ich mich richtig erinnere, hast du das nicht getan. Genau genommen hast du …“

„Hör auf“, schrie Hannah. „Wenn du auch nur annähernd ein Gentleman bist, wirst du mir das jetzt nicht frech ins Gesicht sagen! Ich war – wir beide waren – *einsam*. Wir haben den Kopf verloren, das ist alles. Wir könnten dem Pfarrer sagen, dass alles ein Missverständnis war und ihn bitten, die Urkunde zu zerreißen …“

„Dann kannst du dich gleich in die Mitte der Hauptstraße stellen, die Kuhglocke läuten, bis sich die ganze Stadt versammelt hat, und es allen verkünden!“ Doss kochte vor Wut. „Und was wird in sechs Monaten oder so geschehen, wenn du einen dicken Bauch hast?“

Hannah biss die Zähne so fest zusammen, dass sie all ihren Willen aufbringen musste, um sie wieder voneinander zu lösen. „Was macht dich eigentlich so sicher, dass es überhaupt ein Baby gibt?“, fragte sie. „Gabe und ich haben nach Tobias noch mehr Kinder gewollt, aber es funktionierte nicht.“

Obwohl Doss den Mund öffnete, sagte er nichts. Was auch immer er hatte sagen wollen, er hatte es sich offenbar anders überlegt. Am liebsten hätte Hannah die Hand in seine Kehle gesteckt und die Worte aus ihm herausgezogen wie einen Wassereimer aus einem tiefen Brunnen. Dabei wusste sie, dass es sie genauso wütend machen würde, sie zu hören, wie sie *nicht* zu hören.

Lange standen sie so da, förmlich Nase an Nase, und starrten einander finster an.

Hannah gab zuerst auf, nicht in der Lage, gegen die McKettrick-Sturheit anzukommen. Mit einem zutiefst frustrierten Aufschrei machte sie auf dem Absatz kehrt, lief in das angrenzende Zimmer und knallte die Tür laut hinter sich zu.

Es gab keinen Schlüssel, um abzuschließen, und auch nichts, das sie unter den Türknauf hätte stellen können, um Doss am Hereinkommen zu hindern. Darum lief sie mit verschränkten Armen auf und ab, bis ihre Wut verraucht war.

Ihr Blick fiel auf ihr Nachthemd, das irgendeine aufmerksame Seele auf dem Bett ausgebreitet hatte – wahrscheinlich das Zimmermädchen, das auf Tobias aufgepasst hatte.

Ich kann das Ganze genauso gut hinter mich bringen, dachte sie und versuchte, die Erregung zu ignorieren, die sie bei dem Gedanken erfasste, mit Doss allein zu sein, sich ihm zu unterwerfen und ihn zugleich zu erobern.

Resolut zog sie ihr Kleid aus, schlüpfte in das Nachthemd und löste die Klammern aus ihrem Haar.

Und wartete.

Wo blieb Doss?

Sie setzte sich auf den Rand der Matratze und drehte Däumchen.

Er kam nicht.

Sie stand auf und lief herum.

Noch immer kein Doss in Sicht.

Auf gar keinen Fall würde sie die Tür öffnen und ihn einladen, nachdem er sie so behandelt hatte. Aber zu warten war geradezu unerträglich.

Schließlich durchquerte Hannah auf Zehenspitzen den Raum und spähte durchs Schlüsselloch. Ihr Sichtfeld war äußerst eingeschränkt. Dass sie Doss nicht sah, bedeutete noch lange nicht, dass er nicht da war. Wenn er gegangen wäre, hätte sie es gehört – oder nicht?

Erneut lief sie auf und ab, schnell dieses Mal und leise fluchend.

Langsam wurde es kalt im Zimmer. Sie ging zum Heizkörper und zerrte am Hebel, bis sie ein tröstliches Husten hörte. Gleichzeitig entdeckte sie aus dem Augenwinkel etwas hinter dem Fenster. Sie richtete sich neugierig auf und wischte mit dem Ärmel ihres Nachthemds ein Guckloch in das beschlagene Glas.

Stand da etwa Doss im Licht über der Schwingtür des Blue Garter Saloons? Der Umriss kam ihr auf jeden Fall vertraut vor, aber die Kleidung stimmte nicht. Zur Hochzeit hatte Doss einen Anzug getragen, und dieser Mann war ganz informell gekleidet.

Angestrengt spähte Hannah durch das Fenster und bemerkte kaum, wie ihre Nasenspitze das eisige Glas berührte. Dann strich der Mann ein Streichholz an der Wand des Saloons an. In dem orangefarbenen Licht konnte sie sein Gesicht genau erkennen.

Es war Doss, und er sah in ihre Richtung. Bestimmt sah er sie, wie sie ihn vom Hotelfenster aus beobachtete – wie eine dieser bekümmerten Heldinnen in Liebesromanen.

Nein. Das konnte er nicht sein.

Sie hatten zwar eine Menge Schwierigkeiten, das stimmte, aber trotz allem handelte es sich um ihre *Hochzeitsnacht*.

Hannah ballte die Hände zu Fäusten und wandte sich einen Moment vom Fenster ab, um ihre Fassung genauso zurückzugewinnen wie ihre Würde. Inzwischen wusste mit Sicherheit jeder in der Stadt von ihrer übereilten Hochzeit und dass sie eigentlich ihre Flitterwochen feiern sollten, auch wenn sie nicht weiter als bis Indian Rock gekommen waren. Wenn Doss diese Nacht also im Blue Garter Saloon verbrachte, ausgerechnet diese Nacht …

Sie hantierte am Fenstergriff, um ihm etwas zuzurufen, auch wenn sie keine Ahnung hatte, was. Doch noch bevor sie das Fenster hochschieben konnte, hatte er ihr den Rücken zugewandt und ging durch die Saloon-Tür. Ohnmächtig musste sie mit ansehen, wie die Türen sich schwingend hinter ihm schlossen.

Heute

Mit den Händen an den Hüften musterte Sierra den funkelnden Januarweihnachtsbaum und den Berg aus bunten Paketen, zerrissenem Geschenkpapier und bereits geöffneten Geschenken.

Ein Pullover. Ein Ledermantel, der an den von Travis erinnerte. Cowboystiefel und Cowboyhut. Eine Garnitur Spielzeugpistolen. Mehr, als sie Liam in all seinen sieben Lebensjahren geschenkt hatte.

Natürlich war Eve für all das verantwortlich. Zumindest für die Dekoration. Die Geschenke hatte sie aus Texas mitgebracht, nachdem sie vermutlich einen Lakai von McKettrickCo losgeschickt hatte, um die teuersten Läden zu plündern.

Bedeutete das, dass Sierra und Liam ihr wirklich wichtig waren, oder versuchte sie auf diese Weise nur, sich Absolution zu erkaufen?

Sierra spürte Eves Anwesenheit, brauchte aber ein paar Sekunden, bevor sie sich auf ein Gespräch einlassen konnte.

„Die Pistolen waren vielleicht nicht die beste Wahl", gestand Eve leise von der Türschwelle aus, als ob sie nicht wüsste, ob sie wieder verschwinden oder bleiben sollte. „Ich hätte vorher fragen sollen."

„Die ganze Sache ist nicht die beste Wahl", entgegnete Sierra. Ihre Nerven waren so angespannt, dass sie glaubte, sie summen zu hören. „Es ist viel zu viel." Dann drehte sie sich um und sah ihre Mutter an. „Dazu hattest du kein Recht."

„Liam ist mein Enkel", hob Eve hervor.

„Dazu hattest du kein Recht!", wiederholte Sierra voller Zorn.

Eve zuckte nicht einmal zusammen. „Wovor hast du solche Angst, Sierra? Dass er mich mögen könnte?"

Auf einmal war Sierra schwindlig. „Verstehst du denn nicht? Ich kann Liam keine solchen Geschenke machen. Und ich möchte nicht, dass er sich an diesen Lebensstil gewöhnt. Denn dann wird es später umso härter für ihn, wenn wir das alles wieder hinter uns lassen."

„*Was* für ein Lebensstil?" Zwar war Eves Auftreten nicht gerade provokativ, aber offensichtlich war sie entschlossen, sich zu behaupten. Für sie war alles so leicht, bei all dem Geld und der Macht. Großzügige Gesten waren für sie überhaupt kein Problem, aber Sierra war diejenige, die später die Scherben zusammenkehren musste, wenn sie wieder in der harten Realität gelandet waren.

„Der McKettrick-Lebensstil!", explodierte Sierra. „Dieses große Haus, das Land, das Geld ..."

„Sierra, du bist eine McKettrick, genauso wie Liam einer ist."

Für einen Moment schloss Sierra die Augen und kämpfte um ihre Selbstbeherrschung. „Ich war nur aus einem einzigen Grund bereit zu kommen", sagte sie schließlich ruhig. „Weil mein Sohn ärztliche Hilfe braucht und ich sie mir nicht leisten kann. Aber die Vereinbarung lautet ein Jahr. Ein Jahr, Eve, und wir werden nicht einen Tag länger bleiben!"

„Und du glaubst, dass ich nach diesem einen Jahr einfach vergessen werde, dass ich eine zweite Tochter und einen Enkel habe? Und dass du noch immer zu stur bist, um meine Hilfe anzunehmen?"

„Ich *brauche* deine Hilfe nicht, Eve!"

„Ach nein?"

Sierra schüttelte den Kopf, aber eher, um wieder einen klaren Gedanken zu fassen als um Eves Frage zu beantworten. Sie suchte sich einen Stuhl und ließ sich darauf sinken. „Ich weiß es wirklich zu schätzen, was du für uns tust", erklärte sie, nachdem sie ein paarmal tief durchgeatmet hatte. „Wirklich. Aber solltest du mehr erwarten, als wir vereinbart haben, dann gibt es ein Problem."

Äußerlich ganz ruhig, nahm Eve ein langes Streichholz vom Kaminsims und zündete das Zeitungspapier an, das bereits im Kamin lag. Sie wartete, bis die Scheite fröhlich knisternd Feuer gefangen hatten, dann legte sie noch mehr Holz hinzu. „Was hat Hank dir über mich erzählt, Sierra?", fragte sie leise. „Hat er dir gesagt, dass ich tot bin? Oder dass ich dich nicht will?"

„Das musste er mir gar nicht sagen. Das war ziemlich offensichtlich."

„War es das?" Sie staubte den Platz auf dem gemauerten Kamin ab, setzte sich darauf und faltete locker die Hände in ihrem Schoß. „Ich möchte wissen, was er dir erzählt hat, Sierra. Nach all diesen Jahren, nach allem, was er mir weggenommen hat, habe ich das Recht zu fragen."

„Er hat nie gesagt, dass du mich nicht wolltest. Er sagte, du wolltest *ihn* nicht."

„Nun, das war zumindest die Wahrheit."

„Ich schätze, ich war fünf oder sechs, bevor ich merkte, dass andere kleine Mädchen Mütter hatten und nicht nur Väter. Ich begann, eine Menge Fragen zu stellen, und irgendwann war er es wohl leid. Er sagte, dass es einen Unfall gegeben hätte, bei dem du schwer verletzt wurdest, und dass du jetzt wahrscheinlich im Himmel wärst."

Mit gesenktem Kopf wischte Eve sich verstohlen mit dem Handrücken über ihre Wange. „Wer hätte gedacht, dass Hank Breslin jemals im Leben bei *zwei* von drei Behauptungen die Wahrheit sagen würde?"

Lass dir nichts vormachen, hörte sie Hank sagen, so deutlich, als ob er tatsächlich im Zimmer stünde und an dem Gespräch teilnähme.

„Es gab wirklich einen Unfall?", hauchte Sierra. Diese Frage zu stellen bedeutete, dass sie Hank nicht wirklich geglaubt hatte. Doch darüber musste sie – wie über so viele andere Dinge – später nachdenken. Wenn sie allein war. Und ruhig.

Ihre Mutter nickte.

„Was für ein Unfall?"

Offensichtlich musste Eve sich sehr zusammenreißen, sie setzte sich gerade hin, und ihr Blick richtete sich in die Vergangenheit, die Sierra nicht kannte. „Ich aß vor einem Café in San Miguel zu Mittag – mit meinem Anwalt, um genau zu sein. Wir hatten deinen Aufenthaltsort herausgefunden, und ich hatte dich bereits mit meinen eigenen Augen gesehen. Mit dir gesprochen. Ich wollte mit Hank Kontakt aufnehmen und irgendeine Vereinbarung ausarbeiten ..."

In Sierras Ohren begann es eigenartig zu sirren.

„Mit deinem Vater musste man sehr vorsichtig umgehen, das wusste ich. Es hätte ihm ähnlich gesehen, mit dir noch tiefer ins Land abzutauchen – oder sogar bis nach Südamerika. Und beim zweiten Mal hätte er sich noch viel mehr Mühe gegeben, seine Spuren zu verwischen."

„Der Unfall?", fragte Sierra leise.

„Ein Auto raste über den Gehsteig direkt auf die Tische zu. Mein Anwalt – sein Name war Jim Furman, er hatte eine Frau und fünf Kinder – war sofort tot. Ich lag wochenlang im Krankenhaus und brauchte eineinhalb Jahre, bis ich wieder laufen konnte."

Das klang wie eine Szene aus einer Soap Opera, und doch wusste Sierra, dass Eve die Wahrheit sagte. Ihr drehte sich der Magen um, als sie die schrecklichen Bilder mit einem kompletten Soundtrack aus ohrenbetäubendem Lärm und Kreischen vor sich sah.

„Als ich wieder gesund war", fuhr Eve nach langem Schweigen fort, „wusste ich, dass es zu spät war und ich nun warten musste, bis du älter warst und selbst Entscheidungen treffen konntest. Du warst gesund und glücklich und ein sehr kluges Kind. Und du warst noch so jung. Ich konnte nicht einfach in dein Leben spazieren und sagen: ‚Hallo, ich bin deine Mutter'. Ich hatte noch immer Angst davor, was Hank dann tun würde. Außerdem war es schwer, mein Leben nach dem Unfall wieder in den Griff zu bekommen. Meg verbrachte die meiste Zeit mit ihren Kindermädchen, und ich musste die Geschäfte dem Vorstand überlassen, weil ich mich auf nichts längere Zeit konzentrieren konnte. Wie hätte ich dich aus dem einzigen Heim zerren können, das du kanntest, nur um dich in die Hände von Fremden zu geben?"

Lange saß Sierra reglos da. „Okay", sagte sie endlich. „Das kaufe ich dir alles ab. Aber es besteht immer noch eine ziemlich große Zeitspanne zwischen damals und vor sechs Wochen, als du endlich Kontakt zu mir aufgenommen hast."

Eve schwieg.

Es stimmt also, dachte Sierra bitter, da ist noch mehr.

„Ich habe mich geschämt", gestand Eve.

„Geschämt?"

Stille.

„Eve?"

„Nach dem Unfall", fuhr Eve so leise fort, dass Sierra sich vorlehnen musste, um sie zu verstehen, „habe ich viele Schmerztabletten genommen. Sie halfen mir immer weniger, während die Schmerzen immer schlimmer wurden. Also habe ich angefangen, sie mit Alkohol runterzuspülen."

Sierras Mund klappte auf. „Meg hat nie …"

„Natürlich nicht. Dir das zu erzählen ist meine Aufgabe, davon abgesehen schreibt man so etwas nicht einfach mal eben in einer E-Mail. Was hätte sie denn schreiben sollen? Oh, übrigens, Mutter ist tabletten- und alkoholabhängig?"

„Mein Gott", wisperte Sierra.

„In Abständen war ich clean, aber nach einiger Zeit ging es

immer wieder los. Wenn Rance nicht für mich eingesprungen wäre, hätte ich vermutlich ganz McKettrickCo in Grund und Boden gewirtschaftet."

„Rance?"

„Dein Cousin."

Weil sie beide es dringend brauchten, versuchte Sierra, etwas Leichtigkeit in das Gespräch zu bringen. „Aus welchem Teil der Familie ist er denn herausgekrochen?"

Eve lächelte schwach, aber so dankbar, dass Sierras Herz sich zusammenzog. „Rance stammt von Rafe und Emmeline ab. Rafe wiederum war ein Sohn vom alten Angus."

„Du hast all die Jahre gebraucht, um dein Leben wieder in Ordnung zu bringen?", fragte Sierra vorsichtig.

„Nein." Eves Wangen röteten sich. „Nein, ich bin jetzt seit zehn Jahren clean. Aber, wie ich schon sagte, Sierra, ich habe mich geschämt. So viel Zeit war vergangen, und ich wusste nicht, was ich sagen sollte. Wo beginnen. Das wurde zu einem Teufelskreis. Je länger ich es vor mir herschob, desto schwerer war es, das Risiko einzugehen."

„Aber schließlich hast du mich doch wieder aufgespürt. Was hatte sich verändert?"

„Ich musste dich nicht aufspüren. Ich wusste immer, wo du warst." Eve seufzte, ihre Schultern sanken etwas herab. „Ich habe von Liams Asthma erfahren, und da konnte ich nicht mehr länger warten." Einen Moment hielt sie inne, dann richtete sie sich wieder auf. „Fair ist fair, Sierra, ich habe dir die schwierigen Fragen beantwortet, auch wenn mir klar ist, dass du noch mehr hast. Aber jetzt bist du dran. Warum bist du dein Leben lang von einer Stadt in die andere gezogen und hast als Bedienung gearbeitet, anstatt irgendwo Wurzeln zu schlagen und etwas aus deinem Leben zu machen?"

Zwar hatte Sierra ab und zu Abendkurse besucht, ihr fließendes Spanisch genutzt, um mit Gästen zu sprechen, und wenn es ging, freiwillig in manchen von Liams Schulen ausgeholfen. Aber es hatte sie nie gereizt, an einem Ort zu bleiben, und die einzige Richtung, die sie immer wieder eingeschlagen hatte, hieß „weg".

„Es ist nicht verwerflich, als Bedienung zu arbeiten." Sie versuchte, nicht gekränkt zu klingen, was ihr nicht allzu gut gelang.

„Natürlich nicht", stimmte Eve ihr sofort zu. „Aber warum hast du kein College besucht?"

„Ein Tag hat nur vierundzwanzig Stunden, Eve. Und ich musste ein Kind großziehen."

Eve nickte nachdenklich. Und wartete.

Sierra wartete ebenfalls.

„Das erklärt aber nicht, warum du so oft umgezogen bist", gab Eve zu bedenken.

„Ich wünschte, ich hätte darauf eine einfache Antwort", erwiderte Sierra nach langem Überlegen. „Ich schätze, da war einfach immer eine unterschwellige Unruhe in mir, als ob ich ständig davonlaufen müsste."

Wieder schwieg Eve.

„Warum hast du dich von meinem Vater scheiden lassen?", fragte Sierra. Die Frage hatte sie sich oft gestellt, doch immer zur Seite geschoben, indem sie sich einredete, dass es sowieso keine Rolle spielte. Aber jetzt war der Moment der Wahrheit gekommen, unabhängig davon, wie schmerzhaft sie sein mochte.

„Hank gehörte zu den Männern, die glauben, das Heft in der Hand zu haben, nur weil sie einen Penis besitzen. Einen Monat nach unserer Hochzeit hat er seine Stelle gekündigt – damals verkaufte er Eigentumswohnungen –, um Golfprofi im Country Club zu werden. Aber natürlich kam er nie dazu, sich zu bewerben. Davon abgesehen hätte er sowieso keinen Job bekommen, weil er nicht mal ein Neuner-Eisen von einem

Putter unterscheiden konnte."

Sierra befeuchtete sich unbehaglich die Lippen.

„Er war ein emotionales Leichtgewicht", fuhr Eve unerbittlich fort. „Aber das ist dir sowieso klar, Sierra, oder?"

Es war ihr klar, doch sie war nicht fähig, es laut auszusprechen. Darum nickte sie nur steif.

„Womit hat er sein Geld verdient?", fragte Eve. „Selbst in Mexiko muss Miete gezahlt und Essen gekauft werden."

Hank hatte gelegentlich als Barkeeper gearbeitet und stundenlang in irgendwelchen Hinterzimmern Poker gespielt. Das Haus, in dem sie damals gelebt hatten, gehörte Magdalena. „Er kam einfach irgendwie ... zurecht", antwortete sie, rot vor Verlegenheit.

„Aber du hattest Kleider, Schuhe, medizinische Versorgung, Geburtstagstorten und Spielsachen zu Weihnachten?"

Sierra nickte. Ihre Kindheit hatte sich durch zwei Dinge ausgezeichnet – eine vage, aber tiefgreifende Einsamkeit und eine für Kinder ungewöhnliche Freiheit. Und ganz plötzlich, endlich, kapierte sie. „*Du* hast ihm Geld zukommen lassen", rief sie.

„Ich habe *dir* Geld geschickt, über Hanks Schwester, und zwar vom allerersten Tag an. Deine Tante Nell war ziemlich clever. Sie hat den Scheck immer eingelöst und dann Hank das Geld telegrafisch angewiesen – mal über eine Bank, manchmal über den Serviceschalter in einem Supermarkt oder einem Lebensmittelladen. Irgendwann haben die von mir beauftragten Detektive die Spur aufgenommen, was damals nicht so einfach war, da es noch keine Computer gab."

Eine ganze Bilderfolge von Erinnerungen lief vor Sierras geistigen Auge ab – wie ihr Dad vor einem der *Cambio*-Schalter in San Miguel stand, wo Touristen ihre Reiseschecks einlösten oder ihr Geld in *Pesos* umtauschten. Damals war sie noch sehr klein gewesen. Aber sie hatte gesehen, wie er ein großes

Bündel zusammengefaltet in seine Tasche steckte. Sie schämte sich für ihn, als sie an sein kleines, verstohlenes Lächeln dachte.

Eve hatte recht. Hank Breslin hatte geglaubt, einen *Anspruch* auf das Geld zu haben. Und auch, wenn er immer dafür sorgte, dass Sierra alles hatte, was sie brauchte, war er nie übermäßig großzügig gewesen. Um genau zu sein, hatte Magdalena für die Extras gesorgt und nicht Hank. Die süße, runde und nach Gewürzen duftende Magdalena mit dem geduldigen Lächeln.

Sierras Gefühle mussten sich auf ihrem Gesicht abzeichnen, denn Eve stand auf, kam zu ihr und legte eine Hand auf ihre Schulter. Dann wandte sie sich ohne ein Wort ab und verließ das Zimmer.

Trotz all seiner Fehler hatte sie ihren Vater geliebt. Ihn jetzt in diesem neuen Licht zu sehen, zerstörte jedoch viele Illusionen. Und noch schlimmer: Sierra erkannte, dass Liams Vater eine jüngere Version von Hank gewesen war. Er hatte zwar Karriere gemacht, doch sie war für ihn nicht mehr gewesen als eine willkommene Ablenkung. Er hatte gleich mehrere Menschen hintergangen, nur um seinen Spaß zu haben. Wie Hank glaubte er, ein Recht darauf zu haben, ganz egal, wer dabei verletzt wurde.

Einen Moment lang hasste sie Adam, hasste sie Hank, hasste sie alle Männer.

Sie fühlte sich zu Travis Reid hingezogen, schön. Doch nun beschloss sie, wieder einen Schritt zurückzutreten, und ein riesengroßes *Nein!* formte sich in ihr.

10. KAPITEL

1919

Weit nach Mitternacht kam Doss ins Hotelzimmer zurück. Er roch nach Zigarren und Whiskey. Hannah lag stocksteif da und beobachtete durch gesenkte Wimpern, wie er Hut und Mantel ablegte und die Stiefel auszog. Vielleicht wusste er, dass sie wach war, vielleicht nicht. Sie jedenfalls würde sich nicht verraten, indem sie mit ihm sprach. Außerdem befürchtete sie, ihn anzuschreien wie ein zänkisches Weib. Denn nach dem ersten Wort würden weitere folgen wie eine tobende Horde mit Schwertern und Knüppeln.

Sollte er jedoch die Dreistigkeit besitzen, zu glauben, dass er jetzt noch seine ehelichen Rechte in Anspruch nehmen konnte, würde sie wie eine Tigerin aus dem Bett springen, mit ausgefahrenen Krallen, und ihm die Augen auskratzen.

Sie atmete langsam, tief und regelmäßig, und ließ ihren Körper weich werden.

An der Kommode füllte Doss die Porzellanschüssel mit Wasser und wusch sich.

Zu Hannahs Überraschung, Erleichterung und Verärgerung blieb er jedoch vollständig angekleidet und streckte sich auf der Bettdecke aus.

„Ich weiß, dass du nicht schläfst", brummte er.

Hannah biss hart auf ihre Unterlippe. Obwohl sie die Augen fest geschlossen hielt, rannen Tränen aus ihnen. Gabe hätte ihr so etwas niemals angetan, er wäre niemals in der Hochzeitsnacht weggegangen, um in schlechter Gesellschaft zu rauchen und zu trinken. Und er hätte sie niemals einer derartigen öffentlichen Demütigung ausgesetzt.

Ein Schluchzen schüttelte ihren Körper. „Ich hasse dich, Doss McKettrick."

Sein Seufzen klang resigniert. Wenn er sich entschuldigt hätte, sie in die Arme genommen und fest an sich gedrückt hätte, dann hätte sie sich trotz allem sofort besser gefühlt. Doch das tat er nicht. Er blieb auf seiner Seite des Bettes in Reichweite und zugleich so weit von Hannah entfernt wie Indian Rock von der Ostküste.

„Wir sollten das Beste daraus machen“, erklärte er.

Sie rollte sich mit dem Rücken zu ihm auf die Seite. „Nein, das werden wir nicht“, zischte sie. „Denn sobald es Tobias wieder gut geht, werden er und ich in den Zug steigen und für immer verschwinden.“

„Falls dir das ein Trost ist, kannst du dir das gerne einbilden. Tatsache aber ist, dass du jetzt meine Frau bist. Und solange die Möglichkeit besteht, dass du mit meinem Kind schwanger bist, wirst du nirgendwohin gehen.“

„Ich hasse dich“, wiederholte Hannah.

„Das sagtest du bereits.“ Doss seufzte noch einmal gequält.

„Ich werde gehen, wann immer ich will.“

„Und ich werde dich zurückholen. Und glaub mir, Hannah, ich kann dieses Spielchen mindestens so lange durchhalten wie du.“

„Dann willst du mich also als Gefangene halten“, sprach Hannah in die Dunkelheit, die wie ein riesiger Schatten wirkte. In diesem Moment kam es ihr vor, als ob die Sonne nie mehr aufgehen würde.

„Ich werde dich nicht im Keller einsperren, falls du das meinst. Ich werde dich nicht misshandeln oder deine ehelichen Pflichten einfordern, und ich werde höflich sein, solange du das ebenfalls bist. Aber bis ich nicht weiß, ob du schwanger bist oder nicht, wirst du bei mir bleiben.“

Hannah wickelte sich fester in ihre Bettdecke und wischte sich mit einem Zipfel die Tränen weg. „Ich hoffe, dass ich es nicht bin“, flüsterte sie. „Ich hoffe, dass ich nicht dein Kind trage.“

Doch sie wusste, dass das nicht stimmte. Insgeheim sehnte sie sich nach einem weiteren Kind, nach einem Mädchen diesmal. Es verlangte sie danach, ein Leben in sich wachsen zu spüren. Sie wollte nur nicht Doss McKettrick als Vater ihres Kindes, das war alles.

Leise weinte sie weiter. Weinte, bis ihr Kissen nass war. Sie hätte ihr ganzes Geld darauf verwettet, dass sie keine Sekunde schlafen würde, doch irgendwann döste sie weg.

Und dann war plötzlich Morgen.

Doss' Seite des Bettes war leer, und fette, träge Schneeflocken wehten am Fenster vorbei. Im Zimmer war es kalt, im Nebenzimmer hörte sie Stimmen und Geschirrgeklapper. Der Duft von Speck stieg in ihre Nase, ihr Magen begann zu knurren – und dann wurde ihr schlecht.

„Nein", flüsterte sie und setzte sich hastig kerzengerade auf.

Doch, antwortete ihr Körper. Dasselbe Gefühl hatte sie in den ersten zehn Tagen nach Tobias' Zeugung gehabt.

Tobias erschien im Zimmer, Doss stand direkt hinter ihm.

„Möchtest du Frühstück, Ma?", fragte der Junge. Er sah noch leicht fiebrig aus, aber auch kräftiger, und er trug neue Kleider – schwarze Wollhosen, ein blau-weiß-kariertes Flanellhemd und sogar Hosenträger.

Allein die Erwähnung von Essen, ganz zu schweigen von dem Geruch, ließ ihr die Galle unangenehm in den Hals steigen. Doss' Blick ausweichend, schluckte sie und schüttelte dankend den Kopf.

Doss legte eine Hand auf Tobias' Schulter, zog ihn sanft zurück ins andere Zimmer und schloss die Tür hinter sich. Daraufhin kroch Hannah sofort aus dem Bett, holte den Nachttopf unter dem Bett hervor – dankbar, dass er sauber war – und übergab sich so lange, bis sie völlig erschöpft auf dem Bettvorleger zusammensank.

Sie hörte, wie die Tür wieder geöffnet wurde, hörte, wie Doss ihren Namen rief, doch sie konnte nicht antworten. Sie lag nur da, auf der Seite, elend und leer, als ob sie ihre Seele genauso ausgespuckt hätte wie ihr Hochzeitsmahl.

Gleich darauf kniete Doss neben ihr, hob sie auf die Arme, legte sie wieder ins Bett und deckte sie behutsam zu. Er holte eine Schale mit lauwarmem Wasser und ein Tuch aus dem anderen Zimmer und wusch ihr das Gesicht. Danach reichte er ihr ein Glas, und sie spülte sich den Mund aus.

„Ich hole den Arzt", sagte er.

„Nicht", flüsterte sie heiser. „Ich muss mich nur ausruhen."

Also zog er sich einen Stuhl heran, setzte sich neben das Bett und hielt stumm Wache. Hannah wünschte, er würde gehen, und fürchtete zugleich das hohle Gefühl, das sich dann einstellen würde.

Ein Zimmermädchen tauschte den verschmutzten Nachttopf gegen einen neuen aus, säuberte die Schale und brachte eine frische Kanne Wasser. Zwar warf sie immer wieder besorgte Blicke in Hannahs Richtung, sagte aber kein Wort. Auch nachdem sie wieder gegangen war, blieb Doss weiter bei ihr.

Er schüttelte die Kissen aus und drehte den Heizkörper auf.

„Ich dachte, ich schnappe mir Tobias und nehme ihn mit in den Gemischtwarenladen", schlug er etwas später vor. „Da können wir ein paar Spielsachen kaufen und vielleicht ein Buch."

Hannah war in einem merkwürdig benommenen Zustand. „Pass nur auf, dass er sich nicht verkühlt", murmelte sie.

Ihr gesunder Menschenverstand sagte ihr, dass Tobias im Zimmer bleiben sollte. Wenn sie nicht so schwach gewesen wäre, hätte sie auch darauf bestanden. Doch wie die Dinge standen, hatte sie nicht genug Kraft, außerdem wusste sie, wie verzweifelt sich der Junge wünschte rauszugehen, wenigstens für eine Weile.

Doss stand auf und steckte ihre Bettdecke fest. Jeder, der sie gesehen hätte, würde glauben, dass sie ein ganz normales Ehepaar waren, Menschen, die einander liebten. „Soll ich dir was mitbringen?“

„Nein.“ Sie schloss die Augen und döste weg.

Als sie sie wieder öffnete, war Doss zurück. Ein eisiger Duft von frischer Luft begleitete ihn. Sie hörte, wie Tobias im Nebenzimmer mit jemandem plauderte.

„Fühlst du dich besser?“, fragte Doss. Er hielt ein in braunes Papier gewickeltes Päckchen in der Hand.

„Ich habe Durst“, murmelte Hannah.

Sofort brachte er ihr ein Glas Wasser.

Sie trank es leer, wartete kurz und war hocherfreut, als es ihr nicht sofort wieder hochkam.

„Du solltest etwas essen, wenn du kannst“, sagte Doss.

Hannah nickte. Mit einem Mal war sie wie ausgehungert.

Er verschwand wieder und brauchte so lange, dass sie sich fragte, ob er wohl höchstpersönlich auf die Jagd gegangen war und jetzt die Beute langsam über einem Feuer röstete. Tobias spazierte herein, mit von der Kälte rosa Wangen und glänzenden Augen. „Onkel Jeb will mir ein Sandwich bestellen. Unten im Restaurant. Darf ich?“

„Natürlich“, lächelte sie.

Wachsam trat er einen Schritt näher, als ob sie jeden Moment einfach auseinanderfallen könnte. „Doss sagt, dass du nicht stirbst.“

„Das stimmt“, antwortete Hannah.

„Was ist dann los? Du bleibst sonst tagsüber *nie* im Bett.“

Sie streckte die Hand nach ihm aus, und nach kurzem Zögern griff Tobias danach. „Ich bin nur ein bisschen faul.“

Seine Augen waren rund und besorgt. „Ich habe gehört, dass du dich übergeben hast.“

Eine Tür wurde geöffnet, und Hannah hörte, wie Doss und

Jeb sich leise unterhielten. „Mir geht es morgen wieder gut“, versprach sie. „Geh du nur und genieß dein Sandwich. Du hast nicht oft die Gelegenheit, in einem richtigen Restaurant zu essen.“

Tobias wirkte sichtlich erleichtert. Lächelnd gab er ihr einen Kuss auf die Stirn und floh aus dem Zimmer, wobei er beinahe mit Doss zusammenprallte, der mit einem Tablett eintrat. Eine dampfende Teekanne und eine Schüssel mit etwas herrlich Duftendem standen darauf.

Hannahs Nase kitzelte, ihr Magen begann hörbar zu knurren.

„Hühnchen und Klöße“, erklärte Doss grinsend.

Vorsichtig stellte er das Tablett auf Hannahs Schoß, schenkte ihr eine Tasse Tee ein und hätte sie vermutlich auch gefüttert, wenn sie ihm den Löffel nicht abgenommen hätte.

„Danke.“ Nur mit Mühe erkannte sie in diesem aufmerksamen Mann denjenigen wieder, der sie in ihrer Hochzeitsnacht allein gelassen hatte, um im Blue Garter Saloon zu zechen.

„Gern geschehen.“ Er setzte sich hin, um ihr beim Essen zuzusehen. Ab und zu wanderte sein Blick zu dem Päckchen auf dem Nachttisch, das dort noch immer eingewickelt und geheimnisvoll lag.

Da sie ja Doss’ Angebot, ihr etwas aus dem Gemischtwarenladen mitzubringen, eindeutig abgelehnt hatte, ging Hannah nicht davon aus, dass es für sie war. Und doch war sie neugierig. Der Größe nach konnte es sich um ein Buch handeln. Bevor sie Gabe geheiratet hatte, hatte sie so viel gelesen, dass ihre Eltern schon befürchteten, sie würde sich die Augen ruinieren. Nach der Hochzeit mit Gabe hatte sie immer so viel zu tun gehabt, dass sie sich nicht mehr auf die Buchstaben konzentrieren konnte. Ihr gelang es gerade noch, regelmäßig Briefe zu schreiben.

Sie aß so viel sie konnte und nippte an ihrem Tee, der heiß

und süß war, während Doss das Tablett auf die Kommode stellte. Jeb und Tobias waren zum Mittagessen nach unten gegangen. Abgesehen von den Geräuschen der Pferdekutschen auf der Straße und dem leisen Zischen der Heizung war es ganz still im Zimmer.

Doss räusperte sich und trat unsicher von einem Fuß auf den anderen. „Hannah, wegen gestern Nacht ..."

„Hör auf", unterbrach Hannah ihn schnell und mit so viel Nachdruck, wie sie nur aufbringen konnte. Die Teetasse klapperte auf der Untertasse, Doss nahm sie ihr aus der Hand und stellte sie neben das Päckchen. Er sah traurig aus und ein bisschen ungeduldig.

Während sie sich wieder zurücklegte, musste sie gegen einen erneuten Tränenausbruch ankämpfen. Sie hätte geschworen, dass sie alle Tränen bereits vergossen hatte, nachdem Doss vom Blue Garter zurückgekommen war und ihr erklärt hatte, dass er sie nicht nach Montana lassen würde.

„Ich schätze, du weißt, was es bedeutet, dass dir so übel ist", bemerkte Doss in einem Ton, der unmissverständlich klarmachte, dass er sagen würde, was er zu sagen hatte. „Das ist der einzige Grund, warum ich keinen Arzt gerufen habe."

Hannah schloss die Augen, dann nickte sie.

„Ich weiß, es wäre dir lieber, dass Gabe hier säße", fuhr er fort. „Dass er der Vater dieses Kindes wäre, dass er dich mit nach Hause auf die Ranch nähme und Tobias aufzöge. Aber es ist nun mal eine Tatsache, dass ich nun all diese Dinge tun werde. Also kannst du genauso gut deinen Frieden damit machen."

Weil sie nichts sagen konnte, sagte sie nichts. Sie versuchte, sich Gabes Gesicht vor Augen zu rufen, was ihr nicht gelang. Sie sah nur Doss, wie er nach dem Abend im Blue Garter ins Zimmer gekommen war, Mantel und Stiefel ausgezogen und sich neben sie aufs Bett gelegt hatte.

Eine Weile sah Doss sie einfach nur an, dann nahm er das Päckchen vom Nachttisch und legte es in ihren Schoß. Mutlos sah sie ihm hinterher, wie er das Zimmer verließ und leise die Tür hinter sich schloss.

Sie sollte das Päckchen nicht aufmachen, sondern es an die Wand schleudern oder in Doss' Gesicht, wenn er zurückkam. Doch ein Teil von ihr wünschte sich ein Geschenk, etwas Überflüssiges und Unpraktisches, etwas, das nur ausgesucht worden war, um sie zum Lächeln zu bringen.

Inzwischen wusste sie kaum mehr, wie es war, zu lächeln, ohne vorher darüber nachzudenken, ohne zu beschließen, dass es an der Zeit war, zu lächeln, weil es erwartet wurde.

Mit zitternden Händen öffnete sie die Schnur, schlug das braune Papier zurück, das sie später sorgfältig falten und aufbewahren würde, und sah, dass Doss ihr tatsächlich ein Buch geschenkt hatte. Ihr stockte der Atem angesichts der Schönheit des grünen Ledereinbands. Der in glänzendem Gold darauf geprägte Titel schien unter ihren Fingerspitzen zu singen.

Die Pflanzenwelt Westamerikas, einheimisch und eingeführt: ein illustrierter Leitfaden.

Ehrfürchtig hielt Hannah das dicke Buch in beiden Händen und kostete erst noch die Vorfreude aus, bevor sie es öffnete und die erste Seite bewunderte, sich den Namen des Autors einprägte und den des Künstlers, der die original Holzschnitte und Kupferstiche für die Illustrationen gemacht hatte.

Erst als sie keine Sekunde länger warten konnte, blätterte Hannah die Seite um und entdeckte eine handgeschriebene Widmung von Doss.

Zu unserer Hochzeit und weil ich weiß, dass du dich nach dem Frühling sehnst und nach deinem Garten.
Doss McKettrick,
17. Januar 1919

Ein Gefühl, das Hannah nicht wiedererkannte, kroch ihren Hals hinauf und schnürte ihr die Luft ab. Sie folgte seinem Namen mit den Augen und dann mit der Spitze ihres Zeigefingers. Doss McKettrick. Als ob es Männer mit diesem Namen so häufig gäbe wie Dornen in einem Brombeerstrauch und ein jeder davon ihr Ehemann sein könnte. Als ob er dafür sorgen müsste, dass sie wusste, welcher davon ihr das Buch geschenkt und bemerkt hatte, wie sehnsüchtig sie dieses erste Grün herbeiwünschte, das durch die kalte Erde brach und die kahlen Äste der Bäume schmückte.

Wusste er, wie sie auf das Brechen des Eises im See hinter dem Haus lauschte? Wie sie den kalten Himmel nach den ersten mutigen Vögeln absuchte, die kleine fröhliche Lieder mitbrachten. Lieder, nach denen sie sich in den geheimsten Regionen ihres Herzens verzehrte, bereits in der Sekunde, in der der erste Schnee fiel?

Hannah klappte das Buch zu und drückte es an ihre Brust.

Dann öffnete sie es wieder und blätterte behutsam zur ersten Illustration, ein hübscher farbiger Holzschnitt von lila Krokussen, die über einer dünnen Schneedecke erblühten. Sie saugte den Anblick in sich auf, labte sich an Flieder und Kletterrosen, an Märzveilchen und Pfingstrosen.

Mitten im Winter hatte Doss ihr *Blumen* geschenkt. Nur, indem sie die Bilder betrachtete, konnte sie sich die unverwechselbaren Düfte vorstellen, die Form ihrer Blüten und die verschiedenen Farben – vom blassesten Weiß bis zu unergründlich tiefem Lila und Blutrot.

Sie verschlang alle Abbildungen gierig mit den Blicken, Seite um Seite, fiel dann blumentrunken in einen tiefen Schlaf und träumte von ihnen. Träumte vom Frühling, von Forellen, die in Bächen sprangen, von grünem Gras und einer frischen, warmen Brise, die in ihrem Haar spielte und ihre Haut kitzelte.

Als sie aufwachte, müde und verwirrt, erfüllte lavendelfarbene Dämmerung das Zimmer. Unter der Tür schimmerte goldenes Licht. Sie hörte Doss und Tobias und erkannte an der Reihe klackernder Geräusche, dass sie Schach spielten. Tobias lachte triumphierend auf, und dieses Lachen rührte sie zu Tränen.

Sie stand auf, benutzte den Nachttopf und wusch die Hände in der Schale. Dann durchwühlte sie die Taschen nach ihrem Flanellumhang, warf ihn über und tappte über den kalten Holzfußboden zur Tür.

Tobias und Doss drehten sich zu ihr um.

Ihr Sohn lächelte erfreut.

Dagegen wirkte Doss scheu, als würden sie sich zum ersten Mal sehen. Dann sprang er auf, lief zu ihr und nahm sie am Arm, um sie zu einem Stuhl zu führen.

„Nur keine Umstände", schimpfte sie, aber erst, nachdem er sich die Umstände bereits gemacht hatte.

„Ich habe Doss *vier* Mal geschlagen", frohlockte Tobias.

„Tatsächlich?"

Ohne etwas zu sagen, nahm Doss die Decke von dem anderen Bett, ließ Hannah aufstehen, wickelte sie ein wie Fleisch in eine Wurstpelle und drückte sie dann wieder auf den Stuhl.

Was soll ich nur von dir halten, Doss McKettrick, fragte sie sich stumm.

„Ich geh mal runter und bestelle uns etwas zum Abendessen", verkündete Doss.

„Ist Jeb schon weg?", fragte Hannah Tobias, als sie allein waren.

Während Tobias auf dem Boden kniete und die Schachfiguren in rote und schwarze Türme an den Rändern des Spielbretts räumte, nickte er. „Er hat den Nachmittagszug nach Phoenix genommen. Ich soll dich grüßen und dir gute Besserung wünschen."

„Ich hätte mich gern von ihm verabschiedet", sagte Hannah, was allerdings nicht ganz der Wahrheit entsprach. Sie war nicht allzu erpicht darauf gewesen, Doss' Onkel noch einmal zu treffen. Er war viel zu schlau, und außerdem wusste er sicher, dass ihr frisch gebackener Ehemann die Hochzeitsnacht in einem Saloon verbracht hatte.

Ob er Chloe davon erzählen würde? Und würde sie wiederum mit Emmeline und Mandy und den anderen McKettrick-Frauen sprechen? Damit alle die arme Hannah bemitleiden konnten?

Sie würde es früh genug erfahren. Besorgte Briefe würden ankommen, vermutlich schon mit der nächsten Postkutsche, voll mit vorsichtigen Glückwünschen und behutsam formulierten Fragen. Die Tanten waren keine Tratschweiber, darum brauchte sie nicht mit einem Skandal außerhalb der Familie zu rechnen. Aber sie würden sich ausführlich untereinander unterhalten und dann, wenn sie im Frühjahr mit einer ganzen Horde von Kindern und Enkelkindern auf die Triple M Ranch zurückkehrten und wieder in ihre Häuser einzogen, die Fenster und Türen weit öffneten und den Garten bepflanzten, dann würden sie Doss die Leviten lesen.

Doch selbst darüber würde Hannah sich freuen, weil es bedeutete, dass der lange Winter vorüber wäre.

„Ma?"

Erst jetzt bemerkte sie, dass sie ihre Gedanken hatte schweifen lassen. Schnell richtete sie ihre Aufmerksamkeit wieder auf ihren Sohn, der sie prüfend musterte und offenbar etwas Wichtiges zu sagen hatte. „Ja, Liebling?"

„Ist Onkel Doss jetzt mein Pa, wo ihr beide verheiratet seid?"

„Ich habe es dir doch schon erklärt, Tobias. Doss ist noch immer dein Onkel. Dein Vater wird immer – dein Vater bleiben."

Tobias runzelte die Stirn. „Aber Pa ist *tot.*"

Sie seufzte. „Ja."

„Onkel Doss lebt."

„Das kann man wohl sagen."

„Ich will einen Pa. Jemand, der mit mir fischen geht und mir das Schießen beibringt."

„Das alles kann Doss tun."

Zwar wollte sie nicht, dass Tobias sich auch nur auf eine Meile einem Gewehr näherte, aber momentan hatte sie nicht die Kraft, eine solche Diskussion durchzustehen.

„Das ist nicht dasselbe", sagte Tobias nüchtern.

„Tobias, es gibt Dinge im Leben, die man einfach akzeptieren muss. Dein Vater ist tot. Doss ist dein Onkel, nicht dein Pa. Du musst einfach das Beste daraus machen."

„Das Beste wäre, wenn er mein Pa und nicht mein Onkel wäre."

„Tobias!"

„Du hast mal gesagt, dass Onkel Doss mein Stiefvater sein wird, wenn ihr heiratet. Jetzt bist du seine Frau. Wenn man das ‚Stief' weglässt, ist er mein Pa." Tobias strahlte. Mit seinen acht Jahren konnte er wie ein Politiker auf einer Wahlveranstaltung argumentieren.

Die Tür öffnete sich, und Doss trat ein, gefolgt von zwei Zimmermädchen.

„Pa ist zurück", rief Tobias.

Hannahs und Doss' Blicke trafen sich. Sie sah zuerst weg.

11. KAPITEL

Heute

Du brauchst Zeit, um das alles zu verarbeiten", sagte Eve am nächsten Morgen nach dem Frühstück. Eve hatte für alle Waffeln gebacken. Jetzt war Liam oben, um sich für seinen ersten Besuch in der Indian Rock Grundschule anzuziehen. Sierra wollte ihn anmelden, war sich aber nicht sicher, ob er schon für einen ganzen Schultag bereit war. Und Travis machte seit ihrer Rückkehr aus Flagstaff einen weiten Bogen um das Ranchhaus. „Darum werde ich wieder abreisen." Eves Stimme klang entschlossen.

Diese Ankündigung nahm Sierra, die eine schlaflose Nacht hinter sich hatte, mit gemischten Gefühlen auf. Auf der einen Seite gab es so vieles, was sie über ihre Mutter wissen wollte. Dinge, die nichts mit ihrer langen Trennung zu tun hatten. Welche Bücher las sie? Wohin war sie gereist? Hatte sie vor oder nach Hank Braslin jemanden geliebt? Was brachte sie zum Lachen? Weinte sie bei traurigen Filmen, oder war sie eine knallharte Realistin, die zu dem Satz neigte: „Aber das ist doch nur ein Film"?

Gleichzeitig sehnte Sierra sich danach, allein zu sein, um in Ruhe nachdenken und die neuen Erkenntnisse einordnen zu können. Am liebsten hätte sie sich irgendwo in eine Ecke gekauert, die Arme um die Knie geschlungen, und überlegt, was sie glauben sollte und was nicht.

„Gut", nickte sie.

„Ich möchte dir nur noch etwas zeigen, bevor ich gehe." Damit stand Eve vom Küchentisch auf, ging zum Geschirrschrank, öffnete eine der Schubladen und zog etwas Großes, Quadratisches heraus, eingewickelt in weichen blauen Flanellstoff. Sie legte es vor Sierra auf den Tisch.

Unwillkürlich begann Sierras Herz wild zu klopfen, und als Eve nickte, schlug sie den Stoff zurück und entdeckte ein altes Fotoalbum.

„Das ist deine Familie, Sierra. Deine Ahnen. Es gibt Tagebücher und weitere Fotografien auf dem Dachboden, die alle mal sortiert werden müssten. Du würdest mir einen großen Gefallen tun, wenn du das übernimmst."

„Das kann ich tun." Sierras Hand zitterte ein wenig in einer Mischung aus Neugier und Verzagtheit. Biologisch war sie mit den Gesichtern und Namen in diesem abgewetzten Lederalbum zwar verwandt, doch in Wahrheit war sie nur auf der Durchreise. Das durfte sie nicht vergessen.

Eve legte ihr eine Hand auf die Schulter. „Tut mir leid wegen des Weihnachtsbaums", entschuldigte sie sich mit einem kleinen Lächeln. „Ich habe ihn aufgestellt, und ich sollte auch diejenige sein, die ihn wieder abbaut. Aber das Flugzeug kommt in einer Stunde. Die Schachteln für den Schmuck sind im Keller unter der Treppe."

Sierra nickte zum zweiten Mal. Längst hatte Liam auch den Rest seiner Geschenke geöffnet. Den Baum wegzustellen, würde ein genauso bittersüßes Abenteuer werden, wie die Fotos und Aufzeichnungen zu ordnen. Sie hatte sich den Schmuck zwar nicht genau angesehen, vermutete aber, dass es sich um Erbstücke handelte wie so vieles in diesem Haus, und dass jedes einzelne eine Bedeutung besaß, die sie nie ganz begreifen würde.

So viele McKettrick-Weihnachtsfeste, und sie hatte an keinem teilgenommen. In ihrer Kindheit waren die Feiertage fast unbemerkt vorübergezogen, obwohl es immer ein paar Geschenke gegeben hatte. Aber Sierra hatte sich nie benachteiligt gefühlt, weil sie nicht wusste, dass andere Leute mehr Aufheben um Weihnachten machten.

Die McKettricks machten vermutlich sogar ein enormes

Aufheben darum, behielten kleine Geheimnisse für sich, versammelten sich um das Geisterklavier und sangen Weihnachtslieder, stießen mit Eierpunsch an, wobei jedes einzelne Glas wahrscheinlich älter war als sie selbst …

Das reicht, ermahnte Sierra sich streng. Diese Zeiten sind vorbei. Du hast sie versäumt. Es hat keinen Sinn, sich zu wünschen, dass es anders wäre.

Nachdem Eve Sierra auf den Kopf geküsst hatte, ging sie nach oben, um zu packen.

Sierra räumte den Tisch ab und stellte das Geschirr in die Spülmaschine, doch ihr Blick war unablässig auf das Fotoalbum gerichtet. Es war, als ob die Leute auf den Fotografien, die alle längst tot waren, nach ihr riefen.

Fang an, uns kennenzulernen.

Wir sind ein Teil von dir. Wir sind ein Teil von Liam.

Energisch schob sie diese Vorstellung als sentimentalen Unsinn zur Seite. Sie war genauso eine Breslin wie eine McKettrick. Und sie kannte sich damit aus, Hanks Tochter zu sein. Doch die Tochter von Eve zu sein war eine ganz andere Geschichte. Als ob sie zusätzlich eine vollkommen abgesonderte und unbekannte Identität bekommen hätte und sich selbst fremd wäre.

Als sie gerade die Kaffeekanne ausspülte, stürmte Liam die Treppe hinunter. Er schien es kaum erwarten zu können, zur Schule zu gehen. Und er war begeistert, dass es in der Grundschule von Indian Rock kein „Freak-Programm" gab.

Er wollte ein gewöhnliches Kind sein.

Nicht krank.

Nicht hochbegabt.

„Einfach normal", wie er es ausgedrückt hatte.

Vor Liebe und Mitgefühl schwoll Sierras Herz an. Sie selbst war als Kind zu Hause von Magdalena unterrichtet worden und hatte sich von ganzem Herzen gewünscht, eine Schule zu besuchen, doch Hank hatte es nicht erlaubt.

Jetzt erst begriff sie, dass Hank sie versteckt gehalten hatte. Vermutlich aus Angst, dass irgendein Mitschüler, Eltern oder ein Lehrer mitbekamen, dass er sie entführt hatte.

Einen Moment gab sie sich einer unbändigen Wut hin, die so tief reichte, dass ihr Magen sich verkrampfte und sie fest die Zähne zusammenbeißen musste.

„Grandma sagt, wir sollen Megs Blazer nehmen, weil unser Wagen ein Schrotthaufen ist und eine Beleidigung fürs Auge“, vermeldete Liam fröhlich. „Wann bekommen wir ein neues Auto?“

„Wenn ich im Lotto gewinne oder eine neue Arbeit habe.“ Sierra zwang sich, die Schultern zu lockern, die sich sofort verspannt hatten. Sie nahm Liams neuen „Cowboy“-Mantel, wie er sagte, vom Haken. Obwohl es sie störte, dass Eve ihm all diese Geschenke gekauft und unter den bunt geschmückten Weihnachtsbaum gelegt hatte, war sie über diesen Mantel tatsächlich froh. Er war aus Leder und mit Schafspelz gefüttert, viel zu teuer für ihren eigenen Geldbeutel. Aber er würde ihren kleinen Jungen auf jeden Fall gut wärmen.

Genau in diesem Moment kam Eve zurück. Sie trug einen kleinen, edlen Koffer in einer Hand und einen bodenlangen schwarzen Mantel, elegant geschnitten und vermutlich aus Kaschmir.

„Wir sind gerade dabei, eine Zweigstelle von McKettrickCo in Indian Rock zu eröffnen“, erzählte sie. „Keegan baut sie auf. Aber ich bin sicher, dass es für dich eine Stelle gibt, wenn du willst. Du sprichst doch Spanisch, nicht wahr?“

„Keegan“, überlegte Sierra laut, ohne auf das indirekte Jobangebot und die Frage nach ihren Fremdsprachenkenntnissen einzugehen. „Noch ein McKettrick-Cousin?“

„Er stammt von Kade und Mandy ab“, bestätigte Eve und deutete mit dem Kinn auf das Fotoalbum. „Steht alles in dem Buch.“

„Wie kommst du zum Flugplatz oder wo immer dein Flugzeug landet?“ Sierra streifte ihren Mantel über, der aussah wie aus der Altkleidersammlung, zumindest verglichen mit denen, die Liam und Eve trugen.

„Travis fährt mich hin.“ Eve stellte ihren Koffer neben die Tür, ging zum Küchenschrank, nahm einen Schlüssel aus der Zuckerdose, öffnete Sierras Hand und legte ihn hinein. „Nimm den Blazer. Deine Schüssel wird es nicht mal bis auf die Straße schaffen, falls sie überhaupt anspringt.“

Sierra zögerte einen Moment, bevor sie die Finger um den Schlüssel schloss. „Ganz zu schweigen davon, dass sie eine echte Beleidigung für das Auge ist“, erwiderte sie ein wenig scharf, aber mit einem halben Lächeln.

„Das hast du gesagt“, entgegnete Eve strahlend, „nicht ich.“

„Doch, hast du“, konterte Liam. „Oben im Zimmer hast du gesagt …“

Vor der Tür hupte Travis.

Zum Abschied strich Eve über das ordentlich gekämmte Haar ihres Enkels. „Gib deiner alten Granny einen Kuss“, sagte sie. „Ich komme in ein paar Wochen zurück, und wenn dann das Wetter gut ist, hast du vielleicht Lust, eine Runde im Firmenjet zu fliegen.“

Bei dieser Aussicht jauchzte Liam laut auf.

Sierra hatte keine Möglichkeit zu protestieren, denn im selben Moment klopfte Travis an die Hintertür, trat ein und nahm Eves Koffer. Er nickte Sierra zu und grinste Liam an.

„Hey, Cowboy“, lächelte er. „Siehst gut aus.“

Liam warf sich in Pose, um seinen neuen Mantel zu präsentieren. „Den Hut wollte ich auch tragen. Aber Mom meinte, ich würde ihn vielleicht in der Schule vergessen.“

„Die Welt“, entgegnete Travis mit einem langen Blick auf Sierra, „ist voller Hüte.“

„Was soll das denn heißen?“ Sofort fühlte sie sich von ihm angegriffen.

Travis seufzte. Dann wechselte er einen Blick mit Eve, drehte sich einfach um und ging ohne ein Wort zu seinem Truck.

Eve umarmte Liam, dann Sierra und ging.

Kurz darauf musterte Sierra in der Garage misstrauisch den glänzend roten Blazer ihrer Schwester. Liam streckte sich, um den Knopf an der Wand zu erreichen, woraufhin das Garagentor ratternd aufging.

Ihr Kombi parkte draußen, und Sierra schimpfte leise, während sie den Motor startete und vorsichtig an der Beleidigung fürs Auge vorbeilenkte.

1919

Trotz der bitteren Kälte saß Hannah zwei Tage nach der Hochzeit im Schlitten so weit wie möglich von Doss entfernt, Tobias kuschelte sich zwischen sie.

Sie war verheiratet.

Jedes Mal, wenn ihre Gedanken in diese Richtung gingen, erschrak sie zutiefst, immer wieder aufs Neue überrascht.

Sie war eine Ehefrau – aber sie *fühlte* sich nicht wie eine.

Doss schwieg fast die ganze Fahrt über. Ab und zu spürte sie seinen Blick auf sich ruhen, aber immer wenn sie zu ihm sah, starrte er auf den verschneiten Weg vor sich. Auf der Ranch angekommen, wünschte Hannah sich nichts mehr, als einfach ins Bett zu krabbeln, die Decke über den Kopf zu ziehen und dort zu bleiben, bis sich irgendetwas geändert hatte.

Doch das war ein Luxus, den Farmersfrauen sich nicht leisten konnten.

Umsichtig lenkte Doss die Pferde und den Schlitten nah ans Haus, hob den halb schlafenden Tobias aus seinem Sitz und trug ihn hinein. Hannah stieg selbst aus, trug ihre Tasche, das

Pflanzenbuch sicher zwischen der Wäsche verwahrt, und folgte ihm entschlossen.

Die Küche war eiskalt.

Nachdem er an dem Draht der Glühbirne in der Mitte des Raumes gezogen hatte, steuerte Doss mit Tobias auf die Treppe zu.

Hannah widerstand dem Wunsch, das Licht sofort wieder auszuschalten, stellte die Tasche ab und entfachte ein Feuer im Herd. Sie beschloss, Eier aus dem über dem Brunnen erbauten Kühlhaus zu holen. Vorausgesetzt, Willie hatte während ihrer Abwesenheit welche eingesammelt, könnte sie ein Omelette fürs Abendessen zubereiten. Dazu sollte es Würste geben, die sie letzten Herbst gemacht hatte, dunkle Soße und Brot.

„Ich schaue nach den Pferden", sagte Doss, als er zurückkam.

„Wo ist wohl Willie gerade?", überlegte sie. Bisher hatte sie ihn nicht gesehen und sorgte sich um ihre Hühner und die anderen Tiere im Stall. Wie viele Arbeiter war Willie ein Vagabund und konnte es sich jeden Moment in den Kopf setzen weiterzuziehen.

„Ich habe ihn gesehen, als wir ankamen." Doss öffnete die Tür. „Vor der Schlafbaracke beim Holzhacken."

Am liebsten hätte sie Doss gesagt, er solle in der Küche bleiben, wo es warm war, und dass in ein paar Minuten der Kaffee fertig wäre. Aber das wäre vergebene Liebesmüh. Er war durch und durch ein Rancher, und das bedeutete, dass er sich immer zuallererst um das Vieh und die Pferde kümmerte und erst danach um sich selbst.

„Abendessen ist in einer halben Stunde fertig", verkündete sie, als wäre sie die Wirtin einer Pension und er ein zahlender Gast, der nur kurz blieb. „Willie kann gern mitessen, wenn er mag."

Doss nickte, schlug den Mantelkragen über die Ohren und ging hinaus.

Etwas später kehrte er allein zurück. Das Omelette wartete bereits auf einer Platte im Ofen, die Küche wirkte einladend im Licht der Laternen, die Hannah anstelle des grellen Lichts der Glühbirne angezündet hatte.

„Willie ist zurück zum Haupthaus“, berichtete er. „Aber er bedankt sich herzlich für die Einladung zum Abendessen.“

Hannah wischte sich die Hände an der Schürze ab und begann, den Tisch zu decken. Das war der Moment, in dem sie das Fotoalbum bemerkte, das dort lag, als ob jemand nach kurzem Durchblättern beschlossen hätte, es sich später näher anzusehen.

Sie blieb wie angewurzelt stehen.

„Was ist los, Hannah?“, fragte Doss leicht alarmiert.

„Das Album.“

„Was ist damit?“ Doss ging zum Herd, schenkte sich eine Tasse Kaffee ein und stellte sich dann neben sie.

„Willie würde doch niemals unsere Sachen durchgehen, oder?“

„Auf die Idee würde er gar nicht kommen. Und so eiskalt, wie es hier drinnen war, hat er vermutlich keinen Fuß ins Haus gesetzt, nachdem er die Hühnersuppe aufgegessen hatte, die du vor unserer Abreise gekocht hast.“

Nervös wrang Hannah die Hände, machte einen Schritt auf den Tisch zu und blieb dann stehen. „Hast du … hast du manchmal das Gefühl, dass wir nicht allein in diesem Haus sind?“, wisperte sie.

„Nein“, erwiderte Doss mit Überzeugung in der Stimme.

„Es war schon komisch genug, dass die Teekanne sich ständig bewegt hat. Aber jetzt dieses Album …“

„Hannah.“ Er berührte ihren Arm. „Du klingst wie Tobias, der immer behauptet, diesen Jungen in seinem Zimmer zu sehen.“

„Vielleicht“, begann Hannah, und es fiel ihr schwer, die

Worte laut auszusprechen, „bildet er sich das doch nicht nur ein. Vielleicht war es nicht nur das Fieber."

Natürlich handelte es sich um pure Einbildung, doch als Hannah sich auf den Stuhl setzte, den Doss ihr hinschob, hatte sie das Gefühl, dass das ziemlich neue und sorgfältig gehütete Album sehr alt war. Das Gefühl dauerte nur einen Moment an, war aber so übermächtig, dass sie sich mit einem Mal schwach fühlte.

„Wir stehen ganz schön unter Druck, Hannah", versuchte Doss die Sache zu erklären. „Einer von uns muss das Album herausgenommen und es dann vergessen haben."

Sie sah ihm ins Gesicht. „Du?", hakte sie leise nach.

Er zögerte, dann schüttelte er den Kopf.

„Und ich weiß, dass ich es auch nicht war."

„Dann eben Tobias."

„Nein", entgegnete Hannah. „Er war viel zu krank."

Doss stellte die Kaffeetasse ab, setzte sich rittlings auf die Bank und sah sie an. „Dafür gibt es sicher eine ganz einfache Erklärung. Jemand aus den anderen Häusern ist vielleicht hier gewesen."

So nahe sich die McKettricks auch standen, sie würden niemals unaufgefordert das Haus eines anderen betreten. Wenn einer von ihnen das Album hätte sehen wollen, hätte er danach gefragt. Außerdem waren die Tanten und Onkel sowieso alle in Phoenix. Und die Leute, die sich in der Zeit um die Häuser kümmerten, wären niemals einfach so hereingeschneit, selbst wenn sie neugierig gewesen wären, was ihr ebenfalls unwahrscheinlich erschien.

„Das Brot brennt an, wenn du es nicht aus dem Ofen nimmst", sagte Hannah, die noch immer das Album anstarrte und regelrecht erwartete, dass es sich von selbst bewegen und durch die Luft segeln würde wie ein Geist.

Schnell stand Doss auf, um das Brot zu retten. Die Würstchen und die Soße standen ebenfalls zum Warmhalten im Ofen. Er nahm einen Teller, füllte ihn für Hannah und trug ihn zum Tisch.

„Tobias muss hungrig sein", überlegte sie laut.

„Ich kümmere mich um ihn", antwortete Doss. „Iss jetzt."

Obwohl sie keinen Hunger hatte, schob Hannah das Album zur Seite und zog den Teller heran. Doss richtete einen weiteren Teller für Tobias und brachte ihn nach oben.

Als er zurückkam, setzte er sich mit seinem eigenen Teller zu Hannah an den Tisch. Sie starrte noch immer das Omelette, die Würstchen und das Brot an.

„Iss", wiederholte er.

Sie nahm die Gabel in die Hand. „Jemand ist hier", beharrte sie. „Jemand, den wir nicht sehen können. Jemand, der die Teekanne und das Album bewegt."

„Nehmen wir einen Moment lang an, dass das stimmt." Doss schaufelte sein Essen mit einer Lust in sich hinein, um die Hannah ihn beneidete. „Was willst du dann dagegen unternehmen?"

„Ich weiß es nicht", erwiderte sie, doch das entsprach nicht ganz der Wahrheit. Denn inzwischen hatte sie eine Idee.

Nach dem Essen räumte Hannah den Tisch ab, legte das Album zurück in die Schublade des Küchenschranks und ging nach oben, um nach Tobias zu sehen, während Doss das Geschirr spülte.

Ihr Sohn saß aufrecht im Bett, als sie sein Zimmer betrat, den noch halbvollen Teller hatte er auf den Nachttisch gestellt. „Der Junge ist nicht hier", platzte er heraus. „Ich frage mich, ob er gegangen ist."

„Welcher Junge?", fragte Hannah, obwohl sie es wusste.

„Der, den ich manchmal sehe. Mit den komischen Kleidern."

Hannah strich über sein Haar und setzte sich dann auf sein

Bett. „Hat dieser Junge jemals mit dir gesprochen? Hat er einen Namen?"

Tobias schüttelte den Kopf. Seine Augen wirkten riesig in dem blassen Gesicht. Die Heimreise von Indian Rock war anstrengend für ihn gewesen, doch sie wollte sich ihre Sorgen nicht anmerken lassen.

„Wir sehen uns eigentlich meistens nur an. Ich schätze, er ist genauso überrascht, mich zu sehen, wie ich es bin, ihn zu sehen."

„Wenn er das nächste Mal auftaucht, wirst du es mir dann sagen?"

Tobias kaute auf der Unterlippe, dann nickte er. „Glaubst du mir?"

„Natürlich glaube ich dir, Tobias."

„Pa sagt, dass ich ihn mir einbilde. Als wir darüber gesprochen haben, meine ich."

Hannah seufzte. „Tobias, Doss ist dein Onkel, nicht dein Pa."

Plötzlich glitzerten Tränen in seinen Augen. „Warum lässt du ihn nicht meinen Pa sein? Er ist dein Ehemann, oder nicht? Wenn du einen Ehemann haben kannst, warum kann *ich* dann keinen Pa haben?"

Wäre Tobias älter gewesen, hätte Hannah ihm vielleicht erklärt, dass Doss kein *richtiger* Ehemann war und es sich um eine reine Vernunftehe handelte. Doch er war viel zu jung, um das zu verstehen.

Um genau zu sein, verstand sie die Situation ja selbst nicht so ganz.

„Eine Frau kann mehr als einen Ehemann haben", sagte sie leise. „Ein Junge hat aber nur einen Vater. Und dein Vater ist Gabriel Angus McKettrick. Ich möchte nicht, dass du das vergisst."

„Das werde ich auch nicht! Und du kannst mir den Mund

mit Seife auswaschen, wenn du willst, aber ich werde Onkel Doss trotzdem Pa nennen. Ich habe genug Onkel – Jeb und Kade und Rafe und John Henry. Was ich brauche, ist auf jeden Fall ein *Pa*."

Da sie sowieso nicht gewinnen konnte, gab sie endlich nach. „Gut, solange du versprichst, dass du nie vergessen wirst, wer dein wirklicher Vater ist. Und ich wüsste es sehr zu schätzen, wenn du deinen Onkel David – meinen Bruder – ebenfalls in deine Liste aufnehmen würdest."

Wie ein Leuchtfeuer hellte sich Tobias' Gesicht auf, er streckte ihr eine Hand hin. „Abgemacht", rief er. „Ich mag Onkel David. Er kann echt weit spucken."

„Schlaf jetzt", befahl Hannah ihm mit einem Lächeln und drehte den Docht der Laterne hinunter.

„Ich habe mir weder das Gesicht gewaschen noch die Zähne geputzt", gestand er.

„Dieses eine Mal tun wir einfach so als ob."

Das Licht ging aus.

Sie küsste seine Stirn, stellte dankbar fest, dass sie kühl war, und steckte die Bettdecke um ihn fest. „Gute Nacht, Tobias."

„Gute Nacht, Ma", antwortete Tobias gähnend.

Wahrscheinlich war er bereits eingeschlafen, als sie die Tür erreichte.

Insgeheim hatte sie gehofft, dass Doss sich inzwischen zurückgezogen hätte, damit sie nicht mit ihm allein den Abend verbringen musste. Aber er war in der Küche, hatte die Badewanne aufgestellt und wärmte in Kesseln und Töpfen Wasser auf dem Herd.

„Ich bin nur hinuntergekommen, um Gute Nacht zu sagen", log sie. Tatsächlich hatte sie vorgehabt, noch eine Weile in der Küche zu sitzen und über ihren Plan nachzudenken. Noch war er nicht sehr konkret, doch sie war wild entschlossen, etwas über diese merkwürdigen Geschehnisse im Haus herauszufinden.

„Du kannst das Bad nehmen, wenn du magst“, schlug Doss vor. „Ich kann immer noch später baden.“

„Nein, nimm du es“, entgegnete sie, obwohl es herrlich gewesen wäre, ihre noch immer durchfrorenen Glieder in heißem Wasser zu wärmen. Sie fragte sich, ob er vorhatte, das Bett mit ihr zu teilen, hätte sich aber lieber splitternackt ausgezogen und ins eiskalte Wasser des Bachs gestürzt als zu fragen.

Er nickte nur.

„Vergiss nicht, das Feuer zu löschen.“

„Das habe ich noch nie vergessen, Hannah“, grinste er.

Mit roten Wangen wandte sie sich ab und ging wieder nach oben. In ihrem Zimmer angekommen, dem Zimmer, das sie mit Gabe geteilt hatte, zog sie ihr Nachthemd an, öffnete ihr Haar, bürstete es und flocht es zu einem langen Zopf. Die ganze Zeit versuchte sie sich nicht vorzustellen, dass Doss sich unten nackt wie ein Neugeborenes in der Badewanne vor dem Herd räkelte.

Ob er später zu ihr kommen würde?

Vor dem Gesetz war er ihr Ehemann und hatte jedes Recht, neben ihr zu schlafen. Sie auf der anderen Seite hatte jedes Recht, ihn abzuweisen, Ehering hin oder her.

Würde sie das tun?

Sie wusste es wirklich nicht, und letztlich spielte es auch keine Rolle.

Seufzend löschte sie die Lampe, legte sich aufs Bett und wartete.

Bald darauf hörte sie Doss die Treppe heraufkommen, über den Flur laufen und an ihrem Zimmer vorbeigehen.

Dann fiel seine Tür ins Schloss.

Hannah redete sich ein, dass sie erleichtert war, um sich anschließend in den Schlaf zu weinen.

Heute

Inzwischen waren die Straßen geräumt und Sierra insgeheim ein wenig stolz darüber, wie gut sie mit dem Blazer umgehen konnte. Schließlich war sie in Mexiko aufgewachsen und hatte die letzten Jahre in Florida verbracht, was Autofahren bei Schnee unmöglich machte.

Sie meldete Liam in der Grundschule an und sah ihm hinterher, wie er in seine Klasse flitzte, noch bevor sie ihn bitten konnte, es langsam angehen zu lassen. Dass er es kaum erwarten konnte wegzukommen, kränkte sie ein wenig.

Doch dann schüttelte sie dieses Gefühl entschieden ab. Er hatte seinen Inhalator dabei. Die Schulkrankenschwester war über sein Asthma informiert. Sie musste ihn jetzt loslassen.

Ein Jahr würden sie auf Triple M leben, so war es mit Eve abgesprochen. Also konnte sie ruhig einmal durch die Stadt fahren und sie sich ansehen.

Eine halbe Stunde später hatte Sierra bereits alles gesehen.

Den Supermarkt. Die Bibliothek. Die Cattleman's Bank. Zwei Cafés, drei Bars, eine Tankstelle. Eine Reinigung und den allgegenwärtigen McDonald's-Laden. Die historische Gesellschaft von Indian Rock. Eine Immobilienfirma. Ein paar Hundert Häuser, die meisten von ihnen alt und, am Rande der Stadt, ein funkelnagelneues Bürogebäude mit dem Namen McKettrickCo über den automatischen Türen.

Ich bin sicher, dass es für dich eine Stelle gibt, wenn du willst, hörte sie Eves Stimme.

Sie trat auf die Bremse, musterte das Gebäude und stellte sich vor, wie sie da hineinginge, in Jeans, Sweatshirt und abgewetztem Mantel, die Haare so geschwind gekämmt, dass nicht mal ein Spiegel notwendig gewesen war. Vollkommen ungeschminkt. „Hallo“, würde sie zu ihrem Cousin Keegan sagen, der natürlich nicht besonders erfreut über ihren Besuch wäre, die Tatsache aber hinter einem höflichen Lächeln verstecken würde. „Mein Name ist Sierra, was sagst du dazu? Wie sich herausgestellt hat, bin ich zufällig eine McKettrick – wie du. Stell dir mal vor. Oh, und übrigens, meine Mutter sagt, dass du mir einen Job gibst. Spitzenbezahlung und alle dazugehörigen Sonderleistungen, falls es dir nichts ausmacht." Mit einem betrübten Lächeln fuhr sie in Gedanken fort: „Zwar kann ich nichts als Cocktails servieren und Spanisch sprechen. Aber das ist bestimmt kein Problem."

Vor der Cattleman's Bank parkte Sierra und schnappte sich ihre Tasche, in der sich ein paar Hundert Dollar in Reiseschecks befanden, alles Geld, das sie besaß. Sie ging hinein, um ein Konto zu eröffnen.

„Sie haben bereits ein Konto, Ms. McKettrick", verkündete ihr eine muntere junge Bankangestellte, nachdem sie etwas in ihren Computer getippt hatte. Dann starrte sie mit aufgerissenen Augen auf den Bildschirm. „Mit einem beträchtlichen Kontostand, wenn ich so sagen darf."

„Das muss ein Irrtum sein. Ich bin erst seit ein paar Tagen in der Stadt, und ich habe noch kein …"

Dann begriff sie. Eve hatte wieder einmal ihr Unwesen getrieben.

Damit Sierra sich selbst überzeugen konnte, drehte die Angestellte ihren schwenkbaren Bildschirm zu ihr. Als sie das Guthaben auf dem Konto las, musste sie sich am Tisch festkrallen, um nicht ohnmächtig zu werden.

Zwei Millionen Dollar?

„Natürlich müssen Sie eine Unterschrift hinterlegen", erklärte die Bankangestellte weiterhin fröhlich. „Haben Sie einen Ausweis dabei?"

„Ich müsste mal eben telefonieren", brachte Sierra hervor. Der Boden wies noch immer eine merkwürdige Neigung auf, und ihre Handknöchel schmerzten, so fest hatte sie die

Tischplatte umklammert.

Das Mädchen blinzelte überrascht. „Haben Sie denn kein Handy?", wunderte sie sich in einem Ton, als wäre sie soeben von Aliens entführt worden.

„Nein." Sierra versuchte, nicht zu hyperventilieren. „Ich habe kein Handy."

„Da drüben." Die Angestellte zeigte auf eine freundlich aussehende Ecke, über der in Messingbuchstaben *Kundenservicebereich* stand.

Auf dem Weg zum Telefon durchwühlte Sierra ihre Tasche nach Eves Handynummer und wählte. Eine Stimme meldete sich, um zu verkünden, dass es sich um ein Long-Distance-Gespräch handelte und somit Extragebühren fällig würden.

„Machen Sie ein R-Gespräch daraus", fauchte Sierra.

Es klingelte ein Mal. Zwei Mal. Vermutlich saß Eve noch im Flugzeug. Sierra wollte gerade auflegen, als ihre Mutter nach dem dritten Klingeln abnahm: „Eve McKettrick?"

„Ich besitze ein Bankkonto mit zwei Millionen Dollar Guthaben!", wisperte Sierra in den Hörer.

„Ja, Liebes", entgegnete Eve freundlich. „Ich weiß."

„Ich kann das nicht annehmen …"

„Was? Deinen Treuhänderfonds?"

Ihr blieb die Luft weg. „Meinen *Treuhänderfonds*?"

„Ja. Natürlich gehören dir auch Anteile an McKettrickCo."

„Ich werde deine Almosen nicht annehmen."

„Erzähl das deinem Großvater", entgegnete Eve unbeeindruckt. „Dazu bräuchtest du natürlich die Hilfe eines Hellsehers oder so, denn er ist seit fünfzehn Jahren tot."

„Mein Großvater hat mir *zwei Millionen* Dollar hinterlassen?"

„Ja", antwortete Eve. „Wir hatten es sicher in der Schweiz angelegt, damit dein Vater es nicht in die Finger bekam."

Sierra schloss die Augen.

„Liebling?", fragte ihre Mutter besorgt. „Bist du noch dran?"

„Ja", seufzte Sierra. Sie könnte dieses ganze Geld ablehnen. Das würde sie auch tun – wenn da nicht Liam wäre. „Warum hast du mir nichts davon erzählt?"

„Weil ich wusste, dass du noch nicht bereit bist, und ich wollte keine wertvolle Zeit damit verschwenden, darüber zu diskutieren."

„Warum kannst du überhaupt in einem Flugzeug mit dem Handy telefonieren?"

Eve lachte. „Weil ich die Nummer zum Bordtelefon weitergeleitet habe. Ich bin technisch gesehen ein ziemliches Ass. Noch Fragen?"

„Ja. Was soll ich mit zwei Millionen Dollar anfangen?"

12. KAPITEL

1919

Als Hannah nach unten kam, hatte Doss bereits Feuer gemacht, Kaffee gekocht und war in den Stall gegangen, so wie jeden Morgen. Sie zog Gabes alten Mantel über – inzwischen war sein Geruch verflogen –, machte einen Abstecher zur Außentoilette und dann zum Hühnerhaus. Gerade wusch sie sich die Hände in einer Schüssel mit heißem Wasser, da kam Doss herein.

„Ich glaube, ich fahr noch mal mit dem Pferdeschlitten los, um nach der Witwe Jessup zu sehen. Ihr Feuerholzvorrat wird für diesen Kälteeinbruch wohl nicht reichen."

„Aber zuerst wirst du ein gutes, heißes Frühstück zu dir nehmen. Während ich es mache, könntest du ein paar Konserven aus der Speisekammer auf den Schlitten laden. Mrs. Jessup mag vor allem die Zimterbsen und die Holzäpfel, die ich für Weihnachten eingekocht habe."

Doss nickte, ein Lächeln, das Hannah nervös machte, umspielte seine Mundwinkel. „Wie geht es Tobias heute?"

„Er schläft noch." Sie schlug Eier an einer Schüssel auf. „Du brauchst dir nicht eine Sekunde lang einzubilden, dass du ihn mitnehmen kannst. Es ist viel zu kalt, und er ist von gestern noch ganz erschlagen."

Hannah hatte geglaubt, dass Doss in der Speisekammer wäre, doch auf einmal legte sich eine Hand auf ihre Schulter. Bei dieser Berührung erschrak sie so, dass sie ganz steif wurde.

Als er sie zu sich drehte und ihr tief in die Augen sah, schlug ihr Herz ein wenig schneller.

Wollte er sie küssen?

Etwas Wichtiges sagen?

Weil sie es sich wünschte und zugleich nicht wünschte, hielt sie den Atem an.

„Bevor er zurück nach Phoenix gefahren ist, sagte Onkel Jeb, dass wir uns einige Schinken aus dem Räucherhaus unten bei Rafe und Emmeline holen sollen“, erklärte er. „Und ein Stück Speck. Das bedeutet, dass ich etwas länger als sonst weg sein werde.“

Hannah nickte nur.

Lange standen sie einfach nur so da.

Dann ließ Doss ihre Schulter los, und sie drehte sich wieder weg, um die Eier zu schlagen und Brot zum Rösten zu schneiden. Währenddessen füllte Doss eine Kiste mit Proviant für die Witwe Jessup.

Nachdem er gegangen war, trug Hannah einen Teller hinauf zu Tobias, der ganz zufrieden schien bei der Aussicht, mit einem seiner vielen Bilderbücher im Bett bleiben zu dürfen.

„Ich mache mir langsam Sorgen um den Jungen“, gestand er seiner Mutter ernst. „Er müsste inzwischen zurück sein.“

„Ich bin sicher, dass du ihn bald wiedersiehst. Und vergiss nicht, mir gleich zu sagen, wenn er da ist.“

Nach einem Kuss auf seine Stirn verließ Hannah das Zimmer. Sie ließ die Tür so weit offen stehen, dass sie ihn hören konnte, wenn er sie rief. Was er jetzt am meisten brauchte war Ruhe und gutes Essen, um wieder zu Kräften zu kommen. Wenn Doss den Schinken und Speck brachte, würde sie ihm ein ganz besonderes Mahl zubereiten.

Hannah räumte die Küche auf, wusch das Geschirr, trocknete es ab und stellte es weg. Danach entzündete sie ein Feuer und ging zum Geschirrschrank, um die oberste Schublade aufzuziehen. Das Album lag, wo es hingehörte. Trotzdem lief ihr ein kleiner Schauer über den Rücken, als sie es sah.

Daneben lag ein kleines ledergebundenes Erinnerungsbuch, das Lorelei und Holt ihr zu Weihnachten geschickt hatten. Der Umschlag war dunkelblau, die Seiten hatten einen Goldrand.

Bisher hatte sie noch kein Wort hineingeschrieben, es nicht einmal aufgeschlagen. Sie hatte ihre Trauer nicht festhalten wollen, sie nicht durch geschriebene Worte noch realer werden lassen wollen.

Jetzt aber hatte sie etwas anderes im Sinn. Sie trug das Erinnerungsbuch zum Tisch und ging ins Herrenzimmer, um Tinte und Füllfederhalter zu holen. Diesen Raum betrat sie nur selten, weil er sie daran erinnerte, wie Gabe am Schreibtisch gesessen und über dem Kassenbuch gebrütet hatte.

Heute wirkte das Zimmer besonders leer, obwohl sie merkwürdigerweise Doss' Anwesenheit vermisste und nicht die von Gabe. Hannah suchte zusammen, was sie brauchte, und eilte wieder hinaus.

Zurück in der Küche nahm sie einen kleinen Lappen, um den Federhalter abzuwischen. Dann öffnete sie das Tintenfass und klappte das Buch auf.

Auf der Unterlippe kauend tauchte sie den Federhalter in die Tinte, nahm all ihren Mut zusammen und begann zu schreiben.

Mein Name ist Hannah McKettrick. Heute ist der 19. Januar 1919 …

Heute

Das Erste, was Sierra auffiel, als sie nach Hause kam, war, dass Travis nicht da war. Dann bemerkte sie, dass das Album, das Eve ihr gezeigt hatte, verschwunden war.

Vorhin hatte sie es auf dem Küchentisch liegen lassen, und nun war es weg.

Sie hielt die Luft an. Lauschte. War da noch jemand im Haus?

Nein, sie brauchte nicht erst die Räume zu durchsuchen,

Schranktüren zu öffnen und unter Betten zu spähen, um zu wissen, dass es leer war.

Ihre praktische Ader schlug durch, also brachte sie den Rest der Supermarkttüten ins Haus und räumte alles weg. Stellte eine Kanne Kaffee auf. Machte sich ein Thunfisch-Sandwich und aß es auf.

Erst nachdem sie den Teller in die Spülmaschine gestellt hatte, ging sie hinüber zum Geschirrschrank und öffnete die oberste Schublade, so wie Eve es heute Morgen getan hatte.

Das Album lag wieder an seinem Platz.

Sierra runzelte die Stirn und schloss die Schublade wieder.

Die Fotos wollte sie später ansehen, zusammen mit denen auf dem Dachboden.

Jetzt kam erst einmal der Tannenbaum an die Reihe. Sie holte die großen Schachteln aus dem Keller, trug sie ins Wohnzimmer, nahm vorsichtig den Weihnachtsschmuck ab und wickelte jedes einzelne Stück in Papier ein. Einige Anhänger waren ganz offensichtlich teuer, andere von Generationen von Kindern selbst gemacht.

Als sie den Seidenweihnachtsbaum von sämtlichem Schmuck befreit hatte, war es auch schon Zeit, in die Stadt zu fahren, um Liam abzuholen. Rückwärts fuhr sie mit dem Blazer aus der Garage und hätte beinahe Travis überfahren, der sich gerade über den Kühler ihres Kombis beugte.

Grinsend sprang er aus dem Weg.

Sierra trat heftig auf die Bremse und ließ dann das Fenster auf der Beifahrerseite herunter. „Sie haben mich erschreckt", rief sie.

„*Ich* habe *Sie* erschreckt?", erwiderte er lachend.

„Ich habe nicht erwartet, dass Sie dort stehen würden."

„Und ich habe nicht erwartet, dass Sie mit fünfundsechzig Meilen die Stunde aus der Garage jagen."

„Diskutieren Sie eigentlich immer über alles?"

„Klar." Er zuckte mit den beeindruckenden Schultern. „Ich muss scharfsinnig bleiben, für den Fall, dass ich wieder als Anwalt arbeiten will. Wo wollen Sie überhaupt so eilig hin?"

„Liam vom ersten Schultag abholen."

„Richtig." Travis trat einen Schritt zurück.

„Wollen Sie mitkommen?"

Wie war sie nur auf die Idee gekommen? Zwar mochte sie Travis Reid wirklich gern und war ihm auch dankbar für seine Hilfe, doch gleichzeitig fühlte sie sich in seiner Nähe immer etwas unbehaglich.

Offenbar bemerkte er ihre Zweifel, denn er sagte: „Vielleicht ein andermal. Eve hat mir erzählt, dass Sie den Weihnachtsbaum abbauen wollen. Das ist ein Riesending, ich kann ihn zurück in den Keller schaffen, wenn Sie wollen."

„Das wäre toll. Frischer Kaffee steht auf dem Herd – bitte bedienen Sie sich."

Als Sierra davonbrauste, dachte sie nicht länger an die zwei Millionen, die verschwindende Teekanne, das Klavier, das von allein spielte, das teleportierte Fotoalbum oder an Liam.

Sie dachte an Travis, diesen angeheuerten Hilfsarbeiter.

Liam, der gerade durch sein neues Teleskop in den Himmel sah, spürte das vertraute Zittern in der Luft. Schon bevor er sich umdrehte, wusste er, dass der Junge wieder da sein würde.

Und tatsächlich. Im Bett liegend starrte er Liam an.

„Wie heißt du?", fragte der Junge.

Einen Moment glaubte Liam seinen Ohren nicht zu trauen. Obwohl er keine Angst hatte, schnürte sein Hals sich zusammen. Er hatte geplant, dem Jungen von seinem ersten Schultag und alles Mögliche mehr zu erzählen, wenn er wieder auftauchte. Doch jetzt steckten die Worte in seinem Hals fest.

„Ich heiße Tobias."

„Ich bin Liam."

„Das ist ein komischer Name."

Selbstbewusst drückte Liam den Rücken durch. „Tobias ist auch ziemlich komisch."

Tobias warf die Bettdecke zurück und sprang aus dem Bett. Er trug ein lustiges Flanellnachthemd, das besser zu einem Mädchen als zu einem Jungen gepasst hätte. Es reichte ihm bis über die Knie. „Was ist das?" Er deutete auf Liams Teleskop.

Nachdem Liam ihm alles erklärt hatte, fragte er: „Willst du mal? Du kannst mit diesem Ding bis zum Saturn sehen."

Tobias spähte durch den Sucher. „Der hüpft herum. Und er ist *blau*!"

„Stimmt. Wieso trägst du ein Kleid?"

In Tobias' Augen blitzte es, seine Wangen färbten sich rot. „Das ist ein Nachthemd."

„Was auch immer", sagte Liam.

„Das ist auch ein ziemlich seltsames Gewand", erwiderte Tobias nach einer gründlichen Musterung von Liams Kleidung.

„Besten Dank", sagte Liam, aber er war nicht sauer. Er vermutete, dass „Gewand" Klamotten bedeuten sollte. „Bist du ein Geist?"

„Nein", antwortete Tobias. „Ich bin ein Junge. Was bist du?"

„Auch ein Junge."

„Was machst du in meinem Zimmer?"

„Das ist *mein* Zimmer. Was machst du hier?"

Da stieß Tobias grinsend einen Finger in Liams Brust, als wollte er herausfinden, ob er einfach hindurchginge. „Meine Ma will, dass ich ihr sofort sage, wenn ich dich wiedersehe."

Auch Liam streckt seine Finger aus, nur um festzustellen, dass Tobias genauso körperlich war wie er.

„Und, wirst du?", fragte er.

„Ich weiß nicht." Tobias drückte sein Auge wieder an das Teleskop. „Ist das *wirklich* der Saturn, oder ist das so ein neumodischer Apparat mit bewegten Bildern?"

1919

Hannah pustete auf die Tinte, bis sie trocken war, dann wischte sie den Federhalter sauber, verschloss das Tintenfass und klappte das Erinnerungsbuch zu.

Nun, nachdem sie etwas hineingeschrieben hatte, kam sie sich ein wenig töricht vor. Aber jetzt war es sowieso zu spät. Sie verstaute das Buch sorgfältig unter dem Deckel des Familienalbums.

Als sie die Treppe hinauflief, um nach Tobias zu sehen, hörte sie, wie er sich mit jemandem unterhielt. Zwar konnte sie nichts verstehen, aber er sprach mit einem Eifer, den sie schon lange nicht mehr in seiner Stimme gehört hatte.

Einen Moment blieb sie reglos stehen und reckte sich vor, um zu lauschen.

„Ma!“, brüllte er plötzlich.

Sofort stürzte sie über den Flur in sein Zimmer.

Er lag gemütlich im Bett, hellwach, in seinen Augen glänzte eine fast fieberhafte Begeisterung. „Ich habe den Jungen gesehen“, rief er. „Sein Name ist Liam, und er hat mir den Saturn gezeigt.“

„Liam“, wiederholte Hannah, weil ihr nichts anderes einfiel.

„Ich habe ihm gesagt, dass das ein komischer Name ist – Liam, meine ich, und er sagte, Tobias wäre auch komisch.“

Hannah öffnete den Mund, schloss ihn wieder. Nervös nestelte sie mit beiden Händen am Saum ihrer Schürze. Ihre Knie waren ganz weich geworden. Und obwohl sie Tobias gebeten hatte, ihr Bescheid zu sagen, wenn er den Jungen wiedersah, musste sie nun feststellen, dass sie nicht darauf vorbereitet war. Sie wünschte sich Doss herbei, auch wenn er wahrscheinlich keine Hilfe wäre.

„Ma?“ Tobias klang besorgt, seine Augen sahen riesig in dem kleinen Gesicht aus.

Sie eilte zu seinem Bett, setzte sich auf die Matratze und legte eine Hand an seine Stirn.

„Ich bin nicht krank", protestierte er. „Ich habe den *Saturn* gesehen. Er ist blau, und er hat wirklich Ringe."

Hannah zog ihre Hand zurück und legte sie zitternd an ihren Hals.

„Du glaubst mir nicht!", warf Tobias ihr vor.

„Ich weiß nicht, *was* ich glauben soll", gestand Hannah leise. „Aber ich weiß, dass du nicht lügst, Tobias."

„Ich bilde mir das aber auch nicht ein!"

„Ich ... es ist nur so merkwürdig."

Tobias sank in sich zusammen. „Er hat mir viel erzählt, Ma."

„Was hat er erzählt, Tobias?", brachte sie hervor, nachdem sie ein paarmal tief geatmet hatte.

„Dass der Saturn Monde hat, genauso wie die Erde. Nur hat er vier und nicht nur einen. Einer von ihnen ist mit Eis bedeckt. Darunter könnte es sogar ein Meer geben, voll mit Tieren ohne Augen."

Hannah unterdrückte einen bestürzten Schrei. „Was noch?"

„Die Menschen haben Kisten in ihren Häusern und können sich darin alle möglichen Geschichten ansehen. Die Leute spielen das wie Schauspieler auf der Bühne."

Panik erfasste Hannah, doch sie unterdrückte sie energisch. „Du musst geträumt haben, Tobias", erklärte sie heiser. „Du bist eingeschlafen, und es kam dir nur real vor ..."

„Nein", widersprach Tobias tonlos. „Ich habe Liam gesehen. Ich habe mit ihm gesprochen. Er sagte, er lebt im Jahr 2007." Er sah sie an. „Was ist eine Klinik, Ma? Und wie kann ich gleichzeitig an zwei Orten sein? Hier ein Kind und woanders ein alter Mann?"

Da zog Hannah ihren Jungen in die Arme und hielt ihn so fest, dass er sich wehrte.

„Lass mich los, Ma. Du erdrückst mich ja!“

Nur mit beträchtlicher Anstrengung löste Hannah die Umarmung.

„Was geschieht nur mit uns?“, flüsterte sie.

„Ich muss den Nachttopf benutzen“, verkündete Tobias.

Wie eine Schlafwandlerin stand sie auf, verließ das Zimmer, schloss die Tür hinter sich und kam bis zur Treppe, bevor ihre Beine nachgaben und sie sich auf den Boden setzen musste.

Da saß sie noch, als Doss von seiner Fahrt zum Räucherhaus und der Witwe Jessup zurückkam. Als ob er ihre Anwesenheit gespürt hätte, lief er noch im Mantel und mit Hut zum Fuß der Treppe.

„Hannah? Was ist los? Geht es Tobias gut?“

„Er … ja.“

Doss schleuderte seinen Hut weg, stürzte die Treppe hinauf, setzte sich neben Hannah und legte einen Arm um ihre Schultern. Obwohl sie sich für ihre Schwäche verachtete, sank sie an seine Seite, drückte ihr Gesicht an seine Schulter und weinte vor Angst und Erleichterung und noch viel mehr, was sie nicht wusste.

Stumm hielt er sie fest, bis das Schlimmste vorüber war.

Hannah schniefte, richtete sich auf und versuchte sogar zu lächeln. „Wie war es bei der Witwe Jessup?“, fragte sie.

Heute

Abends lud Sierra Travis zum Essen ein. Sie ging einfach schnurstracks zu seinem Wohnwagen, klopfte an die Tür und stieß in der Sekunde, in der er sie öffnete, hervor: „Bei uns gibt es heute Abend Spaghetti. Liams Lieblingsgericht. Es würde ihm viel bedeuten, wenn Sie mit uns essen.“

Offenbar war Travis gerade dabei, sich umzuziehen, denn

sein Hemd war nur halb zugeknöpft. „Sie wollen wohl wiedergutmachen, dass Sie mich heute Vormittag fast überfahren haben, wie?", zog er sie auf. „Aber ist schon okay. Ich bin in Ordnung."

Sierra tat ihr Bestes, um nicht voller Bewunderung seine muskulöse Brust anzustarren. Trotzdem fragte sie sich, wie es sich wohl anfühlte, die Hand unter sein Hemd gleiten zu lassen und nackte Haut unter ihren Fingern zu spüren.

Als sie wieder in seine Augen sah und darin ein wissendes Lächeln entdeckte, errötete sie. „Eigentlich wollte ich mich nur dafür bedanken, dass Sie den Christbaum in den Keller gebracht haben."

„Stets zu Diensten", erwiderte er gedehnt.

War das doppeldeutig gemeint?

Sei nicht albern, ermahnte sie sich. Natürlich nicht.

„Es gibt auch Wein", fuhr sie fort, nur, um erneut zu erröten. Wahrscheinlich dachte Travis sowieso schon, dass sie einen Schwips hätte.

„Fehlt ja nur noch Musik", lächelte er.

Um nicht noch mehr Unsinn zu reden, wandte sie sich ab und lief zurück ins Haus, wobei sie ihn eindeutig lachen hörte, bevor er die Tür wieder schloss.

Beim Abendessen war Liam ungewöhnlich still. Normalerweise schlang er Spaghetti immer hinunter, heute jedoch stocherte er nur lustlos in ihnen herum. Obwohl er Gelegenheit hatte, mit Travis über „Cowboy-Sachen" zu sprechen oder von seinem ersten Schultag zu erzählen, fragte er gleich nach dem Essen, ob er aufstehen und ins Bett gehen dürfe.

Als Sierra nickte, murmelte er etwas und floh aus der Küche.

„Er muss krank sein", mutmaßte Sierra beunruhigt und wollte ihm folgen.

„Lassen Sie ihn", riet Travis. „Ihm geht's gut."

„Aber …"

„Es geht ihm *gut*, Sierra." Er schenkte Wein nach.

Später räumten sie gemeinsam den Tisch ab, danach nahm Travis ihren Arm und drehte mit seiner freien Hand das Küchenradio an.

Leise, sanfte Musik erfüllte den Raum.

Und schon lag sie in Travis' Armen, fest an seine Brust gedrückt, die sie zuvor so sehr bewundert hatte, und tanzte mit ihm.

Warum stieß sie ihn nicht zurück?

Vielleicht lag es am Wein.

„Entspann dich", murmelte er, sein Atem lag warm auf ihrem Haar.

Sie kicherte, eher nervös als belustigt. Was war nur mit ihr los? Vom ersten Moment an fühlte sie sich zu Travis hingezogen, und ihm ging es offenbar genauso. Sie waren beide erwachsen. Warum sollten sie nicht ein bisschen in der Küche Stehblues tanzen?

Weil Stehbluestanzen zu anderen Dingen führte, vor allem, wenn Alkohol eine Rolle spielte. Darum trat sie einen Schritt zurück und spürte, wie sich die Küchentheke in ihren Rücken bohrte. Natürlich folgte Travis ihr, schließlich hatte er einen Arm um ihre Taille geschlungen und hielt ihre Hand.

Schlichte Physik.

Dann küsste er sie.

Wieder Physik – diesmal allerdings nicht so schlicht.

„Huch", japste sie, als ihre Lippen sich wieder voneinander lösten.

„Das hat noch keine Frau gesagt, nachdem ich sie geküsst habe."

Sie spürte die Hitze seines Körpers genau an den Stellen, an denen es zählte. Wenn Liam nicht oben gewesen wäre und jeden Moment hätte zurückkommen können, hätte sie die Beine um Travis' Hüfte gewunden und ihn hemmungslos geküsst.

„Es wird geschehen, oder?", hörte sie sich wispern.

„Ja", nickte Travis.

„Aber nicht heute Nacht", seufzte Sierra.

„Vermutlich nicht." Dabei presste er sich an sie, seine Erektion brannte sich in ihren Unterleib wie eine Fackel.

„Wann dann?"

Mit einem leisen Lachen gab er ihr einen kleinen, knabbernden Kuss. „Morgen früh, wenn du Liam zur Schule gebracht hast."

„Ist das nicht ... ein bisschen ... schnell?"

„Nicht schnell genug." Wie zur Bestätigung seiner Worte legte er die Hände um ihre Brüste, und selbst unter dem Stoff ihrer Bluse und ihres BHs richteten sich die Brustwarzen auf. „Nicht annähernd schnell genug", raunte er noch einmal.

Nachdem Travis gegangen war, fühlte Sierra sich wie eine Vollidiotin. Sie sah nach Liam, der fest schlief, dann stellte sie sich unter die kalte Dusche. Es half nicht.

Morgen, sagte sie sich, als sie am Schlafzimmerfenster stand und zu Travis' erleuchteten Wohnwagen sah, morgen werde ich wieder bei Verstand sein.

Sie würde einfach ordentlich ausschlafen, mehr brauchte sie nicht. Und tatsächlich schlief sie wie ein Stein, doch als sie aufwachte, galt ihr erster Gedanke Travis. Und daran, wie sich seine Küsse angefühlt hatten ...

Sie machte Frühstück.

Brachte Liam zur Schule.

Brauste direkt zurück auf die Ranch, obwohl sie eigentlich eine Weile durch die Stadt hatte fahren wollen, um sich zu beruhigen.

Stattdessen schien sie auf Autopilot geschaltet zu haben.

Trotzdem kramte sie jedes Argument hervor, das ihr einfiel. Dass es *viel* zu früh war. Dass sie Travis nicht gut genug kannte, um mit ihm zu schlafen.

Dass sie es am nächsten Morgen bereuen würde.

Nein, schon viel früher.

Doch die Wahrheit war, dass sie sich selbst schon so lange verleugnet hatte, dass sie glaubte, es keine Sekunde länger ertragen zu können.

Vor dem Haus nahm sie sich nicht einmal die Zeit, den Blazer in die Garage zu fahren, sondern parkte zwischen Haus und Wohnwagen, sprang hinaus und flitzte zu seiner Tür.

Sierra klopfte.

Vielleicht ist er nicht zu Hause, dachte sie verzweifelt.

Lass ihn da sein.

Lass ihn in China sein.

Sein Truck stand auf dem üblichen Platz neben dem Stall.

Die Wohnwagentür sprang quietschend auf.

„Zur Hölle", sagte er lächelnd.

Ganz tief schob sie die Hände in die Manteltaschen und wünschte, sie könnte die Zehen im Boden vergraben und auf diese Weise den elementaren Kräften trotzen, die sie zu ihm zogen.

Travis trat zurück. „Komm rein", sagte er.

So viel zum Thema elementaren Kräften trotzen. Mit nur einem Schritt war sie in seinem Wohnwagen.

Er zog die Tür hinter ihr zu.

„Das ist verrückt", flüsterte sie.

Doch Travis knöpfte seelenruhig ihren Mantel auf, um ihn dann von ihren Schultern zu streifen. Dabei senkte er den Kopf und strich mit den Lippen über ihren Hals.

Sie stöhnte.

„Du musst mich wieder zur Vernunft bringen", flehte sie. „Sag, dass es eine dumme Idee ist und wir aufhören sollten."

Er lachte. „Das ist ein Scherz, oder?"

„Aber es ist falsch."

„Betrachte es als Therapie."

Als er ihren Mantel zur Seite warf, zitterte sie. „Für wen? Für dich oder mich?"

Ganz selbstverständlich öffnete er ihre Bluse und dann den Vorderverschluss ihres BHs.

„Oh, ich denke, es wird uns beiden guttun", erwiderte er und küsste ihre Brust.

Wieder stöhnte sie. Er setzte sie auf sein Bett und kniete sich vor sie, um ihr die Schneestiefel und die dicken Socken auszuziehen. Anschließend streifte er ihr Kleidungsstück für Kleidungsstück ab. Bluse … BH … Jeans … und schließlich den Spitzenslip.

Während er ihre Brüste küsste, gelang es ihm irgendwie, sich selbst auszuziehen. Sierra war zu benommen und zu erregt, um genauer darauf zu achten. Und Travis drückte sie sanft aufs Bett, legte zwei Kissen unter ihren Hintern und kniete sich vor sie.

„Mein Gott", wimmerte sie. „Du wirst doch nicht …"

„Und wie ich werde", murmelte er, bevor er begann, zuerst die eine Brust mit der Zunge zu liebkosen und dann die andere.

Langsam wanderte er weiter nach unten, streichelte die zarte Haut an den Innenseiten der Oberschenkel, spreizte sanft ihre Beine und berührte ihren Schoß mit der Zungenspitze.

Da bäumte sie sich auf und stieß einen heiseren Schrei aus.

„Das dachte ich mir", sagte Travis.

„Was dachtest du dir?", fragte Sierra.

„Dass du es genauso brauchst wie ich."

Sie empfing ihn mit einem Schluchzen und stieß ihm die Hüften entgegen.

Seine Hände umfassten ihren Hintern und hoben ihn noch ein ganzes Stück höher.

Obwohl sie kurz davor war zu explodieren, kämpfte sie dagegen an. Schließlich hatte sie nicht gerade täglich einen Orgasmus. Sie wollte, dass das Gefühl *andauerte.*

Doch es hatte keinen Sinn, Travis brachte sie direkt zum Höhepunkt. Sie begann zu zucken – einmal, zweimal, dreimal.

Und es war vorbei.

Oder doch nicht?

Noch bevor das Nachbeben aufhörte, führte er sie auf die nächste Stufe.

Sie kam wieder, wie berauscht, die Beine diesmal auf seine Schultern abgestützt. Und unmittelbar danach legte er die Hände unter die Innenseiten ihrer Knie, spreizte sie noch weiter und verwöhnte sie mit der Zunge, bis sie erneut kam. Diesmal jedoch brachte sie keinen Ton hervor, sondern krümmte sich nur hilflos unter den Wellen der Lust.

Und noch immer war es nicht vorbei.

Travis wartete, bis Sierra die Augen öffnete. Bis ihr Atem wieder gleichmäßig ging. Nach all dieser Ekstase wartete er, bis sie nickte.

Dann drang er mit einer einzigen langsamen Bewegung in sie, sah ihr dabei tief in die Augen und nahm jede ihrer Reaktionen auf.

Schon wieder begann der Aufstieg. Sie keuchte seinen Namen, packte seine Schultern.

Doch er beschleunigte das Tempo nicht.

Sie bäumte sich ihm entgegen, immer leidenschaftlicher, während die köstliche Spannung sich steigerte, immer mehr, immer weiter auf den sicheren Höhepunkt zu.

Die Wellen schlugen über ihr zusammen wie ein Tsunami, und erst als sie laut aufschrie, keine Sekunde früher, schloss er die Augen. Seine Halsmuskeln spannten sich an, er warf den Kopf zurück und ließ los.

Sein kräftiger Körper zuckte, zuckte noch einmal, und Sierra hätte beinahe geweint, als sie sah, wie er die Kontrolle aufgab.

Danach legte er sich neben sie und zog sie fest in die Arme. Küsste das feuchte Haar an ihren Schläfen, streichelte ihre Brüste und ihren Bauch.

Verzückt lauschte sie seinem Atem, der immer langsamer wurde.

„Du wirst doch nicht einschlafen, oder?", fragte sie.

Travis lachte. „Nein." Dann rollte er auf den Rücken, zog sie auf sich und streichelte ihre Schultern und ihren Hintern.

Sie schmiegte sich an ihn, hob aber mit einem Mal alarmiert den Kopf. „Hast du eine Kondom ..."

„Ja", antwortete er.

Erleichtert drückte sie ihr Gesicht an seine Schulter. „Das war ... großartig", gestand sie kichernd und spürte, wie er sich unter ihr bewegte und an etwas nestelte.

„Wir können das auf keinen Fall schon wieder tun", keuchte sie.

„Willst du wetten?" Vorsichtig schob er sie hoch, bis sie rittlings auf ihm saß. Gleich darauf spürte sie, wie er sich in sie schob, feucht und hart.

Ein gewaltiger Schauer fuhr durch Sierras Glieder. Travis nahm ihre Brüste in die Hände, und sie beugte sich weit genug nach vorn, dass er sie küssen konnte, während er die Hüften hob und senkte. Sie nahm ihn tiefer in sich auf.

Und noch tiefer.

Und dann löste sich das Universum in blitzende Partikel auf, die auf sie herabrieselten wie Feuerregen.

13. KAPITEL

Sierra schlief an Travis geschmiegt, ein Arm über seine Brust gelegt, ein Bein über seine Schenkel. Travis zog die Decke über sie beide, damit ihr nicht kalt wurde, und dachte über die Situation nach.

Er hatte schon mit vielen Frauen geschlafen und wusste, wie man eine Frau glücklich machte und sich selbst glücklich machen ließ.

Bei all dem hatte er immer genauso leichtherzig Auf Wiedersehen wie Hallo gesagt.

Doch jetzt war es anders.

Ein anderes Gefühl. Eine andere Frau.

Bis heute war er ein toter Mann gewesen, sein Wohnwagen ein Sarg.

In dem Punkt hatte Rance recht gehabt.

Sierra McKettrick, die sich vermutlich nicht mehr von dieser Begegnung versprochen hatte als er – ein bisschen Herumgetolle auf dem Bett, die dringend benötigte Befriedigung, eine Unterbrechung der Eintönigkeit –, hatte ihn wiederbelebt.

„Scheiße“, flüsterte er. Er *brauchte* diese alles durchdringende Taubheit und die Isolation, die mit ihr einherging. Er *brauchte* es, nichts zu fühlen.

Aber nun hatte Sierra alles in ihm geweckt, und nun hatte er Schmerzen. Tief in seiner Seele schmerzte es wie bei Erfrierungen, die zu schnell aufwärmten.

Sie zuckte, stieß ein leises behagliches Geräusch aus, wachte aber nicht auf.

Während er sie ein wenig fester an sich drückte, dachte er an Brody. Seinen kleinen Bruder. Brody würde niemals mit einer Frau wie Sierra schlafen, würde nie mehr sehen, wie der Mond über einem Bergsee aufging, das Wasser sich im Zwielicht lila färbte. Ihm würde sich nie mehr der Hals zuschnüren, wenn er eine Gruppe Wildpferde sah, die über eine Lichtung galoppierten – einfach nur, weil sie Beine hatten. Nie mehr würde er einem treuen alten Hund einen Stock hinwerfen, mit einem Kind auf den Schultern das Feuerwerk zum Vierten Juli ansehen oder in Ahornsirup schwimmende Pfannkuchen in einem Café essen, während eine Musikbox laut dudelte.

Es gab so vieles, was Brody niemals mehr tun würde.

Travis' Hals fühlte sich wund an, seine Augen brannten.

Der Verlust klaffte in seiner Brust wie ein tiefes, schwarzes Loch.

Er hatte gedacht, sich von seinem Bruder zu verabschieden, wäre das Schwierigste, was er jemals hatte tun müssen. Doch jetzt wusste er, dass das nicht stimmte. Innerlich zu sterben war leicht – den *Mut* zum Weiterleben aufzubringen, das war schwer.

Als er sein Gewicht verlagerte, hob Sierra seufzend den Kopf und sah ihm voll ins Gesicht. Es hatte keinen Sinn, zu hoffen, dass sie die Träne, die gerade aus seinem Augenwinkel Richtung Ohr lief, nicht bemerken würde.

Doch sie war taktvoll genug, ihn nicht darauf anzusprechen. Dafür war er ihr so dankbar, dass man es schon pathetisch nennen konnte.

„Wie spät ist es?“ Sie sah besorgt und sehr weiblich aus.

Richtig weiblich.

Er streckte die Hand nach der Uhr auf dem kleinen Regal über dem Bett aus. „Halb eins“, brummte er. Er wollte viel mehr sagen, wusste aber nicht, was. Zuerst musste er sich das alles wahrscheinlich selbst erklären.

Nicht, dass er sie liebte oder so was. Dafür war es viel zu früh.

Aber auf jeden Fall *empfand* er etwas für sie und wünschte, es wäre nicht so.

„Bist du okay?“ Sie stützte sich auf einem Ellbogen ab und studierte sein Gesicht eindringlicher, als ihm lieb war.

„Ja“, log er.

„Das hier muss nichts ändern“, versicherte ihm Sierra vernünftig. Dabei sprach sie ziemlich schnell – sie trieb die Worte voran wie wildes Vieh auf eine schmale Rampe. Wen wollte sie überzeugen, ihn oder sich selbst?

„Richtig.“

„Ich gehe dann mal besser ... zurück ins Haus.“

Er nickte.

Sie nickte.

Keiner von ihnen rührte sich.

„Was ist da gerade geschehen?“, fragte sie nach langem Schweigen.

Auf jeden Fall mehr, als auf den ersten Blick zu erkennen war, dessen war er sicher.

„Ich habe nicht die geringste Ahnung“, gab Travis zu.

„Ich auch nicht.“ Sie beugte sich vor, um ihn auf die Stirn zu küssen, dann kletterte sie aus dem Bett.

Unfähig etwas zu tun, sah er ihr zu, wie sie ihre verstreuten Kleidungsstücke zusammensuchte und sich anzog. Er wünschte, er würde rauchen, dann hätte er jetzt etwas zu tun. Etwas, das ihn von dem schmerzhaften Gefühl ablenkte und von der Wut darüber, dass er es nicht einfach so abschütteln oder zumindest benennen konnte.

„Vermutlich denkst du, ich mache so etwas ständig“, unterbrach sie seine Gedanken. Vielleicht war er nicht als Einziger verwirrt. Die Vorstellung weckte eine gewisse Hoffnung in ihm. „Aber das stimmt nicht. Ich schlafe *nicht* mit Männern, die ich kaum kenne, und ich ...“

Travis lächelte. „Ich glaube dir, Sierra.“ Jede Frau, die regelmäßig mit dieser unglaublichen Leidenschaft Sex hatte, wäre entweder übermenschlich, würde an Erschöpfung sterben oder beides.

Als sie angezogen war, setzte sie sich in vorsichtiger Entfernung zu ihm auf die Bettkante, um ihre Stiefel anzuziehen. „Travis?“ Dabei blickte sie ihn nicht an, aber er sah einen Schimmer auf ihrer Wange und dachte an einen Sonnenaufgang im Sommer.

„Was ist?“

„Es war gut. Was wir getan haben, war gut. Okay?“

Er schluckte, nahm ihre Hand und drückte sie kurz. „Ja“, stimmte er zu, „es war gut.“

Nachdem sie fort war, spürte er ihre Abwesenheit wie ein Vakuum. Er verschränkte die Hände hinter dem Kopf, legte sich zurück und begann, im Geiste eine Liste aufzustellen.

Alles, was er noch erledigen musste, bevor er Triple M für immer verließ.

Nebenan schloss Sierra die Tür hinter sich und lehnte sich dagegen. Sie hatte sich total lächerlich gemacht.

Was hatte sie sich eigentlich dabei gedacht, sich Travis derart an den Hals zu werfen? Sich wie eine Frau aufzuführen, die besessen ist … und dazu auch noch *bescheuert*.

Sierra McKettrick, die sexuelle Superheldin.

Na klar.

Sierra McKettrick, die bisher mit zwei Männern geschlafen hatte, von denen der eine sie geschwängert, belogen und hintergangen hatte. Sie schüttelte sich. Sie musste sich zusammenreißen, in wenigen Stunden musste sie Liam von der Schule abholen.

Bestimmt würde er ihr alles erzählen wollen – über die anderen Kinder und die Lehrer. Und sie würde ihm ein Mittagessen kochen und sich um den Haushalt kümmern.

Himmelherrgott noch mal, sie war eine *Mutter*, nicht irgendeine Tussi in einer billigen Seifenoper, die wie selbstverständlich vormittags in einen Wohnwagen schlich, um mit einem praktisch Fremden Sex zu haben.

In Gedanken hörte sie ihre eigene Stimme.

Es war gut. Was wir getan haben, war gut. Okay?

Das stimmte auch, wenn auch nicht im vornehmen Sinn dieses Wortes.

Langsam ging sie nach oben, duschte lange, zog frische Jeans und eine weiße Baumwollbluse an. Sie lieh sich sogar einen von Megs Cardigans, um den Mutter-Look zu vervollkommnen.

Danach blieb ihr immer noch über eine Stunde Zeit, bevor sie in die Stadt fahren musste.

Sierras Blick wanderte zum Geschirrschrank. Warum sich denn nicht die Bilder im Fotoalbum ansehen und sich einen ungefähren Überblick über die McKettricks verschaffen, die vor ihr gelebt hatten? Sie wollte versuchen, sich vorzustellen, dass sie eine von ihnen war, ein Glied in der biologischen Kette.

Gleichzeitig hörte sie, wie Travis' Truck ansprang, und widerstand dem Wunsch, zum Fenster zu gehen und ihm nachzusehen, wie er davonfuhr. Das Risiko, dass sie zu einer verzweifelten Hausfrau mutieren und ihm lächelnd nachwinken würde, war zu groß.

Aber das würde nicht geschehen!

Sie richtete ihre Gedanken strikt auf ihr Vorhaben, nahm das Album heraus, trug es zum Tisch und setzte sich.

Als sie den Deckel hob, entdeckte sie ein kleines blaues Buch, dessen Ecken sich mit den Jahren eingerollt hatten. Ein seltsamer Schauer durchfuhr sie wie eine Welle aus Eiswasser, eine Vorahnung, eine unbewusste Erkenntnis, die darum kämpfte, an die Oberfläche zu kommen.

Sie öffnete vorsichtig das kleinere Buch, blätterte in den Seiten und starrte eine Weile auf die schön geschwungenen, mit Tinte geschriebenen Worte, die schon längst zu einem antiken Braun verblasst waren.

Mein Name ist Hannah McKettrick. Heute ist der 19. Januar 1919.

Ich weiß, dass du da bist, ich kann es spüren. Du hast die Teekanne bewegt und das Album, in das ich dieses kleine Erinnerungsbuch gelegt habe.

Bitte tu meinem Jungen nichts. Sein Name ist Tobias. Er ist acht Jahre alt.

Er bedeutet mir alles.

Da stand noch mehr, aber Sierra war so entsetzt, dass sie die weiteren Worte einen Moment nicht entziffern konnte.

Richtete sich diese Frau, die vermutlich schon lange tot war, *tatsächlich* aus einem anderen Jahrhundert an sie?

Unmöglich.

Andererseits war es auch unmöglich, dass Teekannen und Fotoalben sich selbst fortbewegten. Es war unmöglich, dass ein Klavier Musik spielte, ohne dass jemand die Tasten berührte.

Es war unmöglich, dass Liam einen Jungen in seinem Zimmer sah.

Sierra senkte den Blick wieder auf das Büchlein. Die Worte waren vor so langer Zeit geschrieben worden und wirkten doch so unmittelbar wie eine E-Mail.

Wie konnte das nur sein?

Sie holte noch einmal tief Luft und las weiter.

Wahrscheinlich habe ich den Verstand verloren. Doss behauptet, es wäre die Trauer über Gabes Tod. Ich weiß nicht einmal, warum ich das hier schreibe, außer vielleicht in der Hoffnung, dass du etwas antworten wirst. Das ist der einzig vorstellbare Weg, mit dir zu sprechen.

Instinktiv sah Sierra auf die Uhr. Es waren nur wenige Minuten vergangen, seit sie sich an den Tisch gesetzt hatte, doch ihr kam es deutlich länger vor.

Sie stand auf. In der Schublade des Geschirrschranks fand sie einen Stift. Das war *verrückt*. Möglicherweise würde sie ein wichtiges Erinnerungsstück verunstalten. Doch es lag etwas so Flehendes in Hannahs Worten, dass sie es nicht ignorieren konnte.

Mein Name ist Sierra McKettrick, heute ist der 20. Januar 2007.

Ich habe auch einen Sohn, sein Name ist Liam. Er ist sieben und hat Asthma. Er ist der Mittelpunkt meines Lebens.

Du hast von mir nichts zu befürchten. Ich bin kein Geist, nur eine ganz normale Frau aus Fleisch und Blut. Eine Mutter wie du.

Das Klingeln des Telefons riss Sierra aus ihrer Versenkung.

Wegen Liams Krankheit ständig in Erwartung eines Notfalls, eilte sie zum Telefon.

„Die Indian Rock Grundschule", meldete sich eine Stimme.

Der Raum begann zu schwanken.

„Hier spricht Sierra McKettrick", erwiderte sie. „Geht es meinem Sohn gut?"

Glücklicherweise war die Stimme am anderen Ende ruhig. „Liam ist nur ein bisschen schlecht, das ist alles", beruhigte sie die Frau. „Die Schulkrankenschwester ist der Ansicht, dass er nach Hause sollte. Morgen geht es ihm wahrscheinlich schon wieder besser."

„Ich komme sofort." Sierra legte auf, ohne sich zu verabschieden.

Liam geht es gut, sagte sie sich immer wieder, spürte aber trotzdem, wie Panik in ihr aufstieg. Sie klappte Hannah McKettricks Erinnerungsbuch zu und legte es zurück ins Album und beide Bücher zusammen wieder in die Schublade.

Danach jagte sie durch die Küche auf der Suche nach dem Autoschlüssel. Erst ein paar Minuten später fiel ihr ein, dass sie ihn im Zündschloss hatte stecken lassen, als sie aus der Stadt zurückgekommen war. Sie war so begierig auf das heimliche Stelldichein mit Travis gewesen …

Nachdem sie sich ihren Mantel geschnappt hatte, stürmte sie aus dem Haus und sprang in den Wagen.

Die Straßen waren vereist, und als Sierra schließlich in Indian Rock ankam, fielen riesige Schneeflocken aus dem düsteren grauen Himmel. Sie zwang sich abzubremsen, doch als sie endlich den Schulparkplatz erreichte, vergaß sie in der Hektik beinahe, den Motor abzustellen.

Liam lag auf einer Liege im Büro der Krankenschwester. Er war alarmierend blass. Jemand hatte ein Tuch auf seine Stirn gelegt, und er war ganz allein.

Wie konnten diese Leute ihn einfach allein lassen?

„Mom. Mein Bauch tut weh. Ich glaube, ich muss noch mal brechen."

In Windeseile lief sie zu ihm. Er rollte sich auf die Seite und erbrach sich auf ihre Schuhe.

„Tut mir leid", weinte er.

„Ist schon gut, Liam. Ist nicht schlimm." Beruhigend strich sie über sein schweißnasses Haar.

Er übergab sich erneut. Anschließend nahm Sierra sich eine Handvoll Papierhandtücher aus dem Wandhalter, befeuchtete sie im Waschbecken und wusch sein Gesicht.

„Mein Mantel!", schluchzte er. „Ich will meinen Cowboy-Mantel nicht hierlassen …"

„Mach dir keine Sorgen um deinen Mantel." Sierra fragte sich fahrig, was sie eigentlich mit der Frau zu tun hatte, die den halben Morgen nackt in Travis Bett verbracht hatte.

Im selben Moment kam die Krankenschwester, eine große blonde Frau mit freundlichen blauen Augen, mit Liams Mantel und Rucksack ins Zimmer und legte die Sachen vorsichtig auf einen Stuhl.

Als Sierra den Mantel holen wollte, schrie Liam: „Nein! Wenn ich nun auf den Mantel brechen muss?“

„Liebling, draußen ist es kalt, und wir können den Mantel jederzeit reinigen lassen …“

Die Krankenschwester fing ihren Blick auf und schüttelte den Kopf. „Wir können Liam doch in ein paar Decken wickeln. Ich helfe Ihnen, ihn zum Wagen zu tragen. Sein Mantel ist ihm wichtig – so wichtig, dass er mich angefleht hat, ihn zu holen, obwohl ihm so schlecht war.“

Sierra biss sich auf die Lippen. Als sie Liam in die Decken eingewickelt hatten, hob sie ihn hoch. Er war schon so groß. Bald würde sie ihn nicht mehr tragen können.

Die Schiebetüren am Haupteingang öffneten sich zischend.

„Na toll“, stöhnte Liam. „Alle gucken. Jeder weiß, dass ich *gekotzt* habe.“

Bis zu seiner Bemerkung hatte Sierra die Kinder, die in den Korridor strömten, gar nicht bemerkt. Offenbar hatte es inzwischen geläutet.

„Ist schon gut, Liam“, sagte sie.

Er schüttelte den Kopf. „Nein, ist es *nicht*! Meine *Mom* trägt mich in Decken gewickelt aus der Schule wie ein Baby! Das werden die nie vergessen!“

Darauf wechselten Sierra und die Krankenschwester einen Blick.

„Wenn du in die Schule zurückkommst“, begann die Krankenschwester, „kommst du gleich in mein Büro. Dann kann ich dir jede Menge Geschichten erzählen, die in dieser Schule passiert sind. Du bist nicht der Erste, der sich hier übergeben hat, Liam McKettrick, und du wirst auch nicht der Letzte sein.“

Ermutigt hob Liam den Kopf. „Echt?“

Die Krankenschwester verdrehte übertrieben die Augen.

„Das kannst du dir gar nicht *vorstellen*!", verkündete sie in verschwörerischem Ton, während sie die Beifahrertür des Blazers öffnete, damit Sierra ihren Sohn absetzen und anschnallen konnte. „Ich werde natürlich keine Namen nennen, aber ich habe Kinder gesehen, die viel Schlimmeres gemacht haben als sich zu übergeben."

Sierra warf die Tür zu und drehte sich zu der Krankenschwester um. „Danke", sagte sie aufrichtig. Von drinnen spähte Liam durchs Fenster, im Gesicht ein wenig grün und mit zu sämtlichen Seiten abstehenden Haaren. „Sie haben eine spezielle Art, ein Kind zu trösten, aber sie scheint zu funktionieren."

Lächelnd reichte die Schwester ihr die Hand. „Mein Name ist Susan Yarnia. Wenn Sie irgendetwas brauchen, rufen Sie mich an. Entweder hier in der Schule oder zu Hause. Der Name meines Mannes ist Joe. Wir stehen im Telefonbuch."

„Das ist sehr nett. Meinen Sie, ich sollte ihn ins Krankenhaus bringen?", fragte Sierra leise.

„Das liegt natürlich ganz an Ihnen. Momentan geht ein Magen-Darm-Virus herum, und ich vermute, dass Liam ihn aufgeschnappt hat. An Ihrer Stelle würde ich ihn einfach nach Hause bringen, ins Bett stecken und ein bisschen verhätscheln. Sorgen Sie dafür, dass er viel Flüssigkeit zu sich nimmt. Wenn es Ihnen gelingt, ihm ein paar Löffel Hühnersuppe einzuflößen, umso besser."

Nachdem sie sich noch einmal bedankt hatte, setzte Sierra sich hinter das Lenkrad.

„Und wenn ich Tante Megs Auto einsaue?", fragte Liam.

„Dann mache ich es wieder sauber."

„Das ist alles total peinlich. Das muss ich Tobias erzählen …"

Tobias.

Wenn Sierra nicht auf eisglatter Straße gefahren wäre, hätte sie vermutlich die Bremse durchgetreten.

Bitte tu meinem Jungen nichts, hatte Hannah McKettrick geschrieben. *Sein Name ist Tobias. Er ist acht Jahre alt.*

„Wer ist Tobias?", fragte sie leichthin, aber ihre Handflächen waren so feucht, dass sie befürchtete, das Steuer nicht halten zu können, wenn sie eine plötzliche Lenkbewegung machte.

„Der. Junge. In. Meinem. Zimmer." Liam sprach, als ob Englisch nicht einmal Sierras *zweite* Muttersprache wäre, geschweige denn ihre erste. „Ich habe dir doch von ihm erzählt."

„Sicher." Sierras Magen zog sich so fest zusammen, dass sie schon befürchtete, sie würde sich als Nächste übergeben. „Aber du hast nicht erwähnt, dass ihr euch unterhaltet."

„Ich dachte, du würdest ausrasten. Oder mich in die Klapse stecken."

Gerade fuhr sie an der Klinik vorbei, in die sie Liam am Tag seines Asthmaanfalls gebracht hatten. Es kostete sie große Anstrengung, nicht anzuhalten und die Ärzte aufzufordern, sofort lebenserhaltende Maßnahmen einzuleiten oder ihn per Hubschrauber nach Standford zu bringen.

Er hat nur eine Magen-Darm-Grippe, redete sie sich gut zu und fuhr mit zusammengebissenen Zähnen weiter.

„Wann habe ich dir jemals damit gedroht, dich *irgendwohin* zu stecken, ganz zu schweigen von einer ‚Klapse'."

„Es gibt immer ein erstes Mal", stellte Liam fest.

„Du warst gestern Abend schon krank. Darum warst du beim Abendessen so still."

„Ich war still, weil ich dachte, Tobias wäre da, wenn ich hochgehe."

„Hattest du Angst?"

Ihr Sohn bedachte sie mit einem verächtlichen Blick. „Nein." Dann blähten sich seine Wangen, und er gab ein ersticktes Geräusch von sich.

Blitzschnell fuhr Sierra an den Straßenrand, sprang aus dem

Wagen und konnte gerade noch seine Tür aufreißen.

Das ist dein wahres Leben, dachte sie pragmatisch.

Nicht die zwei Millionen Dollar.

Nicht der großartige Sex im Bett eines Cowboys.

Sondern ein siebenjähriger Junge, der auf deine Schuhe kotzt.

Die Überlegungen waren merkwürdig tröstlich, wenn man die Umstände bedachte.

Als Liam fertig war, wischte sie ihre Stiefel mit einer Handvoll Schnee ab, stieg wieder in den Blazer und fuhr zur nächsten Tankstelle, wo sie ihm eine Flasche *Gatorade* kaufte. Er spülte sich den Mund aus, spuckte herzhaft auf den Gehsteig und trank dann ein paar Schlucke. So nahm er hoffentlich genügend Elektrolyte auf.

Es dämmerte bereits, als sie in die Garage fuhr und ungewollt feststellte, dass Travis zurück sein musste, da goldenes Licht aus den Fenstern des Wohnwagens schien.

Nicht, dass es wichtig gewesen wäre.

Um genau zu sein, war sie auch nicht im Geringsten erleichtert, als er in die Garage spazierte, bevor sie die Tür schließen oder auch nur den Motor abstellen konnte.

Liam öffnete seinen Sicherheitsgurt und ließ das Fenster herunter. „Ich habe die ganze Schule vollgekotzt", verkündete er fröhlich. „Die werden wahrscheinlich noch in Jahren drüber sprechen!"

„Hervorragend", erwiderte Travis mit Bewunderung in der Stimme. Seine Augen funkelten unter der tief gezogenen Hutkrempe, als er Sierra über Liams Kopf hinweg ansah, dann richtete er seine volle Aufmerksamkeit wieder auf den Jungen. „Soll ich dir ins Haus helfen? So von einem Cowboy zum anderen?"

„Gern", entgegnete Liam. „Es ist aber nicht so, dass ich nicht allein gehen könnte."

Travis lachte. „Vielleicht solltest du dann *mich* tragen." Sein Blick fiel wieder auf Sierra. „Zufällig fühle ich mich heute selbst etwas schwach auf den Beinen."

Sierras Wangen wurden heiß. Sie stellte den Motor ab.

Liam kicherte. „Du bist viel zu groß dafür, Travis", sagte er mit solcher Zuneigung, dass Sierras Hals wieder eng wurde und sie ernsthaft befürchtete, in Tränen auszubrechen.

Zum Glück sah Travis sie gerade nicht an. Er hob Liam mit sämtlichen Decken hoch und trug ihn hinein. Sierra folgte ihnen mit dem Mantel und dem Rucksack, wobei sie noch immer mit den verschiedensten Gefühlen kämpfte.

„Ist ja *arktisch* hier", rief Liam.

„Stimmt." Nachdem Travis Liam auf den Stuhl gesetzt hatte, auf dem Sierra in das Erinnerungsbuch einer Frau geschrieben hatte, die vermutlich irgendwo zwischen all den Bronzestatuen auf dem Familienfriedhof begraben lag, ging er zu dem alten Herd. „Es geht doch nichts über ein hübsches Feuer, um einen Raum aufzuwärmen."

„Trink dein Gatorade", forderte Sierra Liam auf, nur weil sie das Gefühl hatte, etwas sagen zu müssen und ihr nichts anderes einfiel.

„Können wir heute wieder hier unten schlafen?", fragte Liam. „So wie wir es beim Schneesturm gemacht haben?"

„Nein", antwortete Sierra ein wenig zu schnell.

Grinsend warf Travis ihr einen Blick von der Seite zu, dann stopfte er zerknülltes Zeitungspapier in den Ofen und entzündete ein Feuer. Sierra schlug die Arme um ihren zitternden Körper.

„Stimmt etwas nicht mit der Heizung?", erkundigte sie sich.

„Vermutlich", antwortete Travis.

Dass er sich über die überflüssige Frage nicht lustig machte, rechnete sie ihm hoch an. Aber so etwas würde er vor ihrem

Sohn sowieso niemals tun, so viel zumindest wusste sie über Travis Reid. Und dass er ein verdammt guter Liebhaber war.

Denk nicht mal daran, ermahnte sie sich stumm.

Liam ließ nicht locker. „Ich denke, wir alle sollten hier unten schlafen."

Travis lachte, vermutlich eher über ihr Unbehagen als über Liams Kampagne für ein weiteres Küchenzeltlager. „Wenn ein Mann ein Bett besitzt", sagte er, „sollte er es auch gut nutzen."

„War das nötig?", zischte Sierra wütend, als sie sich an ihm vorbeidrückte, um ein paar Holzstücke aus der Kiste zu nehmen. Wenn sie ein Jahr hier leben sollte, war es höchste Zeit, zu lernen, wie dieser Ofen funktionierte.

„Nein", flüsterte Travis zurück. „Aber lustig."

„Würdest du bitte *aufhören*?"

Noch ein Grinsen. Offenbar besaß er einen unerschöpflichen Vorrat davon, und jedes einzelne war unverschämt. „Nö."

„Was flüstert ihr da?", fragte Liam argwöhnisch. „Habt ihr Geheimnisse?"

Travis nahm Sierra das Holz aus der Hand und stapelte es in den Ofen. „Keine Geheimnisse", schüttelte er den Kopf.

Sierra knabberte an der Unterlippe.

In der Küche wurde es wärmer, aber sie wusste nicht, ob es tatsächlich am Feuer lag.

Als Travis in den Keller ging, um nach der Heizung zu sehen, sah Liam ihm lange nach.

„Ich wünschte, er wäre mein Dad", seufzte er.

„Nun, ist er aber nicht, mein Süßer", erwiderte Sierra sanft, ihre Stimme zitterte ein wenig. „Am besten belassen wir es dabei, gut?"

Daraufhin sah Liam so traurig aus, dass Sierra ihn am liebsten auf ihren Schoß gezogen und geschaukelt hätte so wie früher, als er jünger und weitaus empfänglicher für mütterliche Zuwendung gewesen war. „Okay", nickte er.

Sie ging zu ihm und zerzauste sein Haar, das sowieso schon verstrubbelt war. „Meinst du, du kannst etwas essen? Vielleicht ein bisschen Nudelsuppe?“

„Igitt!“, rief er. „Und ich finde immer noch, dass wir in der Küche schlafen sollten, weil es kalt ist und ich krank bin. In meinem Zimmer bekomme ich vielleicht eine Lungenentzündung.“

Die Erwähnung seines Zimmers ließ Sierra wieder an Hannah und Tobias denken. Sie ging zum Geschirrschrank, öffnete die Schublade und hob den Deckel des Fotoalbums an. Das kleine Erinnerungsbuch war noch da, und sie sah hinein.

Hannahs Worte.

Ihre Worte.

Sonst nichts.

Hatte sie wirklich eine Antwort erwartet? Weitere Zeilen in verblichener Tinte, die unter ihren eigenen, mit Kugelschreiber geschriebenen Worten auftauchten?

Ein erwartungsvolles Kribbeln durchlief ihren Körper, als sie zuerst das Buch, dann das Fotoalbum und schließlich die Schublade schloss.

Ja.

Oh ja.

Sie erwartete allerdings eine Antwort.

Die Heizung gab ein vertrautes zischendes Geräusch von sich.

Aus Liams Richtung hörte sie etwas, das ein Schimpfwort hätte sein können.

Sierra gab vor, es nicht zu bemerken.

Gleich darauf kam Travis die Kellertreppe hinauf und rieb sich die Hände. Schon wieder einmal hatte er seinen Job gut gemacht.

„Oben wird es aber trotzdem *richtig* kalt sein“, versicherte Liam und blickte zu Travis.

„Da hast du wahrscheinlich recht", stimmte Travis ihm zu.

Sierra warf ihm einen nachdrücklichen Blick zu.

Doch Travis zeigte nur ein weiteres unerträgliches Alarmstufe-rot-Grinsen. „Ich mach dir ein Bett auf dem Boden", erklärte er, und auch wenn er Sierra nicht aus den Augen ließ, sprach er mit Liam. Hoffentlich. „Nur, bis es oben auch warm ist."

Liam kreischte begeistert auf, stieß seine kleine Faust in die Luft, beruhigte sich aber genauso schnell wieder. „Und was ist mit dir, Mom?"

„Ich schätze, wir stehen das einfach durch", murmelte Travis. Damit verließ er die Küche, um kurz darauf mit einigen Sofakissen zurückzukommen, die er auf den Boden legte, nicht zu nah am Herd, aber nah genug, dass Liam es warm hatte.

Sierra holte das Bettzeug.

Wie ein ägyptischer König in einer Sänfte streckte Liam sich auf seinem Lager aus.

„Bleibst du zum Abendessen, Travis?", fragte er.

„Bin ich eingeladen?" Travis sah Sierra an.

„Ja", seufzte sie.

Ihr Sohn stieß einen Jauchzer aus.

Es gab getoastete Käsesandwiches und Spaghetti aus der Dose. Doch als Sierra das Festessen servierte, schlief Liam bereits tief und fest.

„Wenn ich du wäre, würde ich mich jetzt schon mal um einen Jurastudienplatz für ihn kümmern. Dieser Knabe wird wahrscheinlich im Supreme Court sitzen, bevor er dreißig ist", lächelte Travis mit Blick auf den schlafenden Jungen.

14. KAPITEL

1919

Hannahs Hände zitterten leicht, als sie den Deckel des Familienalbums hob und das darin verstaute Buch herausnahm. Mit angehaltenem Atem schlug sie es auf.

Nur ihre eigenen Worte standen da.

Sie war eine praktisch veranlagte Frau, und sie wusste, sie hätte nichts anderes erwarten dürfen. Geister, wenn es sie überhaupt gab, nahmen keinen Füller zur Hand, um in ein Erinnerungsbuch zu schreiben. Trotzdem war sie enttäuscht, und zwar so stark, wie sie es von sich gar nicht kannte. Sie hatte in ihrem Leben viel durchgemacht, hatte als junges Mädchen miterlebt, wie drei ihrer Schwestern starben und als erwachsene Frau Gabe verloren. Nun musste sie damit klarkommen, dass keiner der mutigen Träume, über die sie mit so viel Hoffnung und Zuversicht gesprochen hatten, sich jemals erfüllen würde.

Keine gestohlenen Küsse mehr.

Kein geheimes Gelächter mehr.

Kein Vieh, das auf tausend Hügeln graste.

Ich werde nicht weinen, ich habe genug geweint, sagte sich Hannah. Ich habe mich leer geweint.

Warum aber kamen die Tränen dann immer wieder?

„Hannah?"

Erschrocken sah sie auf. Doss stand an der Treppe. Er hatte im Stall gearbeitet und Holz gehackt, weil ein weiterer Schneesturm im Anmarsch war. Dass sie ihn nicht hatte hereinkommen hören, ärgerte sie.

„Tobias geht es schlechter", informierte er sie.

Panik stieg in Hannah auf, schnürte ihr die Luft ab.

Sie rannte zur Treppe, doch als sie an Doss vorbei wollte, hielt er sie fest.

„Ich fahre in die Stadt, um den Arzt zu holen."

„Ich werde Tobias schnell warm einpacken, dann können wir …", rief sie.

Doch sein Griff an ihrer Schulter verstärkte sich. Erst da begriff sie, dass er ihr nicht einfach nur den Weg versperrt hatte, sondern sie tatsächlich berührte. „Nein, Hannah", sagte er. „Dafür ist der Junge zu krank."

„Angenommen, der Arzt kommt nicht mit?"

„Er wird mitkommen. Geh jetzt zu Tobias. Lass das Feuer nicht ausgehen, egal, was geschieht. Ich komme zurück, so schnell ich kann."

Hannah nickte, wollte zu ihrem Sohn und sich gleichzeitig an Doss festklammern und ihn anflehen, nicht zu gehen, weil dann bestimmt etwas Schreckliches geschehen würde.

„Geh zu ihm", wiederholte Doss und ließ sie los.

Es fühlte sich an, als ob er sie aufrecht gehalten hätte. Nun, da er sie nicht mehr hielt, schwankte sie, kämpfte um ihr Gleichgewicht. Dann, ohne nachzudenken, stellte sie sich auf die Zehenspitzen und küsste ihn direkt auf den Mund. „Sei vorsichtig, Doss McKettrick", bat sie. „Komm heil und gesund zu uns zurück."

Einen Moment sah er ihr tief in die Augen, als ob er darin Geheimnisse entdeckte, die sie sogar vor sich selbst hatte, dann nickte er und lief zur Tür. Das Letzte, was Hannah von ihm sah, bevor sie selbst die Treppe hinaufstürmte, war, wie er Mantel und Hut vom Haken nahm.

Tobias lag unruhig in seinem Bett, sein Nachthemd war schweißnass, genau wie das Bettzeug. Seine Zähne klapperten, seine Lippen waren blau, doch seine Haut glühend heiß.

Hannah musste stark sein. Sie durfte sich nicht von der Angst überwältigen lassen.

Sie musste ihm helfen, denn egal, wie unfähig sie auch sein mochte, es gab niemand anders, der es tun würde.

Also schob sie die Ärmel hoch, steckte weitere Nadeln in ihr Haar, damit es ihr nicht ins Gesicht fiel, und lief wieder nach unten, um Wasser aufzuwärmen.

Sorgsam darauf bedacht, das Feuer nicht ausgehen zu lassen, legte sie großzügig Holzscheite nach, pumpte dann Wasser in jeden Topf und Kessel, den sie besaß, und stellte sie auf den Herd. Danach zerrte sie die Badewanne aus der Speisekammer bis in die Mitte des Raums.

Die Anweisungen schienen irgendwo aus ihrem Innern zu kommen. Sie überlegte gar nicht, was sie tat, wog nicht die eine Idee gegen die andere ab. Es war, als ob eine stärkere, klügere, bessere Hannah vorgetreten wäre, um die unsichere Hannah zur Seite zu schieben.

Diese Hannah wusste, was zu tun war. Die andere hielt sich im Hintergrund, rang mit den Händen und stand kurz vor einem Nervenzusammenbruch.

Als sie Tobias eine Stunde später, nachdem die Wanne voll mit heißem Wasser war, aus seinem Bett hob und hinuntertrug, war der Junge praktisch im Delirium.

In der Küche zog sie ihn aus, setzte ihn in die Wanne und schrubbte ihn ab, während sie die ganze Zeit leise auf ihn einredete – zuversichtlich, ohne auch nur ein Mal innezuhalten und darüber nachzudenken, was sie als Nächstes sagen sollte.

„Dir geht es bald wieder gut, Tobias. Im Frühjahr wirst du mit deinem Pony über die Felder reiten und im See schwimmen. Du bekommst den Hund, den du dir so sehr wünschst – du darfst ihn dir selbst aussuchen –, und er darf sogar in deinem Zimmer schlafen. An deinen Füßen, wenn du willst. Du kannst Onkel Doss ab sofort ‚Pa' nennen, und im Herbst wird es hier ein neues Baby geben. Stell dir mal vor, Tobias, du bekommst einen kleinen Bruder oder eine kleine Schwester. Du darfst den Namen aussuchen …"

Tobias erschauerte, sogar in dem heißen Wasser war ihm kalt.

Hannah trocknete ihn ab, zog ihm ein neues Nachthemd an und brachte ihn wieder nach oben. Dort legte sie ihn in ihr eigenes Bett, während sie seines frisch bezog.

Den ganzen Morgen und den ganzen Nachmittag pflegte sie ihren kleinen Jungen, legte kalte Tücher auf seine Stirn, hielt seine Hand, erzählte ihm, dass sein Pa in die Stadt gefahren war, um den Arzt zu holen. Vor allem aber sagte sie ihm, dass er sich keine Sorgen machen müsse, weil es ihm bald wieder gut gehen würde.

Ihnen *allen* würde es gut gehen.

Tobias hatte kurze Momente der Klarheit. „Liam ist auch krank", sagte er einmal. „Ich will bei Liam sein."

Ein anderes Mal fragte er: „Wo ist Pa? Geht es Pa gut?"

„Ja, mein Liebling, deinem Pa geht es gut", versicherte sie ihm sanft.

Es wurde Abend.

Und Doss war noch nicht zurückgekehrt.

Nachdem Hannah mehr Holz aufs Feuer gelegt hatte, zog sie Gabes Mantel über und lief durch den knietiefen Schnee in den Stall, um die Tiere zu füttern, weil niemand sonst da war, der das übernehmen konnte.

Der Wind schnitt in ihre Knochen, die zuerst schmerzten und dann taub wurden.

Wo war Doss?

Die andere Hannah, die jammernde und in den Hintergrund geschobene Hannah, hörte nicht auf, diese Frage auszustoßen.

Wo … wo … wo?

Es war vollkommen dunkel, als sie mit dem Füttern fertig

war, und als sie den Stall verließ, hörte sie, wie es in der Ferne donnerte. Zwar waren Gewitter während eines Schneesturms selten, aber Hannah hatte es im Hochland von Arizona schon einmal erlebt und auch in Montana. Eine düstere Vorahnung erfasste sie, und sie hatte rein gar nichts mit Tobias' Krankheit zu tun.

Schnell kehrte sie ins Haus zurück und knipste die Glühbirne in der Küche an, bevor sie auch nur Gabes Mantel ausgezogen hatte – als ob das Licht Doss irgendwie zurück zu ihr und Tobias bringen und ihm den Weg durch den Sturm weisen könnte. Selbst bei Tageslicht und selbst für einen so starken und fähigen Mann wie Doss war es schwierig, den Weg bei einem solchen Wetter zu finden. In der Dunkelheit aber war es geradezu unmöglich.

„Ma?", rief Tobias. „Ma, bist du unten?"

Seine klare Stimme gab ihr wieder Mut. Doch Doss müsste längst zu Hause sein. Es sei denn, er hatte beschlossen, in der Stadt zu bleiben. *Bitte, lieber Gott, lass das den Grund dafür sein.*

„Ja", rief sie zurück, so fröhlich, wie es ihr möglich war. „Ich bin hier, ich mache dir gerade was zum Abendessen."

„Komm hoch, Ma. Jetzt. Der Junge ist da."

Da ließ Hannah den Mantel, den sie ausgezogen hatte, gedankenlos auf den Boden fallen, nahm zwei Stufen auf einmal und stürmte zu Tobias.

Ohne Licht war es stockdunkel in dem Zimmer. Sie konnte den Umriss von Tobias' Bett ausmachen.

„Er ist hier, Ma", flüsterte Tobias begeistert, als ob laute Worte seinen Freund vertreiben würden. „Liam ist hier."

Hannah eilte zum Bett.

„Ich sehe ihn nicht", wisperte sie.

Genau in diesem Augenblick schien der Himmel sich mit einem ohrenbetäubenden Donner zu teilen. Hannah riss die

Hände an die Ohren, der Boden unter ihr erzitterte. Sie wusste natürlich, dass es sich um ein Schneegewitter handelte, doch zugleich fühlte es sich übernatürlich an – und einen kurzen Moment lang sah sie nicht Tobias im Bett liegen, sondern einen anderen kleinen Jungen. Und sie sah die Frau, die neben dem Bett stand, sie anstarrte und mindestens ebenso überrascht wirkte wie sie.

Innerhalb eines Wimpernschlags war alles vorüber.

„Hast du sie gesehen?“ Tobias zerrte verzweifelt an ihrer Hand. „Ma, hast du sie *gesehen*?“

„Ja“, keuchte Hannah. Sie fiel neben Tobias’ Bett auf die Knie, unfähig, sich länger auf den Beinen zu halten. Tobias hatte „sie“ gesagt. Also hatte er auch die Frau gesehen. „Gütiger Gott, ja.“

„Sie hat *Hosen* getragen, Ma“, wunderte sich Tobias.

Am ganzen Körper zitternd, stand Hannah vom Boden auf, hockte sich auf die Bettkante, tastete nach den Streichhölzern und entzündete die Nachttischlampe.

„Erzähl mir, was du noch gesehen hast, Tobias.“ Ihre Hände bebten so heftig, dass der Glaszylinder der Lampe schepperte, als sie sie wieder auf ihren Platz stellte.

„Sie hatte kurzes Haar. Braun, glaube ich. Und sie hat *uns* gesehen, Ma, so, wie wir sie gesehen haben!“

Hannah nickte benommen.

„Was hat das zu bedeuten?“, fragte Tobias.

„Ich wünschte, ich wüsste es.“

Heute

Sierra stand starr neben Liams Bett, die Arme um sich geschlungen. Zitternd versuchte sie, zu verstehen, was sie da gerade gesehen hatte.

Was zum Teufel *hatte* sie gerade gesehen?

Einen Blitz.

Eine Frau in einem altmodischen Kleid, die auf der anderen Seite von Liams Bett stand.

Hannah?

„Was ist los, Mom?", fragte Liam schläfrig. Er hatte ein bisschen protestiert, als sie ihn aus der Küche nach oben getragen hatte, damit er in seinem eigenen Bett schlafen konnte.

Noch immer bekam sie keine Luft.

„Mom?", drängte Liam, seine Stimme klang wacher.

„Wir ... wir reden morgen früh darüber."

„Kann ich bei dir schlafen?"

Sierra schluckte. Vor einigen Stunden war Travis zurück in seinen Wohnwagen gegangen. Sie hatte sich im Herrenzimmer ein kleines Feuer gemacht, ihre E-Mails gelesen, immer wieder nach Liam gesehen. Kurzum, sie hatte alles getan, außer das Fotoalbum zu öffnen und sich mit der langen Linie von McKettricks zu beschäftigen, von denen jeder Einzelne ihr vollkommen fremd war.

Das Haus war leer und zugleich für ihren Geschmack viel zu überfüllt.

„Ich werde hier bei dir schlafen. Wie findest du das?"

„Super", juchzte Liam.

„Dann zieh ich mich nur schnell um." Sierra ging in ihr Zimmer, zog einen Jogginganzug an und ging ins Badezimmer, wo sie sich kaltes Wasser ins Gesicht spritzte und ihre Zähne putzte.

Ganz alltägliche Dinge.

Doch nach allem, was gerade geschehen war, fragte sie sich, ob irgendetwas jemals wieder „alltäglich" sein würde.

Liam schnarchte leise, als sie zurückkam. Sie schlüpfte neben ihn in das enge Bett, drehte sich auf ihre Seite und starrte in die Dunkelheit, bis sie schließlich einschlief.

1919

Während Doc Willabys Neffe seine medizinische Ausrüstung einpackte, nutzte Doss die Gelegenheit, in die Kirche an der Ecke zu schlüpfen. Er hatte keinen Fuß mehr hineingesetzt, seit er und Gabe aus der Army zurückgekommen waren – er stocksteif auf seinem Sitz im Zug, Gabe in einem Kiefernsarg.

Seitdem hatte er nichts mehr mit Gott zu tun gehabt.

Doch nun mussten sie etwas miteinander klären.

Doss öffnete die Tür, die immer unverschlossen war, für den Fall, dass irgendein Wanderer beten wollte oder nach Erlösung verlangte, und nahm den Hut ab. Dann ging er nach vorn zu dem schlichten Holztisch, der als Altar diente, und zündete eine der Bienenwachskerzen an.

„Ich bin hier, um über Tobias zu sprechen", sagte er.

Gott antwortete nicht.

Doss scharrte unbehaglich mit den Füßen. Sie waren so kalt von der langen Fahrt in die Stadt, dass er sie nicht mehr spürte. Kain und Abel waren ziemlich mürrisch gewesen, einmal hatten sie sich einfach geweigert weiterzugehen. Etwas später waren sie zwar problemlos über den Fluss gekommen, doch der Schlitten war ins eisige Wasser eingebrochen.

Dort wäre Doss jetzt noch immer, nass bis auf die Knochen und steif wie gefrorene Wäsche, die an der Leine vergessen worden war, wenn ihm nicht drei von Rafes Rancharbeitern geholfen hätten. Sie hatten ihm trockene Kleidung gegeben, ihn mit Whiskey abgefüllt und den halb versunkenen Schlitten mit ihren Lassos aus dem Wasser gezogen.

Anschließend hatte er weitere wertvolle Zeit darauf verwendet, Kain und Abel zum Weiterlaufen zu überreden. Was nicht so leicht gewesen war, am Ende hatte er sogar seine Peitsche benutzen müssen.

Als er endlich vor dem Haus des Arztes vorgefahren war,

waren die faulen Viecher so erledigt gewesen, dass sie auf keinen Fall gleich wieder zurück hätten laufen können. Also hatte er sich im Mietstall eine neue Kutsche und andere Pferde besorgt.

Doss räusperte sich respektvoll. „Hannah darf dieses Kind nicht verlieren“, fuhr er fort. „Du hast Gabe zu Dir genommen, und nimm es mir nicht übel, wenn ich sage, dass das schon schlimm genug war. Ich schätze, was ich sagen will, ist, wenn Du noch jemanden zu Dir holen willst, dann nimm mich, nicht Tobias. Er ist erst acht und hat noch so viel vor sich. Ich weiß nicht genau, wie es da oben aussieht, aber wenn es dort Rinder gibt, könnte ich Dir eine gute Hilfe sein. Ich werde mich nützlich machen, darauf gebe ich Dir mein Wort.“ Er hielt inne, schluckte. Sein Gesicht fühlte sich heiß an, und er wusste, dass er sich wie ein verdammter Narr aufführte, aber er war verzweifelt. „So sieht der Fall von meiner Seite aus, also, Amen.“

Danach blies er die Kerze aus – schließlich würde es nicht helfen, wenn die Kirche abbrannte – und drehte sich um.

Am Ende des Gangs stand Doc Willaby, wegen seiner Gicht auf einen Stock gestützt und für die lange, harte Fahrt auf die Triple M Ranch gekleidet.

„Sie sollten es Hannah sagen“, meinte der alte Mann.

„Was soll ich ihr sagen?“ Es machte Doss verlegen, belauscht worden zu sein.

„Dass Sie sie genug lieben, um anstelle ihres Sohnes sterben zu wollen.“

„Das braucht außer Gott niemand zu wissen.“ Er setzte seinen Hut wieder auf. „Was haben Sie hier überhaupt zu suchen? Außer Privatgespräche eines Mannes zu belauschen, meine ich?“

Doc lächelte. Er war stämmig, mit einem vollmondrunden Gesicht, einem dünnen Bart und durchdringenden kleinen Augen, denen nichts zu entgehen schien. „Ich komme mit Ihnen.

Und wir sollten besser losfahren, wenn der Junge so krank ist, wie Sie sagen."

„Was ist mit Ihrem Neffen?"

„Er würde die Fahrt nicht durchhalten", erklärte Doc. „Meine Tasche steht draußen auf der Treppe, und ich wäre Ihnen dankbar, wenn Sie mir in den Schlitten helfen könnten."

Doc Willaby war so alt wie Wüstensand, aber er war der Arzt der McKettricks, solange Doss denken konnte. Um seine eigene Gesundheit war es zwar nicht zum Besten bestellt, doch Doc kannte sich in seinem Beruf aus.

„Dann kommen Sie, alter Mann", meinte Doss. „Und beschweren Sie sich während der Fahrt nicht über das schlechte Wetter. Ich werde keine Zeit haben, mich um Sie zu kümmern."

Obwohl seine Augen ernst blieben, kicherte Doc leise. Er schlug Doss auf die Schulter. „Genau wie Ihr Großvater. Zäh wie eine gekochte Eule mit einem Herz so groß wie der ganze Staat Arizona."

Den alten Kauz in den gemieteten Schlitten zu befördern, war ungefähr so schwer, wie eine Kuh aus einer Teerpfütze zu befreien. Nachdem das geschafft war, kletterte Doss selbst hinauf, nahm die Zügel in eine Hand und warf dem Stalljungen, der zitternd auf dem Gehweg stand, eine Münze zu. Kain und Abel würden mindestens eine Nacht in dem warmen Stall verbringen, mit frischem Stroh und genügend Futter, und egal, wie stur sie auch waren, Doss freute sich für sie.

Er und Doc waren fast auf der Ranch angekommen, als ein Gewitter losbrach, laut genug, um den Schnee von den Ästen zu schleudern. Die Pferde wieherten schrill und scheuten zurück. Der Schlitten kam ins Rutschen und stürzte auf die Seite. Doss hörte den Doc brüllen und spürte, wie er selbst haushoch in die Luft geschleudert wurde.

Kurz bevor er auf dem Boden aufschlug, begriff er, dass

Gott ihn vorhin in der Kirche in Indian Rock offenbar beim Wort genommen hatte. Er würde sterben, doch Tobias durfte leben.

Jemand hämmerte an die Hintertür.

Hannah murmelte Tobias, der sich bei dem Geräusch kerzengerade und mit großen Augen aufgerichtet hatte, ein paar beruhigende Worte zu.

„Das kann nicht Pa sein", meinte er. „Er würde nicht klopfen, sondern einfach reinkommen …"

„Still", befahl Hannah. „Du bleibst im Bett."

Sie rannte die Treppe hinunter und war entsetzt, als sie Doc Willaby über die Schwelle humpeln sah. Seine Kleidung war nass und unordentlich. Ohne Hut stand ihm das Haar wild vom Kopf ab. Seine Haut war grau vor Anstrengung, und er schien kurz davor zusammenzubrechen.

„Es gab einen Unfall", stieß er hervor. „Unten, am Fuß des Hügels. Doss ist verletzt."

Vorsichtig führte Hannah den alten Mann zu einem Stuhl. „Und Sie?", fragte sie atemlos.

Einen Moment dachte der Arzt über die Frage nach, dann schüttelte er den Kopf. „Kümmern Sie sich nicht um mich, Hannah. Aber Doss – es ist mir nicht gelungen, ihn aufzuwecken, ich musste die Pferde befreien, damit sie sich nicht gegenseitig zu Tode trampeln."

In Windeseile lief sie in die Speisekammer, schob die Plätzchendose zur Seite und zog die Flasche mit dem Weihnachts-Whiskey hervor, die Doss dort aufbewahrte. Sie schenkte Doc Willaby ein Glas ein, das er dankbar hinunterschüttete, während sie Gabes Mantel anzog und nach einer Laterne griff.

„Die sollten Sie besser auch mitnehmen." Doc reichte ihr die Whiskeyflasche.

Hannah steckte sie in die Manteltasche. Es gefiel ihr zwar

nicht, Doc und Tobias allein zu lassen, aber sie musste zu Doss.

Mit hochgeschlagenem Mantelkragen gegen den beißenden Wind öffnete sie die Tür und warf sich in den Sturm. Im Stall angekommen, legte sie Seesaw ein Zaumzeug um und kletterte auf eine Schubkarre, um aufzusteigen. Für Sattel und Steigbügel hatte sie keine Zeit.

Die Lampe hoch in einer Hand haltend und mit der anderen den Zügel umklammernd, so ritt Hannah los. Bald schon traf sie auf die beiden Pferde, die Doc befreit hatte, und folgte rückwärts ihrer Spur, bis der Schatten eines umgekippten Schlittens in der Dunkelheit auftauchte.

„Doss!“, schrie sie. Ihre Stimme war heiser, und sie begriff, dass sie den Namen immer und immer wieder gerufen haben musste, nicht nur ein Mal.

Dann sah sie ihn, mit dem Gesicht nach unten im Schnee, einige Meter vom Schlitten entfernt. Hannah befürchtete, dass er sich jeden einzelnen Knochen im Leib gebrochen hatte. Sie kletterte von Seesaws Rücken und stapfte zu der Stelle, wo er völlig reglos lag.

Sie kniete sich neben ihn, stellte die Laterne ab und drehte ihn um.

„Doss“, flüsterte sie.

Er rührte sich nicht.

Hannah beugte sich über ihn, die Wange nah an seinen Lippen und spürte seinen Atem, die gesegnete Wärme auf ihrer Haut.

Tränen der Erleichterung liefen aus ihren Augen, sie wischte sie hastig fort, damit sie nicht in ihren Wimpern zu Eis gefroren.

„Doss!“, rief sie noch einmal.

Er öffnete die Augen.

„Was machst du hier?“ Er klang bestürzt.

„Ich habe nach dir gesucht, du verdammter Idiot", antwortete sie.

„Du bist doch nicht etwa tot, oder?"

„Natürlich bin ich nicht tot." Jetzt ließ sie ihren Tränen freien Lauf. „Und du auch nicht, was wirklich ein Wunder ist, so wie du den Schlitten gefahren haben musst, um einen solchen Unfall zu bauen. Kannst du dich bewegen?"

Blinzelnd stützte er sich auf die Ellbogen und tastete nach seinem Hut.

„Wo ist Doc?" Sein Gesicht wurde hart. „Tobias ..."

„Tobias geht es gut", versicherte sie. „Und Doc ist im Haus, um wieder aufzutauen. Es ist wirklich ein Wunder, dass er es so weit geschafft hat mit seinem Fuß."

Ein Grinsen erhellte Doss' Gesicht, und Hannah hätte ihn dafür am liebsten geohrfeigt. Begriff er denn nicht, dass er sich beinahe umgebracht hatte? Dass sie ihr Kind beinahe allein hätte aufziehen müssen?

„Ich schätze, Doc hat recht", sagte Doss. „Ich muss dir einfach sagen ..."

„Was sagen?", schimpfte Hannah. „Es wird hier draußen von Minute zu Minute kälter, und der Wind wird auch schlimmer. Kannst du aufstehen? Der arme alte Seesaw wird uns beide heimtragen müssen, aber ich schätze, das schafft er schon."

„Hannah." Doss umklammerte ihre Schultern und schüttelte sie leicht. „Ich liebe dich."

„Du redest wirr, Doss. Du bist auf den Kopf gefallen ..."

„Ich liebe dich", wiederholte er. Als er aufstand und Hannah mit sich hochzog, stieß er die Laterne um. Sie erlosch. „Seit dem Tag, an dem ich dich zum ersten Mal gesehen habe."

Ungläubig starrte sie ihn an.

„Ich weiß nicht, was du für mich empfindest, Hannah. Es wäre wundervoll, wenn du genauso fühlen würdest, aber wenn nicht, kannst du es vielleicht lernen."

„Das muss ich nicht erst lernen", hörte sie sich sagen. „Ich bin in diesen Schneesturm geritten, um dich zu finden, oder nicht? Nachdem ich die schlimmsten Qualen ausgestanden und mich immer wieder gefragt hatte, wo du nur bleibst. *Natürlich* liebe ich dich!"

Sein strahlender, triumphaler Kuss wärmte sie bis in die Zehenspitzen.

„Ich werde dir von jetzt an ein richtiger Ehemann sein", schwor er. Dann formte er die Hände zu Steigbügeln. Hannah landete rittlings auf Seesaws geduldigem alten Rücken.

Doss schwang sich hinter sie und griff um sie herum nach den Zügeln. „Lass uns nach Hause reiten", murmelte er nahe an ihrem Ohr.

Den Whiskey in ihrer Tasche hatte Hannah vollkommen vergessen.

Trotz Dunkelheit und Schneetreiben waren die Lichter im Haus in der Ferne zu sehen.

Seesaw kannte den Weg sowieso und trottete ruhig los.

Heute

Die Welt schien steif gefroren, als Sierra am nächsten Morgen aufwachte und feststellte, dass Liam nicht im Bett lag. Von unten wehten Stimmen hinauf, genau wie die Wärme der Heizung und vermutlich auch die eines Feuers.

Sie stieg aus dem Bett, durchkämmte mit den Fingern ihr Haar und huschte den Flur entlang zur Treppe.

Gerade sagte Travis etwas, und Liam lachte laut auf. Der Klang dieses Lachens war für sie wie eine Injektion Sonnenschein. Dann hörte sie eine dritte Stimme, eine weibliche.

Sierra beschleunigte ihre Schritte und rannte mit nackten Füßen die Treppe hinunter.

Travis und Liam saßen am Tisch und sahen sich einen Comic in der Zeitung an. Eine schlanke blonde Frau in Jeans und einem pinkfarbenen Hemd stand an der Theke und trank einen Kaffee.

„Meg?“, fragte Sierra. Natürlich kannte sie Fotos von ihrer Schwester, doch nichts hatte sie auf die wirkliche Frau vorbereitet. Ihre klare Haut schien zu leuchten, und ihr Lächeln war eine Naturgewalt.

„Hallo, Sierra“, erwiderte Meg. „Ich hoffe, es macht dir nichts aus, dass ich unangemeldet vorbeigekommen bin. Ich konnte einfach nicht mehr länger warten. Darum bin ich hier.“

Travis stand auf und legte eine Hand auf Liams Schulter. Stumm verließen die beiden die Küche.

„Alles, was Mom erzählt hat, ist wahr“, sagte Meg leise. „Du bist schön, und Liam auch.“

Sierra konnte nicht sprechen, zumindest in diesem Moment nicht, obwohl ihr Kopf voller Fragen war und jede einzelne zuerst gestellt werden wollte.

„Vielleicht solltest du dich setzen“, schlug Meg vor. „Du siehst aus, als ob du jeden Moment ohnmächtig werden würdest.“

Sierra zog sich einen Stuhl heran und sank darauf. „Wann … wann bist du gekommen?“, fragte sie.

„Gestern Abend.“ Meg schenkte eine frische Tasse Kaffee ein und brachte sie Sierra. „Ich hoffe, dass ich nicht irgendwie störe.“

„Irgendwie störst?“

Die riesigen blauen Augen ihrer Schwester nahmen einen verschmitzten Ausdruck an. Sie schwang ein Bein über die Bank und setzte sich rittlings darauf, so wie viele Generationen von McKettricks es vor ihr getan haben mussten.

„Zwischen dir und Travis läuft etwas“, strahlte Meg. „Das kann ich spüren.“

Ganz kurz fragte Sierra sich, ob sie mit einer Lüge durchkäme, beschloss dann aber, es gar nicht erst zu versuchen. Sie und Meg waren zwar seit ihrer Kindheit getrennt, aber sie waren Schwestern, und sie konnte die Verbindung spüren. Davon abgesehen, wollte sie nicht gleich mit einer Lüge beginnen.

„Die Frage ist", erwiderte sie vorsichtig, „ob irgendetwas zwischen *dir* und Travis läuft."

„Nein", antwortete Meg. „Zu schade. Wir haben versucht, uns ineinander zu verlieben, aber es hat einfach nicht funktioniert."

„Ich rede nicht von verlieben."

Nicht? Travis hatte ihr Leben vollkommen durcheinandergebracht, und so gern sie auch glauben wollte, dass es sich nur um eine körperliche Anziehung handelte, wusste sie doch, dass sehr viel mehr dahintersteckte. Bei Adam hatte sie nie so etwas gefühlt, und in ihn hatte sie sich verliebt, wie naiv es auch gewesen sein mochte. Und dumm.

Meg grinste. „Du meinst Sex? So weit sind wir nie gekommen. Jedes Mal, wenn wir uns zu küssen versuchten, haben wir so lachen müssen, dass überhaupt nichts mehr ging."

Sierra war erstaunt, wie maßlos sie das erleichterte.

„Zu schade, dass er geht", fuhr Meg fort. „Nun müssen wir uns jemand anderen suchen, der sich um die Pferde kümmert. Das wird nicht einfach."

„Travis geht?" Sie glaubte, den Boden unter den Füßen zu verlieren.

Mit einem Klirren stellte Meg ihre Kaffeetasse ab und griff nach Sierras Hand. „Oh mein Gott. Das wusstest du nicht?"

Verdammt, sie würde auf keinen Fall weinen.

Und – wer brauchte Travis überhaupt?

Sie hatte Liam, eine Familie, ein Heim und zwei Millionen Dollar auf dem Konto.

Ihr ganzes Leben lang war sie ohne Travis zurechtgekommen. Dieser Mann war vollkommen überflüssig.

Warum hätte sie dann am liebsten den Kopf in den Armen vergraben und vor Schmerz aufgeheult?

15. KAPITEL

1919

Am Morgen machte Hanna sich in der stillen, eisigen Dämmerung auf den Weg zum Stall. Neben den anderen Tieren standen auch die vier Mietpferde zusammengedrängt in einer Ecke.

Lächelnd führte sie jedes von ihnen in eine Box, fütterte und tränkte sie, und war gerade dabei, die alte Earleen zu melken, als Doss sich zu ihr gesellte. Er war steif und verschrammt, aber ansonsten vollkommen unverletzt, soweit Hannah sehen konnte.

Letzte Nacht hatten sie das Bett geteilt, waren aber viel zu erschöpft gewesen, um sich zu lieben.

„Du solltest zurück ins Haus gehen, Hannah." Doss klang gleichzeitig überrascht und streng. „Das hier ist meine Aufgabe."

„Schön", sagte sie, ohne mit dem Melken aufzuhören. Die rhythmischen Bewegungen beruhigten ihre Gedanken. „Du könntest Eier einsammeln und Butter aus dem Kühlhaus holen. Ich schätze, Doc wird mächtigen Hunger haben, wenn er aufwacht. Bestimmt möchte er Pfannkuchen und auch etwas von dem Speck, den du aus dem Räucherhaus geholt hast."

Doss lief den Gang entlang, leicht hinkend, und spähte in jede einzelne Box. Hannah beobachtete ihn aus den Augenwinkeln.

„Das, was ich gestern Abend gesagt habe, meine ich wirklich, Hannah", sagte er, als er schließlich vor ihr stand. „Ich liebe dich. Aber wenn du zu deiner Familie nach Montana zurück willst, werde ich dich nicht aufhalten. Ich weiß, wie hart es ist, hier draußen auf der Ranch zu leben."

Vor Liebe und Hoffnung schmerzte Hannahs ganzer Körper. „Es *ist* hart, Doss McKettrick, und ich hätte nichts dagegen, die Winter in der Stadt zu verbringen. Aber ich gehe nicht nach Montana – es sei denn, du gehst auch."

Er lehnte sich an einen Balken und betrachtete sie nachdenklich. „Gabe wusste es."

„Gabe wusste was?"

„Was ich für dich empfinde. Ich habe dich von der ersten Sekunde an geliebt, und er hat es sofort erraten. Und weißt du, was er mir gesagt hat?"

„Ich habe keine Ahnung", erwiderte Hannah sehr leise.

„Dass ich mich nicht zu schämen bräuchte, weil es leicht wäre, dich zu lieben."

Tränen brannten in ihren Augen. „Er war ein guter Mann."

„Das war er. Er hat mich vor seinem Tod gebeten, mich um dich und Tobias zu kümmern. Vielleicht hat er damals geahnt, dass du und ich zusammenkommen."

„Das würde mich nicht überraschen", sagte Hannah. Lieber, lieber Gabe. Sie hatte ihn sehr geliebt, aber er war gegangen und hätte gewollt, dass sie so glücklich würde, wie es ihr möglich war. Und Tobias auch.

„Was ich sagen möchte", fuhr Doss fort, nahm seinen Hut ab und drehte ihn in den Händen, „ist, dass ich verstehe, was er dir bedeutet hat. Und du kannst es mir jederzeit sagen, ganz direkt, ich werde nicht eifersüchtig sein."

Da stand Hannah so schnell auf, dass Earleen erschrak und den in der Kälte dampfenden Milcheimer umwarf, der bereits fast voll gewesen war. Sie legte die Arme um Doss und versuchte, ihre Tränen zu verbergen.

„Du bist genau so ein guter Mann, wie Gabe es war, Doss McKettrick", schniefte sie. „Und ich werde dafür sorgen, dass du das nie vergisst."

Blass zwar, aber mit dem vertrauten Funkeln in den Augen lächelte er sie an. „Ich werde dir ein Haus in der Stadt bauen, Hannah", versprach er. „Dort werden wir die Winter verbringen, damit du Menschen um dich hast und Tobias in die Schule gehen kann, ohne zwei Meilen durch den Schnee reiten zu müssen. Würde dir das gefallen?"

„Sehr. Aber ich würde auch für immer auf dieser Ranch bleiben, wenn das bedeutet, dass ich bei dir sein kann."

Doss küsste sie. Seine Hände lagen leicht an ihren Hüften unter dem dicken Stoff von Gabes Mantel.

„Geh du mal rein und kümmere dich ums Frühstück, Mrs. McKettrick. Ich mache das hier fertig."

Sie nickte. „Ich liebe dich, Mr. McKettrick."

In seinen Augen tanzte der Schalk. „Sobald wir Doc wieder in die Stadt geschafft haben, werde ich dich zu Bett bringen, wie es sich gehört."

Sie errötete. Klimperte mit den Wimpern. „Wann geht er?"

Heute

Travis lud sein Gepäck auf den Truck. Er pfiff sogar dabei. Und Meg stieg in ihren Blazer und fuhr irgendwohin.

Das alles beobachtete Sierra vom Fenster aus, und sie wusste nicht, wie sie es Liam erklären sollte, der oben seinen Magen-Darm-Virus ausschlief – wusste nicht, wie sie es sich selbst erklären sollte.

Um etwas zu tun zu haben, holte sie das Fotoalbum aus der Schublade und legte das Erinnerungsbuch weg, ohne es aufzuklappen. Selbst nachdem sie Hannah und Tobias letzte Nacht in Liams Zimmer gesehen hatte, glaubte sie nicht länger an Magie.

Sie setzte sich an den Tisch und öffnete das Album.

Eine zerknitterte und vergilbte Fotografie in Sepia füllte einen Großteil der ersten Seite. Angus McKettrick, der Patriarch der Familie, sah sie ruhig an. In seiner Jungend musste er attraktiv gewesen sein, doch auf diesem Foto war sein dichtes Haar weiß, sein strenges, eckiges Gesicht von Falten der Trauer und des Glücks durchzogen. Seine Augen blickten klar, intelligent und stur.

Es war fast, als ob er gewusst hätte, dass Sierra sich dieses Foto eines Tages ansehen und darin nach etwas von sich suchen würde, als ob er nur für sie beinahe unmerklich lächeln würde.

Sei stark, schien er zu sagen. *Sei eine McKettrick.*

Lange saß Sierra da und unterhielt sich stumm mit dem Bild.

Ich weiß nicht, wie man eine McKettrick ist. Was soll das überhaupt bedeuten?

Angus' Antwort blitzte in seinen Augen auf. Eine McKettrick zu sein, bedeutete, ein Stück Land für sich zu beanspruchen und dort Wurzeln zu schlagen. Daran festzuhalten, was immer auch geschah. Es bedeutete, voller Leidenschaft zu lieben und das Leben zu nehmen, wie es war. Es bedeutete, für das zu kämpfen, was einem wichtig war, aber auch zu wissen, wann man loslassen musste.

All das saugte Sierra in sich auf, dann blätterte sie auf die nächste Seite.

Ein gut aussehendes Paar posierte im Hof vor genau dem Haus, in dem Sierra nun so viele, viele Jahre später saß. Ein kleiner Junge und ein junges Mädchen standen stolz daneben. Darunter hatte jemand sorgfältig die Namen geschrieben. Holt McKettrick. Lorelei McKettrick. John Henry McKettrick. Lizzie McKettrick.

Sie trugen ihren Namen wie eine Auszeichnung, alle vier.

Es folgten noch mehr Bilder von Holt und Lorelei. Auf einem hielten sie beide die Hand eines lachenden Kindes mit goldenem Haar.

Der Name Gabriel Angus McKettrick stand in verblasster Tinte darunter.

Auf der nächsten Seite saß Lorelei mit einem Kind im Arm stolz und aufrecht auf einem Stuhl. Der junge Gabriel stand daneben, eine Hand auf ihrem Schenkel, die Füße überkreuzt, die Spitze eines altmodischen Schuhs auf den Boden gestellt. Hinter ihnen stand Holt und berührte mit einer Hand Loreleis Schulter. Das Baby war Doss Jacob McKettrick.

Beim Weiterblättern bewegte Sierra sich durch das Leben von Gabe und Doss, wie es schien, erhaschte hier und dort einen Blick auf die wichtigen Ereignisse ihres Lebens. Geburtstage. Schulbeginn. Ausritte. Fischen im See.

Sierra hatte das Gefühl, durch ein kleines, sepiagefärbtes Fenster in eine andere Zeit zu blicken, eine Zeit, die so lebhaft und real war wie ihre eigene.

Sie sah, wie Gabe und Doss McKettrick zu jungen Männern heranwuchsen, beide blond, beide gut aussehend und kräftig.

Zuletzt blätterte sie zu einem Hochzeitsfoto. Ihr Blick traf auf Hannah, die stolz neben Gabe stand. Sie trug ein wunderschönes weißes Kleid und hielt einen Blumenstrauß in der Hand.

Hannah.

Die Frau, mit der sie auf unerklärliche Weise dieses Haus teilte. Die Frau, die sie letzte Nacht in Liams Schlafzimmer gesehen hatte, die sich um ihr krankes Kind kümmerte – so wie Sierra sich um Liam kümmerte.

Sierra konnte nicht mehr weiterblättern. Jetzt nicht. Behutsam klappte sie das Album zu.

„Mom?“

Als sie sich umdrehte, sah sie Liam in seinem Flanellpyjama unten an der Treppe stehen. Sein Haar war zerzaust, seine Brille saß schief, und er wirkte schrecklich besorgt.

„Hey, Kumpel“, begrüßte sie ihn.

„Travis packt seine Sachen ins Auto“, verkündete er. „Als

ob er weggehen würde oder so."

Sierras Herz zerbrach in zwei Teile. Sie stand auf und ging zu ihrem Sohn. „Ich denke, er war nur vorübergehend hier, um sich um die Pferde deiner Tante Meg zu kümmern."

Eine Träne lief über Liams Wange. „Er darf nicht gehen", flehte er. „Wer soll sich denn dann um die Heizung kümmern? Und wer bringt uns ins Krankenhaus, wenn ich wieder krank werde?"

„Das alles kann ich machen, Liam." Sierra versuchte es mit einem schwachen Lächeln, doch Liam schien nicht überzeugt. „Okay, vielleicht nicht die Heizung. Aber ich weiß, wie man ein Feuer im Ofen macht. Und den Rest bekomme ich auch hin."

Seine Unterlippe bebte. „Ich dachte … vielleicht …"

Da nahm sie ihn fest in den Arm. Sie wollte selbst weinen, aber nicht vor Liam. Nicht, wenn gerade sein Herz zerbrach, so wie ihres. Einer von ihnen musste stark sein, und zwar sie.

Sie war die Erwachsene.

Sie war eine McKettrick.

Bevor sie noch überlegen konnte, was sie sagen sollte, ging die Hintertür auf, und Travis stand vor ihnen. Er musterte sie flüchtig, dann fiel sein Blick auf Liam.

„Wenn du kommst, um dich zu verabschieden", platzte dieser heraus, „lass es. Es ist mir egal, dass du gehst – *es ist mir egal*!" Damit riss er sich von seiner Mutter los und floh die Treppe hinauf.

„Das lief ja gut", sagte Travis, setzte den Hut ab und hängte ihn an den Haken. Allerdings zog er den Mantel nicht aus, was bedeutete, dass er wirklich gehen wollte.

„Er mag dich", erwiderte sie tonlos. „Aber er kommt darüber hinweg."

Travis betrachtete sie so durchdringend, dass sie einen Moment dachte, er würde widersprechen. „Ich weiß, dass dir das sehr plötzlich erscheinen muss", begann er.

Froh darüber, nicht zu nah bei ihm zu stehen, blieb Sierra auf Abstand. „Es ist dein Leben, Travis. Du hast uns sehr geholfen, und wir sind dir sehr dankbar."

Oben donnerte etwas zu Boden.

Sie schloss die Augen.

„Ich gehe besser rauf und spreche mit ihm", erklärte Travis.

„Nein. Lass ihn in Ruhe. Bitte."

Noch etwas ging zu Bruch.

Sie öffnete Liams Rucksack und nahm den Inhalator heraus. „Ich muss ihn beruhigen. Danke für ... alles. Und leb wohl."

„Sierra ..."

„Leb wohl, Travis."

Auch sie lief die Treppe hinauf.

Liam hatte sein neues Teleskop und den DVD-Player zerstört. Er stand inmitten der Trümmer, ein hilfloses Kind in einer von Erwachsenen regierten Welt, sein Gesicht rot und tränennass.

Bevor sie zu ihm ging, hob Sierra seine Schuhe auf. „Zieh die an, Kumpel." Sie kniete sich vor ihn, um ihm zu helfen. „Du wirst sonst noch in die Scherben treten."

„Ist er ..." Liam schluckte ein Schluchzen hinunter. „... weg?"

„Ich glaube, schon."

„Warum?", heulte Liam und legte eine Hand auf ihre Schulter, um nicht umzukippen, während sie ihm zuerst den einen und dann den zweiten Schuh anzog. „Warum muss er gehen?"

Sie seufzte. „Ich weiß es nicht, Liebling."

„Mach, dass er bleibt!"

„Das kann ich nicht, Liam."

„Doch, kannst du! Du willst es nur nicht! Du *willst* nicht, dass ich einen Dad habe!"

„Liam, das reicht.“ Sierra richtete sich auf und reichte ihm den Inhalator. „Atme“, befahl sie.

Er gehorchte und atmete zwischen herzzerreißenden Schluchzern ein und aus. „Mach, dass er bleibt“, weinte er.

Draußen knallte eine Autotür zu, ein Motor heulte auf.

Und auf einmal kam Bewegung in Sierra.

Sie rannte die Treppe hinunter, durch die Küche und riss die Hintertür auf. Ohne Mantel raste sie über den Hof auf Travis' Truck zu.

Als er sie sah, hielt Travis den Wagen an und ließ das Fenster hinunter.

„Warte“, rief sie und sprang aufs Trittbrett. Und dann wusste sie nicht, was sie noch sagen sollte.

Da Travis vorsichtig die Tür öffnete, musste sie wieder auf den Boden springen. Während er ausstieg, zog er seinen Mantel aus, um sie darin einzuwickeln. Aber er sagte keinen Ton. Er stand einfach nur da und starrte sie an.

Sierra schmiegte sich in seinen Mantel. Er roch nach ihm, und sie wünschte, sie könnte ihn für immer behalten. „Ich dachte, es hätte etwas bedeutet“, murmelte sie schließlich. „Dass wir miteinander geschlafen haben, meine ich. Ich dachte, es hätte etwas *bedeutet.*“

Er legte eine Hand unter ihr Kinn. „Glaub mir“, brummte er. „Das hat es.“

„Warum gehst du dann?“

„Weil mir schien, dass nichts anderes zu tun war. Du warst mit Liam beschäftigt und hast ziemlich klargemacht, dass es nichts zu reden gibt.“

„Wir haben über eine Menge zu reden, Travis Reid. Ich bin nicht nur irgendein … irgendein Rodeo-Groupie, das du nach dem Sex einfach vergessen kannst!“

„Das kannst du laut sagen.“ Er lächelte ein wenig. „Hättest du etwas dagegen, wenn wir das Gespräch drinnen weiterführen? Hier draußen ist es arschkalt, und ich habe keinen Mantel an."

Gefolgt von Travis, marschierte Sierra zurück ins Haus.

Dabei versuchte sie nicht darüber nachzudenken, was das alles bedeuten mochte.

Drinnen deutete sie auf den Tisch, zog den Mantel aus und begann, Kaffee zu kochen, um sich in der Zwischenzeit zu überlegen, was sie sagen sollte.

Aber Travis trat hinter sie und legte seine Hände auf ihre Schultern. „Sierra", sagte er. „Hör auf, an der Kaffeemaschine rumzufummeln, und sprich mit mir."

Sie drehte sich um. „Es ist ja nicht so, dass ich eine Hochzeit erwarte oder so was", wisperte sie. Wahrscheinlich hockte Liam oben an der Treppe und lauschte. „Wir sind erwachsen. Wir hatten ... wir sind *erwachsen*. Aber nach allem, was geschehen ist, hättest du uns wenigstens etwas sagen können ..."

„Als Brody starb, bin ich auch gestorben. Ich habe alles hinter mir gelassen – mein Haus, meinen Job, alles. Und dann habe ich dich getroffen, und als ..." Mit einem schiefen Lächeln brach er ab und blickte zur Treppe. Er vermutete wohl genauso wie sie, dass Liam lauschte. „Als wir *erwachsen* waren, wusste ich, dass das Spiel aus ist. Dass ich langsam die Kurve kriegen und wieder anfangen muss zu leben."

Sie sah ihn sprachlos an.

Sanft berührte er ihre Lippen mit seinen. Es war kein richtiger Kuss, fühlte sich aber so an. „Es ist noch zu früh", fuhr er fort, „aber ich werde es jetzt trotzdem sagen. Gestern ist etwas mit mir geschehen. Etwas, das ich nicht verstehe. Ich weiß nur, dass ich keinen Tag länger wie ein zum Tode Verurteilter leben kann. Ich habe Eve angerufen und gefragt, ob ich meine alte Stelle zurückhaben kann. Ich werde in Indian Rock arbeiten, bei McKettrickCo, zusammen mit Keegan. Und ich will mein Haus zum Verkauf anbieten und meine Sachen einlagern.

Sobald das erledigt ist, werde ich sofort wieder vor deiner Tür stehen und alles tun, um dich für mich zu gewinnen … für immer."

„Was sagst du da?"

Mit rudernden Armen kam Liam die Treppe hinuntergeschossen. „Stell dich nicht so an, Mom! Er ist in dich verliebt!"

„Das stimmt." Travis warf Liam einen gespielt strengen Blick zu. „Ich hatte eigentlich vor, ihr das nach und nach beizubringen."

„Du bist in mich …?", stotterte Sierra.

„… verliebt", beendete Travis ihren Satz. „Und jetzt sag mir nur eins. Habe ich eine Chance bei dir?"

„Gib ihm eine Chance, Mom!", schrie Liam jubilierend. „Das ist doch nicht zu viel verlangt, oder? Alles, was der Mann will, ist eine Chance!"

Sierra lachte, obwohl Tränen ihren Blick verschleierten. „Liam, still!"

„Was meinst du, McKettrick?", fragte Travis. „Bekomme ich eine Chance?"

„Ja", nickte sie. „Oh ja."

„Wenn du in der Stadt arbeitest, kannst du doch gleich bei uns einziehen!" Liam zerrte begeistert an Travis' Ärmel.

Da lachte auch Travis, beugte sich vor und hob Liam auf einen Arm. „Langsam! *Ich* finde den Plan zwar gut, aber ich glaube, deine Mutter braucht etwas mehr Zeit."

„Also gehst du nicht?", fragte Liam mit so viel Hoffnung, dass Sierras Herz zu rasen begann.

„Richtig, ich gehe nicht", versicherte Travis ihm. „Ich habe ein paar Dinge in Flagstaff zu erledigen, dann komme ich zurück."

„Und wirst du hier auf der Ranch leben?", fragte Liam.

„Nicht sofort, Cowboy. Diese Sache ist mir wirklich sehr wichtig. Ich will nichts falsch machen. Verstehst du?"

Der Junge nickte feierlich.

„Gut. Und jetzt wieder rauf mit dir, damit ich deine Mutter küssen kann, ohne dass du uns angaffst."

„Ich habe meinen DVD-Player kaputt gemacht", gestand Liam mit einem Mal sehr geknickt. „Mit Absicht." Er schluckte sichtlich. „Bist du sauer?"

„Du bist es, der jetzt ohne DVD-Player auskommen muss", erwiderte Travis sachlich. „Warum sollte *ich* sauer sein?"

„Tut mir leid, Travis", beteuerte Liam.

Travis stellte den Jungen wieder auf die Füße. „Entschuldigung angenommen. Und wenn wir schon mal dabei sind, mir tut es auch leid. Ich hätte mit euch reden sollen – vor allem mit deiner Mutter –, bevor ich meinen Kram packte. Ich schätze, ich hatte es einfach zu eilig loszulegen."

„Ich verzeihe dir", erklärte Liam großherzig.

Lächelnd zerzauste Travis sein Haar. „Und jetzt ab durch die Mitte!"

Liam flitzte zur Treppe und hüpfte die Stufen hinauf.

„Bist du sicher, dass er krank ist?", fragte Travis.

„Küss mich, Cowboy", forderte Sierra ihn strahlend auf.

1919

Doc Willaby blieb geschlagene drei Tage bei ihnen. Er wartete darauf, dass seine blauen Flecken verheilten und das Wetter sich besserte. Mit Tobias spielte er neben dem Küchenherd endlose Schachpartien, während Hannah und Doss mit aller Kraft versuchten, so zu tun, als ob sie vernünftige Menschen wären. In Wahrheit konnten sie kaum die Hände voneinander lassen.

„Warum muss ich ans andere Ende vom Flur ziehen?", fragte Tobias am Morgen des dritten endlosen Tages.

„Tu es einfach", antwortete Doss.

An diesem Nachmittag fuhr ein von Kain und Abel gezogener Pferdeschlitten in den Hof. Kody Jackson vom Mietstall saß auf dem Kutschbock, begleitet von zwei Vorreitern.

„Dem Herrn sei Dank!" Doc spähte mit Hannah zusammen durchs Fenster. „Sie sind gekommen, um mich nach Indian Rock zurückzubringen." Er blickte Hannah an, dann lächelte er weise. „Jetzt können Sie und Doss aufhören, sich wie ein uraltes Ehepaar aufzuführen und das tun, was ganz natürlich ist."

Obwohl Hannah errötete, konnte sie ein Lächeln nicht unterdrücken. „Es war schön, Sie hier zu haben, Doc." Und das meinte sie auch so. „Sie haben Doss' Leben gerettet. Dafür werde ich Ihnen ewig dankbar sein."

Der alte Mann nahm ihre Hand und drückte sie. „Er liebt Sie, Hannah."

„Ich weiß", nickte sie. „Und ich liebe ihn auch."

„Das ist alles, was auf lange Sicht zählt. Oder auch auf kurze. Jeder von uns hat eine bestimmte Anzahl von Tagen auf dieser Erde. Nur der liebe Gott weiß, wie viele. Wenn Sie Ihre Zeit damit verbringen, Ihren Mann und diesen feinen Jungen zu lieben, dann tun Sie das Richtige."

Da stellte Hannah sich auf die Zehenspitzen und gab dem Doktor einen Kuss auf die Wange. „Danke."

Währenddessen begrüßte Doss Kody und die anderen Männer, dann gingen sie zusammen den Hügel hinunter, um den anderen Schlitten aufzurichten und zurück zum Haus zu bringen.

Bei ihrer Rückkehr mit dem Schlitten stand Doc bereits mit seinem Arztkoffer in einer Hand und dem Stock in der anderen vor der Tür. Er drehte sich um, winkte Hannah zu. Sie winkte zurück und beobachtete voller Zärtlichkeit, wie Doss und die anderen Männer ihm auf den Wagen halfen.

Als Doss nicht gleich zurückkam, räumte Hannah die Küche auf. Tobias war oben in seinem neuen Schlafzimmer am anderen Ende des Flurs. Sie fegte den Boden, stellte frischen Kaffee auf und knipste die Glühbirne an, als die Abendschatten in die Küche drangen.

Noch immer war von Doss nichts zu sehen. Also machte sie ein Feuer im Herd, öffnete die Schublade des Geschirrschranks, hob den Deckel des Fotoalbums und zog das Erinnerungsbuch heraus.

In den drei Tagen, seit sie der anderen Frau und ihrem Jungen in Tobias' Schlafzimmer begegnet war, hatte sie oft an das Erinnerungsbuch gedacht und die Teekanne gut im Auge behalten.

Nichts Ungewöhnliches war geschehen. Sie ging mit dem Buch zum Schaukelstuhl, zog ihn dicht ans Feuer und setzte sich. Vielleicht würde sie nun regelmäßige Eintragungen machen.

Sie könnte über sich und Doss schreiben und darüber, wie Tobias zu einem Mann heranwuchs. Sie könnte festhalten, wann die Pfingstrosen zu blühen begannen und ab und zu eine Fotografie einfügen. Doss hatte versprochen, ein Haus in Indian Rock zu bauen, um die harten Hochlandwinter dort zu verbringen. Wenn es so weit war, könnte sie Zeichnungen von dem neuen Haus anfertigen, und eines Tages würde sie hineinschreiben, dass das Kind geboren war, gesund und kräftig.

So gefangen von den vor ihr liegenden Jahren, die nur darauf warteten, gelebt und zu Papier gebracht zu werden, vergingen ein paar Minuten, bevor Hannah bemerkte, dass eine andere Hand etwas unter ihren eigenen kurzen Absatz geschrieben hatte.

Mein Name ist Sierra McKettrick, heute ist der 20. Januar 2007.

Ich habe auch einen Sohn, sein Name ist Liam. Er ist sieben und hat Asthma. Er ist der Mittelpunkt meines Lebens.

Du hast von mir nichts zu befürchten. Ich bin kein Geist, nur eine ganz normale Frau aus Fleisch und Blut. Eine Mutter wie du.

Ungläubig starrte Hannah die Wörter an. Las sie wieder und wieder.

Das konnte nicht sein.

Doch es war so.

Die Frau, die sie gesehen hatte, war auch eine McKettrick und lebte in ferner Zukunft. Den Beweis hatte sie hier direkt vor sich – auch wenn sie nicht vorhatte, ihn jemals jemandem zu zeigen. Sicher würden einige behaupten, dass sie die Worte selbst geschrieben hatte, aber Hannah wusste, dass es nicht so war.

Voller Verwunderung berührte sie die blaue Tinte. Sie sah irgendwie anders aus als die aus dem Tintenfass.

Doss kam herein und hängte Hut und Mantel auf – wie immer. Hannah drückte das Erinnerungsbuch fest an ihre Brust. Sollte sie es Doss zeigen? Würde er so wie sie glauben, dass zwei verschiedene Jahrhunderte sich auf irgendeine Weise berührten und vermengten, genau in diesem Haus?

Ihr Herz flatterte in ihrer Brust.

„Hannah?" Er klang besorgt.

„Komm und sieh dir das an, Doss."

Er ging neben ihrem Stuhl in die Hocke und las die beiden Einträge. Dabei beobachtete sie sein Gesicht, hoffnungsvoll und verängstigt.

Als er fertig war, hob Doss den Blick. „Das ist das Merkwürdigste, was ich jemals gesehen habe."

„Und da ist noch mehr. Ich habe sie gesehen, Doss. Ich habe diese Frau und ihren kleinen Jungen gesehen, in der Nacht deines Unfalls."

Er legte eine Hand auf ihre. „Wenn du das sagst Hannah, dann glaube ich dir", meinte er ruhig.

„Wirklich?“

„Überrascht dich das?“

„Ein wenig“, gestand sie. „Als Tobias behauptete, den Jungen gesehen zu haben, sagtest du, dass er es sich nur eingebildet haben muss.“

„Das Leben ist merkwürdig. Wo man auch hinschaut, entdeckt man Geheimnisse und Rätsel. Wenn Kinder geboren werden. Wenn Gras nach einem langen Winter durch die Erde bricht. Das Gefühl, das ich habe, wenn du mich anlächelst.“

Hannah beugte sich vor und küsste seine Stirn. „Schmeichler.“

„Schläft Tobias?“

Prompt errötete sie. „Ja.“

Er zog sie auf die Beine, legte das Erinnerungsbuch auf den Küchentisch und küsste sie.

„Ich denke, wir haben lang genug gewartet, meinst du nicht?“

Stunden später, mit zerzaustem Haar und in eine Decke gehüllt, schlich Hannah wieder nach unten. Sie holte Tinte und Füllfederhalter aus dem Herrenzimmer und entzündete eine Lampe in der Küche.

Dann begann sie lächelnd zu schreiben.

Heute

Travis lag auf dem Bauch, ausgestreckt in Sierras Bett, er schlief tief und fest. Sie setzte sich auf und strich zärtlich über seinen nackten Rücken. In den drei Tagen, die er nun nicht mehr im Wohnwagen lebte, war er mehrere Male aus diesem oder jenem Grund zurückgekommen. Und Meg hatte kurzerhand ein paar Sachen zusammengepackt und war mit Liam in die Stadt gefahren, um dort ein paar Tage bei Freunden zu bleiben.

„Ihr zwei braucht wirklich etwas Zeit allein“, hatte sie gesagt, ein funkelndes Grinsen in den Augen.

Sierra lächelte. Bisher hatten sie die Zeit allein gut genutzt. Sie hatten viel gesprochen – in den Pausen, wenn sie nicht miteinander schliefen –, und sie hatten sich noch immer viel zu sagen, vielleicht genug für ein ganzes Leben.

Nachdem sie das Licht angeknipst hatte, nahm sie Hannahs Erinnerungsbuch vom Nachttisch und öffnete es. Gleich darauf weiteten sich ihre Augen vor Überraschung, und sie sog scharf die Luft ein.

Unter ihrem eigenen Eintrag stand in Hannahs steifer und verblasster Schrift zu lesen:

Es ist schön, zu wissen, dass noch eine Frau im Haus ist, auch wenn ich dich meistens nicht sehen oder hören kann. Wir müssen verwandt sein, weil dein Name auch McKettrick ist. Vielleicht stammst du sogar von uns ab, von Doss und mir. Ich habe meinem Sohn Tobias gesagt, dass du Sierra heißt. Er findet den Namen hübsch und möchte, dass unser Kind, wenn es ein Mädchen wird, auch so heißt …

Da stand noch mehr, aber Sierra konnte es nicht lesen, weil die Buchstaben vor ihren Augen verschwammen. Ohne darauf zu achten, ob sie Travis aufweckte, sprang sie aus dem Bett und lief die Treppe hinunter in die Küche. Dort nahm sie das Fotoalbum aus dem Geschirrschrank und blätterte durch die Seiten. Sie war ungefähr in der Mitte angekommen, als Travis sich blinzelnd und nackt bis auf seine Jeans zu ihr gesellte.

„Was ist denn los?“, fragte er gähnend.

Sierras Herz schlug noch immer heftig. Sie versuchte, sich zu beruhigen und die Seiten behutsamer umzublättern. Schließlich fand sie, wonach sie gesucht hatte – eine uralte Fotografie von einer Frau und zwei Kindern, die in die Kamera lächelten. Der kleine Junge, den sie in Liams Zimmer gesehen hatte, und Hannah mit einem Säugling in einem langen Spitzenkleid auf dem Arm.

Unter dem Bild hatte Hannah Tobias' Namen geschrieben – und den des Kindes.

Sierra Elizabeth McKettrick.

Travis kam näher. „Sierra …"

„Schau dir das an." Sie stach mit einem Finger auf das Foto. „Was siehst du?"

„Ein altes Foto von zwei Kindern."

„Sieh dir den Namen des Babys an", forderte sie ihn auf.

„Sierra. Du musst nach ihr benannt worden sein."

„Ich glaube, *sie* wurde nach *mir* benannt", korrigierte sie ihn.

„Wie könnte *sie* nach *dir* benannt worden sein?"

„Setz dich." Sie reichte ihm Hannahs Erinnerungsbuch. „Lies."

Er las und sah sie mit großen Augen an. „Du glaubst doch nicht wirklich …"

„Dass ich mit einer Frau kommuniziere, die 1919 in diesem Haus gelebt hat und wahrscheinlich noch viele Jahre danach? Doch, Travis, genau das glaube ich!"

„Aber *wie*?"

„Du hast es selbst gesagt, als ich hier angekommen bin. In diesem Haus geschehen seltsame Dinge."

„Das ist mehr als seltsam. Wirst du noch jemandem davon erzählen?"

„Mutter und Meg", antwortete Sierra. „Und Liam, wenn er etwas älter ist."

Er ergriff ihre Hand. „Und mir. Du hast es *mir* erzählt, Sierra."

„Stimmt."

„Du musst mir vertrauen."

Sie grinste. „Du hast recht. Ich muss dir ganz schön vertrauen, Travis Reid."

„Können wir jetzt zurück ins Bett gehen?"

Nachdem Sierra Hannahs Erinnerungsbuch sorgfältig verstaut hatte, rief sie „Erste!" und jagte zur Treppe.

– ENDE –

Linda Lael Miller

Nacht der Wunder

Roman

Aus dem Amerikanischen von
Tess Martin

MIRA®

1. KAPITEL

22. Dezember 1896

Lizzie McKettrick lehnte sich in ihrem Sitz nach vorn, als würde der Zug auf diese Weise schneller fahren. Nach Hause. Sie fuhr endlich *nach Hause*, auf die Triple M Ranch, zu ihrer großen, lauten Familie. Nach über zwei Jahren, in denen sie zuerst in Miss Ridgelys Anstalt für junge Frauen gutes Benehmen und Kultiviertheit gelernt und dann eine normale Schule besucht hatte, kehrte Lizzie zurück. Endlich zurück zu den Menschen, die sie liebte – und zwar für immer. Sie kam einen Tag früher als erwartet an, um alle zu überraschen – ihren Vater, ihre Stiefmutter Lorelei und die kleinen Brüder John Henry, Gabriel und Doss. Für alle hatte Lizzie Geschenke gekauft. Die meisten hatte sie schon vor Wochen von San Francisco aus losgeschickt. Ein paar besonders wertvolle jedoch lagen gut verpackt in einer ihrer drei riesigen Reisetruhen.

Nur ihr Großvater Angus McKettrick, der Patriarch des großen Familienclans, wusste, dass sie schon heute Abend kam. Er wird an dem kleinen Bahnhof in Indian Rock auf mich warten, dachte Lizzie glücklich – wahrscheinlich mit den Zügeln eines großen flachen Pferdeschlittens in der Hand. Mit diesen Schlitten schafften sie normalerweise das Futter zu eingeschneiten Rinderherden. Sie hatte ihm in ihrem letzten Brief geschrieben, dass sie all ihre Sachen mitbringen würde. Denn dieses Mal kam sie für immer zurück und nicht nur für einen kurzen Besuch zu Weihnachten wie in den letzten beiden Jahren.

Lizzie lächelte, weil selbst ihr engster Vertrauter Angus – von ihren Eltern einmal abgesehen – nicht *alle* Fakten ihrer Rückkehr kannte.

Aus den Augenwinkeln betrachtete sie Whitley Carson, der neben ihr gegen das verrußte Fenster gelehnt und in eine Decke gekuschelt tief und fest schlief. Sein Atem ließ die Scheibe beschlagen. Immer wieder zuckte er zusammen und grummelte etwas vor sich hin.

Leider war Whitley zwar äußerst charmant, hielt aber offenbar wenig von Zugreisen. Seit sie in San Francisco eingestiegen waren, hatte er kaum eine Gelegenheit verstreichen lassen, sich zu beschweren.

Der Zug wäre schmutzig.

Es gäbe keinen Speisewagen.

Der über ihnen wabernde Zigarrenqualm reizte seinen Husten.

Ihm würde nie mehr warm werden.

Was in aller Welt war nur in die Frau drei Reihen hinter ihnen gefahren, dass sie eine so lange Reise mit zwei frechen Kindern und einem schreienden Säugling antrat?

In diesem Moment gab das Baby einen kläglichen Schrei von sich.

Lizzie, die an Babys gewöhnt war, weil es so viele davon auf Triple M gab, störte das nicht. Was sie hingegen sehr wohl störte, war Whitleys offensichtlicher Unmut gegenüber Kindern. Obwohl sie als Lehrerin arbeiten wollte – verheiratet oder nicht –, hoffte sie, eines Tages selbst einen ganzen Stall voller Kinder zu haben. Gesunde, laute, wilde Kinder, aus denen selbstbewusste Erwachsene und Freidenker werden würden. Es fiel ihr nicht leicht, in jenem Whitley den Vater ihrer Kinder zu sehen.

Der Mann jenseits des Gangs legte seine Zeitung zur Seite, stand auf und streckte sich. Er war vor ein paar Stunden zugestiegen, in Phoenix, in der Hand eine Arzttasche aus gesprungenem und verkratztem Leder. Seine Weste war sauber, aber sichtlich abgetragen. Er trug weder Hut noch Waffe – ein seltener Anblick in dem noch immer wilden Gebiet um Arizona herum.

Obwohl Lizzie annahm, dass Whitley, sobald sie bei ihrer Familie waren, um ihre Hand anhalten würde, warf sie dem Fremden verstohlene Blicke zu. Er hatte irgendetwas an sich, das immer wieder ihre Aufmerksamkeit auf sich zog.

Der Mann hatte dunkles, recht langes Haar und braune ernste Augen. Auch wenn er vermutlich nicht viel älter als Lizzie war, die demnächst zwanzig wurde, lag eine Reife in seinem Verhalten und seiner Miene, die sie anzog. Es kam ihr so vor, als ob er schon viele Leben gelebt hätte, zu anderen Zeiten und an anderen Orten.

Sie hörte, wie er leise zu der Mutter sprach, und spürte ein ganz spezielles kleines Ziehen an der geheimsten Stelle ihres Herzens, als sie sah, wie er das in einen schäbigen, ausgefransten Quilt gewickelte Kind hielt.

Whitley schlief weiter.

Außer ihnen saßen nur wenige andere Passagiere in dem Waggon. Ein fahler und sehr magerer Soldat in blauer Uniform, der sich offenbar gerade von einer grässlichen Krankheit oder Verletzung erholte. Ein beleibter Vertreter mit einem Musterkoffer auf dem Schoß, dessen Griff er mit einer Hand umklammerte, während er in der anderen eine brennende Zigarre hielt. Offenbar besaß er einen unerschöpflichen Vorrat an diesen Dingern, da er eine nach der anderen wegpaffte. Ein älteres, schweigsames Paar reiste mit einem exotischen weißen Vogel in einem wunderschönen Messingkäfig bei sich. Herrliche blaue Federn schmückten den Kopf des Vogels, der, sobald seine Besitzer das rote Seidentuch vom Käfig zogen, vor sich hin plapperte.

Sie alle – von Whitley natürlich abgesehen – waren Fremde für Lizzie. Wobei ihr Whitley in diesem neuen und unangenehmen Licht ebenfalls fremd erschien.

Neues Heimweh erfasste Lizzie. Sie sehnte sich entsetzlich danach, unter Menschen zu sein, die sie kannte. Menschen wie Lorelei, die bestimmt seit Wochen unaufhörlich buk, Päckchen versteckte und Geheimnisse bewahrte. Oder wie ihr Vater Holt, der sich in den Pausen im Schuppen einschloss, um Schlitten, Spielzeugkutschen und Puppenhäuser zu schnitzen. Einiges davon würde er Lizzies Brüdern und den vielen Cousins und Cousinen schenken. Doch der größte Teil war für die ärmeren Haushalte in der Umgebung von Triple M gedacht.

Zwar lagen immer Berge von Geschenken unter dem Weihnachtsbaum, und es gab reichlich köstliches Essen, doch für die McKettricks ging es Weihnachten überwiegend darum, Leuten Geschenke zu machen, die nicht so viel besaßen wie sie. Darum nähten Lorelei, Lizzie und alle Tanten jedes Jahr etliche Stoffpuppen und -tiere, die beim Gemeindefest am Weihnachtsabend in der Kirche verteilt wurden.

Der Fremde, der jetzt mit dem Baby auf dem Arm den Gang entlangging, riss Lizzie aus ihren Gedanken. Er sah ihr ins Gesicht. Zwar lächelte er nicht direkt, doch irgendetwas blitzte in seinen Augen auf.

Sein Anblick beschämte Lizzie. *Sie* hätte der überforderten Mutter drei Reihen weiter hinten ihre Hilfe anbieten sollen. Das Kind beruhigte sich bereits ein wenig, es gurrte und sabberte auf das weiße Hemd des Mannes. Falls ihn das störte, so ließ er es sich nicht anmerken.

Hinter den Zugfenstern wirbelten dicke Schneeflocken durch die zunehmende Abenddämmerung. Und obwohl Lizzie mit Gedankenkraft versuchte, das Tempo des Zugs zu beschleunigen, schien er eher langsamer zu werden.

Gerade als sie dem Mann den Säugling abnehmen wollte, ertönte aus allen Richtungen ein entsetzliches Getöse – als ob tausend Gewitter gleichzeitig zusammenkrachten. Der Waggon ruckte heftig und stoppte dann unvermittelt mit einem Beben. Als ob der ganze Zug aus den Schienen springen wollte, neigte er sich zur Seite, stellte sich dann aber wieder mit einem Übelkeit erregenden Wackeln auf.

Der Vogel schlug vor Angst wild kreischend mit den Flügeln.

Lizzie, die beinahe aus ihrem Sitz geschleudert wurde, spürte einen festen Griff an ihrer Schulter. Beim Aufsehen erkannte sie den Fremden, der noch immer aufrecht stand, das Baby sicher in seiner rechten Armbeuge. Irgendwie war es ihm gelungen, auf den Beinen zu bleiben, das Kind zu halten *und* Lizzie davor zu bewahren, auf den gegenüberliegenden Sitz geworfen zu werden.

„W…was?“, murmelte sie erschrocken.

„Eine Lawine vermutlich“, erwiderte der Mann ruhig.

Der wiedererwachte Whitley war genauso verängstigt wie der Vogel. „Sind wir entgleist?“, wollte er wissen.

Der Fremde ignorierte ihn. „Ist jemand verletzt?“, fragte er, tätschelte den Rücken des Babys und schaukelte es vorsichtig an seiner Schulter.

„Mein Arm“, wimmerte die Mutter des Säuglings im hinteren Teil. „Mein Arm …“

„Keine Panik“, sagte der Mann, drückte Lizzie das Baby in die Arme und nahm die Medizintasche von der Ablage über seinem Sitz. Er sprach leise mit dem älteren Ehepaar. Lizzie sah, wie sie nickten. Sie waren also in Ordnung.

„Keine Panik!“, krächzte der Vogel. „Keine Panik!“

Trotz der ernsten Situation musste Lizzie lächeln.

Whitley rieb sich den Nacken und beäugte die Arzttasche. „Ich glaube, ich bin verletzt“, rief er. „Sie sind Arzt, nicht wahr? Ich brauche Laudanum.“

„Laudanum!“, forderte der Vogel.

„Psst, Woodrow“, flüsterte die alte Dame. Ihr Mann legte

das Tuch über den Käfig, woraufhin Woodrow umgehend verstummte.

Mit einem kurzen Nicken beantwortete der Arzt Whitleys Anfrage. „Ja, ich bin Arzt. Mein Name ist Morgan Shane. Ich werde Sie mir ansehen, sobald ich Mrs. Halifax' Arm verarztet habe."

Das Baby begann in Lizzies Armen zu schreien und sich nach seiner Mutter zu strecken.

„Bring es zum Schweigen", blaffte Whitley. „Ich habe Schmerzen."

„Schweigen", wiederholte Woodrow gedämpft durch das Seidentuch. „Ich habe Schmerzen!"

Ohne auf Whitley zu achten, stand Lizzie auf. „Dr. Shane?"

Er hockte im Gang neben der Mutter des Säuglings und untersuchte behutsam ihren Arm. „Ja?", fragte er ein wenig gereizt und ohne von seiner Arbeit aufzusehen. Die älteren Kinder, ein Junge und ein Mädchen, klammerten sich auf dem anderen Sitz aneinander.

„Das Baby – so wie es schreit – denken Sie, es könnte verletzt sein?"

„Es ist ein Mädchen", wisperte die Frau.

„Sie hat sich nur sehr erschreckt", erklärte Dr. Shane, diesmal freundlicher. „So wie der Rest von uns auch."

„Ich glaube, wir sind verschüttet", rief der Soldat.

„Verschüttet!", stimmte Woodrow mit einem Rascheln seiner Federn zu.

Tatsächlich drückten sich auf einer Seite des Waggons Schnee, Äste und Steine gegen die Fenster. Auf der anderen Seite lag ein tiefer Abgrund, wie Lizzie von ihren früheren Reisen wusste.

„Nur eine Verstauchung", verkündete Dr. Shane Mrs. Halifax. „Ich mache Ihnen eine Schlinge. Wenn die Schmerzen zu schlimm werden, kann ich Ihnen etwas Medizin geben. Allerdings würde ich lieber darauf verzichten. Sie stillen das Baby, oder?“

Mrs. Halifax nickte und biss sich auf die Unterlippe. Lizzie bemerkte, dass die Frau höchstens so alt war wie sie, vielleicht sogar jünger. Sie war mager, geradezu ausgezehrt, ihre Kleider waren zerschlissen und ausgeblichen.

Spontan dachte Lizzie an den Inhalt ihrer Truhen: Wollkleider, Schals und der warme schwarze Mantel mit dem marineblauen Seidenkragen. Lorelei hatte ihn Lizzie zum Schulabschluss geschickt, damit sie auf der Heimfahrt schick aussah und trotzdem nicht frieren musste. Sie hatte allerdings beschlossen, dieses teure Kleidungsstück nur sonntags anzuziehen.

Sie lief zurück zu Whitley, das Baby noch immer in den Armen. „Wir brauchen deine Decke“, sagte sie.

Whitley runzelte die Stirn und wickelte sich nur noch fester in den weichen Stoff. „Ich bin verletzt“, protestierte er. „Könnte sein, dass ich unter Schock stehe.“

„Du bist nicht verletzt“, antwortete sie genervt und klopfte mit dem Fuß auf den Boden. „Aber Mrs. Halifax. Whitley, gib mir die Decke.“

Daraufhin umklammerte Whitley die Decke so heftig, dass seine Fingerknöchel weiß wurden, und schüttelte hartnäckig den Kopf. In diesem Moment erkannte sie, dass sie Whitley Carson nicht heiraten konnte. Nicht einmal, wenn er sie auf Knien anflehen würde, was zwar nicht sehr wahrscheinlich, aber eine befriedigende Vorstellung war.

„Nehmen Sie meine, Ma'am“, rief der Soldat von hinten und bot ihr einen ausgewaschenen Quilt an, den er aus seinem überdimensionalen Seesack zog.

Der Vertreter, dessen Zigarre beim Unfall ausgegangen war, aber noch immer zwischen seinen Lippen steckte, öffnete den Musterkoffer. „Ich habe hier ein paar Geschirrtücher“, wandte er sich an Dr. Shane. „Feinste ägyptische Baumwolle, handgewebt. Eins davon würde bestimmt eine gute Schlinge abgeben."

Der Arzt bedankte sich bei dem Vertreter und nahm den Quilt von dem Soldaten entgegen.

„Wenn ich nur zu meinen Reisetruhen käme", ärgerte sich Lizzie, während sie sich das inzwischen etwas ruhigere Baby gekonnt auf die Hüfte setzte. Durch ihre jüngeren Brüder und die zahlreichen Cousins war sie den Umgang mit kleinen Kindern gewöhnt.

„Das ist nun wirklich nicht der Zeitpunkt, um sich Sorgen über die Garderobe zu machen", bemerkte Dr. Shane abfällig. Er war gerade dabei, aus dem Geschirrtuch eine Schlinge für Mrs. Halifax' Arm herzustellen.

Lizzie errötete. Fast hätte sie ihm erklärt, warum sie zu ihrem Gepäck wollte – nämlich aus wahrhaft uneigennützigen Gründen –, doch ihr Stolz hielt sie davon ab.

„Ich habe Schmerzen!", beschwerte sich Whitley weiter vorn.

„Ich habe Schmerzen", echote Woodrow inzwischen deutlich leiser.

„Vielleicht sollten Sie sich um Ihren Mann kümmern", bemerkte Dr. Shane knapp, während er sich aufrichtete.

Lizzies Wangen wurden noch heißer, obwohl es in dem Waggon immer kälter wurde. Inzwischen konnte sie schon ihren eigenen Atem sehen. „Whitley Carson", erwiderte sie, „ist mit Sicherheit *nicht* mein Mann."

So etwas Ähnliches wie ein Lächeln tanzte in Dr. Shanes dunklen Augen. „Nun", sagte er gedehnt, „dann haben Sie doch mehr Verstand, als ich Ihnen zugetraut hätte, Miss …?"

„McKettrick", sagte Lizzie. „Lizzie McKettrick."

Dr. Shane, der gerade im Begriff war, sich zu dem Soldaten umzudrehen, hielt inne und hob die Augenbrauen. Er kennt den Namen McKettrick, dachte Lizzie. Er war auf dem Weg nach Indian Rock, der letzten Station auf dieser Strecke, sonst säße er nicht in diesem Zug. Vielleicht hatte er sogar geschäftlich mit ihrer Familie zu tun.

Ihr kam ein schrecklicher Gedanke. War jemand in ihrer Familie krank? Ihr Vater? Lorelei? Oder Angus? Während ihrer Abwesenheit hatte sie viele Briefe geschrieben und erhalten. Lizzie hatte mit fast allen Mitgliedern der riesigen Familie korrespondiert. Aber vielleicht hatten sie ihr etwas verheimlicht und warteten darauf, ihr persönlich die schlechte Nachricht zu überbringen …

Als Dr. Shane ihr Gesicht sah, aus dem sämtliche Farbe gewichen sein musste, runzelte er die Stirn. Er trat sogar einen Schritt auf sie zu. Vielleicht aus Furcht, dass sie das kleine Mädchen fallen ließ, das sich jetzt an Lizzie schmiegte. Der kleine Körper erbebte unter einem leichten Schluckauf, den das Weinen verursacht hatte.

„Geht es Ihnen gut, Miss McKettrick?“

Lizzie drückte ihr Rückgrat durch, ein Trick, den sie von ihrem Großvater kannte. *Halt den Rücken gerade und deine Schultern auch, Lizzie-Mädchen, vor allem, wenn du dich fürchtest.*

„Mir geht es gut“, sagte sie fest.

Dr. Shane schenkte ihr die Kopie eines anerkennenden Lächelns. „Gut, denn wir haben hier noch einiges vor uns, und ich brauche Ihre Hilfe.“

Nachdem der erste Schock langsam nachließ, überrollte die Erkenntnis, wie gefährlich die Situation war, Lizzie wie eine zweite Lawine.

„Ich muss nach dem Lokführer und dem Schaffner sehen“, sagte Dr. Shane und drückte sich in dem engen Gang an ihr vorbei.

„Man wird uns retten“, sagte sie mit einem Nicken, ebenso

sehr zu sich selbst wie zu Dr. Shane. Whitley hörte nicht zu, er hatte einen Flakon aus seiner Tasche gezogen und begonnen, große Schlucke zu trinken. Der Vertreter und der Soldat unterhielten sich mit leiser Stimme, während Mrs. Halifax und ihre Kinder sich unter dem Quilt zusammenkuschelten. Das ältere Ehepaar flüsterte sich beruhigend zu, Woodrows Käfig spannte sich von einem Schoß zum anderen wie eine Brücke. „Wenn wir nicht pünktlich in Indian Rock ankommen, wird man nach uns suchen", erklärte sie ihren Mitreisenden.

Ihr Vater. Ihre Onkel. Jeder kräftige Mann und Junge in Indian Rock vermutlich. Alle würden ihre Pferde satteln, Schlitten anspannen und den Schienen folgen, bis sie den verunglückten Zug gefunden hätten.

„Haben Sie mal aus dem Fenster gesehen?", fragte Dr. Shane gedämpft. „Hier ist meilenweit nichts. Auf der einen Seite liegen mindestens fünf Meter Schnee und auf der anderen ein Abgrund. Zwar kann ich nur raten, aber sie scheinen mir ein vernünftiges, praktisch veranlagtes Mädchen zu sein, also werde ich Ihnen die Wahrheit zumuten. Wir stecken in großen Schwierigkeiten. Eine weitere Lawine könnte uns in den Abgrund reißen. Es bräuchte eine ganze Armee, um uns auszugraben, und ein kranker Soldat ist noch lange keine Armee. Wir können nicht bleiben, wir können nicht gehen. Da draußen tobt ein ausgewachsener Schneesturm."

Nachdem sie einmal heftig geschluckt hatte, hob Lizzie das Kinn. „Ich bin kein Mädchen", entgegnete sie. „Ich bin fast zwanzig, und ich bin Lehrerin."

„*Zwanzig?*", spöttelte der Arzt. „So alt. Und eine Lehrerin obendrein."

Doch Lizzie dachte schon wieder an ihre Familie – ihren Vater, ihren Großvater, ihre Onkel. „Sie werden kommen", wiederholte sie mit Überzeugung. „Ganz gleich, was passiert."

„Ich hoffe, Sie haben recht", seufzte Dr. Shane, während

er an den Ärmeln seines abgetragenen Mantels zupfte. „Wer auch immer ‚sie' sein mögen, sie sollten sich beeilen und in der Lage sein, sich durch einen Berg von Schnee zu graben, um uns hier rauszuholen. Es wird stockdunkel sein, bevor irgendjemand auch nur bemerkt, dass unser Zug Verspätung hat. Und da Verspätungen nicht gerade ungewöhnlich sind, vor allem bei diesem Wetter, wird die Suche nicht vor morgen früh beginnen – wenn überhaupt."

„Wo bleibt denn das Laudanum?", wimmerte Whitley. Seine Wangen glühten rot in dem blassen Gesicht. Wenn Lizzie es nicht besser gewusst hätte, hätte sie geglaubt, er wäre schwindsüchtig.

Dr. Shane klopfte auf seine Arzttasche. „Genau hier", antwortete er. „Und es verträgt sich nicht mit dem Whiskey, den Sie da runterschütten. Ich würde mich an Ihrer Stelle etwas zurückhalten."

Whitley sah aus wie ein hübsches, schmollendes Kind. Was habe ich nur je in ihm gesehen, fragte sich Lizzie. Wo war der umwerfende Charme geblieben, den er in San Francisco ausgestrahlt hatte, wenn er seinen Namen bei jedem Fest auf ihre Tanzkarte eintrug, poetische Liebesbriefe schickte und Blumen?

„Wollen Sie ihn nicht untersuchen?", fragte Lizzie und dachte an ihre frühere Überzeugung, dass sie beide sich nach ihrer Hochzeit in Indian Rock niederlassen würden, damit sie dort unterrichten und immer in der Nähe ihrer Familie sein konnte. Es schien Whitley nichts auszumachen, so weit entfernt von seinen eigenen Verwandten zu leben. Doch nun erst erkannte sie, dass er sich nie darauf oder auf überhaupt irgendetwas festgelegt hatte. „Er könnte wirklich verletzt sein, wissen Sie."

„Ihm geht's gut", entgegnete Dr. Shane kurz. Dann lief er mit seiner Tasche den Gang entlang Richtung Lokomotive.

„Was für ein Arzt ist der überhaupt?“, grummelte Whitley.

„Einer, der viel zu tun hat, vermute ich“, antwortete Lizzie. Dabei sah sie jedoch nicht zu ihm, sondern auf die Tür, durch die Dr. Shane gerade verschwunden war. Sie wusste, dass der Waggon vor ihnen leer war und sich daran die Lokomotive anschloss. Seit der Lawine hatten sie kein Lebenszeichen vom Schaffner bemerkt. Wäre er nicht sofort in den einzigen besetzten Waggon geeilt, um zu sehen, ob es Verletzte gab, wenn er gekonnt hätte? Und was war mit dem Lokomotivführer?

Voller Sorge beschloss sie, Dr. Shane zu folgen. Sie musste einfach wissen, wie schlimm die Situation wirklich war. Gerade wollte sie Whitley das Baby in den Arm drücken, als der zurückzuckte, als ob sie ihm eine zischende Klapperschlange hinhalten würde.

Ungehalten brachte Lizzie das Kind zurück zu Mrs. Halifax, legte es ihr behutsam in den Schoß und wickelte dann den Quilt wieder fest um sie. Der Vertreter und der Soldat saßen jetzt beieinander und spielten irgendein Kartenspiel auf dem Kofferdeckel. Der ältere Herr überließ Woodrow der Obhut seiner Frau und stand auf. „Gibt es etwas, das ich tun kann?“, fragte er niemand Bestimmtes.

Lizzie antwortete nicht, sondern warf dem alten Mann nur ein dankbares Lächeln zu und eilte auf die Lokomotive zu.

„Wohin gehst du?“, fragte Whitley mürrisch, als sie an ihm vorbeikam.

Aber sie machte sich nicht die Mühe zu antworten.

Ein kalter Wind schnitt in ihre Haut, als sie aus dem Waggon trat. Der Schnee fiel jetzt noch heftiger und legte sich bedrohlich über das Dach des Zugs – wie ein Baldachin. Der Waggon vor ihrem lag auf der Seite. Die schwere Eisenkuppplung, die ihn einmal mit dem zweiten Waggon verbunden hatte, war in zwei glatte Teile zerbrochen.

Kurz dachte Lizzie daran umzukehren, doch das verzweifelte Bedürfnis, das wahre Ausmaß des Unglücks zu erfahren, war größer als jede Vorsicht. Behutsam kletterte sie über die eisbedeckte kleine Leiter nach unten und bückte sich, um in den umgefallenen Waggon zu schauen.

Die Sitze, die seitlich aus den Wänden ragten, boten einen schauerlichen Anblick. Sie stieß ein leises Dankgebet aus, dass niemand in diesem Teil des Zugs gesessen hatte, und kroch hinein. Drinnen zog sie sich an einer offenen Gepäckablage hoch und ging durch den Waggon, indem sie von einem Sitz auf den nächsten trat.

Als sie die Tür erreichte, machte sie sich bereit, erneut auf den Boden zu klettern, um danach in die Lokomotive zu steigen.

Die Lokomotive stand jedoch aufrecht, und der Schnee lag so dicht zwischen den beiden Wagen, dass sie darüber gehen konnte. Lizzie kletterte in den Maschinenraum.

Dampf zischte aus einem zerstörten Kessel.

Der Schaffner lag auf dem Boden, der Lokomotivführer neben ihm.

Bei ihnen kniete Dr. Shane und blickte mit so einem bestürzten Gesicht zu Lizzie auf, dass sie gelacht hätte, wenn die Situation nicht so schrecklich gewesen wäre.

„Sie sagten doch, dass Sie vielleicht meine Hilfe brauchen", erklärte sie.

So wie der Arzt aussah, wusste Lizzie sofort, dass die beiden Männer auf dem Boden der Lokomotive entweder tot oder tödlich verletzt waren.

Tränen brannten in ihren Augen, als sie sich deren Familien vorstellte, die gerade das Weihnachtsfest vorbereiteten, ohne zu ahnen, dass die sehnsüchtig erwarteten Menschen niemals zurückkehren würden.

„Es ging schnell", sagte Dr. Shane, der jetzt vor ihr stand

und eine Hand auf ihre Schulter legte. „Kannten Sie sie?“

Stumm schüttelte sie den Kopf. Sie kämpfte darum, ruhig zu bleiben. In ihren Gedanken hörte sie die tiefe Stimme ihres Großvaters.

Halt den Rücken gerade …

„Haben sie – haben sie hier gelegen, nebeneinander, so wie jetzt?“ Was für eine seltsame Frage. Vielleicht stand sie ja doch unter Schock. „Als Sie sie gefunden haben, meine ich?“

„Ich habe sie so hingelegt“, antwortete der Arzt, „nachdem ich festgestellt habe, dass beide nicht mehr leben.“

Nur die Tatsache, dass sie sich aufrecht hinstellte und die Schultern straffte, gab ihr schon ein besseres Gefühl.

Ein leichtes, grimmiges Lächeln umspielte Dr. Shanes fein gezeichnete Lippen. „Diese Rettungsmannschaft, die Sie erwarten“, sagte er. „Wenn die Leute nur ein bisschen wie Sie sind, können wir vielleicht doch hoffen zu überleben.“

Was hätte sie nicht dafür gegeben, jetzt zu Hause auf der Triple M Ranch zu sein, inmitten ihrer Familie. Im Salon des Haupthauses würde ein großer duftender Baum stehen, mit schimmerndem Lametta geschmückt. Vertraute Stimmen würden sich unterhalten, lachen, singen.

„Natürlich werden wir überleben“, hörte sie sich sagen. Dann sah sie wieder zu den beiden toten Männern, und ein Klumpen verschloss ihren Hals. Sie musste mehrfach schlucken und das Kinn noch ein paar Zentimeter höher heben, bevor sie weitersprechen konnte. „Zumindest die meisten von uns. Mein Vater, meine Onkel, selbst mein Großvater – sie alle werden kommen, sobald sie gehört haben, dass der Zug nicht angekommen ist.“

„Alle sind McKettricks, wie ich vermute.“

Als Lizzie jetzt nickte, zitterte sie. Der Kessel strahlte keine Wärme mehr aus. Vermutlich war der Schornstein voller Schnee. „Sie kommen zu uns durch, das werden Sie schon sehen. Nichts kann einen McKettrick aufhalten, vor allem, wenn jemand in Schwierigkeiten steckt."

„Ich glaube Ihnen, Miss McKettrick", versicherte ihr Dr. Shane.

„Bitte nennen Sie mich Lizzie", bat sie ihn. Ihren Vornamen zu hören, würde ihr Kraft geben.

„Dann also Lizzie", sagte Dr. Shane. „Aber nur, wenn Sie mich Morgan nennen."

„Morgan", wiederholte sie, ein wenig verwirrt.

Er ging zu den Leichen, zog dem Schaffner vorsichtig den Mantel aus und legte ihn um Lizzies Schultern. Sie erzitterte unter dem Stoff, gleichzeitig dankbar und entsetzt.

„Lassen Sie uns zurück zu den anderen gehen", sagte Morgan leise. „Hier können wir nichts mehr tun."

Sie kamen nur langsam und schwerfällig voran. Doch als sie in ihren Waggon zurückkehrten, hatte jemand die Laternen angezündet. Ein tröstliches Licht erhellte den Raum. Die meisten Passagiere schienen ihre Fassung zurückgewonnen zu haben. Selbst Woodrow hatte mit dem Theater aufgehört und blickte jetzt wachsam zwischen den Stäben seines Käfigs hindurch, die schneeweißen Federn glatt angelegt.

Whitley hatte seinen Flakon geleert und war entweder ohnmächtig geworden oder wieder eingeschlafen. Laut schnarchend, krallte er die Finger besitzergreifend in seine Decke.

„Ich werfe mal besser einen Blick auf ihn", meinte Morgan, blieb neben Whitleys Sitz stehen, öffnete die Tasche mit den Instrumenten und zog ein Stethoskop heraus. „Meine erste Diagnose lautet, dass er von einer übervorsichtigen Mutter oder Tante oder unverheirateten Schwester verhätschelt wurde. Hinzu kommt eine starke Vorliebe für Alkohol. Aber ich täusche mich auch hin und wieder." Allerdings nicht sonderlich oft, wie er dem Klang seiner Stimme nach zu urteilen hätte hinzufügen können.

Noch wusste Lizzie nicht, ob sie diesen Mann mochte oder nicht. Jedenfalls war er keiner, der in einer Krise nicht zupackte, was ihm einige Punkte bei ihr einbrachte. Andererseits umgab ihn eine nervöse Arroganz, für manche Menschen schien er wenig Geduld aufzubringen.

Während der Vertreter sich eine weitere Zigarre anzündete, stand der Soldat auf und versuchte, in den Abend zu sehen. Dunkelheit, Schnee und das reflektierende Licht der Laternen in den Fensterscheiben machten es unmöglich, doch Lizzie verstand sein Bedürfnis, irgendetwas zu tun.

„Das werden vielleicht schöne Weihnachten hier", sagte er, als Lizzie zu ihm trat, um sich zu bedanken, dass er Mrs. Halifax den Quilt überlassen hatte. „Nichts zu essen, und es wird hier drinnen immer kälter werden, warten Sie's nur ab."

„Wir dürfen den Mut nicht verlieren", antwortete Lizzie. „Und müssen das Beste hoffen." Lorelei sagte immer, dass die Dinge sich normalerweise so entwickelten, wie man es erhoffte. Also war es wichtig, so optimistisch wie möglich zu bleiben.

„Schätze, das stimmt beides", stimmte der Soldat zu, sein schmales, freundliches Gesicht war ernst. „Aber es kann auch nicht schaden, wenn wir uns auf harte Zeiten einstellen." Lächelnd streckte er eine Hand aus. „John Brennan, Gefreiter, United States Army", stellte er sich vor.

„Lizzie McKettrick." Lizzie schüttelte seine Hand. Seine Finger fühlten sich trocken und heiß an. Ob er Fieber hatte? „Leben Sie in Indian Rock, Mr. Brennan? Ich bin auf Triple M groß geworden, und ich glaube, ich habe Sie noch nie zuvor gesehen."

„Die Familie meiner Frau hat dort vor einem halben Jahr einen Gemischtwarenladen aufgemacht. Ich lag wegen Typhus und den Spätfolgen fast ein Jahr im Militärkrankenhaus in Maryland. Also hat Alice unseren kleinen Jungen genommen und ist mit ihrer Mum und ihrem Daddy hergekommen, um auf meine Entlassung zu warten.“ Traurig sah er hinaus in die Dunkelheit. „Schätze, mein Junge ist schon ganz aufgeregt wegen Weihnachten und allem und wartet jede Minute darauf, dass ich durch die Tür komme.“

Lorelei hatte Lizzie von dem neuen Gemischtwarenladen geschrieben, erfreut über die große Auswahl an Wasserfarben und gutem Papier neben den üblichen Waren wie Kaffee, Stoffen, Nägeln und Tabak. „Wie heißt Ihr Junge?“, fragte Lizzie und setzte sich zu John Brennan. „Und wie alt ist er?“

„Er heißt Tad, nach seinem Großvater. Und er ist letzten Donnerstag vier geworden. Ich hatte gehofft, für die Geburtstagstorte und die Kerzen nach Hause zu kommen, aber meine Entlassungspapiere kamen nicht rechtzeitig.“

Weil sie an ihre jüngeren Brüder denken musste, lächelte Lizzie. Sie waren sicher auch ganz aufgeregt wegen Weihnachten und suchten die Straße nach ihrer großen Schwester ab. Auch wenn ihnen bestimmt gesagt worden war, dass sie erst morgen kam. Sie sah auf die Uhr an ihrem Mieder. Es war fast achtzehn Uhr. Der Zug sollte erst um einundzwanzig Uhr fünfzehn in Indian Rock ankommen.

Sie stellte sich vor, wie ihr Großvater ungeduldig auf dem kleinen Bahnhof warten würde, pünktlich wie immer. Mit der Zeit würde er beginnen, den Schalterbeamten nach Neuigkeiten auszuquetschen. Außerdem würde er sich darüber ereifern, dass zu seiner Zeit die Leute mit Kutschen gereist wären, und bei Gott, diese Kutschen verdammt noch mal verlässlicher gewesen wären als die Bahn.

Schüchtern tätschelte John Brennan ihre Hand. „Ich schätze, Sie haben auch Leute, die auf Sie warten.“

Lizzie nickte. „Werden Sie auch in dem Laden arbeiten?“, fragte sie, nur um das Gespräch am Laufen zu halten. Auf diese Weise fühlte sie sich weitaus weniger einsam. Und es war vor allem viel angenehmer, als daran zu denken, dass jeden Moment eine weitere Lawine abgehen und den Zug in die Tiefe stürzen konnte.

„Soweit ich in der Lage bin“, antwortete Mr. Brennan. „Ich darf keine schwere Arbeit erledigen, Waren auf- und abladen etwa. Aber ich kann gut mit Zahlen umgehen. Ich kann die Bücher führen und Inventur machen.“

„Und ich werde in der Schule von Indian Rock unterrichten, sobald sie nach Neujahr wieder öffnet“, erzählte sie.

Da strahlte Mr. Brennan. Er gehörte zu den Menschen, die hübscher wurden, wenn sie lächelten. „In ein paar Jahren werden Sie meinen Tad unterrichten“, sagte er. „Ich und Alice legen viel Wert auf Bücher und so was. Hab selbst nicht gerade viel gelesen, wie sie bestimmt hören können, hab nur in der Armee etwas Arithmetik gelernt. Aber Tad, der wird in die Schule gehen und was aus sich machen.“

Dieser Mann hatte seinen Quilt an Mrs. Halifax abgegeben, obwohl er ganz offensichtlich selbst sehr unter der Kälte litt. Er war abgemagert, die Uniform schlotterte um seinen Körper, und trotz seiner Pläne für den Gemischtwarenladen würde er wahrscheinlich lange invalide bleiben.

„Wenn Tad seinem Vater auch nur ein bisschen ähnelt“, lächelte sie, „wird er schon alles richtig machen.“

Um das leichte Erröten zu verbergen, sah Brennan nach vorn, wo Whitley wieder erwacht war und sich bei Dr. Shane beschwerte. Letzterer sah aus, als ob er ihn am liebsten erdrosseln würde.

„Ist das Ihr Bruder?“, fragte der Soldat.

„Nur jemand, den ich aus San Francisco kenne“, antwortete Lizzie traurig. Der Whitley, den sie zu kennen geglaubt hatte, hatte sich in einen bockigen Jammerlappen verwandelt. Sie trauerte um den Mann, den sie in ihm gesehen hatte – den jungen Ingenieur mit den hochfliegenden Plänen, Dämme und

Brücken zu bauen, den Kavalier mit dem einnehmenden Lächeln.

Morgan ließ Whitley sitzen und kam wieder nach hinten. „Ich werde aussteigen und mich umsehen“, erklärte er John Brennan, nicht Lizzie. „Falls ich nicht zurückkomme, suchen Sie nicht nach mir.“

„Sie können nicht allein da rausgehen“, protestierte Lizzie und stand auf.

Aber Morgan drückte sie zurück in den harten, rußgeschwärzten Sitz. „Mrs. Halifax wird Sie vielleicht brauchen. Oder die Kinder. Oder die alten Herrschaften – der Mann hat etwas bläuliche Lippen, ich mache mir Sorgen um sein Herz.“ Er hielt inne, dann deutete er mit dem Kinn auf Whitley. „Und Gott weiß, dass dieser flennende Blödmann da vorn mit seiner Decke keine große Hilfe sein wird.“

Der Vertreter öffnete erneut seinen Koffer, nahm eine kleine Flasche Whiskey heraus und bot sie Morgan an. „Die könnten Sie brauchen. Da draußen ist es mächtig kalt.“

Dankbar nahm der Arzt die Flasche an sich und steckte sie in die Innentasche seines Mantels.

„Dann nehmen Sie wenigstens eine von den Laternen mit.“ In Lizzies Magen flatterte furchtsam etwas, als ob sie einen Miniatur-Woodrow verschluckt hätte.

„Das werde ich“, versprach Morgan.

„Hier ist meine Kappe.“ Mr. Brennan reichte ihm seine Militärmütze. „Is’ nicht viel, aber besser, als ohne Kopfbedeckung zu gehen.“

„Ich habe einen Schal“, rief Lizzie, „er ist in meiner Handtasche …“

Morgan setzte die Mütze auf. Sie passte wirklich nicht zu seinem abgetragenen Anzug, bedeckte aber zumindest einen Teil der Ohren. „Ist schon gut“, winkte er ab und ging.

Durchs Fenster suchte Lizzie das Licht seiner Laterne, entdeckte es kurz, verlor es dann aber wieder aus den Augen. Ihr Herz wurde schwer. Wenn er nun nicht mehr zurückkam? In der eiskalten Dunkelheit und dem schrecklichen Schneesturm konnte so viel passieren.

„Ich denke nicht, dass dein Interesse an dem guten Doktor angemessen ist“, hörte sie eine vertraute Stimme sagen.

Erschrocken sah sie auf und bemerkte Whitley, der wackelig im Gang stand und auf sie herabstarrte. Seine Wangen waren gerötet, die Augen glänzten.

„Sei still“, wies sie ihn zurecht.

„Wir haben eine Abmachung, du und ich“, rief Whitley ihr in Erinnerung.

„Mag sein. Aber solange du nicht vorhast, dich in irgendeiner Weise nützlich zu machen, wäre es mir lieber, wenn du mich allein lässt.“

Als Whitley gerade zu einer Antwort ansetzen wollte, schwankte der Waggon erneut, neigte sich leicht Richtung Abgrund und richtete sich wieder auf. Der Vertreter stieß einen Fluch aus. Mr. Brennan begann zu beten. Mrs. Halifax schluchzte auf, ihre Kinder kreischten. Woodrow lief krächzend über seine Stange, während das alte Ehepaar sich aneinanderklammerte.

„Alles in Ordnung“, rief Lizzie, selbst überrascht, wie zuversichtlich ihre Stimme klang. In Wahrheit hatte sie große Angst. „Niemand darf sich bewegen.“

„Mir scheint“, schlug der Vertreter vor, „dass wir uns alle besser auf die eine Seite des Waggons setzen sollten.“

„Gute Idee“, stimmte Lizzie zu.

Whitley nahm sehr langsam Platz, sein Gesicht war gespenstisch bleich. Lizzie, der Vertreter und John Brennan gingen vorsichtig über den Gang, um sich zu setzen. Das ältere Ehepaar und Woodrow folgten.

Draußen heulte der Wind, und Lizzie hatte den Eindruck,

dass sie den schweren Herzschlag des Bergs spüren konnte.

Wo war Morgan Shane?

Verschwunden in dem undurchdringlichen Schneesturm? War er in eine der tückischen Spalten gestürzt, für die das Hochland bekannt war?

Am liebsten hätte Lizzie geweint, aber sie wusste, dass sie sich diese Schwäche nicht erlauben konnte. Darum räusperte sie sich und begann, mit leiser, zitternder Stimme zu singen. „Ein feste Burg ist unser Gott …"

Zögernd fielen die anderen ein.

2. KAPITEL

Morgan hatte nicht beabsichtigt, sich so weit von dem Zug zu entfernen. Er versuchte, das Laternenlicht aus den Fenstern immer im Blick zu behalten, doch der Sturm war schlimmer, als er gedacht hatte. Er schimpfte sich selbst einen Idioten. Seine Laterne flackerte und wurde hin und her gerissen, und der Wind heulte in seinen Ohren. Er stopfte die Hände in die Taschen seines viel zu dünnen Mantels. Es war, als ob sich ein Schleier herabgesenkt hätte. Nicht nur, dass er das Licht aus den Fenstern nicht mehr sehen konnte, er konnte den Zug selbst nicht sehen. Offenbar hatte er jegliches Orientierungsgefühl verloren – vielleicht war er nur einen Schritt vom Abgrund entfernt.

Sei vernünftig, sagte er sich. *Denk nach.*

Sekundenlang ließ der Wind nach und war nicht mehr als ein Wispern, als ob er tief Luft holen würde, um dann wieder mit voller Kraft zu blasen. In dieser kurzen Stille hörte er eine leise Melodie, Gesang.

Blind in dem auf ihn prasselnden Schnee steuerte Morgan darauf zu. Er blinzelte, um klarer zu sehen, und erhaschte einen Blick auf schimmernde Zugfenster. Kurz darauf ließ er sich schwer gegen die Seite des Waggons sinken und tastete sich daran entlang, bis er dankbar das klirrend kalte Metall des Türgriffs unter den Händen spürte.

Es gelang ihm, sie zu öffnen und mehr oder weniger hineinzufallen. Drinnen sank er kraftlos auf die Knie. Seine Lungen brannten, die Taubheit in Händen, Füßen und dem Gesicht wich langsam einem scharfen Schmerz.

Waren das Erfrierungen? Angenommen, er würde seine Finger verlieren? Wozu war ein Arzt und gelegentlicher Chirurg ohne Finger gut?

Mit letzter Kraft zog er sich auf die Beine und starrte direkt in die aufgerissenen Augen von Lizzie McKettrick. Er hätte in dem unergründlichen Blau dieser Augen versinken können. Sie legte etwas um ihn – eine Decke oder einen Quilt oder vielleicht einen Umhang. Dann durchwühlte sie seine Taschen, förderte die Flasche des Vertreters zutage, zog den Korken heraus, hob den Whiskey an seine Lippen und befahl ihm zu trinken.

Morgan nahm ein paar brennende Schlucke und schob die Flasche dann zur Seite. Seine Sicht klärte sich, das Dröhnen in seinen Ohren ließ ein wenig nach. „Wenn Sie ein wenig, nur ein wenig Güte in Ihrem Herzen finden“, keuchte er mühsam, „dann werden Sie jetzt nicht sagen: Ich habe Sie ja gewarnt!“

„Na gut“, entgegnete Lizzie. „Aber ich *habe* Sie gewarnt, nicht wahr?“

Er lachte. Nicht, weil irgendetwas lustig war. Auf seinem kleinen Ausflug in den Schneesturm hatte er kaum etwas gesehen. Doch seine schlimmsten Befürchtungen hatten sich bestätigt. Der Waggon war entgleist und neigte sich gefährlich Richtung Abgrund. Und niemand, ob er nun McKettrick hieß oder nicht, würde es bei diesem Wetter zu ihnen schaffen.

Es würde an ein Wunder grenzen, wenn auch nur einer von ihnen überlebte.

Als Morgan zu zittern aufgehört hatte, gab Lizzie den Quilt Mrs. Halifax zurück und lief dann wieder nach vorn, um sich neben ihn zu setzen. Whitley starrte sie böse an, als sie an ihm vorbeikam.

Inzwischen hatte sie sich daran gewöhnt, den Mantel des Schaffners zu tragen, obwohl er nach Rauch und Schweiß roch. Zumindest war er warm. Sie überlegte, ihn Morgan anzubieten, wusste aber, dass er ablehnen würde. Also versuchte sie es erst gar nicht.

„Ich habe Sie singen hören“, murmelte Morgan. „So habe

ich zurückgefunden. Ich habe Sie singen hören."

Zögernd berührte sie seine Hand und bedeckte sie dann ganz. Seine Haut fühlte sich wie Eis an, seine Kleider waren feucht. Sobald er eingeschlafen war, wollte sie in den Gepäckwagen gehen, um ihre Truhen und Taschen nach warmer Kleidung zu durchwühlen – und Whitleys auch. Außerdem gab es im Frachtwaggon hinter dem Güterwagen vielleicht etwas zu essen, Streichhölzer und sogar Decken.

Lizzies Magen knurrte. Keiner von ihnen hatte seit ihrem kurzen Aufenthalt in Flagstaff vor Stunden etwas gegessen. Sie selbst hatte an ihrem ledrigen Hackbraten und den überkochten Kartoffeln nur herumgepickt. Jetzt hätte sie das armselige Gericht mit Begeisterung verschlungen und danach einen starken, heißen Kaffee bestellt.

Kaffee.

Auf einmal schmachtete sie nach einer Tasse mit viel Sahne und Zucker und einem großzügigen Schluck Brandy.

Morgans Finger bewegten sich, er drückte sanft ihre Hand. „Lizzie?"

„Ich habe gerade an eine heiße Tasse Kaffee gedacht", gestand sie ihm leise. „Und an etwas zu essen. Glauben Sie, dass im Frachtwaggon vielleicht etwas Essbares sein könnte?"

Er grinste sie schief an. „Ich habe Sie heute im Restaurant am Bahnsteig beobachtet. Sie haben Ihren Hackbraten kaum angerührt."

„Sie haben mich beobachtet?" Die Vorstellung fand sie beunruhigend und erregend zugleich.

„Das war kaum zu verhindern", sagte Morgan. „Sie sind eine sehr schöne Frau, Lizzie. Ich gestehe, dass ich mich über Ihren Geschmack bezüglich Ihres Reisegefährten wunderte."

Als Lizzie die Hitze in ihren Wangen spürte, war sie zum ersten Mal in ihrem Leben froh darüber. Jeder andere Teil ihres Körpers war nämlich eiskalt. „Sie scheinen sich sehr schnell und sehr oberflächlich ein Bild von Mr. Carson gemacht zu haben."

„Ich kann Charakter gut einschätzen", antwortete er. „Und Mr. Carson scheint keinen zu besitzen, soweit ich das beurteilen kann."

„Wie können Sie zu so einer Schlussfolgerung kommen, wenn Sie ihn nur beobachtet haben, und das auch noch in einem vollen Bahnhof?"

„Er hat Ihnen den Stuhl nicht hervorgezogen, als Sie sich setzten", erklärte Morgan einen Hauch zu selbstgefällig. „Und Sie haben die Rechnung bezahlt. Um das zu sehen, reichte der eine oder andere Blick – die anderen habe ich mir für Sie aufgehoben."

„Mr. Carson", verkündete Lizzie, die sich gedemütigt fühlte, „reist als mein *Gast*. Darum habe ich sein Essen bezahlt. Er ist, wie ich Ihnen versichern kann, absolut solvent."

„Wollen Sie ihn den McKettricks vorführen?", zog Morgan sie auf. „Ich habe bisher nur einen von ihnen getroffen – Kade –, vor ein paar Wochen in Tucson. Er sagte mir, dass Indian Rock einen Arzt braucht und hat mir einen Raum im Arizona Hotel und jede Menge Patienten versprochen, wenn ich meine Praxis dort eröffne. Ehrlich gesagt, kam er mir nicht wie ein Mann vor, dem Typen wie Mr. Carson gefallen."

Trotz aller Widersprüche, die sich in Lizzies Brust regten, hatte Morgan vermutlich recht. Kade und alle anderen McKettricks beurteilten die Menschen aufgrund ihres Verhaltens und nicht ihrer Worte. Whitley konnte unendlich viel Charme versprühen, aber er gehörte ganz offensichtlich nicht zu den Menschen, die auch einmal die Ärmel hochkrempelten und etwas in die Hand nahmen.

„Ich befürchte, Sie haben recht", räumte sie traurig ein.

Morgan drückte erneut ihre Hand.

Der Wind peitschte gegen den Zug und ließ ihn bedrohlich

schwanken. Lizzie sprach weiter, um das Schweigen zu durchbrechen.

„Haben Sie in Tucson als Arzt praktiziert?“

„Nein, in Chicago.“ Er schwieg wieder.

„Wollen Sie mir allein das Reden überlassen?“, fragte Lizzie nach einer Pause.

„Ich bin kein großer Redner, Lizzie.“

„Erzählen Sie mir einfach etwas von sich. Irgendwas. Ich habe im Moment ziemlich große Angst, und wenn Sie nichts zum Gespräch beitragen, werde ich vermutlich auf Sie einreden, bis Ihnen die Ohren abfallen.“

Er lachte. „In Ordnung. Meinen Namen kennen Sie ja schon, Morgan Shane. Ich bin neunundzwanzig Jahre alt, in Chicago geboren und aufgewachsen und habe keine Geschwister. Mein Vater war Arzt, darum bin ich auch einer geworden. Er hat nach seinem Abschluss in Havard in Berlin studiert, weil er die medizinische Ausbildung in Amerika für armselig hält. Und genau wie er bin auch ich für eine Zeit nach Deutschland gegangen. Ich war nie verheiratet, obwohl ich einmal kurz davor stand – ihr Name war Rosalee. Ich habe mit meinem Vater zusammen die Praxis geführt, bis er starb. Vermutlich hätte ich dort weitergemacht, wenn ich mich nicht mit meiner Mutter zerstritten hätte. Also beschloss ich, Richtung Westen zu ziehen und landete in Tucson.“

Das waren mehr Informationen, als Lizzie sich erhofft hatte.

„Was wurde aus Rosalee?“, fragte sie ein wenig atemlos, weil sie eine Schwäche für Romantik hatte. Wann immer es ging, las sie Liebesromane und verzehrte sich nach den Helden. Die Frau musste auf tragische Weise ums Leben gekommen sein, und Morgans Herz war gebrochen. Vielleicht erklärte das, warum er so wenig sprach.

„Sie beschloss, lieber selbst Ärztin als die Frau eines Arztes zu werden und ging nach Berlin, um zu studieren. Oder war es Wien? Hab ich vergessen.“

Vor Staunen klappte Lizzies Mund auf.

Noch so ein schiefes Lächeln erhellte sein Gesicht. „Ich ziehe Sie nur auf, Lizzie. Sie brannte mit einem Mann durch, der als Buchhalter bei Sears and Roebuck arbeitete.“

Jetzt sah sie ihn misstrauisch an.

„Nun sind Sie dran. Was haben Sie mit Ihrem Leben vor, Lizzie McKettrick?“

„Ich möchte in Indian Rock als Lehrerin arbeiten.“ Auf einmal wünschte sie sich, etwas Aufregenderes zu sein. Trapezkünstlerin vielleicht oder Porträtmalerin. Oder eine edle Krankenschwester, die tapfer gegen alle möglichen Krankheiten kämpfte.

„Bis sie heiraten und Kinder bekommen.“

Damit brachte er Lizzie vollkommen aus dem Konzept. Was hatte dieser Morgan Shane nur an sich, das sie zugleich nervte und ihr Interesse erregte? „Die Frau meines Onkel Jeb ist Lehrerin“, wehrte sie sich. „Sie haben vier Kinder, und Chloe unterrichtet noch immer in dem Schulhaus, das er mit seinen eigenen Händen für sie gebaut hat.“ Jack und Ellen, die auf Triple M lebten, besuchten ihren Unterricht, weil die tägliche Fahrt in die Stadt zu weit war.

Morgans Augen wurden dunkler, als er sie abschätzend betrachtete. Doch vielleicht spielte ihr auch nur das Licht einen Streich. „Und wie passt Mr. Carson in all das?“

Seufzend warf Lizzie einen Blick über die Schulter, um sicher zu sein, dass Whitley sie nicht hörte. Er schlief wieder. „Ich dachte, dass ich ihn heiraten wollte“, flüsterte sie.

„Warum?“

„Weil es mir eine gute Idee zu sein schien, schätze ich. Ich bin fast zwanzig. Ich würde gern eine eigene Familie gründen.“

„Während Sie weiter unterrichten?“

„Natürlich", sagte Lizzie. „Ich weiß, was Sie denken. Dass ich mich zwischen dem einen und dem anderen entscheiden muss. Aber das muss ich nicht."

„Weil Sie eine McKettrick sind?"

Wieder brannten Lizzies Wangen. „Ja", bestätigte sie energisch. „Weil ich eine McKettrick bin. Und weil ich stark und klug bin und nicht nur eine Sache gut kann. Niemand würde Sie auffordern, Ihren Beruf aufzugeben und einen Haushalt zu führen und Strümpfe zu stopfen, wenn Sie beschließen zu heiraten, oder?"

„Das ist etwas anderes, Lizzie."

„Ist es nicht."

Plötzlich sank Morgan in den Sitz zurück und schloss die Augen. „Ich glaube, mir wird es in Indian Rock gefallen." Und dann schlief er ein und ließ Lizzie noch verwirrter zurück als zuvor.

Lizzie wurde aus einem unruhigen Schlaf gerissen, weil eine kleine Stimme flüsterte: „Ich muss mal den Nachttopf benützen. Und ich kann keinen finden."

Als Lizzie die Augen öffnete und den Kopf drehte, sah sie das kleine Halifax-Mädchen im Gang neben sich stehen. Die letzte der Laternen war ausgegangen, es war kalt im Waggon, doch zumindest hatte der Schneesturm sich gelegt. Ein seltsam schönes bläuliches Licht lag über dem glitzernden Schnee. Alle anderen schienen zu schlafen.

Im hinteren Teil des Wagens hatte Lizzie einen Spucknapf gesehen. Sie stand auf und nahm die kalte Hand des Kindes. „Hier entlang", flüsterte sie.

Hinterher strich das kleine Mädchen seine Kattunröcke glatt und sagte feierlich: „Danke schön."

„Gern geschehen", antwortete Lizzie sanft. Sie hätte selbst einen Nachttopf brauchen können, war aber nicht bereit, den

Spucknapf zu benutzen. Sie begleitete das Kind zurück zu seinem Platz.

„Wir müssen nach Hause“, erklärte das Mädchen mit großen, schimmernden Augen. „Der Weihnachtsmann wird uns hier draußen in der Wildnis nicht finden, und Papa hat mir versprochen, dass ich dieses Jahr eine Puppe bekomme, weil ich so brav war. Als Mama einen Faden um meinen Zahn gebunden hat, um ihn rauszuziehen, hab ich nicht mal geweint.“ Sie verhakte einen Finger in ihrem kleinen Mundwinkel und zeigte Lizzie die Lücke. „Schiehst du?“, lispelte sie.

Mit angemessener Ehrfurcht und sehr gerührt betrachtete Lizzie die Zahnlücke und schüttelte den Kopf. Am liebsten hätte sie das Kind in die Arme genommen und fest an sich gedrückt. Doch sie hielt sich zurück. Kinder waren schreckhafte Kreaturen. „Ich glaube, *ich* hätte geweint, wenn mir jemand einen Zahn gezogen hätte“, sagte sie ernsthaft. Tatsächlich hatte sie selbst auf der Farm einige solcher Extraktionen beobachtet – es war eine brutale, aber bewährte Methode. Und sie ging normalerweise sehr schnell.

„Mein Papa arbeitet jetzt auf Triple M“, fuhr das Kind stolz fort. „Er ist Vorarbeiter. Das heißt, dass wir jetzt unser eigenes Haus bekommen, zum drin wohnen. Es hat einen Kamin und einen richtigen Boden. Mama sagt, wir können Papas Socken aufhängen, wenn er saubere hat, und der Weihnachtsmann wird eine Orange reinstecken. Eine für mich und eine für Jack und eine für Nellie Anne.“

Noch immer war Lizzies Hals wie zugeschnürt, aber sie nickte und lächelte tapfer. „Dein Bruder heißt also Jack.“ Sie prägte sich die Namen ein, indem sie sie laut aussprach. „Und das Baby heißt Nellie Anne. Und wie ist dein Name?“

Die schmalen Schultern strafften sich. „Ellen Margaret Halifax.“

Lizzie streckte ihr eine Hand hin. „Da ich deine Lehrerin

sein werde, solltest du mich wohl Miss McKettrick nennen."

„Ellen", flüsterte Mrs. Halifax verschlafen. „Du wirst noch erfrieren, wenn du so im Gang herumstehst. Komm wieder unter die Decke."

Ellen gehorchte. Dem leichten Lächeln nach zu urteilen, das ihre Lippen umspielte, träumte sie sich in das Haus auf Triple M, in dem sie voller Vorfreude einen Strumpf aufhängte, um etwas ganz Besonderes zu bekommen: eine Orange.

Einmal aufgewacht musste Lizzie feststellen, dass sie nicht mehr einschlafen konnte.

Das Gepäck und der Frachtraum warteten auf sie.

Und Morgan, der einzige Mensch, der sie vielleicht von ihrem Ausflug hätte abhalten können, schlief weiter. Energisch knöpfte Lizzie den Schaffnermantel zu, zog den Schal aus ihrem Handgepäck und band ihn fest unter ihrem Kinn zusammen, um ihre Ohren vor der gnadenlosen Kälte zu schützen.

Dann schlich sie in den hinteren Teil des Waggons, kämpfte mit der Tür und zuckte zusammen, als sie sich leise quietschend öffnete. Mit einem schnellen Blick über die Schulter stellte sie fest, dass keiner der Passagiere aufgewacht war.

Die Kälte grub sich in ihre Haut wie eine Million winzige Zähne. Doch es hatte aufgehört zu schneien. Im hellen Mondschein sah sie, dass der Waggon noch mit dem dahinter verbunden war. Beide standen aufrecht, und der Waggon hinter ihrem war nicht entgleist.

Von der winzigen Plattform zwischen den beiden Wagen aus riskierte sie einen Blick auf die abfallenden Klippen und sah erschrocken, wie nah ihr Waggon am Abgrund stand. Zwischen dem Zug und dem Abgrund lag höchstens ein halber Meter.

Ihr Herz schlug wie wild. Einen Moment überlegte sie, die anderen zu wecken und in den Gepäckwagen zu schicken, der zumindest noch auf den Gleisen stand.

Aber wären sie in diesem Wagen sicherer?

Es war zu kalt, um unentschlossen herumzustehen. Also schob sie die nächste Tür auf. Sie alle würden mit der Situation besser zurechtkommen, wenn sie Essen und Decken fand, um die Zeit zu überbrücken, bis Hilfe eintraf.

Und Hilfe *würde* eintreffen. Ihr Vater und ihre Onkel hatten sich bestimmt schon auf den Weg gemacht. Die Frage war nur, ob sie rechtzeitig ankamen – bevor eine weitere Lawine abging oder sie alle in der erbarmungslosen Kälte erfroren.

Im Gepäckwaggon entdeckte Lizzie sofort ihre drei übereinandergestapelten Koffertruhen. Jede einzelne war groß genug, um darin aufrecht stehen zu können. Sie verspürte einen kleinen Stich. Ihr Vater hatte sie wegen des vielen Gepäcks aufgezogen.

Gott, wie sehr sie Holt McKettrick in diesem Augenblick vermisste. Seine Stärke, den klugen Verstand und die Fähigkeit, mit allen Katastrophen zurechtzukommen.

Denk nach, Lizzie, rief sie sich zur Ordnung. *Jammern hilft nicht.*

Natürlich lagen ihr Mantel und die anderen Kleidungsstücke aus Wolle in dem untersten Koffer. Wenn sie die anderen beiden herunternahm – was an und für sich schon einer Heldentat gleichkäme – würde die unvermeidliche Erschütterung den Passagierwagen, der so gefährlich zur Seite geneigt war, womöglich in die Schlucht stürzen.

Sie beschloss, zunächst in den Frachtwaggon zu gehen und auf dem Rückweg über die Koffer nachzudenken. Schließlich war es sehr gut möglich, dass dort Decken, Mäntel, Strümpfe und – bitte, lieber Gott – Essen zu finden waren.

Doch es stellte sich als unmöglich heraus, in den Frachtwaggon zu gelangen. Die Tür war zugefroren, und egal, wie sehr sie auch dagegentrat, hämmerte und an dem Riegel zerrte, nichts half. Schließlich kletterte sie eine kleine Leiter hinunter.

Schnee drang unter ihre Röcke und durchweichte ihre wollene lange Unterhose. Sie war dem Abgrund gefährlich nahe, ein falscher Schritt, und sie würde in die Tiefe stürzen. Zumindest wärmte die körperliche Anstrengung sie ein wenig. Sie hielt sich mit beiden Händen an dem Waggon fest und lief vorsichtig daran entlang. Ihre Füße rutschten einmal weg, und nur die Eisenkante des Zugs, an der sie sich festklammerte, verhinderte, dass sie in den Tod stürzte.

Endlich erreichte sie den hinteren Teil des Frachtwaggons. Irgendwo in der Dunkelheit heulte ein Wolf. Sein Heulen hallte in Lizzies Innerstem wider, einsam und verlassen.

Reiß dich zusammen, befahl sie sich. *Geh weiter.*

Hinter dem Frachtwaggon lag die kirschrot gestrichene Kombüse. Und dort ragte, dem Himmel sei Dank, ein Schornstein aus dem Dach. Wo ein Schornstein war, gab es einen Herd, und wo es einen Herd gab …

Rettende Wärme.

Lizzie musste weiter durch tiefen Schnee stapfen und wäre fast noch einmal ausgerutscht. Doch als sie die Tür erreichte, ließ diese sich leicht öffnen. Sie schlüpfte hinein, atemlos und mit klappernden Zähnen. Irgendwo auf dem Weg hatte sie ihren Schal verloren, ihre Ohren pochten vor Kälte und fühlten sich an, als würden sie jeden Moment abfallen.

Es gab tatsächlich einen Herd, einen gedrungenen, bauchigen Ofen – kaum größer als der Kessel, den Lorelei zu Hause zum Herstellen von Schmalz benutzte. Auf dem Herd stand – wie durch ein Wunder noch immer an Ort und Stelle – eine Kaffeekanne. Sie spähte in die kleinen Schränke neben dem Herd und entdeckte eine Dose Kaffee, ein Päckchen Zucker und ein großes Stück gelben Käse.

Vor Freude stieß Lizzie einen cowboyartigen Jubelschrei aus, schlug sich aber gleich die Hand vor den Mund. Da sie im Hochland aufgewachsen war, wusste sie, dass jedes plötzliche Geräusch Schneemassen zum Rutschen bringen konnte. Sie lauschte atemlos nach einem dunklen Grollen, doch alles blieb still.

Eingehend musterte sie die langen, bankartigen Sitze an beiden Seiten des Wagens. Genug Platz für alle, um sich hinzulegen und zu schlafen.

Sie zwang sich, wieder nach draußen zu gehen – allein der Anblick des Herds, so kalt er auch sein mochte, hatte sie ein wenig aufgewärmt. Der Frachtwaggon ließ sich auch durch die Hintertür nicht betreten, aber Morgan, Whitley und der Vertreter würden es gemeinsam sicherlich schaffen.

Vorsichtig lief sie am Zug entlang zurück, mit beiden Händen an der Eisenkante, jeden Schritt genau abwägend, als es geschah. Ihr Fuß rutschte weg, und sie spürte, wie sie fiel.

Aber sie erwischte mit den Händen eine Baumwurzel. Sie wusste, dass sie sich nicht lange festhalten konnte, da sie fast kein Gefühl in ihren Händen hatte. Lizzies Füße baumelten über der Schlucht. Sie wagte nicht, nach unten zu sehen.

„Hilfe!“, schrie sie mit einer Stimme, die lachhaft freundlich klang in einer solchen Situation.

Nur Sekunden später tauchte Morgans Kopf über ihr auf. „Halten Sie sich fest“, rief er grimmig. „Und *rühren* Sie sich nicht!“

Sie sah, wie er seinen Gürtel öffnete, aus der Hose zog und eine Schlaufe knüpfte. Dann rutschte er unter den Waggon, legte sich auf den Bauch und streckte ihr den Gürtel hin.

„Hören Sie mir zu, Lizzie“, erklärte er sehr ruhig. „Holen Sie ein paarmal Luft, bevor Sie nach dem Gürtel greifen. Sie dürfen auf keinen Fall daneben fassen.“

Lizzie nickte nicht einmal, atmete tief durch, schloss sogar für einen Moment die Augen und stellte sich vor, auf festem Grund zu stehen. Sicher mit Morgan.

Wenn sie nur zu Morgan gelangte …

„Fertig?“, fragte er.

„Ja“, antwortete sie. Mit einer Hand noch immer die Wurzel umklammernd, die bereits nachgab, griff sie mit der anderen nach der Lederschlaufe.

„Ich habe Sie, Lizzie“, rief er. „Halten Sie sich nun auch mit der anderen Hand fest.“

Langsam und sehr vorsichtig zog er sie hinauf. Als sie die Böschung erreichte, nahm er sie in seine Arme und drückte sie an sich. Auf den Knien saßen sie nur Zentimeter vom Abgrund entfernt.

„Vorsichtig jetzt“, murmelte er. „Keine plötzlichen Bewegungen.“

Das Gesicht an seiner Schulter vergraben, nickte Lizzie leicht, beide Hände in den Stoff seines Mantels gekrallt.

Morgan stand behutsam auf und zog Lizzie mit sich in die Höhe.

„Die Kombüse“, sagte sie, am ganzen Leib zitternd. „Da gibt es einen Herd – und eine K-Kaffeekanne.“

Dort angekommen, drückte er sie unsanft auf einen Sitz. „Was zur Hölle haben Sie sich nur dabei gedacht?“ Er ging zum Herd, stopfte Anmachholz und alte Zeitungen hinein und strich ein Streichholz an.

„Ich habe nach Essen gesucht … nach Decken …“

Sein zorniger Blick ließ sie verstummen. Er nahm die Kaffeekanne vom Herd und verließ die Kombüse durch die hintere Tür. Als er zurückkam, sah Lizzie, dass er die Kanne mit Schnee gefüllt hatte. Mit einem lauten Knall stellte er sie auf den Herd. „Sie hätten sterben können!“, zischte er, bleich vor Wut.

„Woher wussten Sie … dass Sie nach mir schauen sollten?“

„John Brennan hat mich geweckt. Er sagte, sie wären ausgestiegen. Zuerst glaubte er zu träumen, weil kein Mensch so etwas Idiotisches tun würde.“

„*Sie* sind auch ausgestiegen“, warf Lizzie ein. „Wo ist der Unterschied?“

„Der Unterschied, Lizzie McKettrick, ist, dass Sie eine Frau sind und ich ein Mann. Und wagen Sie es nicht, mir jetzt irgendwelche Volksreden zu halten. Wenn ich nicht rechtzeitig gekommen wäre, lägen sie am Grund dieser Schlucht. Wir haben es nur der Gnade von wem auch immer zu verdanken, dass wir nicht beide abgestürzt sind!“

Er fand eine Kaffeedose und streute ein paar Löffel direkt auf den Schnee.

Erst jetzt erkannte Lizzie, in welche Gefahr sie ihn gebracht hatte. „Danke“, sagte sie mit einer eigentümlichen Mischung aus Herablassung und Groll.

„Ich bin noch nicht so weit, ‚gern geschehen‘ zu sagen“, blaffte er. „Aus dem Zug zu steigen, und das auch noch allein, war wirklich verdammt blödsinnig.“

„Wenn Sie jetzt eine Entschuldigung erwarten, Dr. Shane, dann muss ich Sie enttäuschen. Jemand musste doch etwas tun.“

Das Feuer im Ofen knisterte fröhlich und strahlte zumindest ein wenig Wärme ab. Morgan schob die Ofenklappe zu, noch immer sichtlich wütend.

„Sagen Sie einfach nichts“, befahl er.

„Selbstverständlich werde ich reden. Denn ich habe Verschiedenes zu sagen. Zum einen müssen wir die anderen hierherbringen. Hier ist es sicherer – und wärmer.“

„*Wir* werden überhaupt nichts tun. Sie werden hier sitzen bleiben, und ich werde zurück zu den anderen gehen.“ Er sah sie lange an. „Gott helfe mir, Lizzie, aber wenn Sie auch nur einen Fuß aus der Kombüse setzen …“

Weil ihr langsam wärmer wurde und köstlicher Kaffeeduft in der Luft lag, lächelte sie. „Aber Mr. Shane.“ Sie klimperte sogar mit den Wimpern. „Ich würde doch niemals auf die Idee kommen, einem starken, klugen Mann wie Ihnen zu widersprechen."

Auf einmal lachte er. Die Spannung zwischen ihnen ließ ein wenig nach, was in Lizzie ein eigentümliches Gefühl auslöste, nicht unähnlich jenem, als sie über dem Abgrund gebaumelt hatte.

Dann meldete sich ihre praktische Seite wieder. „Ich habe versucht, die Tür des Frachtwaggons zu öffnen, leider erfolglos. Mit etwas Glück finden wir dort etwas zu essen."

„Etwas Glück, na klar." Morgan wurde wieder ernst. Die Sonne ging auf, und Lizzie wusste so gut wie er, dass selbst ihre dünne winterliche Wärme den Schnee in den Bergen über ihnen zum Tauen bringen und eine weitere Lawine auslösen konnte. „Wir können von Glück sagen, dass wir noch am Leben sind. Warten Sie hier", brummte er dann.

Da sie nicht mutig genug war, um noch einmal einen Sturz in die Tiefe zu riskieren – McKettrick hin oder her –, wartete sie tatsächlich.

Das Baby brachte Morgan zuerst.

Lizzie hielt die kleine Nellie Anne im Arm, kaute auf der Unterlippe und wartete.

Als Nächstes kam Jack, der mit weit aufgerissenen Augen auf Morgans Schultern saß, die kleinen Hände fest unter dessen Kinn verschränkt.

Danach folgte Mrs. Halifax. Den Arm noch immer in der Schlinge, sank sie erschöpft zusammen, als sie sicher die Kombüse erreichte. Eilig stand Lizzie auf, um ihr einen Becher Kaffee zu reichen. Mrs. Halifax zitterte beim Trinken, ihre beiden älteren Kinder krallten sich in ihre Röcke.

Whitley kam allein und mit düsterem Blick. Immer noch seine Decke umklammernd, wirkte er mehr denn je wie ein übergroßes Kind. Als Mrs. Halifax ihm ihren Becher weiterreichte, schüttete er einen großzügigen Schluck aus seinem

Flakon hinein und starrte Lizzie böse an, während er trank. Offenbar hatte er eine weitere Flasche aus seinem Handkoffer genommen, da der Flakon vorhin bereits leer gewesen war.

Sie tat ihr Bestes, um ihn zu ignorieren, aber das war nicht einfach. Er schien wild entschlossen, sie seine Wut spüren zu lassen.

Der Vertreter traf als Nächster ein. Er begleitete die alte Dame, seine Wangen waren rot vor Kälte. Er hatte den Musterkoffer dabei und förderte umgehend eine eigene Tasse zutage, die er mit Kaffee füllte. „Großartiges Weihnachtsfest", dröhnte er, offenbar aufgeheitert durch die Wärme des Ofens und die Erleichterung, den gefährlichen Weg zwischen den Waggons überstanden zu haben. Bevor er selbst trank, reichte er die Tasse der alten Dame, die sie dankbar und mit flatternden Fingern entgegennahm.

Zuletzt kam John Brennan, gestützt von Morgan. Der alte Mann begleitete sie, Woodrows zugedeckten Käfig in einer Hand.

Zu Lizzies Erstaunen zauberte der Vertreter weitere schimmernd neue Emaillebecher aus seinem Koffer hervor, warf Whitley einen Blick zu und verteilte sie dann an die Neuankömmlinge.

„Ich verhungere", jammerte Whitley. „Gibt es hier was zu essen?"

„Verhungere!", rief Woodrow aus seinem Käfig.

Das Lächeln, das Morgan Whitley schenkte, war alles andere als freundlich. „Ich dachte, wir können auf Sie zählen, Sie Held, und darauf, dass Sie mit einem Gewehr rausmarschieren und das eine oder andere Wild erlegen."

Einen Moment sah es so aus, als wollte Whitley seine Kaffeetasse wegschleudern und Morgan an die Kehle gehen. Aber er überlegte es sich anders, blieb sitzen und murmelte etwas Unhöfliches in seinen Kaffee.

Lizzie stand auf. „Ich dachte, wir könnten eine Möglichkeit finden – diesen Waggon von dem anderen loszumachen …“

„Nicht denken“, unterbrach Morgan sie. „Das bringt Sie nur in Schwierigkeiten.“

Es fühlte sich an, als hätte er ihr eine Ohrfeige verpasst. „Aber …“, protestierte sie.

Morgans Gesicht wurde weicher, aber nur ein wenig. Er betrachtete sie über den Rand seiner dampfenden Kaffeetasse. „Lizzie“, sagte er nun freundlicher, „das ist eine Frage des Gewichts. So unsicher die Situation im Moment auch sein mag, sie würde *noch* unsicherer, wenn wir uns von den anderen Waggons abkoppeln, und nicht etwa besser.“

Er hatte recht, was es Lizzie nur noch schwerer machte, seine Worte kommentarlos hinzunehmen. Sie wandte sich ab und sah aus Versehen zu Whitley. Er grinste süffisant.

Mit erhobenem Kinn wandte sie sich sowohl von Whitley als auch von Morgan ab und half Mrs. Halifax, den Kindern mit John Brennans Quilt ein Bett zu bauen. Danach ging sie zu dem älteren Ehepaar.

Die beiden hießen Zebulon und Marietta Thaddings, wie sie jetzt erfuhr. Sie lebten in Phoenix, aber Mrs. Thaddings' Schwester arbeitete in Indian Rock, und sie hatten sie mit ihrem Besuch überraschen wollen. Da sich niemand während ihrer Abwesenheit um Woodrow kümmern konnte, hatten sie ihn mitgenommen.

„Er ist ein guter Vogel“, sagte Mrs. Thaddings mit lieblicher Stimme. „Macht überhaupt keine Schwierigkeiten.“

„Vielleicht kenne ich Ihre Schwester“, meinte Lizzie lächelnd.

Mrs. Thaddings strahlte. „Vielleicht“, stimmte sie zu. „Ihr Name ist Clarinda Adams, und sie führt eine Schneiderei.“

In Indian Rock gab es keine Schneiderin, stattdessen aber einen sehr exklusiven „Gentleman's Club“, den Miss Clarinda

Adams führte. Cowboys konnten sich die Dienste in Miss Adams' berüchtigtem Etablissement nicht leisten, doch reiche Farmer, Eisenbahnangestellte und andere Männer von dieser Sorte kamen in Scharen aus allen Richtungen, um importierten Brandy zu trinken, Poker zu spielen und dralle Frauen auf ihren Knien zu schaukeln.

Miss Adams würde fraglos überrascht sein, wenn die beiden mit einem sprechenden Vogel auf ihrer Türschwelle auftauchten. Doch nicht halb so sehr wie das Ehepaar selbst.

Mit einer Mischung aus Mitgefühl und Belustigung betrachtete sie die ältere Frau. Dann tätschelte sie Mrs. Thaddings' Hand, die noch immer eisig war, und bot ihr an, ihren Becher nachzufüllen.

Als die zweite Kanne aufgestellt worden war, machten Morgan und der Vertreter sich auf, um den Frachtwaggon aufzubrechen.

Kaum waren sie verschwunden, baute Whitley sich vor Lizzie auf.

„Wenn ich sterbe, ist das *deine* Schuld. Wenn du nicht darauf bestanden hättest, mich in diese Wildnis zu bringen, um deine Familie zu treffen ..."

Trotz des schmerzenden Stichs in der Brust – denn in seinen Worten lag ebenso viel Wahrheit wie Gehässigkeit – hielt sie den Rücken gerade, drückte die Schultern zurück und reckte das Kinn in die Höhe. „Wenn ich überlebe", erwiderte sie stolz, „wird mein größtes Problem sein, *dich* meiner Familie zu erklären."

Mit einem angewiderten Schnauben machte er auf dem Absatz kehrt und verzog sich in die andere Seite des Waggons.

Die kleine Ellen zupfte am Ärmel des viel zu großen Schaffnermantels, den Lizzie nach wie vor trug. „Glauben Sie, dass der Weihnachtsmann weiß, wo wir sind?" Ihre Augen waren rund vor Sorge. „Jack ist ganz verrückt nach dieser Orange, seit Mama uns davon erzählt hat."

„Ich bin sicher, dass er ganz genau weiß, wo wir sind." Lizzie legte eine Hand auf Ellens Schulter. „Aber keine Sorge, wir werden bis Heiligabend in Indian Rock sein, Ellen."

Würden Sie das tatsächlich? Ellen schien ihr zwar zu glauben, aber Lizzie begann langsam ernsthaft, daran zu zweifeln.

3. KAPITEL

Die Kombüse war vielleicht nicht viel sicherer als der Passagierwaggon, aber zumindest warm. Als Morgan und der Vertreter von ihrem Streifzug zurückkamen, hatten sie vier graue Wolldecken bei sich, ebenso viele große Konservendosen und eine Schachtel Cracker.

„Es gab auch einen Schinken", berichtete der Vertreter laut vor Erleichterung, wieder in der Nähe des Ofens zu sein. „Aber der Doktor meinte, dass es sich dabei wahrscheinlich um das Weihnachtsessen von jemandem handelt und wir uns nicht einfach bedienen sollten."

Alle nickten zustimmend, sogar Ellen und Jack. Nur Whitley brummte etwas Unfreundliches.

Es gab weder Teller noch Besteck. Morgan öffnete die Dosen mit seinem Taschenmesser, und sie mussten mit den Händen direkt aus den Dosen essen – Pfirsiche, Tomaten, Erbsen und blasses Hühnerfleisch. Danach nahm Morgan einen alten Kübel, ging hinaus und füllte ihn mit Schnee. Auf dem Herd schmolz er den Schnee zu Wasser, damit sie sich alle waschen konnten.

So froh Lizzie auch war, ihren Hunger gestillt zu haben, so unruhig blieb sie doch wegen ihrer bedrohlichen Lage. Heute war der dreiundzwanzigste Dezember. Ihr Vater und ihre Onkel mussten bereits auf dem Weg sein. Sie konnte ihre Ankunft kaum erwarten, fürchtete sich aber zugleich davor. Der Weg von Indian Rock hierher war schwer und gefährlich. Zum ersten Mal kam ihr der Gedanke, dass ein Rettungsversuch ein Unglück vielleicht nicht verhindern, sondern sogar verursachen konnte. Geliebte Menschen würden ihr Leben aufs Spiel setzen, wenn sie sich bei diesen Wetterbedingungen herauswagten.

Und sie würden sich herauswagen, daran bestand kein

Zweifel. Sie waren McKettricks und nicht fähig, tatenlos herumzusitzen, wenn jemand – vor allem jemand von ihnen – Hilfe brauchte.

Sie schloss einen Moment lang die Augen, um nicht in Tränen auszubrechen.

Um sich abzulenken, stellte sie sich die Weihnachtsvorbereitungen auf Triple M vor. Auf der Farm gab es vier Häuser, und aus allen Küchen würde der Duft nach herrlichem Gebäck dringen. Inzwischen würde ihr Großvater längst Alarm geschlagen haben …

Als Morgan sich neben sie setzte und ihr eine Tasse Kaffee reichte, erschrak sie ein wenig. In Gedanken war sie gerade nach Hause gereist – sich nun in dieser Kombüse mit lauter Fremden wiederzufinden, war schmerzhaft.

Die anderen waren alle beschäftigt. John Brennan schlief mit auf die Brust gesunkenem Kinn, Ellen und Jack spielten mit dem Vertreter Karten, Whitley las ein Buch – er trug immer eines in der Innentasche seines Mantels bei sich. Mrs. Halifax stillte Nellie Anne unter dem Quilt. Mrs. Thaddings hatte Woodrow aus dem Käfig gelassen. Nun saß er auf ihrer rechten Schulter, ein gut erzogener, aufmerksamer Vogel, der ab und zu Sonnenblumenkerne aus der Hand seines Frauchens pickte.

„Brennan hat Fieber“, flüsterte Morgan Lizzie zu.

„Ist es ernst?“, fragte Lizzie alarmiert.

„Fieber ist *immer* ernst, Lizzie. Wahrscheinlich hat er sich auf dem Weg in die Kombüse verkühlt, wenn nicht schon vorher. So wie es in seiner Brust rasselt, entwickelt er gerade eine Lungenentzündung.“

„Guter Gott“, wisperte Lizzie und dachte an den kleinen Tad, der darauf wartete, seinen Vater in dem neuen Heim in Indian Rock zu begrüßen.

„Haben Sie inzwischen die Hoffnung aufgegeben, Lizzie McKettrick?“, fragte Morgan sehr leise.

Sie holte Luft, dann schüttelte sie energisch den Kopf. „Nein", sagte sie fest.

Obwohl sie selbst noch nie eine Lungenentzündung gehabt hatte, wusste sie, dass diese Krankheit ihre Opfer innerhalb von Tagen oder Stunden umbringen konnte. Ihre Stiefgroßmutter Concepcion und Lorelei kümmerten sich um die Kranken in Indian Rock und in den Schlafbaracken auf Triple M, und Lizzie hatte schon oft an einem Krankenbett Nachtwache gehalten. „Ich helfen Ihnen", sagte sie jetzt, obwohl sie nicht wusste, woher sie die Kraft dazu nehmen sollte. Sie war zwar jung und gesund, aber ihre Nerven lagen blank und waren bis zum Zerreißen gespannt.

„Ich weiß", entgegnete Morgan, und seine Stimme klang rau. „Sie würden eine gute Krankenschwester abgeben, Lizzie."

„Dazu habe ich nicht genug Geduld", erwiderte sie ernst und rieb sich die Hände, die inzwischen – wie auch alle anderen Gliedmaßen – warm geworden waren, doch tief in den Knochen schmerzten. „Um eine gute Krankenschwester zu sein, meine ich."

„Und als Lehrerin braucht man keine Geduld?", fragte er.

Irgendwo in sich entdeckte sie ein kleines Lachen. „Ich verstehe schon, was Sie sagen wollen", räumte sie ein. Als sie den Kopf drehte, sah sie, wie Ellen, Jack und der Vertreter sich bei ihrem Kartenspiel amüsierten. „Ich liebe Kinder", erklärte sie Morgan leise. „Ich liebe es, wie ihre Gesichter sich aufhellen, wenn sie mit einer Aufgabe kämpfen und plötzlich die Lösung wissen. Ich liebe es, wie sie aus ganzem Herzen lachen können und wie sie riechen, wenn sie im Sommer im Gras gespielt oder sich im Winter im Schnee gerollt haben …"

„Haben Sie Geschwister, Lizzie?"

„Brüder", nickte sie. „Alle jünger als ich. John Henry ist taub. Dad und Lorelei haben ihn adoptiert, nachdem seine Eltern in Texas bei einem Indianerüberfall getötet wurden. Lorelei, das ist meine Stiefmutter, hat sich spezielle Bücher schicken lassen und ihm beigebracht, mit den Händen zu sprechen. Und uns anderen hat sie es auch gezeigt. Gabe und Doss haben es sehr schnell gelernt."

„Ich wette, Sie auch."

In seinen Augen sah Lizzie, dass er ihr damit nicht schmeicheln wollte. Wenn sie sich nicht täuschte, schmeichelte Dr. Morgan Shane niemals irgendjemandem. „John Henry hat großes Glück, Teil Ihrer Familie sein zu dürfen", bemerkte er.

„Wir haben das immer genau umgekehrt gesehen. John Henry ist so witzig und klug. Er kann jedes Pferd auf der Ranch reiten, und er kann sie auch fantastisch zeichnen – so realistisch, dass man glaubt, sie würden jeden Moment aus dem Bild springen. Wenn er groß ist, will er Telegrafiefunker werden."

„Ich freue mich schon darauf, ihn kennenzulernen, genauso wie den Rest der McKettricks." Sein Blick fiel kurz auf Whitley und dann wieder auf sie.

Irgendetwas tief in ihr vollführte eine Pirouette. Morgan wollte ihre Familie kennenlernen. Aber natürlich *nicht*, weil er ein persönliches Interesse an ihr hatte. Ihr Onkel Kade hatte ihn ermutigt, in Indian Rock eine Praxis aufzumachen. Nur darum wollte Morgan den Rest der Familie treffen. Mit einem Mal fühlte sie sich merkwürdig ernüchtert.

Plötzlich stand Morgan auf. „Ich gehe besser noch mal nach draußen und sehe nach, ob ich Brennmaterial finde. Das Feuerholz hier wird nicht lange reichen, aber in der Lokomotive gibt es genügend Kohlen."

Lizzie widerstrebte der Gedanke, dass er sich wieder der gefährlichen Kälte aussetzen würde. Gleichzeitig wusste sie, dass es sein musste und er sie niemals an seiner Stelle gehen lassen würde. Trotzdem hielt sie ihn fest, als er gehen wollte und sah ihn an. „Was kann ich tun, Morgan?"

Er hob die freie Hand, als wolle er ihre Wange streicheln, doch er berührte sie nicht. „Vielleicht könnten Sie John auf einer dieser Bänke ein Bett herrichten. Es hat ihn seine gesamte Kraft gekostet hierherzukommen. Er muss sich bald hinlegen."

Froh, etwas tun zu können, nickte sie.

Nachdem Morgan gegangen war, blieb sie noch einen Moment sitzen. Dann stand sie auf und streckte sich, Wirbel für Wirbel. Dicke Schneeflocken schwebten an den Fenstern vorbei, der Himmel wurde dunkel, obwohl erst Mittag war.

Dad, dachte sie, beeil dich. Bitte beeil dich.

Das Bett für John Brennan baute Lizzie so nah wie möglich am Ofen. Er sah sie dankbar an, als sie ihn aus seinem unruhigen Schlaf weckte und ihn durch den Waggon zu seinem neuen Ruheplatz führte. Nachdem er sich hingelegt hatte, steckte sie die Decke um ihn fest und legte eine Hand auf seine Stirn.

Seine Haut war so heiß wie ein Kessel über einem Lagerfeuer.

„Ich könnte noch etwas Wasser vertragen", sagte er. „Meine Feldflasche ist in meinem Sack, aber sie ist schon eine Weile leer."

„Dr. Shane hat vorhin Schnee hereingebracht. Ich sehe nach, ob er schon geschmolzen ist", nickte sie.

„Danke." Er hustete heftig.

„Ist er ansteckend?", fragte Whitley. Er stand neben ihr, ein Buch in einer Hand.

„Ich wünschte, es wäre so", antwortete sie ihm kühl. „Dann würdest du dir vielleicht etwas von seinen guten Manieren und seiner Großzügigkeit einfangen."

„Findest du nicht, wir sollten aufhören zu zanken?", fragte Whitley zu ihrer Überraschung. „Immerhin sind wir nach Meinung des Knochensägers hier alle in Lebensgefahr."

„Ist dir das auch endlich klar geworden, Whitley? Und Dr. Shane ist kein Knochensäger, sondern Arzt und hat in Berlin studiert."

„Wie schön für ihn", maulte Whitley. Offenbar bezog sich sein Friedensangebot nur auf Lizzie. „Ich glaube, er hat dir den Kopf verdreht, Lizzie. Du bist verliebt in ihn. Und dabei weißt du überhaupt nichts über diesen Mann, außer dem, was er dir gesagt hat."

„Ich weiß, dass er nicht zuerst an sich selbst gedacht hat, als der Zug von der Lawine erfasst wurde", widersprach Lizzie.

Whitleys Wangen färbten sich rot. „Willst du etwa andeuten, dass ich ein Feigling bin?"

Der Vertreter, Ellen und Jack sahen von ihrem Spiel auf.

Woodrow, der wieder in seinem Käfig saß, krächzte: „Feigling!"

„Nein", entgegnete Lizzie nachdenklich. „Ich habe gesehen, wie du Polo spielst, und da kannst du recht mutig sein. Vielleicht ist ‚rücksichtslos' der passendere Ausdruck. Du bist egoistisch, Whitley, und das ist eine Eigenschaft, mit der ich nicht umgehen will."

Wütend packte er sie an den Schultern und schüttelte sie leicht. „So, jetzt willst du also auf einmal nicht mehr damit ‚umgehen'", knurrte er. „Warum? Weil du eine großartige McKettrick bist?"

Ein deutliches Klicken ertönte in ihrer Nähe.

Lizzie sah an Whitley vorbei und entdeckte den Vertreter, der mit einer kleinen Pistole in ihre Richtung zielte.

„Wären Sie so nett, die Lady loszulassen", sagte er leise.

Ellen und Jack starrten sie mit aufgerissenen Augen an.

„Nicht schießen", bat Lizzie ruhig.

Der Vertreter ließ die Pistole sinken.

„Ich nehme den ersten Zug aus dieser gottverlassenen Gegend." Whitley fuchtelte mit einem Finger unter Lizzies Nase herum. „Ich hätte wissen müssen, dass du dich als … als *ungezügelt* herausstellst."

„Ungezügelt? Wenn du mich beleidigen willst, Whitley, musst du dir schon etwas Besseres einfallen lassen." Sie stieß ihm mit dem Zeigefinger gegen die Brust. „Und sei so gut und droh mir nicht mit dem Finger."

„Ich verschwinde!", stieß Whitley zwischen den Zähnen hervor.

„Das könnte schwierig werden", bemerkte Lizzie trocken. „Schließlich sitzen wir fest."

„Ich werde nicht hierbleiben und mich beleidigen lassen!"

„Lieber gehst du nach draußen und erfrierst?"

„Du denkst, dass ich ein Feigling bin? Dass ich egoistisch bin? Nun, ich werde es dir zeigen, Lizzie McKettrick. Ich folge den Gleisen, bis ich zu einer Ortschaft gelange – da deine ach so tolle Familie sich nicht blicken lässt!"

„Das werden Sie nicht tun", erklang Morgans verärgerte Stimme. „Sie würden nicht mal eine Meile weit kommen, egal, ob Sie den Gleisen folgen oder nicht. Und für den Fall, dass Sie nicht zugehört haben, die Gleise sind unter Bergen von Schnee begraben."

„Sie haben vielleicht Angst, Dr. Shane, aber ich nicht!" Whitley sah sich um und betrachtete zuerst den Vertreter und dann John Brennan. „Ich denke, wir alle sollten gehen. Das ist immer noch besser, als in dieser Kombüse herumzuhocken und darauf zu warten, in den Abgrund zu stürzen!"

Ellen hob eine kleine Hand, als ob sie sich im Unterricht melden würde. „Werden wir in den Abgrund stürzen?", fragte sie. Jack schmiegte sich fest an seine Schwester, er sah blass aus und steckte einen Daumen in den Mund.

„Du machst den Kindern Angst!", rief Lizzie wütend.

Morgan hob beschwichtigend beide Hände. „Wir werden nicht in den Abgrund stürzen", erklärte er dem kleinen Mädchen und Jack mit freundlicher Stimme. Doch als er sich zu Whitley umwandte, loderte sein Blick vor Wut. „Wenn Sie sich wie ein verdammter Idiot aufführen wollen, Mr. Carson, dann ist das Ihre Sache. Aber erwarten Sie nicht von uns, dass wir mit Ihnen gehen."

Der kleine Jack begann lautlos zu weinen.

„Hör auf", schimpfte Ellen und versuchte erfolglos, ihm den Daumen aus dem Mund zu ziehen. „Du bist doch kein Baby mehr."

Ohne ein weiteres Wort nahm Whitley seine Decke, stürmte durch den Wagen und warf sie auf Ellen und Jack. Dann stampfte er aus der Kombüse und ließ die Tür hinter sich weit offen stehen.

Lizzie machte einen Schritt hinter ihm her.

Morgan schloss die Tür. „Er wird nicht weit kommen", sagte er leise.

„Komm zu mir, Jack", rief Mrs. Halifax. Sie war mit dem Stillen fertig und legte das Baby nun sanft auf den Sitz neben sich. Nellie Anne schlief bereits und erinnerte Lizzie an ein Engelchen, das auf einer flauschigen Wolke schlummerte.

Jack tapste zu seiner Mutter und kletterte auf ihren Schoß.

Bei diesem Anblick spürte Lizzie ein kleines Ziehen im Herz. Sie hatte ihren jüngsten Bruder Doss so im Arm gehalten, als er noch klein war und sich vor einem Gewitter oder einem schlechten Traum gefürchtet hatte.

„Ich habe ein paar Sachen im Frachtwaggon", erklärte der Vertreter, während er seine Pistole wegsteckte und den Koffer unter den Sitz legte. Dann knöpfte er seinen Mantel zu und stieg aus.

Lizzie half Ellen, die Spielkarten einzusammeln. Mrs. Halifax schaukelte Jack auf ihrem Schoß, wobei sie ihm leise ins Ohr murmelte.

Morgan schaute nach dem Feuer und legte etwas Holz nach.

„Er wird zurückkommen", sagte er zu Lizzie, als ihre Blicke sich trafen.

Eine Weile später tauchte der Vertreter mit einer großen Holzkiste wieder auf und setzte sie mit geheimnisvollem Blick neben dem Herd ab. Ellen sah neugierig auf, sogar Jack rutschte vom Schoß seiner Mutter und hörte auf, am Daumen zu lutschen.

„Was ist da drin?", fragte der kleine Junge.

Lächelnd klopfte der Vertreter auf die Kiste, dann nahm er ein Taschentuch aus dem Mantel und tupfte sich die Stirn ab. Erstaunlich, dass er bei diesem Wetter schwitzen konnte. „Ich bin froh, dass du diese Frage gestellt hast. Kannst du lesen?", fragte er mit wichtiger Miene.

Jack blinzelte. „Nein, Sir."

„Aber ich kann lesen", meldete Ellen sich zu Wort und deutete auf die Aufschrift auf der Kiste. „Da steht: ‚Eigentum von Mr. Nicholas Christian'."

„Und das bin ich", sagte der Vertreter. „Nicholas Christian, stets zu Diensten." Er lüftete die etwas schäbige Melone, drückte sie an seine Brust und verneigte sich. Dann wandte er sich an Jack. „Du willst wissen, was in der Kiste ist? Ich werde es dir verraten. *Weihnachten*. Das ist da drin."

„Wie kann ein ganzer Tag in eine Kiste passen?", fragte Ellen, die zugleich skeptisch und hoffnungsvoll klang.

„Aber Weihnachten ist doch nicht nur ein *Tag*", widersprach Nicholas.

Morgan, der sich eine Tasse Kaffee eingeschenkt hatte, beobachtete voller Interesse das Geschehen. Mrs. Halifax wirkte besorgt, aber ebenfalls neugierig.

„Machen Sie sie auf?", erkundigte sich Jack. Er war atemlos vor Begeisterung. Selbst John Brennan hatte sich in seinem Krankenbett aufgerichtet und betrachtete die Kiste.

„Aber natürlich. Es wäre doch unglaublich unhöflich, das

nicht zu tun, nachdem ich euch so neugierig gemacht habe, oder nicht?“

Ellen und Jack nickten unsicher.

„Ich brauche den Schürhaken“, sagte der Vertreter zu Morgan, der am nächsten am Ofen stand. „Der Deckel der Kiste ist festgenagelt, wissen Sie.“

Morgan brachte ihm den Schürhaken.

Sogar Woodrow lehnte sich auf seiner Stange im Käfig vor.

Der Vertreter schob den Haken unter den Deckel und stemmte ihn auf. Eine Schicht Sägespäne bedeckte den Inhalt. Jetzt sah auch Lizzie auf, die noch immer von Whitleys Ankündigung, die Gleise bis zur nächsten Ortschaft zu verfolgen, abgelenkt gewesen war.

Mr. Christian kniete neben der Kiste und rieb sich die Hände wie ein Magier, der sich darauf vorbereitet, ein Kaninchen aus dem Hut zu zaubern. Dann fasste er in die Kiste.

Sekunden später nahm er vorsichtig eine schimmernde Spieluhr heraus, um sie ehrfürchtig auf den Boden zu stellen. Als er den Deckel hob, erklang die Melodie von „Stille Nacht …“.

Lizzie schluckte. Durch ein Glasfenster sah man das Maschinenwerk der Spieluhr. Jack und Ellen waren fasziniert.

„So was hab ich noch nie gesehen“, staunte Ellen.

„Das hat meiner verstorbenen Frau gehört, Gott hab sie selig“, flüsterte Mr. Christian, und einen Moment waren Geister in seinen Augen zu sehen. Er ließ die Spieluhr weiterlaufen, während er erneut in die Kiste griff. Diesmal kam ein feiner angeschlagener Porzellanteller zum Vorschein, mit Gold eingefasst und vermutlich von Hand bemalt.

„Davon gibt es acht. Außerdem Löffel und Gabeln und Buttermesser. Wir werden prunkvoll speisen.“

„Was ist speisen?“, fragte Jack.

Ellen stieß ihm völlig aufgeregt mit dem Ellbogen in die Seite. „Er meint essen.“

„Wir haben doch nichts zu essen“, stellte Jack fest. Inzwischen waren die Crackers und der Käse, den Lizzie im Schrank entdeckt hatte, längst vertilgt, genauso wie der Inhalt der Konservendosen.

„Aber ja!“, meinte Mr. Christian. „Natürlich haben wir das.“

Den Kindern fielen fast die Augen aus dem Kopf.

„Wir haben Gänseleberpastete.“ Zum Beweis hob er mehrere Dosen in die Höhe.

Woodrow kreischte und spreizte seine Federn.

Jack rümpfte die Nase. „Gänseleber?“

Ellen stieß ihn erneut an, diesmal fester. „Ist doch egal, auf jeden Fall is' Paste was zu essen.“

„Paste-te“, berichtigte sie der Vertreter liebevoll. „Und das ist etwas sehr Feines.“ Er holte weitere Dosen aus der Kiste. Einen kleinen Schinken. Cracker. Tee in einem Holzbehälter. Ein wunderschönes Glas mit Zucker in allen Regenbogenfarben.

Lizzies Augen brannten ein wenig. Ganz offensichtlich waren diese Dinge für jemanden in Indian Rock gedacht, der auf Mr. Christians Ankunft wartete. Eine Tochter? Ein Sohn? Enkelkinder?

„Da wir erst vorhin ein gutes Mahl genossen haben“, sagte Mr. Christian zu den Kindern, doch laut genug, dass alle in der Kombüse ihn hören konnten, „werden wir uns das hier für später aufheben, nicht wahr?“

„Ich mag Leber nicht“, verkündete Jack. Diesmal gelang es ihm, dem Ellbogen seiner Schwester auszuweichen. „Aber ich hätte gern was von dem bunten Zucker.“

„Später“, versprach Mr. Christian. „Erst einmal wollen wir uns die Vorfreude eine Weile bewahren.“

Beide Kinder runzelten verwirrt die Stirn. Worte wie *Mahl, Vorfreude* und *bewahren* waren ihnen unbekannt, der Vertreter hätte ebenso gut in einer fremden Sprache sprechen können.

Lizzie ging zu Morgan und sagte leise: „Whitley ist ein trauriger Dummkopf. Aber wir können ihn nicht allein da draußen rumwandern lassen. Er könnte sterben."

Morgan seufzte. „Ich dachte gerade, dass ich besser nachsehe und ihn zurückbringe, bevor er sich verirrt."

„Ich komme mit. Es ist schließlich meine Schuld, dass er überhaupt hier ist."

„Sie werden hier gebraucht", entgegnete Morgan mit einem unauffälligen Nicken in John Brennans Richtung. „Ich kann nicht an zwei Stellen gleichzeitig sein, Lizzie."

„Ich wüsste doch gar nicht, was ich tun soll, wenn es Mr. Brennan schlechter geht. Aber wie man Bahngleisen folgt, weiß ich sehr wohl."

Als Morgan ihr daraufhin beide Hände auf die Schultern legte, durchzuckte sie ein eigentümliches, fast schmerzliches Gefühl.

„Sie sind mutiger, als gut für Sie ist", sagte er. „Bleiben Sie hier. Bringen Sie Brennan dazu, so viel Wasser wie möglich zu trinken. Sorgen Sie dafür, dass er warm eingepackt bleibt, selbst wenn er wegen des Fiebers die Decken abwerfen will."

„Aber wenn er …"

„Wenn er stirbt? Ich will Sie nicht belügen. Er könnte sterben. Aber das könnten wir alle, wenn wir nicht die Ruhe bewahren."

„Sie sind müde", protestierte Lizzie.

„Wenn man eines als Arzt lernt, dann, dass Müdigkeit ein Luxus ist, den man sich nicht leisten kann. Ich darf jetzt nicht schlappmachen, und glauben Sie mir, das werde ich auch nicht."

Sie wollte sich an ihn klammern, wollte ihn überreden zu bleiben, ihm eine dramatische Szene machen – aber sie zwang sich, einen Schritt zurückzutreten. „Aber wenn Sie nicht innerhalb von ein oder zwei Stunden zurück sind, werde ich nach Ihnen suchen."

Wieder seufzte Morgan, doch dieses Mal umspielte ein winziges Lächeln seine Mundwinkel, und seine Augen schimmerten plötzlich warm und sanft. „Das werde ich im Gedächtnis behalten", sagte er und verließ die Kombüse.

Lizzie sah ihm nach, wie er am Zug entlanglief. Lass ihm nichts zustoßen, betete sie stumm, bitte, lass ihm nichts zustoßen. *Und Whitley auch nicht.*

Gleich darauf begann John Brennan zu husten. Lizzie schnappte sich eine Tasse, rannte hinaus, um sie mit Schnee zu füllen, und stellte sie auf den Herd. Die Kälte schnitt eisig in ihr Fleisch.

Ellen und Jack wirbelten im Kreis zur Musik der Spieluhr. Mr. Christian hatte ihnen gezeigt, wie man verschiedene Melodien einstellen konnte. Woodrow schien in seinem Käfig ebenfalls zu tanzen. Mr. und Mrs. Thaddings lächelten zärtlich.

„Ich verbrenne", keuchte Mr. Brennan, als Lizzie seine Decken glatt strich. „Ich will nach draußen, mich im Schnee rollen ..."

Auch wenn Lizzie ihm keine medizinische Hilfe bieten konnte, so schenkte sie ihm doch immerhin die tröstliche Gegenwart einer Frau.

„Das ist das Fieber, Mr. Brennan", murmelte sie. „Dr. Shane sagte, dass Sie sich warm halten müssen."

„Es ist, als ob ich in Flammen stünde."

Wie halten Krankenschwestern und Ärzte nur ihren Beruf aus?, fragte sich Lizzie. Es war schrecklich, einen Menschen leiden zu sehen, ohne ihm helfen zu können. „Ganz ruhig", bat sie, den Tränen nahe. „Schlafen Sie. Ich hole ein kaltes Tuch für Ihre Stirn."

„Das wäre ein Segen“, hustete er.

Sie nahm ihren Lieblingsseidenschal aus ihrem Handkoffer und wappnete sich erneut gegen die Kälte. Doch Mr. Thaddings hielt sie auf. Er nahm ihr den Schal aus der Hand und ging selbst nach draußen. Zitternd kehrte er zurück.

Der in Schnee getauchte Schal erleichterte John Brennan die Qualen ein wenig, doch die Hitze seines Körpers erwärmte den Stoff schnell wieder. Lizzie, die neben ihm kniete, sah, wie Zebulon Thaddings nun einen Eimer Schnee hereinbrachte. Dankbar tauchte sie den Schal hinein.

„Es würde mich freuen, wenn Sie mich mit meinem Vornamen ansprechen“, sagte Mr. Brennan. „Dann würde ich mich nicht so weit weg von zu Hause fühlen.“

Sein Husten war noch heftiger geworden, und er erschauerte abwechselnd vor Kälte oder versuchte, die Decken von sich zu werfen.

Lizzie blinzelte die Tränen weg. „Wir bringen Sie nach Hause, John.“ Sie verschluckte sich beinahe an den Worten. „Das verspreche ich Ihnen.“

Eine kleine Hand legte sich auf ihre Schulter. Als sie sich umblickte, entdeckte sie Ellen neben sich. „Ich kann das machen“, sagte das Kind leise. „Dann können Sie sich ein bisschen ausruhen. Und etwas von dem Tee trinken, den Mr. Christmas gemacht hat.“

Zuerst wollte Lizzie ablehnen – Krankenpflege war nichts für kleine Kinder. Auf der anderen Seite war dieses Angebot ein Geschenk, und ein Geschenk durfte man nicht zurückweisen. „Mr. Christmas?“, fragte sie erstaunt. „Meinst du Mr. Christian?“

Lächelnd nahm das Mädchen ihr den Schal aus der Hand und schob sie ein wenig zur Seite. „So, Mr. Brennan“, sagte es, wobei es wie eine kleine Erwachsene klang. „Sie hören einfach zu, und ich rede. Ich und meine Ma und mein Bruder Jack und meine kleine Schwester Nellie Anne, wir sind auf dem Weg zur Triple M Ranch …“

Als Lizzie sich erhob, hielt Mr. Christian ihr bereits einen Becher mit herrlich würzig duftendem Tee hin, heiß und stark und vermutlich mit dem sehr teuren farbigen Zucker gesüßt.

Mr. Christmas. Vielleicht hatte Ellen den Namen des Vertreters doch richtig verstanden.

4. KAPITEL

Die Kälte war erbarmungslos, der Schnee blendete seine Sicht. Morgan kämpfte sich voran, indem er – so gut es ging – den Gleisen folgte. Meistens musste er allerdings eher erraten, wo die Gleise lagen und dabei sorgsam darauf achten, dem Abgrund zu seiner Linken nicht zu nahe zu kommen.

Natürlich hatte Carson, dieser verdammte Idiot, Fußspuren hinterlassen, doch sie schneiten schnell zu. Leise fluchend ging Morgan weiter. Wenn es zu lange dauerte, Carson zurückzubringen, würde Lizzie ihre Drohung wahrmachen und nach ihm suchen. John Brennan war zu krank, um sie davon abzuhalten, geschweige denn sie zu begleiten. Und der Vertreter – der war ein eigenartiger Typ, der in der einen Minute seinen schlichten Koffer trug, als ob sich darin der heilige Gral befände, und in der anderen Leberpastete und andere Delikatessen auf feinem Porzellan servierte. Vielleicht könnte er Lizzie überreden, in der Kombüse zu bleiben. Vielleicht würde er sie aber auch hinaus in den Schneesturm schicken, Morgan hielt beides für möglich, denn wahrscheinlich war dieser Mann ein wenig irre.

Lizzie. Trotz der Kälte musste er lächeln. Was für ein dickköpfiger kleiner Heißsporn sie war. Und so hübsch – und höllisch klug. Ruhig in Situationen, in denen die meisten Frauen – und auch Männer, um gerecht zu bleiben – über ihr grausames Schicksal jammern würden. Er hatte es ernst gemeint, als er sagte, dass sie eine gute Krankenschwester abgeben würde.

Hier, in der merkwürdigen Abgeschiedenheit eines Hochlandschneesturms konnte er sich sogar noch etwas eingestehen: Lizzie McKettrick würde eine noch bessere Arztfrau als Krankenschwester abgeben.

Er spürte, wie sich etwas in ihm regte, zugleich angenehm und schmerzhaft.

Wie idiotisch, auf solche Weise an sie zu denken! Sie kannten einander kaum, außerdem wollte sie als Lehrerin arbeiten, ob nun verheiratet oder nicht. Hinzu kam, dass sie Whitley Carson genug mochte, um ihn an den heiligen Weihnachtstagen ihrer Familie vorzustellen. Ihre Wut auf Carson würde vermutlich verrauchen, sobald sich alle wieder sicher fühlten. Bestimmt würde sie die Fehler dieses Mannes schnell vergessen, wenn sie erst einmal zusammen unter dem großen Weihnachtsbaum in irgendeinem prächtigen McKettrick-Haus Punsch schlürften.

Diese Erkenntnis ließ Morgan wieder vernünftig werden. Er empfand etwas für Lizzie, doch es war viel zu früh, um es zu benennen. Außerdem wäre es dumm, sein seit Jahren verschlossenes Herz ausgerechnet ihr zu öffnen. Und übereilt. Bisher hatte Morgan in seinem ganzen Leben noch nie etwas Übereiltes getan. Vor einer Woche, ja selbst noch vor ein paar Tagen, hätte er es niemals für möglich gehalten, sich in einer solch albernen und zugleich gefährlichen Situation zu befinden wie jetzt.

Morgan war Arzt, und zwar mit Leib und Seele. Er war pragmatisch, er glaubte, dass in diesem Zeitalter der Vernunft jeder für sein Handeln und die sich daraus ergebenden Konsequenzen selbst verantwortlich war. Wenn Whitley Carson also dumm genug war, mitten in einen Schneesturm zu rennen, dann durfte er das tun. Aus Morgans Sicht war er als Arzt verpflichtet, sich um John Brennan zu kümmern, um Mrs. Halifax und ihre Kinder, den Vertreter, das Ehepaar Thaddings und Lizzie. Zum Teufel, er fühlte sich sogar dem Vogel gegenüber verpflichtet.

Was also hatte er hier draußen verloren, wo er doch wusste, wie sinnlos dieses Unterfangen war?

Die Antwort darauf ließ ihn innerlich zusammenzucken.

Wegen Lizzie. Er tat das nur für Lizzie. In welcher Stimmung sie auch gerade sein mochte, sie liebte Carson. Dass sie diesen Mann nach Hause zu ihrem berühmten Familienclan brachte, war Beweis genug.

Mit prickelnder Haut ging Morgan weiter. Seine Füße waren taub, genau wie seine Hände. Seine Ohren stachen, als ob jemand Nadeln hineintreiben würde, und jeder Atemzug brannte wie Feuer in seinen Lungen. Er durchwühlte den Mantel nach dem Flakon von Nicholas Christian, zerrte den Verschluss hinunter und nahm einen Schluck, dankbar für die Wärme, die durch seine Kehle rann.

Unmittelbar darauf entdeckte er Carson hinter einer Biegung im Schnee ausgestreckt.

War er tot?

Morgans Herzschlag beschleunigte sich. Er kauerte neben dem Körper nieder und suchte nach dem Puls.

Carson öffnete die Augen. „Mein Bein", krächzte er. „Ich glaube, ich habe mir das Bein gebrochen – ich bin auf den Gleisen ausgerutscht und beinahe abgestürzt ..."

Nach einigen geübten Handgriffen bestätigte Morgan die Diagnose. Erneut öffnete er den Flakon und hielt ihn an Carsons Lippen. „Ich bringe Sie zurück in den Zug." Er hatte sich tief genug vorgebeugt, damit Carson seine Worte trotz des brüllenden Sturms verstand. „Aber Sie werden Schmerzen haben."

„Ich weiß", nickte Carson. Er stöhnte auf, als Morgan ihn hochzog und schrie, als er einen Schritt zu gehen versuchte. Seufzend bückte Morgan sich ein wenig und schulterte Carson wie einen Getreidesack. Dann setzte er einen Fuß vor den anderen. Irgendwann wurde Carson vor Schmerz ohnmächtig und damit noch schwerer. Ein paarmal wäre Morgan beinahe gestürzt.

Als der Zug in Sichtweite kam, stieß Morgan ein kurzes Dankgebet aus, obwohl sein letztes Gespräch mit Gott lange zurücklag. Mr. Christian wartete auf der Treppe zur Kombüse und half ihm, Carson hineinzutragen.

Lizzie hatte irgendetwas auf dem Herd zubereitet – eine Suppe oder Brühe, dem Duft nach zu urteilen. Als sie ihren ohnmächtigen Liebsten sah, flackerte Besorgnis in ihren Augen auf. „Er ist doch nicht … etwa …“

Morgan schüttelte den Kopf, antwortete aber erst, als Carson auf der Bank gegenüber von John Brennan lag.

„Sein Bein ist gebrochen“, erklärte Morgan und rieb die Hände aneinander, um die Blutzirkulation anzuregen. In seiner Tasche hatte er einen geringen Vorrat an Morphium und ein Fläschchen Laudanum. Die anderen Medikamente hatte er bereits nach Indian Rock vorausgeschickt. Damit konnte er Carsons Schmerz zwar lindern, aber er traute sich nicht, ihm zu viel Medizin zu verabreichen, weil dieser verdammte Idiot bereits reichlich Whiskey in sich hineingeschüttet hatte. „Ich muss den Bruch richten“, fügte er hinzu. „Dafür brauche ich ein paar gerade Äste und Stoffstreifen.“

Lizzie kam näher und starrte in Carsons bleiches Gesicht. „Hat er Schmerzen?“, fragte sie mit leiser Stimme.

Niemand antwortete.

„Ich sehe mal, ob ich etwas finde, was wir als Schiene nehmen können“, sagte der Vertreter.

Morgan antwortete mit einem dankbaren Nicken. Bei seiner Suche nach Carson war er beinahe erfroren, wenn er jetzt wieder in die Kälte gehen würde, würde er für niemanden mehr von Nutzen sein.

„Bleiben Sie in der Nähe des Zugs, wenn es geht“, rief er Christian nach. „Und passen Sie auf, dass Sie nicht ausrutschen.“

Mrs. Halifax und die Kinder schliefen unter dem Quilt. Mr. und Mrs. Thaddings dösten ebenfalls mit aneinandergelehnten Köpfen, während Woodrow hellwach war und die Ereignisse aufmerksam beobachtete.

„Wenn Ihr Freund wieder zu Bewusstsein kommt, wird er starke Schmerzen haben“, beantwortete Morgan etwas verspätet Lizzies Frage. Ihre Besorgnis war nur zu verständlich. Jedem Menschen mit einem Hauch Mitgefühl würde Carson leidtun. Und doch bestätigte ihre heftige Reaktion seine Erkenntnis – nämlich, dass Lizzie vielleicht glaubte, Whitley Carson nicht mehr zu lieben, sich aber wahrscheinlich nur etwas vormachte.

In diesem Moment tat sie etwas Unerwartetes – sie nahm Morgans Hände, zog ihm die Handschuhe aus, die er sich von Christian geborgt hatte, und begann, seine kalte Haut zu reiben. Eigentlich nichts Besonderes, doch sie tat es auf eine sinnliche Weise, auf die Morgan nicht vorbereitet war. Lodernde Hitze jagte durch seinen Körper und weckte lang verschüttete Gefühle.

„Ich habe Suppe gekocht.“ Lizzie deutete auf die Kaffeekanne auf dem Herd, in der etwas fröhlich vor sich hin köchelte. Morgan erinnerte sich an den Dosenschinken aus der Kiste des Vertreters und die getrockneten Bohnen aus dem Frachtwaggon. „Sie sollten besser etwas davon essen“, fügte sie hinzu. „Das wird sie aufwärmen.“

Dass sie ihn schon ziemlich aufgewärmt hatte, konnte er ihr auf keine schickliche Weise erklären. „Ich sollte mich zuerst um Mr. Carson kümmern. Je mehr ich tun kann, bevor er aufwacht, umso besser.“

Obwohl sie nickte, tauchte sie trotzdem eine saubere Tasse in die Brühe und brachte sie ihm. Er nahm einen Schluck, stellte die Tasse ab und schälte sich aus seinem Mantel. Mit einer Schere aus seiner Arzttasche schnitt er Carsons klitschnasse Hose ein Stück auf und zerriss dann den Stoff bis übers Knie. Lizzie zuckte weder zusammen, noch schaute sie weg.

Kurz kam Morgan der aufwühlende Gedanke, dass Lizzie der Anblick von Carsons nacktem Fleisch womöglich vertraut war, dann schob er ihn hastig beiseite. Lizzie McKettricks Privatleben ging ihn nichts an, und schon gar nicht hatte er irgendwelche Rechte.

„Ich habe einen Petticoat", verkündete sie.

Diese Bemerkung ließ Morgan aufschrecken. Carson begann, sich zu regen und zu winden, er warf den Kopf von links nach rechts. Mit dem Bewusstsein kehrten auch die Schmerzen zurück. Morgan warf Lizzie einen Blick zu.

Sie errötete. „Um damit die Schienen festzubinden", erklärte sie.

Morgan nickte und unterdrückte ein Lächeln.

Einen Moment verschwand Lizzie aus seinem Blickfeld. Gleich darauf folgte ein rührend weibliches Rascheln von Stoff, dann hielt sie ihm einen Rock aus feinster elfenbeinfarbener Seide und Spitze hin. Einen Moment hielt Morgan den Stoff in seiner Faust, genoss das seidige Gefühl und den schwachen Duft nach Lavendel, dann riss er den teuren Petticoat in große Streifen. In der Zwischenzeit hatte Lizzie unaufgefordert seine Arzttasche geholt.

Carson öffnete die Augen und sah zu ihr auf. „Ich wollte", wisperte er angestrengt, „ich wollte Hilfe holen, Lizzie ... es tut mir so leid ... wie ich mich benommen habe ..."

„Psst", beruhigte sie ihn, setzte sich auf die Bank und bettete Carsons Kopf sanft in ihrem Schoß. Sie strich ihm übers Haar. Morgan verspürte einen heftigen Stich der Eifersucht, eine rohes, bitteres Gefühl.

Christian kam mit den Ästen zurück und schnitt sie mit einem Taschenmesser zu. Der Kieferndruft verlieh der Kombüse eine geradezu festliche Atmosphäre.

„Das wird jetzt wehtun", warnte Morgan, während er Carsons Fußknöchel in beide Hände nahm.

„Können Sie ihm nicht etwas gegen die Schmerzen geben?" Lizzie sah mit erschrockenen Augen zu Morgan auf.

„Hinterher“, versprach Morgan. Morphin war eine mächtige Droge, und der Patient befand sich noch im Schockzustand. Wenn er ihm jetzt etwas spritzte, könnte das katastrophale Folgen haben. Besser war es, ihm hinterher Laudanum zu geben. „Es wird schnell vorbei sein.“

„Fangen Sie an“, sagte Carson, wodurch er in Morgans Achtung ein wenig stieg. Vielleicht besaß der Mann doch einen Hauch Charakter.

Morgan schloss die Augen. Er hatte einen sechsten Sinn, was Knochen und innere Organe anging. Diese Tatsache hatte er keiner lebenden Seele gegenüber jemals erwähnt, nicht einmal seinem Vater gegenüber, weil es dafür keine wissenschaftliche Erklärung gab. Er konnte den Bruch vor seinem inneren Auge sehen, so deutlich, als ob er Carsons Haut und Muskeln mit einem Skalpell geöffnet hätte. Als er so weit war, machte er eine schnelle, gekonnte Bewegung.

Carson schrie auf.

Doch der gebrochene Oberschenkelknochen war wieder gerade.

Schnell, geschickt und so sanft wie möglich – was er wieder eher für Lizzie tat als für Carson – band Morgan die Äste mit den langen Petticoatstreifen fest. Dann nahm er das Laudanum aus der Tasche, zog den Korken heraus und hielt es an Carsons Lippen. „Einen Schluck“, sagte er.

Bleich und schwitzend hob Carson den Kopf von Lizzies Schoß und nahm einen Schluck von der bitteren Medizin, die fast sofort ihre Wirkung tat. Carson seufzte, legte sich zurück und schloss die Augen. Währenddessen murmelte Lizzie weiterhin süße, sinnlose Worte und fuhr fort, sein Haar zu streicheln.

Morgan hatte schon eine Menge gebrochene Knochen wieder geradegerückt, doch diesmal ließ ihn die Prozedur merkwürdig geschwächt zurück. Er konnte Lizzie nicht ansehen, als er das Laudanum zurück in die Tasche packte und sein Stethoskop herausnahm. Es lag etwas unerhört Intimes in der Art, wie sie Carson beistand, so zärtlich wie eine Mutter ihrem Kind.

Oder eine Frau ihrem Ehemann.

Hastig wandte Morgan sich ab, das Stethoskop baumelte um seinen Nacken. Er durchquerte den Waggon, um Mr. Thaddings Herz abzuhören, das zum Glück ganz regelmäßig schlug. Dann ging er zu John Brennan.

„Wie fühlen Sie sich?", fragte er den Soldaten ein wenig schroff. Bei der Frage handelte es sich um eine reine Formalität: Das Fieberglänzen in Brennans Augen und das ununterbrochene Zittern waren Antwort genug.

Brennans Stimme war nur noch ein heiseres Krächzen. „Ich habe den Burschen gerade schreien hören …"

„Ein gebrochenes Bein", erklärte Morgan. „Machen Sie sich keine Sorgen."

Ein neuer Hustenanfall schüttelte den dünnen Körper. Als er sich wieder etwas erholt hatte, griff Brennan nach Morgans Hand und zog daran. Morgan beugte sich über ihn.

„Ich muss lange genug am Leben bleiben, um meinen Jungen noch einmal zu sehen", stieß er flehend hervor. „Es ist beinahe Weihnachten. Mein Tad soll nicht sein Leben lang daran denken müssen, dass sein Dad Weihnachten gestorben …" Er hustete wieder.

Weil es keine Stühle in der Kombüse gab, hockte Morgan sich neben die Bank. Er war nicht einmal unter besten Voraussetzungen daran gewöhnt zu lächeln, und unter diesen Umständen fiel es ihm noch schwerer. Brennan stand mit einem Fuß im Grab, und wenn ihn nicht schnell ein Engel am Schlafittchen packte und ganz fest hielt, würde er mit Sicherheit hineinfallen.

„Das wird schon wieder", tröstete er. „Denken Sie nicht ans Sterben, John. Denken Sie ans *Leben*. Denken Sie daran, wie Sie mit Ihrem Sohn fischen gehen werden – erinnern Sie sich an schönere Zeiten …“ Er brach ab. Zu seiner eigenen Überraschung hatte er auf einmal das Gefühl zu ersticken. Er konnte sich nicht daran erinnern, wann er zum letzten Mal die Fassung verloren hatte – vielleicht noch nie. Wenn du überhaupt zu etwas nutze sein willst, hörte er seinen Vater sagen, dann musst du einen kühlen Kopf bewahren, egal, was um dich herum geschieht.

„Meine Frau“, begann John, „macht einen hervorragenden Rumkuchen, immer zu Weihnachten. Sie fängt schon im Herbst an …“

„Glauben Sie, dass sie dieses Jahr auch einen gebacken hat?“, fragte Morgan ruhig, als er wieder sprechen konnte.

John lächelte und schaffte sogar ein Nicken. So schwer ihm das Sprechen auch fiel, die Unterhaltung schien ihn zu trösten. Vermutlich klammerte er sich so verzweifelt an dieses Gespräch, wie Lizzie sich an Morgans Gürtel geklammert hatte, als sie über dem Abgrund hing. „Sie hat doppelt so viel gebacken“, brachte John hervor. „Nur weil ich zu Weihnachten nach Hause kommen sollte.“

„Und Sie werden kommen, John“, sagte Morgan.

Erschöpft ließ John den Kopf wieder zurücksinken. Er schien sich ein wenig zu entspannen. Morgan bemerkte, dass Lizzie direkt hinter ihm stand. Sie hielt eine Tasse mit dampfender Suppe in der Hand und einen der Porzellanlöffel des Vertreters.

„Ich dachte, Mr. Brennan sollte vielleicht etwas essen“, sagte sie. Ihre Augen waren groß und furchtsam, ihre Haut bleich, und ihr üppiges Haar sah aus, als ob es jeden Moment alle Haarnadeln sprengen und bis zu ihrer Taille herabfallen würde.

Morgan nickte und machte ihr Platz.

Als Lizzie an ihm vorbeiging, berührten sich ihre Arme. Sie kniete sich neben Brennan. „Die würde mit Zwiebeln besser schmecken", sagte sie tapfer lächelnd, während sie den Löffel an die Lippen des Patienten hielt. „Und mit Salz auch."

„Die Bohnen sind ganz schön hart", sagte Brennan. „Ich schätze, die haben nicht lange genug gekocht."

Lizzie kicherte zustimmend. Und Morgan sah ihnen zu, verzaubert von einem unbekannten Gefühl.

Es war ein schlichter Anblick. Eine Frau fütterte einen Patienten mit Suppe, und doch rührte ihn das Bild zutiefst an. Er fragte sich, ob Lizzie zusammenbrechen würde, wenn dies alles einmal vorüber war, oder ob sie stark bliebe. Er wettete Letzteres.

Natürlich mussten sie dafür zuerst einmal gerettet werden, und je schlimmer das Wetter wurde, desto unwahrscheinlicher erschien es ihm.

Die dünne Suppe linderte Brennans Husten. Er aß, so viel er konnte, dann fiel er müde zurück und schlief ein. Die Schatten der Dämmerung krochen in den Waggon. Ein weiterer Tag ging zu Ende.

Der Vertreter hatte die Kinder erneut in ein Kartenspiel verwickelt. Carson und Brennan schliefen, Mrs. Halifax und das Baby lagen in den Quilt gewickelt auf einer Bank, die Frau starrte wie in Trance in eine unsichere Zukunft, das Baby saugte an seiner kleinen Faust.

Madonna mit dem Kind, dachte Morgan verdrossen.

Er ging ans andere Ende des Wagens, setzte sich auf eine Bank und lehnte den Kopf gegen das Fenster. Tonnen von Schnee drückten Eiseskälte dagegen und ließen ihn bis ins Innerste frieren, als ob er auf dem Berg selbst säße. Völlig erschöpft schloss er die Augen und öffnete sie auch nicht, als er spürte, wie Lizzie sich neben ihn setzte.

„Ruhen Sie sich aus", sagte er. „Sie müssen müde sein."

„Das kann ich nicht." In ihrer Stimme lag ein leichtes Beben. „Ich dachte – ich dachte, dass sie jetzt schon hier wären."

Nun öffnete er doch die Augen und sah sie an.

„Glauben Sie, dass ihnen etwas geschehen ist? Meinem Vater und den anderen?“

Er wollte sie trösten, obwohl er ihre Sorge durchaus teilte. Wenn sie überhaupt losgezogen waren, dann waren sie vermutlich nicht besonders weit gekommen. Also nahm er ihre Hand, drückte sie und wusste nicht, was er sagen sollte.

Traurig lächelnd sah sie in der Ferne etwas, das ihm verborgen blieb. „Morgen ist Heiligabend“, erzählte sie sehr leise. „Meine Brüder, Gabriel und Doss, wollen Heiligabend immer im Stall schlafen, weil unser Großvater behauptet, dass die Tiere um Mitternacht zu sprechen beginnen. Jedes Jahr tragen sie ihre Decken in den Stall und machen sich Betten im Stroh, wild entschlossen, zu hören, wie die Milchkühe und die Pferde miteinander plaudern. Jedes Jahr schlafen sie schon Stunden vor zwölf ein. Dad trägt sie zurück ins Haus, einen nach dem anderen, und Lorelei deckt sie zu. Und jedes Jahr denke ich, dass sie es diesmal schaffen, wach zu bleiben, und aufhören, an so etwas zu glauben.“

Morgan sehnte sich danach, einen Arm um Lizzies Schulter zu legen und sie an sich zu ziehen. Doch solche Gesten waren Whitley Carson vorbehalten, nicht ihm. „Und was ist mit Ihnen?“, fragte er. „Haben Sie Heiligabend auch im Stall geschlafen, als Sie klein waren? Haben Sie auch gehofft, die Tiere sprechen zu hören?“

Herausgerissen aus ihrer Träumerei, zuckte sie leicht zusammen und sah ihn an. „Ich war zwölf, als ich auf die Triple M kam“, sagte sie.

Weiter fügte sie nichts hinzu, und Morgan drängte sie nicht, obwohl er alles über sie wissen wollte, sogar das, was sie selbst nicht wusste.

„Sie haben mir sehr geholfen, Lizzie“, gab er zu. „Bei John Brennan und Carson.“

„Ich muss immer wieder an den Schaffner und den Lokführer denken … an ihre Familien …“

„Nicht“, bat Morgan.

Sie musterte ihn. „Ich habe gehört, was Sie zu John Brennan gesagt haben – dass er daran denken soll, wie er mit seinem Sohn angeln geht, und nicht … und nicht an den Tod.“

Ihm fiel auf, dass er noch immer Lizzies Hand hielt, so unschicklich das auch war. Es erfüllte ihn mit Genugtuung, dass sie ihre Hand nicht weggezogen hatte.

„Glauben Sie, dass das wirklich einen Unterschied macht?“, fuhr sie fort. „An schöne Dinge zu denken, meine ich?“

„Egal, was auch geschieht. An etwas Schönes zu denken, fühlt sich immer besser an, als sich Sorgen zu machen, finden Sie nicht? So gesehen würde ich schon sagen, dass es einen Unterschied macht.“

Darüber dachte sie einen Moment lang nach. Dann sah sie ihm so direkt und so lange in die Augen, dass er schon glaubte, sie hätte ein Loch in der Mauer entdeckt, die er so sorgfältig um sich herum aufgebaut hatte.

„Woran denken Sie denn?“, wollte sie wissen. „Sie machen sich doch bestimmt genau solche Sorgen wie wir alle.“

Er konnte ihr nicht die Wahrheit sagen – dass er sich wider besseres Wissen ständig vorstellte, wie er mit ihr an seiner Seite Patienten in Indian Rock behandelte. „Ich kann mir Sorgen nicht leisten“, antwortete er stattdessen. „Das ist nicht produktiv.“

Damit wollte sie sich nicht abspeisen lassen, das konnte er sehen. Ihre blauen Augen verdunkelten sich vor Entschlossenheit. „Wie war Weihnachten bei Ihnen, als Sie ein kleiner Junge waren?“

Die Frage fand Morgan merkwürdig unangenehm. Sein Vater war Arzt gewesen, seine Mutter eine reiche Erbin und eine Naturgewalt. Vor allem an den Feiertagen waren seine Eltern jeden Abend auf Feste gegangen oder hatten selbst welche gegeben. „Minerva – sie war unsere Köchin – hat immer ein Brathuhn gemacht."

Lizzie blinzelte. Wartete. Und schließlich, als sie sicher sein konnte, dass nichts mehr folgte, hakte sie nach. „Das ist alles? Ihre Köchin hat ein Brathuhn gemacht? Kein Weihnachtsbaum? Keine Geschenke? Keine Weihnachtslieder?"

„Meine Mutter wäre nie auf den Gedanken gekommen, einen Tannenbaum in unser Haus zu schaffen", gestand Morgan. „Ihrer Ansicht nach war so etwas vulgär und grob. Außerdem wollte sie keine Nadeln auf ihren Teppichen haben. Am Weihnachtsmorgen, wenn ich zum Frühstück kam, lag auf meinem Stuhl ein Geschenk für mich. Immer ein Buch, eingepackt in braunes Papier und mit Bindfaden zugeschnürt. Und was die Weihnachtslieder betrifft – am Ende der Straße gab es eine Kirche, und manchmal habe ich ein Fenster geöffnet, um die Gesänge zu hören."

„Das klingt einsam", bemerkte Lizzie.

Die Weihnachtsfeste seiner Kindheit waren tatsächlich einsam gewesen. Genauso wie die restlichen 364 Tage des Jahres. Einen Moment war er wieder ein kleiner Junge, der mit Minerva feierlich das Huhn verspeiste. Sein Vater machte wieder einmal einen Hausbesuch, und seine Mutter schlief sich richtig aus nach einem langen Abend mit Fremden, die sie ihrem eigenen Sohn vorzog.

„Wenn Sie die Köchin nicht erwähnt hätten", fuhr Lizzie fort, als er nichts sagte, „hätte ich gedacht, Sie wären in einer armseligen Hütte aufgewachsen."

Er lächelte ihr zu. Seine Mutter hatte ihn immer als Last betrachtet, wenn auch als eine, die man leicht vergessen konnte. Immer wieder bereute sie wortreich den Tag, an dem sie einen armen Landarzt geheiratet hatte anstelle eines Bankiers wie ihren verstorbenen und vergötterten Vater. Morgans Vater ertrug das alles nur, indem er so selten wie möglich zu Hause war, und wenn Morgan nicht gerade im Schulzimmer im dritten Stock mit einem Lehrer weggeschlossen war, nahm er ihn oft zu seinen Hausbesuchen mit. Diese Ausflüge bereiteten Morgan immer viel Freude. Außerdem lernte er, dass es weitaus Schlimmeres gab, als von einer verwöhnten, desinteressierten und sehr reichen Mutter aufgezogen zu werden.

Zum einen hatte er seinen Vater.

Und zum anderen Minerva. Sie war als Sklavin geboren worden. Darum war ihr Lincolns Emanzipationsproklamation so heilig wie die Bibel gewesen. Sie hatte den Mann, den sie „Vater Abraham" nannte, tatsächlich einmal gesehen und sich in seinen Mantelärmel festgekrallt. Er hatte sie angelächelt. So viel Schmerz in diesen grauen, grauen Augen, erzählte sie Morgan, den es nie langweilte, dieser Geschichte zu lauschen. *Mehr Schmerz, als ein einzelner Mann ertragen kann.*

Morgan hätte eine Menge gegeben, um diese Geschichte nur noch ein einziges Mal zu hören.

Während sie aufs Neue seine abgetragene Kleidung musterte, biss Lizzie sich auf die Lippe. „Sie sind nicht arm", betonte sie und errötete.

Er lachte, und verdammt, das fühlte sich gut an. „Oh, aber das bin ich, Lizzie McKettrick", widersprach er. „Sogar ärmer als eine Kirchenmaus. Mutter hatte nichts dagegen, dass ich zum Studieren nach Deutschland ging. Sie dachte, das würde vorbeigehen, und ich würde schon wieder zur Vernunft kommen. Als ich dann aber tatsächlich Arzt wurde, hat sie mich enterbt."

„Das hat sie? Aber Ihr Vater hat doch bestimmt ..."

„Ihm hat sie ebenfalls die Tür gewiesen. Sie war wütend auf ihn, weil er mich dazu ermutigt hat, Arzt zu werden, anstatt mich um das Familienvermögen zu kümmern. Minerva hat eine Pension eröffnet, und Dad und ich zogen als ihre ersten Gäste ein. Wir suchten uns eine Praxis, hängten ein Schild raus und arbeiteten zusammen, bis Dad an einem Herzinfarkt starb."

„Was wurde aus Ihrer Mutter?", fragte Lizzie sanft.

„Sie hat das Haus verkauft und ist nach Europa gegangen, um der Schande zu entfliehen."

„Welcher Schande?"

„In Mutters Kreisen ist der Arztberuf – vor allem, wenn die meisten Patienten nicht zahlen können – kein angesehener Beruf. Sie hätte es sich verzeihen können, einen Arzt geheiratet zu haben – jugendlicher Leichtsinn, Leidenschaft, all das. Aber als ich auch noch Arzt wurde, anstatt die verschiedenen Banken meines Großvaters zu übernehmen, war das mehr, als sie ertragen konnte."

„Tut mir leid, Morgan", sagte Lizzie.

„Wir standen uns sowieso nicht sehr nah." Die Traurigkeit in Lizzie McKettricks Augen berührte ihn mehr, als es das Desinteresse von Eliza Stanton Shane jemals getan hatte. „Mutter und ich, meine ich."

„Ja, aber ..."

„Ich hatte meinen Vater. Und Minerva."

Lizzie nickte, schien aber nicht überzeugt. „Meine Mutter starb, als ich jung war. Und obwohl ich Lorelei – also meine Stiefmutter – wirklich mag, vermisse ich sie doch sehr."

Die nächste Frage stellte er, bevor er es verhindern konnte. „Ist Geld Ihnen wichtig, Lizzie?" Sie wusste jetzt, dass er keines besaß, und mit einem Mal musste er wissen, ob das eine Rolle für sie spielte.

Sie blickte in Carsons Richtung und dann wieder direkt in seine Augen. „Nein", antwortete sie mit so einem Eifer, dass er ihr sofort glaubte. Lizzie McKettrick hatte nichts Arglistiges an sich, sondern besaß Mut, Freundlichkeit, Intelligenz und ein feuriges Temperament.

Fast hätte er gefragt, ob Whitley Carson in der Lage war, ihr das Leben zu bieten, das sie ganz offensichtlich gewöhnt war, zumindest gemessen an ihrer feinen Kleidung und ihrer Ausbildung. Doch dann erinnerte er sich wieder an seine gute Erziehung.

„Miss McKettrick?"

Ellen sah sie schüchtern an.

„Ja, Ellen?" Lizzie lächelte ermutigend.

„Ich kann keinen Spucknapf finden", sagte Ellen.

Lizzie kicherte. „Wir gehen nach draußen."

„Einen Spucknapf?", wiederholte Morgan perplex.

„Schon gut", entgegnete Lizzie.

„Ich glaube, ich komme mit", rief Mrs. Halifax, die mit dem verletzten Arm nur umständlich aufstehen konnte. Sie zog den Schal fester um ihre Schultern.

Lizzie wickelte Ellen in den Mantel des Vertreters, dann trotzten die drei Frauen dem Schnee und dem eisigen Wind. Jack schlief, genau wie Brennan und Carson. Das Baby blieb strampelnd zurück, stieß die kleinen Fäuste in die Luft und gurrte fröhlich. Es hatte den Nymphensittich mit dem albernen Namen entdeckt.

„Ich denke, wir sollten sparsam mit dem Petroleum umgehen", meinte der Vertreter zu Morgan und deutete auf die einzige Laterne, die gegen die einfallende Dunkelheit ankämpfte. „Soweit ich sehen konnte, gibt es im Frachtwaggon nicht mehr viel davon."

Morgan nickte. Wenn das Feuerholz aufgebraucht war, konnten sie die Kohlen aus der Lokomotive nehmen, aber auch die würden nicht länger als ein oder zwei Tage reichen.

Der Vertreter sah sich um, ob jemand zuhörte, dann fragte er leise: „Glauben Sie, dass man uns rechtzeitig findet?"

„Ich weiß es nicht", gestand Morgan ehrlich.

„Wissen Sie etwas über Lizzies Familie?"

„Nicht viel. Ich habe ihren Onkel Kade einmal getroffen, unten in Tuscon."

„Und ich habe von Angus McKettrick gehört“, flüsterte Christian und warf kurz einen Blick auf Whitleys ausgestreckten Körper. „Das ist Lizzies Großvater. Harter Knochen, der alte Mann. Die McKettricks haben Geld. Sie haben Land und Rinderherden. Aber etwas ist ihnen wichtiger als das alles, wie man hört, und das ist die Familie. Sie werden kommen, so wie Lizzie es sagt. Sie werden kommen, weil sie hier ist – dessen können Sie gewiss sein. Ich hoffe nur, dass wir noch gesund und munter sind, wenn sie hier aufkreuzen.“

Darauf wusste Morgan keine Antwort. Ihnen drohten die verschiedensten Gefahren – sie konnten verhungern oder erfrieren. Am wahrscheinlichsten aber war, dass eine weitere und viel schlimmere Lawine sie mitriss.

„Meinen Sie, dass einer von uns versuchen sollte, Hilfe zu holen?“, fuhr Christian fort.

Morgan sah zu Carson. „*Er* ist jedenfalls nicht weit gekommen.“

„Er ist ein Grünschnabel, und das wissen wir beide.“

„Was glauben Sie, wie weit wir von Indian Rock entfernt sind?“

„Wir sind näher an Stone Creek als an Indian Rock“, erklärte Christian. „Ungefähr fünf Meilen hinter uns biegen die Gleise ab. Von dort sind es noch einmal zehn Meilen nach Stone Creek. Und nach Indian Rock sind es von hier wahrscheinlich zwanzig oder mehr Meilen.“

Morgan nickte. „Wenn sie morgen früh nicht hier sind, werde ich versuchen, nach Stone Creek durchzukommen.“

„Sie werden hier gebraucht, Doc“, widersprach der Vertreter. „Ich bin nicht mehr so jung, wie ich einmal war, aber ich habe noch immer eine Menge Schneid und ein Paar kräftige Beine. Außerdem kenne ich die Gegend hier ziemlich gut – im Gegensatz zu Ihnen.“

Lizzie, Mrs. Halifax und Ellen kamen bibbernd zurück.

Lizzie kämpfte mit dem Wind, um die Tür der Kombüse wieder zu schließen.

Morgan und der Vertreter ließen das Thema fallen.

Kurz darauf löschten sie das Licht und aßen in der Dunkelheit von der Suppe. Danach suchte sich jeder einen Platz zum Schlafen.

Als Morgan am nächsten Morgen die Augen öffnete, wusste er sofort, dass es zu schneien aufgehört hatte. Er setzte sich auf, sah sich um und entdeckte als Erstes Lizzie. Sie schlief noch, aufrecht auf der Bank und in eine Decke gewickelt. John Brennan, Mrs. Halifax und ihre Kinder schliefen ebenfalls. Whitley Carson jedoch starrte ihn mit einem Buch in der Hand an.

„Der Vertreter ist weg“, verkündete er. „Er ist vor Tagesanbruch gegangen.“

5. KAPITEL

Lizzie träumte von zu Hause. Sie wachte in ihrem eigenen Zimmer auf und lauschte den lieb gewonnenen, morgendlichen Geräuschen eines Farmhauses: ratternde Ofenklappen unten in der Küche, das Murmeln vertrauter Stimmen, die den Tag planten. Es roch nach einer Mischung aus starkem Kaffee, Holzrauch und Bienenwachs, mit dem Lorelei regelmäßig die Möbel polierte.

Heiligabend war bei den McKettricks zwar ein ganz besonderer Tag, aber trotzdem musste natürlich die Arbeit erledigt werden. Die Rinder und Pferde brauchten Heu und Wasser, die Kühe mussten gemolken, das Holz gehackt und ins Haus gebracht und die Eier im Hühnerstall eingesammelt werden. Hinter den fest verschlossenen Türen vom Arbeitszimmer ihres Vaters verbarg sich ein gigantischer, mit glitzerndem Lametta geschmückter Tannenbaum. Der satte Kieferndude drang durch die Bodendielen bis in den zweiten Stock hinauf.

Im Laufe des Tages würden die Onkel und Tanten und Cousins und Cousinen ankommen, in Schlitten oder – falls die Straßen frei waren – in Planwagen oder auf Pferden. Sie würden gemeinsam essen, Geschichten erzählen, viel lachen und sich gegenseitig kleine Geschenke machen. Am Abend nach der Messe in der Stadtkirche würden sie sich alle im Haupthaus treffen, um der dunklen Stimme von Angus zu lauschen, der aus dem Lukasevangelium vorlas:

Und es waren Hirten in derselben Gegend auf dem Felde bei den Hürden, die hüteten des Nachts ihre Herde …

Tränen hingen an Lizzies Wimpern, weil sie wusste, dass sie träumte. Sie wusste, dass sie nicht auf Triple M war, wo sie hingehörte, sondern unter Schnee begraben in einem Zug hoch in den gefährlichen Bergen festsaß.

Der Duft von Kaffee allerdings war real, was ihr die Kraft gab, die Augen zu öffnen. Ihre Frisur sah bestimmt entsetzlich aus. Außerdem musste sie nach draußen gehen. Ihr Blick fiel zuerst auf Morgan, so wie eine Kompassnadel automatisch nach Norden schwingt. Er stand zerzaust und verschlafen neben dem Herd, wo er gerade eine Tasse Kaffee einschenkte.

Dann kam er zu ihr und reichte ihr die Tasse.

Diese kleine Geste erschien Lizzie bedeutsam.

„Heute ist Heiligabend", sagte sie.

„Das stimmt." Morgan lächelte matt.

Whitley, das gebrochene Bein auf eine Bank gelegt, sah sie an. „Guten Morgen, Lizziebet."

Sie nickte ihm leicht zu, verlegen wegen des Spitznamens, und nippte an dem Kaffee. Offenbar hatte Whitley seine Entschuldigung am Tag zuvor ernst gemeint. Er zeigte sich von seiner besten Seite. Allerdings wusste sie nicht, was sie davon halten sollte.

„Wo ist Mr. Christian?", fragte sie Morgan, nachdem sie sich umgeschaut hatte. In der Kombüse war es trotz des Feuers in dem kleinen Ofen kühl. „Sucht er nach Feuerholz?"

Whitley und Morgan tauschten einen Blick, Whitley hob beide Augenbrauen, sagte aber nichts.

„Er hat sich auf den Weg nach Stone Creek gemacht", informierte Morgan sie.

Vor Schreck verschüttete Lizzie fast ihren Kaffee. *„Stone Creek?* Das ist meilenweit entfernt ..." Sie hielt verärgert inne. „Und Sie haben ihn einfach *gehen lassen*?"

Whitley beschloss, sich doch an dem Gespräch zu beteiligen. „Er ist gegangen, bevor Dr. Shane aufgewacht ist, Lizzie. Und er war fest entschlossen. Niemand hätte ihn aufhalten können."

Lizzie schwieg. Sie dachte an die Spieluhr und die Gänseleberkonserven und fragte sich, ob Mr. Christian sie jemals wiedersehen würde.

„Ich gehe nach vorn zur Lokomotive, um Kohlen zu holen.“ Morgan schnappte sich einen Eimer.

Wieder musste Lizzie an den Schaffner und den Lokomotivführer denken, die zu Eis erstarrt dort lagen, wo sie gestorben waren. Und an Mr. Christian, der sich vermutlich gerade tapfer seinen Weg bahnte, bis zur Hüfte im Schnee, womöglich sogar bis zum Hals. Auch das letzte Glücksgefühl aus ihrem Weihnachtstraum löste sich in nichts auf.

Doch sie nickte nur und konzentrierte sich wieder auf ihren Kaffee.

„Lizzie“, sagte Whitley, als Morgan verschwunden war, „komm, setz dich neben mich.“

Die anderen schliefen noch. Nach kurzem Zögern durchquerte sie die Kombüse.

„Hast du mir verziehen?“, fragte Whitley sehr leise. Seine braunen Augen schimmerten voller Zärtlichkeit. Er ist ein guter Mensch, das weiß ich doch, dachte Lizzie.

„Ich schätze, du hattest einfach Angst“, sagte sie.

„Ich habe mich wie ein Narr aufgeführt“, meinte Whitley.

Dazu sagte sie nichts.

Schüchtern nahm er ihre Hand und drückte sie. „Jetzt werde ich dir wohl noch einmal ganz von vorn den Hof machen müssen, nicht wahr? Ich habe es wohl verpatzt.“

„H-Hof machen?“ Monatelang hatte sie sich auf Whitleys Heiratsantrag gefreut, davon geträumt und sich immer wieder ausgemalt, wie es sein würde. Sie hatte sogar ihre Antwort geübt. Es gab so unglaublich viele Möglichkeiten, „Ja“ zu sagen. Doch jetzt war alles anders, und das hing mehr mit Dr. Morgan Shane zusammen als mit allem, was Whitley seit dem Lawinenunglück gesagt oder getan hatte. Es wäre nicht fair und auch nicht nett, ihm Hoffnung zu machen.

„Sag, dass ich dich nicht für immer verloren habe, Lizzie." Whitley verstärkte den Griff, während er versuchte, in ihrem Gesicht zu lesen. „Bitte."

In diesem Moment begann John Brennan so heftig zu husten, dass Lizzie von ihrem Platz schoss und zu ihm eilte, um ihm beim Aufsitzen zu helfen. Daraufhin ließ der Hustenanfall etwas nach, aber Lizzie fühlte sich dennoch schrecklich hilflos, weil sie dem Mann nur auf den Rücken klopfen konnte, während er um Atem rang.

Whitley kam hinübergehumpelt und hielt ihr seinen Flakon hin. „Das ist nur Wasser", versicherte er, als Lizzie ihn fragend ansah. Sie nahm den Flakon, öffnete ihn und hielt ihn an Johns graue Lippen, bis er ein paar Schlucke getrunken hatte. Endlich schien es ihm ein wenig besser zu gehen. Lizzie legte den Handrücken auf seine Stirn und stellte fest, dass sie siedend heiß war.

Erneut packte sie Verzweiflung. Sie schwankte leicht, und Whitley nahm genau in dem Moment ihren Arm, als Morgan mit einem Eimer voller Kohlen zurückkam.

Die Zeit schien stillzustehen, so abrupt wie der Zug, als er von der Lawine erfasst worden war. Dann trug Morgan die Kohle zum Herd, kniete sich davor und warf eine Handvoll auf das letzte trockene Feuerholz.

Auch die Kinder wachten jetzt auf. Nellie Anne begann, nach Frühstück zu schreien. Whitley humpelte langsam zurück zu seinem Platz. Lizzie wusch sich, so gut sie konnte, bürstete ihr Haar und steckte es wieder fest. Danach kümmerte sie sich um Ellens Frisur. Mrs. Thaddings nahm Woodrow aus seinem Käfig, damit er sich auf ihre Schulter setzen konnte, wo er die Federn stäubte und leise vor sich hin murmelte.

„Wo ist Mr. Christmas?", fragte Jack beim gemeinsamen Frühstück aus Resten der Suppe, Crackern und Gänseleberpastete. Mrs. Halifax, die langsam wieder zu Kräften zu kommen schien, hatte ihren Kindern Hände und Gesichter mit geschmolzenem Schnee gewaschen. Sie sahen sauber und rosig aus. „Er wollte mir und Ellen das Pokern beibringen."

„Das wird er bestimmt nicht", sagte seine Mutter lächelnd. Dann drehte sie sich mit fragendem Blick zu Morgan um. „Aber wo ist Mr. Christian?", fragte sie.

„Er versucht, nach Stone Creek durchzukommen", kam Whitley Morgan zuvor. „Er hätte hierbleiben sollen."

Sowohl Lizzie als auch Morgan warfen ihm einen ironischen Blick zu – schließlich hatte er sich bei einer ähnlichen Unternehmung ein Bein gebrochen.

Lizzie sah aus dem Fenster über das weite Tal hunderte Meter unter ihnen. „Zumindest hat es aufgehört zu schneien", überlegte sie laut. „Dadurch wird der Weg zwar nicht leichter, aber wenigstens kann er sehen, wo er hingeht."

Nach dem improvisierten Frühstück schien die Zeit zu kriechen.

Mrs. Thaddings stellte Ellen und Jack ihren Vogel vor. Sie starrten Woodrow fasziniert an.

„Wenn er eine Brieftaube wäre, könnte er losfliegen und Hilfe holen", bemerkte Ellen.

„Wir müssen ihn vielleicht aufessen", meinte Jack feierlich. „Wenn wir sonst nichts mehr haben."

Mr. Thaddings, der bisher noch nicht viel gesagt hatte, schüttelte kichernd den Kopf. „Er wäre ziemlich zäh", erklärte er dem Jungen.

„Zäh", bestätigte Woodrow, spreizte die Flügel und quäkte zur Betonung.

Lizzie beschäftigte sich, indem sie John Brennan half, während Morgan im Gang auf und ab lief und Mrs. Halifax mit dem Rücken zu allen anderen diskret ihr Kind stillte. Als Woodrow für ein Nickerchen wieder in seinem Käfig verschwand, setzten sich Jack und Ellen neben Whitley.

Er seufzte auf und sah Lizzie lange an. Dann blätterte er auf die erste Seite des Buchs, das er fast schon zu Ende gelesen hatte, zurück und begann vorzulesen. „*Es war die beste und die schönste Zeit, ein Jahrhundert der Weisheit und des Unsinns, eine Epoche des Glaubens und des Unglaubens …*"

Und so ging der Morgen vorüber.

Um die Mittagszeit klopfte es an die Tür der Kombüse.

Ihr Vater und ihre Onkel waren schließlich doch gekommen, schoss es Lizzie durch den Kopf. Doch gleich darauf war ihr klar, dass sie sich niemals die Mühe gemacht hätten zu klopfen. Sie hätten die Tür eingetreten, um hereinzukommen.

Mr. Christian stand auf der kleinen Plattform, Eis in den Augenbrauen, dem Backenbart und den Wimpern. Er umklammerte einen sehr kleinen Tannenbaum und sah Lizzie ohne sichtbares Erkennen an.

Morgan schob sie zur Seite, packte den Vertreter am Arm und zog ihn aus der Kälte.

„Die Gleise sind verschüttet", sagte Mr. Christian tonlos, als Morgan ihm den Baum aus der Hand nahm und auf den Boden stellte. „Ich musste umdrehen …"

Ohne ein Wort zu sagen, begann Morgan, den Mann aus dem steif gefrorenen Mantel zu schälen, der ein knirschendes Geräusch von sich gab. Mr. Thaddings half ihm dabei, während Mrs. Thaddings eilig eine Tasse mit heißem Kaffee füllte.

Mr. Christian selbst wirkte noch immer verblüfft. Vielleicht fragte er sich, ob er tatsächlich zurück in der Kombüse war und nicht einfach nur träumte.

„Erfrierungen", stellte Morgan fest, nachdem er die Hände des Vertreters untersucht hatte. „Lizzie, holen Sie mir Schnee. Jede Menge Schnee."

Das überraschte sie zwar, aber sie gehorchte, eilte nach draußen und füllte ihren Überrock mit so viel Schnee wie möglich. Als sie zurückkam, stellte sie fest, dass Morgan Mr. Christian auf die Bank gesetzt hatte, die am weitesten vom Ofen entfernt war. Morgan nahm ihr den Schnee ab und packte ihn um die Hände und Füße des Vertreters.

Dieses Verfahren wiederholte er ein paarmal. Als Lizzies Kleid vollkommen durchnässt war, begann Mr. Thaddings, Schnee mit dem Eimer zu holen.

Mr. Christian lag zitternd auf der Bank, inzwischen nur noch mit einer langen Unterhose bekleidet, und starrte schweigend an die Zugdecke. Er schien sich noch immer nicht ganz sicher zu sein, wo er sich befand oder was mit ihm geschah, was Lizzie als Gnade betrachtete. Sie war erleichtert, als Morgan dem armen Mann endlich eine Morphin-Injektion gab und aufhörte, seine Extremitäten in Schnee zu legen.

„Die Kinder", murmelte Mr. Christian. „Die Kinder sollen wenigstens ein bisschen Weihnachten erleben."

Tränen stiegen Lizzie in die Augen. Sie musste sich abwenden, und als Morgan den Herzschlag des Patienten abhörte, schlich sie sich fast unbemerkt aus dem Wagen. Nur Whitley sah sie. Er wollte schon Alarm schlagen, doch nach einem flehenden Blick von Lizzie überlegte er es sich anders.

Sie ging in den Gepäckwagen, und nach einigem Zerren und Schieben gelang es ihr, die Truhen zu öffnen. Sie fand den feinen Wollmantel und den Malkasten, den sie John Henry schenken wollte. Außerdem lagen Schals und Strümpfe, die Pfeife für ihren Vater, das Buch für ihren Großvater und eine Taschenuhr für Whitley in den Truhen. Dann durchwühlte sie Whitleys Truhe, nahm seinen schweren Übermantel heraus, weitere Strümpfe und warme Unterwäsche. Als eine winzige Samtschachtel aus der Manteltasche fiel, blieb beinahe ihr Herz stehen. Vorsichtig öffnete sie die Schachtel, in der ein Diamantring schimmerte. Also hatte Whitley wirklich vorgehabt, an den Feiertagen um ihre Hand anzuhalten. Lizzie stopfte ihre alten Träume zusammen mit dem Ring in die Schachtel, verschloss sie wieder und legte sie sorgfältig zurück in Whitleys Truhe.

Nachdem sie sich etwas Zeit gelassen hatte, um sich zu erholen, machte sie sich mit dem Bündel unterm Arm auf den Rückweg. Auch jetzt achtete kaum jemand auf sie. Sie legte das Bündel zur Seite, stellte sich vor den Ofen und versuchte, die Schürze ihres Kleides zu trocknen. John Brennan hatte bereits eine Lungenentzündung. Whitleys Bein war gebrochen, Mrs. Halifax trug den Arm in einer Schlinge, und der arme Mr. Christian starb beinahe an seinen Erfrierungen. Da durfte sie nicht auch noch krank werden.

Als die Schürze trocken war, drehte sie sich um und sah aus den Fenstern. Die Sonne ging gerade unter, von einer Rettungsmannschaft war weit und breit nichts zu sehen. Sie atmete tief durch. Immerhin war Heiligabend, und unabhängig von den Umständen war Lizzie wild entschlossen, auf irgendeine Weise zu feiern.

Kurz darauf war der Himmel mit Sternen übersät. Jeder einzelne schimmerte so hell wie der Diamantring von Whitley. Der Schnee glitzerte klar und rein unter den Sternen, und der Duft des kleinen Tannenbaums, den Mr. Christian irgendwie gefällt und mitgebracht hatte, erfüllte den Wagen.

Morgan durchwühlte noch einmal den Frachtwaggon und kam mit einem Stapel weiterer Decken und dem wunderbaren Weihnachtsschinken zurück, den sie alle gestern noch abgelehnt hatten. Dann machte er ein größeres Feuer, und sie begannen zu schlemmen – selbst John Brennan und Mr. Christian aßen ein paar Bissen.

Als der Mond aufging und sein silbernes Licht über den Schnee ergoss, steckte Morgan den Stamm des winzigen Baumes zwischen die Latten von Mr. Christians leerer Kiste. Whitley spendete seine Uhrkette als Dekoration, Lizzie ein paar

Haarbänder aus ihrer Handtasche und einen kleinen Spiegel und Mrs. Thaddings ihre Ohrringe. Dann begann Lizzie zu singen, Mrs. Halifax fiel mit schwankender Stimme ein, gefolgt von John, Whitley und den Kindern. Sogar Woodrow sang mit.

„Stille Nacht …"

„Wir bekommen unsere Orangen nicht", erklärte Jack tonlos, als seine Mutter ihn und Ellen später mit dem Quilt zudeckte. „Wir haben keine Strümpfe zum Aufhängen, und der Weihnachtsmann wird uns hier draußen sowieso nicht finden."

Ellen blickte zu dem kleinen Baum, als ob er das Schönste wäre, was sie je gesehen hatte. „Trotzdem ist Weihnachten. Und dieser Baum ist wunderbar. Es hat Mr. Christmas viel Mühe gekostet, ihn zu besorgen."

Jack schloss seufzend die Augen.

Aber Ellen betrachtete den Baum, bis sie einschlief.

Die ganze Zeit über sah Morgan abwechselnd nach John Brennan und Mr. Christian. Er hatte Whitley nach dem Abendessen eine weitere Dosis Laudanum verabreicht, als die Schmerzen im verletzten Bein sein Gesicht verzerrt und ihm den Schweiß auf die Stirn getrieben hatten. Mr. und Mrs. Thaddings, die Woodrow für die Nacht in den Käfig zurückgesetzt hatten, lasen in einer alten Bibel.

Lizzie bewunderte das alte Ehepaar für seine Gelassenheit. Es schien, als könnten sie alles ertragen, solange sie nur zusammen waren. Sie wusste so wenig über die zwei, und doch war für jeden ersichtlich, dass die Ehe beiden einen echten Hafen bot.

Sie wollte auch so sein. Wollte mit jemandem alt werden, Jahr um Jahr mit einem Menschen zusammenleben, so zufrieden wie die beiden.

„Ich dachte wirklich, sie würden kommen", gestand sie kurz darauf Morgan. Sie kniete vor dem kleinen Baum und atmete dessen Duft ein. „Ich dachte, meine Familie würde kommen."

Morgan setzte sich im Schneidersitz neben sie. Er sagte nichts, hörte ihr nur zu.

Eine Träne rollte über Lizzies Wange. Sie wischte sie mit dem Handrücken weg und streckte den Rücken durch.

„Vielleicht morgen früh", sagte sie.

„Vielleicht", nickte er.

Nach einem Moment stand Lizzie auf, holte das Bündel, faltete Whitleys teuren Übermantel sorgfältig zusammen und legte ihn unter den Baum. Dann folgten John Henrys Malkasten, die Taschenuhr, ihr schöner Mantel mit dem Samtkragen, die Pfeife, das Buch und noch ein paar andere Dinge.

Als sie fertig war, setzte sie sich auf die Fersen und arrangierte die Geschenke noch ein wenig. Als Morgan nach ihrer Hand griff, sah sie überrascht hoch.

„Lizzie McKettrick", sagte er. „Sie sind wirklich was Besonderes."

Verlegen biss sie sich auf die Unterlippe und sah in Whitleys Richtung, um sicher zu sein, dass er schlief. Tatsächlich sah es so aus, aber vielleicht „stellte er sich auch nur tot", wie ihr Großvater es immer ausdrückte, um sie zu belauschen.

„Er wird mich bitten, ihn zu heiraten", murmelte sie gegen ihren eigenen Willen.

Darauf schwieg Morgan lange. Dann erwiderte er: „Und Sie werden Ja sagen."

Sie schüttelte den Kopf, unfähig, dem Arzt in die Augen zu sehen.

„Weshalb nicht?", fragte Morgan mit dunkler Stimme. Sie sprachen miteinander im Halbdunkel, so wie ihr Vater oft mit Lorelei sprach, spätabends, wenn sie allein in der Küche vor dem ersterbenden Feuer saßen und der Duft des Abendessens noch immer in der Luft hing.

„Weil es nicht richtig wäre", erklärte Lizzie. „Weder für

Whitley noch für mich. Er ist ein guter Mann, Morgan. Das ist er wirklich. Er verdient eine Frau, die ihn liebt."

Morgan antwortete nicht. Zumindest nicht sofort. „Das hier ist für uns alle schwer, Lizzie. Ziehen Sie keine übereilten Schlüsse. Sie könnten es bitter bereuen, wenn Sie jetzt eine falsche Entscheidung treffen."

Wieder blickte sie zu Whitley, dann auf ihre Hände, die sie über ihrer ruinierten Schürze fest gefaltet hatte. „Vielleicht bin ich gar nicht für die Ehe gemacht", fuhr sie fort. „Das gibt es, wissen Sie."

Sie spürte, dass er lächelte. „Es wäre reine Verschwendung, wenn Sie nicht heiraten würden, Lizzie. Aber ich stimme Ihnen zu, dass es Ihnen allein sicher besser ergeht als mit dem falschen Mann."

„Meine Schüler", überlegte Lizzie weiter. „Das werden meine Kinder sein." Als sie die Worte aussprach, fuhr ein Stich durch ihr Herz. Sie wünschte sich so sehr eigene Kinder, Söhne und Töchter, die noch mehr Glück und Leben nach Triple M bringen würden.

„Wird Ihnen das reichen, Lizzie?", erwiderte Morgan nach einer Weile. „Schüler zu haben, meine ich?"

„Ich weiß es nicht", antwortete sie traurig.

Noch einmal drückte er ihre Hand. „Sie haben Zeit, Lizzie. Sie sind eine schöne Frau. Wenn Sie und Whitley sich nicht einigen, werden Sie mit Sicherheit einen anderen treffen."

Leider befürchtete Lizzie, dass sie bereits „einen anderen" getroffen hatte, und zwar ihn. Sonst überaus selbstbewusst, fühlte sie sich der Situation plötzlich nicht gewachsen. Die McKettricks waren zwar sehr bekannt, und sie waren reich, aber sie lebten in Farmhäusern und nicht in Prachtvillen. Niemand zog sich extra fürs Abendessen um, es gab keine Bediensteten oder eleganten Kutschen wie in Morgans Familie. Bei Miss Ridgley hatte sie gelernt, wie man stickte und Gäste bewirtete. Danach hatte sie in San Francisco eine einfache Schule besucht. Morgan hingegen hatte im Ausland Medizin studiert. Egal, wie fremd ihm seine Mutter geworden war, er gehörte in die höhere Gesellschaft, während sie selbst im schlimmsten Fall als Bauerntrampel und im besten Fall als Neureiche angesehen wurde.

„Lizzie?", hakte Morgan nach, als sie nicht antwortete.

„Ich habe mich nur gefragt, warum Sie in einem Arbeiterort wie Indian Rock leben wollen und nicht in Chicago, New York, Philadelphia oder Boston. Vermissen Sie denn nicht ... nun ... all die Dinge, die man in solchen Städten unternehmen kann?"

„Wie zum Beispiel?"

„Konzerte besuchen. Kunstmuseen. Geschäfte, die so groß sind, dass man Treppen steigen muss, um alles zu sehen, was sie anbieten."

Morgan lachte. „Vermissen Sie denn die Konzerte und Museen und das Einkaufen, Lizzie?"

„Nein. San Francisco ist schön – ich habe es wirklich sehr genossen, dort zu sein. Ich hatte viele Freundinnen in der Schule. Aber manchmal hatte ich so schlimmes Heimweh, dass ich glaubte, es nicht aushalten zu können."

Mit dem Handrücken strich Morgan über ihre Wange, so sanft, dass ein heißer Schauer über ihren Rücken jagte. „Ich schätze, ich habe auch Heimweh", sagte er, „aber auf andere Weise. Ich sehne mich nach einem Zuhause, wie ich es nie hatte – ein Zuhause, das ich in Indian Rock zu finden hoffe."

Lizzies Hals wurde eng. Sie konnte sich Morgan nur zu gut als kleinen Jungen vorstellen, wie er Weihnachten in der Küche eines riesigen Hauses mit der Köchin zu Abend gegessen hatte. Wenn in Indian Rock erst einmal die Neuigkeit die Runde machte, dass der neue Arzt unverheiratet war, würden umgehend Speisen in Körben vor seine Tür gestellt werden.

Man würde ihn zum Sonntagsessen einladen, und im Umkreis von vielen Meilen würden unverheiratete Frauen mit einem Mal mysteriöse Krankheiten entwickeln, die nur der neue, attraktive Arzt kurieren konnte.

Als Lizzie daran dachte, gab sie ein nicht gerade damenhaftes Schnauben von sich.

Im Schein des Mondes sah sie, wie Morgans rechte Augenbraue sich hob und ein kleines Lächeln seine Lippen umspielte. „Was hat wohl *diese* Reaktion herbeigeführt, Lizzie McKettrick?"

Sie mochte es, wenn er sie mit vollem Namen ansprach, auch wenn sie nicht hätte sagen können, weshalb. Gleichzeitig war es ihr ein wenig peinlich, dass sie in seiner Gegenwart geschnaubt hatte wie ein altes Pferd. „Sie werden nicht lange allein bleiben", sagte sie. „Sobald Sie erst mal in Indian Rock sind, meine ich."

Wieder lächelte Morgan ein wenig schief. „Ich glaube, ich wäre gern verheiratet", erklärte er, und sie zuckte leicht zusammen. Offenbar hatte sie sich doch noch nicht so an seine direkte Art gewöhnt, wie sie dachte. „Mit einer liebevollen Frau. Und einem ganzen Stall voll Kinder. Das klingt für mich im Moment wunderschön, aber vielleicht bin ich auch einfach nur sentimental."

Am liebsten hätte Lizzie geweint, ohne genau zu verstehen, warum. Jedenfalls nicht, weil sie Weihnachten so weit von zu Hause entfernt verbrachte oder Whitleys Antrag ablehnen und ihn damit verletzten würde – und auch nicht, weil sie alle in Lebensgefahr schwebten.

Weil sie ihrer eigenen Stimme nicht traute, blieb sie stumm.

„Schlafen Sie ein wenig. Morgen ist Weihnachten."

Morgen ist Weihnachten. Lizzie nickte und wollte gerade aufstehen, als Morgan plötzlich ihr Gesicht in seine Hände nahm und sie zart und sanft auf die Lippen küsste.

Ein Schauer jagte durch Lizzies Körper, als hätte sie flüssiges Licht getrunken oder frischen Frühlingsregen. Sie wusste, dass Morgan ihr Zittern spürte, bevor er die Hände sinken ließ und ihr aufhalf.

„Gute Nacht, Lizzie McKettrick“, sagte er barsch. „Und frohe Weihnachten.“

Ihr Herz hüpfte und tollte herum wie ein Zirkusartist auf einem Trampolin. Noch lange nachdem sie sich auf eine der langen Bänke gelegt hatte, konnte sie Morgans kurzen, unschuldigen Kuss auf ihren Lippen spüren.

Um sich abzulenken, stellte sie sich vor, zu Hause auf Triple M zu sein. Eine Weile stand sie in der nur von einer Lampe erhellten Küche und sah ihren Vater und Lorelei an den üblichen Plätzen am Tisch sitzen. Doch die beiden konnten sie nicht sehen. Dann kletterte sie die Treppe hinauf und ging ins Zimmer, das John Henry, Gabriel und Doss sich teilten. Alle drei schliefen tief und fest, ihr helles Haar war zerzaust und voller Stroh von dem weihnachtlichen Besuch im Stall. Jeder von ihnen hatte einen Strumpf an einen Nagel an der Wand gehängt. Noch waren die Strümpfe leer. Lorelei würde sie erst später füllen, wenn sie sicher war, dass die Kinder nicht aufwachten. Kandiszucker. Spielzeugpfeifen. Kleine, hölzerne Tiere, handgeschnitzt von ihrem Vater in seinem Schuppen.

Lizzies Augen brannten, ihr Hals zog sich so schmerzhaft zusammen, dass sie eine Hand schützend darum legte. Während sie auf ihre Brüder herabstarrte, öffnete John Henry die Augen und sah sie direkt an.

„Wo bist du?“, formte er mit den Händen die Worte, die er nicht aussprechen konnte.

Auch Lizzie antwortete in Zeichensprache: „Ich komme bald nach Hause.“

John Henrys kleine Hände flogen durch die Luft. „Versprochen?“

„Versprochen."

Und dann verblasste das Bild und ließ Lizzie voller Sehnsucht zurück.

Sie hörte, wie Morgan durch den Waggon ging, wahrscheinlich, um nach seinen Patienten zu sehen: Mrs. Halifax mit ihrem verletzten Arm, Whitley mit dem gebrochenen Bein, Mr. Christian mit seinen Erfrierungen und schließlich der arme John Brennan, der mit einer Lungenentzündung kämpfte.

Über ihnen allen ragte drohend und lautlos ein Berg auf.

Irgendwann schlief sie erschöpft ein.

Weihnachten.

Noch nie hatte Morgan Weihnachten so viel bedeutet wie in dieser Nacht. Er wollte Lizzie alles schenken – Schmuck, feinste Seide und Spitze – und vor allem … sein Herz. Einen winzigen Moment wünschte er sich tatsächlich, er hätte auf seine Mutter gehört und wäre Bankier geworden und nicht Arzt.

Verärgert über sich selbst fuhr er sich mit beiden Händen durchs Haar, wie immer, wenn er frustriert war – was oft vorkam.

Also konzentrierte er sich auf das, womit er sich auskannte, auf Krankheiten und Verletzungen. Denn ihm war klar, dass er sowieso keinen Schlaf finden würde.

John Brennan schien es ein wenig besserzugehen.

Mrs. Halifax würde wieder in Ordnung kommen, sobald sie sich ausruhen konnte.

Selbst Christian, der beinahe in der Kälte umgekommen war, schien sich zu erholen. Vielleicht würde er ein paar Zehen verlieren, aber ansonsten würde er bald wieder der Alte sein.

Und auch Whitley Carsons Bein würde heilen. Er war jung, gesund und stark. Falls er nicht der größte Idiot auf Erden war, würde er so lange auf Lizzie einreden, bis sie seinen Heiratsantrag annahm. Vielleicht war er klug genug, zu wissen, dass man eine Frau wie Lizzie McKettrick nur alle Jubeljahre traf, vielleicht aber auch nicht.

Morgan hoffte sehr, dass Letzteres zutraf.

Wenn wir hier lebend herauskommen, beschloss er, und Lizzie ihre Meinung bezüglich der Hochzeit mit Whitley wie durch ein Wunder *nicht* ändert, dann werde ich ihr selbst den Hof machen.

Liebte er sie?

Das wusste er nicht. Er bewunderte sie, das stand fest, respektierte und – bei Gott – begehrte sie, wenn auch nicht nur körperlich. Sie hatte eine vollkommen neue Region in seiner Seele geöffnet, eine von goldenem Licht durchflutete Landschaft. Sollte Lizzie sein Werben ablehnen, blieb ihm zumindest noch dieser magische Ort, an den er sich bis ans Ende seines Lebens zurückziehen und in seiner Einsamkeit Trost finden konnte.

Überrascht schüttelte Morgan den Kopf. Solche Gedanken waren ihm normalerweise vollkommen fremd. Er war Realist und Arzt, kein Dichter. Und doch hatte Lizzie ihn irgendwie verändert, und er wusste schon jetzt, dass diese Veränderung von Dauer war.

Der Kaffee war kalt und bitter, doch er schenkte sich trotzdem davon ein. Mit der Tasse in der Hand ging er zum Fenster, um in die blauweiße Nacht hinauszusehen. Während er einen Schluck trank, dachte er über die Ironie nach, Lizzie ausgerechnet zu diesem Zeitpunkt und an diesem Ort kennengelernt zu haben.

Und noch bevor er geschluckt hatte, hörte er ein tiefes Grollen über sich.

6. KAPITEL

Der Wagen wurde gewaltig durchgeschüttelt und riss Lizzie aus ihrem unruhigen Schlaf. Wie vom Blitz getroffen richtete sie sich auf. Das Schreien der anderen hallte in ihren Ohren und ihrem Herzen wider, während sie darauf wartete, dass der Zug über die Klippen stürzte.

Was nicht geschah.

Es gab eine zweite Erschütterung und dann ... Stille.

Fühlte es sich so an zu sterben?

Sie sah sich um, doch die Dunkelheit war schwarz wie Tusche. Sie hätten sich auch am Grund einer Kohlenmiene befinden können.

„Morgan?", rief sie leise.

„Ich bin hier", antwortete er irgendwo in ihrer Nähe.

„Was ist passiert?", fragte eines der Kinder.

„Dunkel!", meckerte Woodrow laut. „Dunkel!"

„Das war eine weitere Lawine", erklärte Morgan sachlich. „Der Schnee hat die Fenster versperrt, aber wir stehen noch immer auf den Gleisen, denke ich."

„Ist der Christbaum kaputt?", erklang Ellens leise Stimme.

„Wen interessiert schon der Christbaum", knurrte Whitley gereizt. „Und könnte vielleicht mal jemand den Vogel zum Schweigen bringen?"

„Könnte vielleicht mal jemand den Vogel zum Schweigen bringen?", wiederholte Woodrow.

„Wie lange wird der Sauerstoff reichen?", fragte John Brennan.

„Das weiß ich nicht", antwortete Morgan. „Jeder bleibt, wo er ist. Ich werde versuchen, die Tür zu öffnen. Vielleicht können wir uns irgendwie ausgraben."

„Wir könnten ersticken", keuchte Whitley.

„Psst", zischte Lizzie. „Wir werden nicht ersticken."

„Zäher Vogel", plapperte Woodrow weiter. „Nicht den Vogel essen!"

Das Baby begann zu schreien, zuerst zaghaft, dann aus vollen Lungen.

Mrs. Halifax sang leise und mit bebender Stimme ein Lied. Mrs. Thaddings sprach sanft auf ihren Vogel ein.

Jemand zündete ein Streichholz an, ein Licht flammte auf. Morgan stand mit erhobener Lampe in der Mitte des Wagens. Lizzie kam der unpassende Gedanke, dass er sich mal wieder rasieren musste.

Nun bedeckte Schnee die Fenster zu beiden Seiten, und Morgan gelang es nicht, die Tür zu öffnen. Sie waren bei lebendigem Leib begraben.

Zur allgemeinen Überraschung stand der kleine Christbaum noch immer.

„Schau!", schrie Ellen und zerrte an Jacks Ärmel. „Der Weihnachtsmann war da!"

Lizzie und Morgan sahen sich lange schweigend an und teilten etwas Unausgesprochenes miteinander, dann nickte Morgan.

„Und da sind auch Geschenke für alle", rief Lizzie und zwang sich zu einem fröhlichen Lächeln. Sie lief zu dem Baum, hob ihren kostbaren Mantel hoch und reichte ihn Mrs. Halifax. „Für Sie." Ellen und Jack bekamen John Henrys Farben, Whitleys handgeschneiderter Übermantel ging an John Brennan. Die Pfeife, die sie für ihren Vater gekauft hatte, bekam Mr. Christian. Für Whitley war das Buch und für Morgan die Taschenuhr. Mr. und Mrs. Thaddings reichte sie eine kleine Schachtel handgeschöpfter Schokolade aus einem Laden in San Francisco, die sie für Lorelei ausgesucht hatte.

„Und was ist mit Ihnen?" Ellen starrte auf ihren Farbkasten und dann zu Lizzie. „Haben Sie nichts bekommen?"

Zum ersten Mal, seit Mr. Christian mit dem kleinen Baum

unterm Arm zum Zug zurückgekehrt war, sprach er einen zusammenhängenden Satz. „Aber wieso? Der Weihnachtsmann will, dass sie die Spieluhr bekommt", erklärte er mit schwacher Stimme.

Ellen war zufrieden und begann, Malkasten, Pinsel und Papier zu untersuchen. Natürlich würde Lizzie die Spieluhr nicht annehmen. Denn so großzügig Mr. Christians Angebot auch war – die Uhr hatte seiner verstorbenen Frau gehört und war somit ein Erbstück.

Aus Furcht, dass der Kamin mit Schnee bedeckt war, machten sie kein Feuer. Es wurde immer kälter. Aber wenn wir schon sterben müssen, dachte Lizzie, dann wenigstens gut gelaunt.

Sie straffte die Schultern und hob das Kinn, doch noch bevor sie etwas sagen konnte, hörte sie ein leises Geräusch – und dann noch eins.

„Still!", rief sie.

Ein weiteres Klirren – Metall, das gegen Metall schlug. Spaten? Es kam aus einiger Entfernung, vielleicht aus Richtung der Lokomotive.

„Sie sind da", flüsterte Lizzie. „Sie sind da!"

Alle sahen nach oben, als erwarteten sie, dass ihre Retter durch die Decke kämen.

Die Zeit schien stillzustehen.

Klirr, klirr, klirr.

Und dann – wenige Minuten später – hörten sie Schritte auf dem Dach der Kombüse und eine gedämpfte Stimme.

Die Stimme ihres Vaters.

„Lizzie!", rief Holt McKettrick.

„Ich bin hier, Dad!", schluchzte Lizzie laut auf. „In der Kombüse!"

Nun wurde das Klirren der Spaten lauter.

„Lizzie?", rief ihr Vater wieder. „Halt durch, Liebling."

Keine fünf Minuten später ruckelte die Tür, die Morgan

nicht hatte öffnen können, in den Angeln und wurde mit einem ohrenbetäubenden Kreischen aufgestoßen. Holt McKettrick stand im Türrahmen.

Groß. Stark. So gut aussehend, dass Lizzie vor Stolz und Glück das Herz anschwoll. Holt McKettrick konnte Himmel und Hölle in Bewegung setzen, wenn es sein musste – für seine Tochter und für einen Zug voller Fremder.

Lizzie flog in seine Arme.

Er riss sie in die Höhe und küsste sie auf den Kopf. Sie spürte seine warmen Tränen in ihrem Haar. „Gott sei Dank", murmelte er. „*Gott sei Dank.*"

Weinend klammerte sie sich an ihn und versuchte nicht einmal, das erleichterte Schluchzen zu unterdrücken, das sich nun nach all den Strapazen Bahn brach. „Daddy ... Daddy!"

„Ssch", sagte Holt heiser, „jetzt ist alles gut, mein Mädchen!"

Hinter ihm betraten ihre Onkel den Zug – zuerst Rafe, dann Kade und Jeb. Ihnen folgte ein weiterer Mann, den Lizzie nicht kannte.

„Pa!", kreischten Ellen und Jack und warfen sich in die ausgebreiteten Arme des großen, schlanken Cowboys. Über die Köpfe seiner Kinder hinweg tauschte er einen Blick voll ehrfürchtiger Dankbarkeit mit Mrs. Halifax, die ihr Baby so fest an sich gedrückt hielt, dass es sich zu wehren begann. Auch ihr liefen Tränen über die Wangen.

Als Lizzie von ihrem Vater wieder auf den Boden gestellt wurde, hatte sie zumindest ein Mindestmaß an Fassung zurückgewonnen. Sie schluckte einmal schwer, dann sah sie ihn an. „Ich wusste, dass ihr kommen würdet", sagte sie.

Holt grinste. „Aber natürlich. Ohne dich wäre es kein Weihnachten gewesen, Lizzie."

„E...einige der anderen sind verletzt", fuhr Lizzie beschämt fort, weil sie ihre Mitreisenden in ihrem Glück vollkommen vergessen hatte.

Doch ihre Onkel hatten die Situation bereits überblickt. „Wir sollten besser schnell machen, Holt", meinte Rafe mit einem Blick zur Decke. Er war ein großer Mann, stämmig und mit dunklem Haar. Seine Augen leuchteten wie die indigoblauen Hemden der Farmarbeiter.

Unterdessen begrüßte Kade Morgan mit einem Handschlag. „Willkommen in Indian Rock", sagte er, während Lizzie ihren Onkel strahlend ansah – kräftig gebaut mit haselnussbraunem Haar und guten Manieren. Er blinzelte ihr zu.

Morgan wirkte sehr ernst – und vollkommen erschöpft. „Der Lokomotivführer und der Schaffner haben es nicht geschafft", erklärte er Kade. „Die beiden liegen in der Lokomotive."

Kade nickte finster. „Für sie werden wir später noch einmal zurückkehren müssen. Mit Särgen oder etwas in der Art. Aber Rafe hat recht. Wir sollten jetzt erst mal so schnell wie möglich hier raus."

Danach ging alles sehr schnell. Lizzie nahm die folgenden Minuten wie durch einen betäubenden, an den Rändern silbrig schimmernden Nebel wahr. Ihre Familie hatte einen großen, flachen Schlitten dabei, bedeckt mit Stroh und von vier großen Pferden gezogen. Außerdem gab es Decken und Bärenfelle und mit starkem Alkohol gefüllte Flaschen. Auf der Hälfte des Weges, so erklärte ihr Vater, warteten Arbeiter von Triple M auf sie in einem Camp. Als sie wegen der Dunkelheit und des Wetters nicht weitergekommen waren, hatten sie es letzte Nacht errichtet. Lizzie wurde wie ein Kind in Quilts eingewickelt, die sie von zu Hause kannte. Dann trug ihr Onkel Jeb, der jüngste der McKettrick-Brüder, sie zum Schlitten. Inzwischen war sie in eine matte Starre verfallen, der frische Duft des Strohs schläferte sie noch weiter ein.

„Du bist jetzt in Sicherheit, Lizzie-bet", sagte Jeb, und seine azurblauen Augen glitzerten. „Pa hat vielleicht einen Zinnober aufgeführt, weil wir ihn nicht mitnehmen wollten. Concepcion sagte, dass sein Herz das nicht mitmachen würde. Wir mussten ihn fesseln und ins Gefängnis werfen. Trotzdem konnten wir ihn noch meilenweit hinter uns herbrüllen hören."

Bei der Vorstellung, dass ihr stolzer Großvater hinter Gittern saß, wo er wie ein gefangener Berglöwe herumstreichen würde, stinksauer, dass man ihn zurückgelassen hatte, musste Lizzie lächeln. „Das wird euch teuer zu stehen kommen, wenn ihr ihn wieder rauslasst", warnte sie ihren Onkel.

Jeb fuhr sich lachend mit dem Ärmel seines Ledermantels über die Augen. „Wir zählen auf dich, dass du ein gutes Wort für uns einlegst." Bevor er sich umdrehte, um den anderen hinauszuhelfen, zupfte er noch einen Strohhalm aus ihrem Haar.

Als schließlich alle sicher in dem schweren Pferdeschlitten saßen, übernahm Holt die Zügel und rief den Pferden etwas zu. Kade und Jeb ritten auf Mauleseln, genau wie Mr. Halifax.

In dem tiefen Schnee kamen sie nur langsam voran. Lizzie fiel immer wieder in einen leichten Schlaf. Nach einiger Zeit erreichten sie das Camp, das Holt erwähnt hatte. Dort empfingen die Cowboys sie mit heißem Kaffee und lautem Jubel. Sie lagerten einige Zeit unter den großen Eichen, sicher vor weiteren Lawinenabgängen.

Erst nach Einbruch der Dunkelheit kamen sie in Indian Rock an.

Leichter Schnee fiel, die Kirchenglocken läuteten, und wie es schien, hatte sich die ganze Stadt eingefunden, um die Weihnachtsbesucher zu begrüßen. Lorelei rannte auf den Schlitten zu, fiel auf dem Stroh in die Knie und riss Lizzie in ihre Arme.

„Lizzie", flüsterte sie wieder und wieder. „Oh, Lizzie!"

Ganz zuletzt sah Lizzie ihren Großvater, groß und mit grimmigem Gesicht, sein weißes Haar völlig zerrauft. Sein Blick wanderte über seine Söhne hinweg, als wolle er sie warnen, sich ja nicht einzumischen. Dann hob er Lizzie in seine Arme und trug sie ins Arizona Hotel.

Die Lobby war herrlich warm und hell. Überall waren Menschen.

„Lizzie-bet", sagte Angus McKettrick. „Du hast mich zu Tode erschreckt, als dein Zug nicht pünktlich ankam."

Überglücklich ließ Lizzie den Kopf an seine starke Schulter sinken. „Tut mir leid, Grandpa. Ich schätze, du bist ziemlich sauer auf Dad, Kade, Rafe und Jeb", sagte sie vorsichtig. „Dass sie dich eingesperrt haben, meine ich."

„Dafür werde ich ihnen das Fell über die Ohren ziehen", schwor Angus, und obwohl seine Stimme rau wie Sandpapier war, lag sehr viel Zärtlichkeit darin. Er liebte seine vier Söhne von ganzem Herzen und wusste, dass sie ihn nur hatten beschützen wollen. „Aber im Moment ist nur wichtig, dich in Sicherheit zu wissen, Lizzie-Mädchen. Sobald du dich erholt hast, fahren wir nach Hause, nach Triple M."

„Ich schätze, ich habe Weihnachten verpasst", sagte Lizzie.

Angus trug sie die Treppe hinauf in ein Zimmer. Dort legte er sie sanft aufs Bett. „Du hast Weihnachten nicht verpasst. Wir haben auf dich gewartet."

Lorelei drückte sich an ihm vorbei. „Lass uns allein, Angus", bat sie leise. „Ich muss Lizzie jetzt diese nassen, kalten Kleider ausziehen."

Sichtlich widerwillig trat Angus zur Seite, nickte Lizzie zu und schloss leise die Tür hinter sich.

„Was ist da draußen geschehen?", fragte Lorelei, während sie energisch die Knöpfe von Lizzies Schuhen öffnete.

„Eine Lawine", erklärte Lizzie. Die Wärme des Raums ließ ihre Haut brennen, und sie fragte sich, ob sie irgendwelche Erfrierungen hatte. Vielleicht würde sie Finger oder sogar ein Ohr verlieren. Tränen traten in ihre Augen. Sie *lebte* noch, alles andere war unwichtig. Und sie war zu Hause – oder fast zu Hause. „Ich habe nicht eine Sekunde lang daran gezweifelt, dass Dad und die anderen uns retten.“ Ihr Gewissen meldete sich. „Na ja, vielleicht ganz *kurz* mal …“, gestand sie.

Lächelnd fuhr Lorelei fort, Lizzie die Kleider abzustreifen, um ihr dann ein langes Flanellnachthemd anzuziehen. „Du warst zäh wie eine echte McKettrick“, sagte Lorelei, als sie die Bettdecke bis an Lizzies Kinn zog. „Wir alle sind sehr stolz auf dich.“

„Was ist mit den anderen, Morgan, Whitley … die Kinder?“

„Sie werden alle versorgt, Liebling. Mach dir keine Gedanken.“

Seufzend schloss Lizzie die Augen. „Ich hoffe, das ist nicht nur ein Traum. Ihr seid doch wirklich hier, oder, Lorelei? Du und Dad und Grandpa …?“

„Schlaf, Lizzie“, erwiderte Lorelei mit Tränen in der Stimme. „Das ist kein Traum. Du bist zu Hause in Indian Rock bei deiner Familie.“

Sie dachte an das Ehepaar Thaddings, das damit rechnete, dass Miss Clarinda Adams hier eine Schneiderei betrieb und kein erstklassiges Bordell. Ob Miss Adams sie und Woodrow überhaupt aufnehmen würde? Oder würde das Paar sich weigern, in dem Bordell unterzukommen?

Offensichtlich besaßen die beiden alten Menschen kaum Geld.

„Da ist so ein älteres Paar – sie haben einen Vogel dabei – und sie denken, Clarinda Adams verdient ihr Geld mit dem Schneidern von Kleidern.“

Lorelei tätschelte Lizzies Hand. „Clarinda ist nicht mehr hier. Sie hat einen ihrer Kunden geheiratet und ist vor drei Monaten Richtung Osten gezogen.“

„Aber Mr. und Mrs. Thaddings – sie gehen davon aus, bei ihr wohnen zu können.“

„Wir kümmern uns um alle, Lizzie, also hör auf, dir Sorgen zu machen. Du musst dich jetzt erst einmal ausruhen.“

„Dieser Vogel …“

„Still jetzt.“ Lorelei küsste Lizzie auf die Stirn. „Ich verspreche dir, für die Thaddings *und* ihren Vogel eine Unterkunft zu finden.“

Endlich schlief Lizzie ein.

Morgan musterte seine neue Unterkunft. Die Stadt hatte ihm in dem Hotel ein kleines Büro, einen Untersuchungsraum und dahinter einen hübsch eingerichteten Wohnbereich bereitgestellt. Auf einem Regal über dem kleinen Herd entdeckte er eine Dose Kaffee. Er setzte Wasser auf.

Sein Bett war nur wenige Schritte entfernt. Es war schmal und frisch bezogen. Außerdem gab es noch eine Badewanne, ein viel zu großes Ding mit einem komplizierten System von Rohren und einem Heißwassertank aus Kupfer, der an der Wand darüber hing.

Er lächelte in sich hinein. Wenn seine Mutter ihn sehen könnte!

Morgan ließ die Badewanne mit dampfendem Wasser volllaufen. Sein Gepäck war immer noch im Zug. Doch die McKettricks hatten ihm Kleider zum Wechseln gegeben und Rasierzeug, Seife und eine kleine Flasche Whiskey.

Nachdem er den Kaffee in eine angeschlagene Tasse gefüllt und einen anständigen Schuss Whiskey hinzugefügt hatte, ließ er sich in die Wanne gleiten.

Das Bad war ein Segen, genau wie der Kaffee. Doch das Schönste von allem war, dass Lizzie eine Etage höher in einem Zimmer lag und von ihrer Stiefmutter umsorgt wurde.

John Brennans Familie hatte ihn empfangen. Zwei Männer hatten ihn nach Hause getragen. Wenn er diese Nacht überstand, hatte er gute Chancen zu überleben.

Whitley Carson schlief in einem der Hotelzimmer, genauso die Halifax'. Die Thaddings' waren mit Woodrow ins Haus von Clarinda Anders gefahren. Wohin der Vertreter gebracht worden war, hatte Morgan nicht gesehen. Aber er vermutete, dass auch ihn Familie oder Freunde empfangen hatten. Jetzt also konnte er sich endlich erlauben, einfach nur sehr, sehr erleichtert zu sein, ein müder Mann und kein Arzt.

Er trank den Kaffee aus und lag im Wasser, bis es kalt wurde, dann rasierte er sich hastig und stieg aus der Wanne. Er streifte die geliehenen Kleider über und ging in die Lobby, die so überfüllt war, als ob jemand ein Fest feiern würde.

„Ich dachte, Sie würden gern etwas Warmes essen", begrüßte ihn Kade McKettrick.

Morgan war tatsächlich hungrig, wie ihm in diesem Moment auffiel. Wie aufs Stichwort fing sein Magen an zu knurren. Er setzte sich im Speisesaal an einen der Tische am Fenster und betrachtete die dicken Schneeflocken, die vom Himmel fielen.

Kade setzte sich ihm gegenüber und bestellte für sie beide. Sie waren allein im Speisesaal.

„Danke", sagte Morgan.

McKettrick hob nur eine Augenbraue, sagte aber nichts.

„Dass Sie uns gesucht haben", erklärte Morgan. „Lizzie war sich sicher. Ich glaube, sie hat nicht einen Moment daran gezweifelt – ich war mir allerdings weniger sicher."

Als er Lizzies Namen hörte, lächelte Kade zärtlich. „Wenn einer aus unserer Familie am Abendbrottisch fehlt", verkündete er, „stellen wir das ganze Land auf den Kopf, bis wir ihn gefunden haben."

„Es muss schön sein, zu einer solchen Familie zu gehören." Das hatte Morgan gar nicht sagen wollen. Er tat sich nicht selbst leid, und darum sollte auch niemand den Eindruck gewinnen, dass es so war.

„Es hat was für sich", nickte Kade. „Ich vermute, Sie haben keine so große Familie?"

„Es gibt nur mich", antwortete Morgan. „Dieser Vertreter – Mr. Christian – hat ihn jemand abgeholt?"

„Wen?", fragte Kade stirnrunzelnd.

Die Bedienung brachte heißes Brot, Butter und zwei Tassen Kaffee.

Morgan sprach erst weiter, als sie wieder gegangen war. „Mr. Christian. Ein älterer Herr, ein Vertreter mit einem Musterkoffer."

Kade schüttelte den Kopf. „Ich kann mich an niemanden erinnern, auf den diese Beschreibung passt. Da waren Sie und Lizzie, die Halifax', der Soldat, ein älteres Paar mit einem Vogel und dieser Blödmann mit dem gebrochenen Bein."

Erschreckt stand Morgan auf, sicher, dass der Vertreter aus Versehen zurückgelassen worden war. Vielleicht war er auch unbemerkt vom Schlitten gefallen …

„Setzen Sie sich", befahl Kade. „Wir haben jeden aus diesem Zug rausgeholt … zumindest jeden, der noch am Leben war."

„Aber da war ein älterer Herr – fragen Sie Lizzie – fragen Sie die anderen …", erwiderte Morgan verwirrt.

„Das werde ich, wenn es Sie glücklich macht. Aber wir haben jeden mitgenommen."

Das Essen kam. Grillhähnchen, Kartoffelbrei, grüne Bohnen mit Zwiebeln und Speck. Hungrig fiel Morgan über seinen Teller her. Er war fix und fertig und konnte wahrscheinlich einfach nicht mehr klar denken. Morgen früh, wenn er sich ordentlich ausgeschlafen hatte, würde die Geschichte mit Mr. Christmas, wie die Kinder ihn genannt hatten, sicher einen Sinn ergeben.

Sie hatten die Kerzen am Baum für ihn angezündet und ihm ein bequemes Bett auf der Couch hergerichtet, hier in der hübschen Wohnung direkt über dem Gemischtwarenladen. Seine Frau und sein Sohn waren ständig in seiner Nähe, während seine Schwiegereltern sich etwas abseits hielten. Auf dem Herd stand ein großer Topf, ein Feuer knisterte im Kamin, und John Brennan glaubte, gestorben und im Himmel zu sein.

„Der Weihnachtsmann ist doch noch gekommen", verkündete Jack seinem skeptisch lächelnden Vater. „Er hat Ellen und mir einen Malkasten mitgebracht."

„Hat er?", fragte Ben Halifax.

Seine Frau, Ellen und das Baby schliefen aneinandergeschmiegt in dem Hotelbett. Er und Jack würden sich das andere teilen. Am nächsten Morgen, wenn das Wetter es zuließ und alle sich erholt hatten, würden sie zusammen nach Triple M aufbrechen. „Dann muss er wohl gleichzeitig an zwei Orten gewesen sein, denn auf der Ranch hat er auch was in die Strümpfe gefüllt."

Jack riss die Augen auf. Er hatte längst zu Abend gegessen und wusste, dass er eigentlich schlafen sollte wie seine Mutter und seine beiden Schwestern. Doch er war viel zu aufgeregt. „Aber ich und Ellen waren doch gar nicht da, um die Strümpfe aufzuhängen."

„Ich habe sie für euch aufgehängt", verriet ihm sein Vater. „Und ich will verflucht sein, wenn die alten Socken heute Morgen nicht ganz voll aussahen."

„Wenn überhaupt jemand gleichzeitig an zwei Orten sein kann", erklärte Jack mit Überzeugung, „dann bestimmt der Weihnachtsmann."

Ben zerzauste lachend das Haar des Jungen. Seine Augen glitzerten, und wenn Jack es nicht besser gewusst hätte, hätte er geschworen, dass sein Pa weinte. „Es ist Weihnachten", murmelte Ben mit heiserer Stimme. „Und Weihnachten geschehen Wunder."

„Was ist ein Wunder?“, fragte Jack verwirrt.

„Dich und deine Ma und deine Schwestern hier bei mir zu haben, wo ihr hingehört“, antwortete Ben. Und dann tat er etwas, was er noch nie zuvor getan hatte. Er zog Jack auf seinen Schoß, drückte ihn fest an sich und küsste ihn auf den Kopf. „Jawohl, genau dieses Wunder habe ich gebraucht.“

Zebulon Thaddings strich ein Streichholz an, um den Herd in dem prächtig ausgestatteten Salon anzufeuern. Alle Lampen waren handbemalt, die Teppiche exotisch, die Möbel elegant, und auf den Gemälden tummelten sich nackte Menschen.

„Deine Schwester hat es als Schneiderin weit gebracht“, sagte er zu Marietta, die sich mit besorgtem Erstaunen umsah. Tatsächlich wusste er im Gegensatz zu seiner Frau schon lange, wie Clarinda sich den teuren Schmuck und die vornehme Kleidung leisten konnte, die sie bei ihrem Besuch in Phoenix getragen hatte. Es hatte einfach keine andere plausible Erklärung dafür gegeben.

Vor Kurzem hatte Zebulon seine Arbeit als Leiter einer indianischen Schule verloren – und damit auch das winzige Gehalt und ebenso winzige Haus, das dem Schulleiter und seiner Frau gezahlt wurde. In Wahrheit hatten sie darauf gehofft, dass Clarinda sie und Woodrow nicht nur für einen kurzen Besuch, sondern für immer aufnehmen würde. Sie wussten nicht, wo sie sonst hingehen sollten. Deshalb hatte Zebulon sein letztes Geld für die Zugtickets nach Indian Rock ausgegeben.

Der Herrgott allein wusste, wo sie als Nächstes hingehen sollten, aber zumindest hatten sie jetzt erst einmal ein Dach über dem Kopf und eine gefüllte Speisekammer.

Woodrow, der bereits frisches Vogelfutter bekommen hatte, saß in seinem schimmernden Käfig und blickte sich um.

„Warum sind diese ganzen Leute … nackt?“ Bei der Betrachtung eines großen anstößigen Bilds über dem Kamin, rang

Marietta entsetzt die Hände. Nackte Männer und Frauen lagen in einem Wald, die Gliedmaßen ineinander verschlungen aßen sie Weintrauben und tranken aus verzierten Bechern.

„Nackt!", krächzte Woodrow. „Splitternackt!"

Woodrow wiederholte meist nur Worte, doch manchmal, wie jetzt, fügte er auch etwas aus seinem eigenen Repertoire hinzu. Zebulon musste lächeln.

Er lief über den weichen türkischen Teppich zu seiner Frau und nahm sie in die Arme. All die Jahre war sie eine gute Gefährtin gewesen, hatte sich nie über ihre Armut beklagt, nie ihrer großen Enttäuschung Ausdruck verliehen, dass sie keine Kinder bekommen konnten.

„Meine Liebste." Er räusperte sich. „Wegen Clarinda ..."

Marietta sah ihn mit Tränen in den sanften Augen an. „Sie ist keine Schneiderin, oder?"

Er schüttelte den Kopf. „Nein."

„Was werden wir nun tun, Zebulon?"

Plötzlich brannten seine eigenen Augen. Er blinzelte heftig. „Ich weiß es nicht."

„Vielleicht wird Clarinda bald zurückkommen", überlegte Marietta hoffnungsvoll, ihr Gesicht hellte sich ein wenig auf.

„Vielleicht." Zebulon bezweifelte das.

„Sollten wir ihr nicht besser ein Telegramm schicken oder einen Brief schreiben? Irgendjemand in Indian Rock muss doch ihre Adresse haben."

Der Geruch nach abgestandenem Zigarrenrauch hing in der Luft. Der Raum wirkte, als ob Clarinda ihn nur einen Moment lang verlassen hätte.

„Du solltest dich eine Weile hinlegen, meine Liebe. Ich koche uns eine schöne Kanne Tee."

Nach einem kurzen Zögern nickte Marietta. Als Pfarrerstochter konnte sie das Offensichtliche noch nicht ganz akzeptieren – dass ihre lebhafte jüngere Schwester ein Haus von zweifelhaftem Ruf geführt hatte. Sie legte sich auf das lange Plüschsofa vor dem Kamin, und Zebulon deckte sie liebevoll mit einer Wolldecke zu.

„Tee!", zwitscherte Woodrow, als Zebulon das Zimmer verlassen hatte. „Tea for two!"

Als Lizzie die Augen öffnete, war der Raum erfüllt von Schneefunkeln. Ihre Brüder standen neben dem Bett. Nun, zumindest John Henry stand – Doss und Gabriel hüpften zu ihren Füßen auf der Matratze herum und schrien: „Aufwachen! Aufwachen!"

Lachend stützte sie sich auf die Ellbogen, schüttelte ihr Kopfkissen auf und lehnte sich wieder zurück.

Gleich darauf kam Lorelei ins Zimmer, um die Jungen trotz ihres lauten Protestes zu verscheuchen. Wollte Lizzie etwa den ganzen Tag schlafen? Würden sie denn *nie* mehr nach Hause kommen, um die Geschenke auszupacken?

Nur John Henry blieb zurück. Mit ernster Miene betrachtete er Lizzie.

Sie zerzauste sein Haar.

„Ich habe dich in unserem Zimmer gesehen", erklärte er in Gebärdensprache. „Heiligabend."

Erschrocken erinnerte sie sich an ihre Vision. „Ich war an Heiligabend noch im Zug", antwortete sie.

Aber John Henry schüttelte den Kopf und wiederholte mit kleinen, nachdrücklichen Handbewegungen „Ich habe dich gesehen, Lizzie. Du hast einen Herrenmantel getragen, und dein Haar war ganz durcheinander. Du sagtest, ich solle mir keine Sorgen machen, weil du bald nach Hause kommen würdest."

Plötzlich war ihr Hals wie zugeschnürt, und sie konnte nichts entgegnen.

Da ging die Zimmertür auf, und ihr Vater trat ein. Er schickte John Henry nach unten zum Frühstück mit seinen

Brüdern. Holt zog sich einen Stuhl ans Bett. „Fühlst du dich besser?"

Lizzie nickte.

„Lorelei bringt dir etwas zu Essen. Alles, was du am liebsten hast. Würstchen, Pfannkuchen mit ganz viel Sirup und Tee."

Er nahm Lizzies Hand. Nachdem sie ein paarmal geschluckt hatte, gelang es ihr zu sprechen. „Morgan", sagte sie. „Geht es … geht es ihm gut?"

„Ja, ihm geht es gut." Holt runzelte die Stirn. „Ich dachte, du wärst mehr an dem anderen Kerl interessiert. Laut dem jungen Mr. Carson will er bei der nächsten Gelegenheit um deine Hand anhalten. Er hat mich bereits um meine Einwilligung gebeten."

Offenbar spiegelte Lizzies Gesicht ihre Gefühle wider, denn ihr Vater runzelte die Stirn nur noch mehr. „Und was hast du gesagt?", flüsterte sie.

„Ich sagte, dass du neunzehn Jahre alt bist und ich einverstanden wäre, wenn du ihn heiraten willst." Holt verlagerte sein Gewicht auf dem Hotelstuhl, der nicht stabil genug wirkte, um ihn zu tragen.

Eine Träne rollte über Lizzies Wange. „Ich liebe Whitley nicht, Dad. Ich dachte, ich würde ihn lieben. Das habe ich *wirklich* geglaubt – aber als dann das in den Bergen passierte …"

Holt beugte sich vor und musterte seine Tochter aufmerksam. „Dann liebst du also den Doktor", sagte er. „Morgan Shane."

„Ich würde nicht sagen, dass ich ihn liebe", entgegnete Lizzie langsam. „Ich weiß nicht, *was* ich fühle. Er ist stark und ein guter Mann. Er hat überhaupt nicht an sich selbst gedacht, sondern sich nur um die Kranken und Verletzten gekümmert. Andererseits macht er mich manchmal so wütend …"

Ihr Vater lächelte. „Ich verstehe. Und offenbar hat sich Mr. Carson nicht auf diese Weise verhalten?"

„Nein. Aber vermutlich könnte ich darüber hinwegsehen, wenn ich wollte. Aber seit ich Morgan kenne, ist alles anders."

„Nun, dann wirst du seinen Heiratsantrag eben ablehnen müssen", fasste Holt die Situation zusammen.

„Könntest du nicht einfach – deine Einwilligung zurückziehen und Whitley sagen, dass du deine Meinung geändert hast und er doch nicht um meine Hand anhalten darf?"

Mit einem leisen Lachen schüttelte ihr Vater den Kopf. „So einfach wirst du dich nicht aus der Affäre ziehen. Du hast den jungen Burschen den ganzen Weg von Kalifornien hierhergeschleppt, um ihn uns vorzustellen, vermutlich in der Hoffnung, dass er dir einen Verlobungsring ansteckt. Du wirst ihm die Wahrheit sagen, Lizzie. Egal, wie er sich in dem Zug verhalten hat, das ist das Mindeste, was er verdient."

Lizzie seufzte schwer und sank in ihre Kissen zurück. „Du hast recht", sagte sie trübselig.

Holt lachte. „Schön, dass du das einsiehst."

Lorelei kam mit dem versprochenen Frühstück, und trotz der Aussicht, Carsons Antrag ablehnen zu müssen, aß Lizzie mit großem Appetit. Wahrscheinlich würde sie sich bis an ihr Lebensende an dieses spezielle Frühstück erinnern, so köstlich schmeckte es.

Als ihr Vater gegangen war – inzwischen taute es, und Holt, Rafe, Kade und Jeb wollten sich auf den Weg zur Farm machen, um das Vieh zu füttern –, hatte Lorelei eine Badewanne ins Zimmer bringen lassen und sie Eimer um Eimer mit herrlich heißem Wasser gefüllt. Nach dem Bad fühlte Lizzie sich wie neugeboren. Sie zog die Kleider an, die Lorelei in dem Gemischtwarenladen für sie gekauft hatte, ein grünes Wollkleid mit Spitzenkragen, hübsche dünne Strümpfe und elegante, hochgeknöpfte Schuhe.

„Du darfst dich nicht überanstrengen“, befahl Lorelei. Obwohl Lizzies Stiefmutter eigentlich eine äußerst praktische Person war, wirkte sie heute zerbrechlich. Die Schatten unter ihren Augen verrieten, dass sie sich in den vergangenen Tagen viele Sorgen gemacht und wenig Schlaf gefunden hatte.

„Lorelei.“ Lizzie legte eine Hand an die bleiche Wange ihrer Stiefmutter. „Ich bin zu Hause. Mir geht es *gut*. Du hast es doch selbst gesagt, dass ich zäh wie eine echte McKettrick bin.“

„Ich hatte solche Angst um dich“, gestand Lorelei mit einem für sie untypischen Schluchzen.

Die beiden Frauen umarmten sich fest.

„Ich möchte nach den anderen sehen“, sagte Lizzie, als sie sich voneinander lösten. „Zuerst nach Morgan – Dr. Shane. Dann nach Whitley, Mr. und Mrs. Thaddings, den Halifax’ und John Brennan und Mr. Christian …“

Beim letzten Namen zog Lorelei die Brauen zusammen. „Mr. Christian? Ich erinnere mich an die anderen Namen. Dr. Shane habe ich gestern Abend sogar kennengelernt. Aber niemand hat einen Mr. Christian erwähnt.“

„Du musst ihn gesehen haben! Er war sehr krank, er hatte Erfrierungen und musste versorgt werden. Ich werde Morgan fragen.“

Lorelei schien noch immer verwirrt. „Vielleicht irre ich mich.“ Doch Lorelei McKettrick irrte sich so gut wie nie, das wusste jeder. Sie schwieg einen Moment. „Ich trommle mal besser deine Brüder zusammen. Sie haben bestimmt zu Ende gefrühstückt und kommen sonst nur auf dumme Gedanken.“

Gemeinsam gingen die beiden Frauen die Treppe hinunter. In der Lobby trennten sie sich. Lizzie bemerkte Whitley, der allein in einem Ledersessel saß. Das verletzte Bein auf einen Hocker gelegt, blickte er durch das Fenster auf die schneebedeckte Straße. Er sah ziemlich verloren aus.

Das Unvermeidliche hinauszuschieben, würde alles nur noch schlimmer machen, entschied Lizzie. Also ging sie auf ihn zu und räusperte sich leise, als Whitley sie nicht sofort bemerkte.

Sein Gesicht leuchtete auf, er wollte sich erheben.

„Bitte", sagte Lizzie. „Bleib sitzen."

Er sank zurück auf seinen Stuhl und deutete gutmütig auf den Gips, der nun Morgans improvisierte Schiene ersetzte. „Moderne Medizin", sagte er. „In sechs Wochen werde ich wieder richtig laufen können."

„Das ist wunderbar. Ich … es tut mir so leid, Whitley."

„Was denn?"

„Dass dir das alles meinetwegen passiert ist", sagte sie nervös. „Du hättest dir nicht das Bein gebrochen und wärst nicht unter einer Lawine begraben worden, wenn ich dich nicht hierher eingeladen hätte."

Whitleys Lächeln erlosch, und er versuchte erneut aufzustehen. Um das zu verhindern, zog Lizzie einen zweiten Hocker heran und setzte sich ihm gegenüber.

„Lizzie?", drängte er, als sie nichts sagte.

Und Lizzie, die auf Triple M zärtlich „Quasselstrippe" genannt wurde, fand plötzlich nicht die richtigen Worte.

„Ich habe den Ring gesehen", stieß sie schließlich hervor. „Als ich deinen guten Übermantel aus deiner Truhe genommen habe, um ihn für John Brennan unter den Weihnachtsbaum zu legen."

„Ah", nickte Whitley, noch immer ohne ein Lächeln. „Der Ring. Er hat meiner Großmutter gehört, weißt du? Ich habe ihn für dich ändern lassen, bevor wir San Francisco verließen."

Einen Moment überlegte sie tatsächlich, Whitleys Antrag anzunehmen und ihn zu heiraten, nur um nicht all seine Hoffnungen zunichte zu machen. Doch sie kam schnell wieder zur Vernunft. „Er ist sehr schön", sagte sie traurig.

Nach diesem Satz sah Whitleys Gesicht auf einmal eifrig und hoffnungsvoll aus. „Willst du meine Frau werden, Lizzie? Ich weiß, das ist nicht gerade der romantischste Heiratsantrag, und ich habe nicht einmal den Ring hier, um ihn dir anzustecken, weil er noch immer in meiner Truhe im Zug liegt. Aber ich habe schon mit deinem Vater gesprochen …“

„Whitley …“ Lizzie stöhnte den Namen beinahe. *„Hör auf.“*

„Lizzie …“

„Nein“, flüsterte sie heiser. „Bitte. Ich kann dich nicht heiraten, Whitley. Ich … ich liebe dich nicht …“

„Du wirst *lernen*, mich zu lieben …“

Sie schüttelte den Kopf.

„Es ist Shane, nicht wahr? Er hat dir den Kopf verdreht und sich im Zug als Held aufgespielt …“

Wieder schüttelte Lizzie den Kopf. Dann hielt sie es nicht länger aus, sprang auf und wollte weglaufen … nur um direkt gegen Morgan zu prallen.

7. KAPITEL

Morgan umfasste sanft Lizzies Schultern, um sie zu stützen. Hinter ihr richtete Whitley sich mühsam auf, seine Wut schlug gegen ihren Rücken wie eine dunkle Flutwelle.

„Was kann er dir bieten?“, fragte Whitley zornig. „Sag mir, was *Dr.* Morgan Shane dir bieten kann, was ich nicht habe?“

Voller Scham sah Lizzie hilflos in Morgans besorgtes Gesicht. Sie bemerkte einen Muskel in seinem Kiefer zucken, dann fiel sein Blick an ihr vorbei auf Whitley.

Mit angespanntem Ausdruck – ganz offensichtlich musste er sein Temperament zügeln – drückte er Lizzie auf einen Stuhl und wandte sich an Whitley.

„Was *zum Teufel* ist hier los?“, brummte er.

Von Scham überwältigt, setzte Lizzie sich so aufrecht wie möglich hin und atmete tief durch. Sie hatte nicht direkt wegen ihrer Gefühle für Morgan den Heiratsantrag abgelehnt, auch wenn er vielleicht eine gewisse Rolle spielte. Doch nun würde Morgan glauben, dass sie Whitley abgewiesen hatte, um sich auf Indian Rocks neuen Doktor zu stürzen.

Und das hatte sie wirklich nicht vor. Sicher, sie fühlte sich zu Morgan hingezogen, sogar sehr, aber es war noch viel zu früh, um zu wissen, ob diese Gefühle andauern würden. Wie in aller Welt sollte sie ihm nach *dieser* Szene jemals wieder in die Augen sehen können?

„Sie haben die Situation ausgenutzt!“, schrie Whitley Morgan an.

„Setzen Sie sich, bevor Sie noch umfallen.“ Morgans Stimme war merkwürdig ruhig. „Und dürfte ich Sie daran erinnern, dass wir uns an einem öffentlichen Ort befinden?“

Lizzie konnte keinen von beiden ansehen. Sie bedeckte ihr Gesicht mit den Händen.

„Was können Sie ihr bieten, Shane?“, spuckte Whitley aus. „Verraten Sie mir das! Einen Namen? Ein respektables Heim? Geld?“ Er hielt einen Moment inne. „*Meine* Familie besitzt ein Anwesen auf Nob Hill und gehört zur obersten Gesellschaft in San Francisco. Unser Name …“

Aus den Augenwinkeln sah Lizzie ihren Großvater aus dem Speisezimmer auf sie zukommen. „Lizzie *hat* einen Namen – einen sehr guten“, donnerte Angus. „Und zwar McKettrick. Und ihr wird es niemals an Geld oder einem ‚respektablen Heim‘ mangeln!“

Lizzie riskierte einen Blick auf Morgan und sah, dass er eher verblüfft als verärgert aussah. Er musste ihren Blick gespürt haben, denn er erwiderte ihn, wenn auch nur kurz und ziemlich ungehalten.

„So wie ich es verstehe“, sagte er kühl, „will Miss McKettrick lieber als Lehrerin arbeiten als zu heiraten. Wenn sie Sie abgewiesen hat, Carson, dann haben Sie mein Mitgefühl, aber ihre Entscheidung hat nichts mit mir zu tun. Und wenn Sie zu ihrem gebrochenen Bein auch noch eine gebrochene Nase wollen, dann brüllen Sie hier ruhig weiter wie ein Irrer herum. Ich werde Ihnen gern zu Diensten sein.“

Durch die Anwesenheit ihres Großvaters wieder zu Kräften gekommen, gelang es Lizzie, Whitley und Morgan lange anzusehen. Sie standen sich gefährlich nahe gegenüber, die Hände zu Fäusten geballt, die Augen vor Wut Funken sprühend.

„Die erinnern mich an zwei Rammler, die sich zur Brunftzeit gegenüberstehen“, bemerkte Angus ganz offensichtlich amüsiert, nachdem er nun wusste, worum es überhaupt ging und dass seine Enkelin in keinerlei körperlicher Gefahr schwebte.

Lizzie errötete so heftig, dass ihre Wangen schmerzten. „Whitley hat da etwas falsch verstanden“, erklärte sie Morgan.

„Als ich ihm sagte, dass ich seinen Heiratsantrag nicht annehmen kann, hat er den voreiligen Schluss gezogen, dass ... dass zwischen Ihnen und mir etwas ist."

„Na so was", erwiderte Morgan scharf.

Dass sie innerlich zusammenzuckte, sah niemand, weil sie ihren McKettrick-Stolz angelegt hatte wie eine steife Rüstung. „Allerdings na so was", versetzte sie, woraufhin Angus die Brauen runzelte. „Nur ist es zufällig so, dass mich keiner von euch beiden auch nur im Mindesten interessiert."

Damit lief sie zur Tür, die auf die Straße führte.

Hinter sich hörte sie Whitley und Morgan fluchen und ihren Großvater in Gelächter ausbrechen.

Zumindest wird Lizzie nicht diesen Carson heiraten, dachte Morgan und versuchte, sich wieder zu beruhigen. Mit verletztem Stolz zog er sich in seine Praxis zurück, wo er sich gründlich umsah.

Es stimmte, Morgan konnte Lizzie kein Haus bieten – und keinen Namen, der bedeutender war als ihr eigener. Und bei Gott, Geld besaß er ebenfalls nicht.

Traurig ging Morgan durch die Praxis in den Wohnbereich – der Herd, die riesige Badewanne, das viel zu schmale Bett. Er konnte sich nicht vorstellen, dass Lizzie hier glücklich werden konnte – obwohl ein schmales Bett auch ein köstlicher Vorteil sein konnte. Aber Lizzie war daran gewöhnt, in geräumigen Ranchhäusern zu leben, teure Schulen zu besuchen und von allem nur das Beste zu bekommen.

Als er hörte, wie die Praxistür geöffnet wurde, strich er sich durchs Haar und sah nach, ob er einen Patienten hatte, der auf ihn wartete. Angus McKettrick stand im Untersuchungszimmer, das einem Mann von seiner Größe und Figur wie eine Tabakdose erscheinen musste. Mit klugen Augen studierte er Morgans Gesicht.

„Wo Rauch ist“, bemerkte er mit unheilvoller Stimme, „da muss auch Feuer sein.“

Morgan sah ihn schweigend an.

„Unsere Lizzie-bet“, fuhr Angus fort, nachdem er die Arme, die stark wie Baumstämme waren, vor der Brust verschränkt hatte, „ist viel zu viel Frau für die meisten Männer.“

„Lizzie ist sehr unabhängig“, stimmte Morgan ausdruckslos zu. „Aber wenn Sie gekommen sind, weil Sie glauben, dass ich ihre Heiratspläne mit diesem Mr. Nob Hill da draußen durchkreuzt habe, dann irren Sie sich.“

„Oh, ich denke, das haben Sie durchaus“, erklärte Angus selbstzufrieden. „Sie scheinen es nur selbst nicht zu wissen.“

Etwas in Morgan schnellte in die Höhe, stürzte aber schnell wieder ab und zerschellte auf dem harten Boden.

„Sie haben Lizzie doch gehört. Sie ist weder an Carson noch an mir interessiert.“

„Das sagt sie“, stimmte Angus zu. „Aber ich glaube, dass Lizzie genauso wenig wie Sie weiß, was hier vor sich geht.“

„Schauen Sie sich doch einmal um.“ Morgan streckte die Arme aus. „Das ist es, was ich Ihrer Enkelin bieten kann.“

„Ist nicht viel“, nickte Angus trocken. Seine Augen funkelten. „Aber da ist etwas an *Ihnen*, Dr. Shane. Sie haben Grips und Ehrgeiz, wie ich höre, und Lizzie ist aus demselben Holz geschnitzt. Sie würde in einer schicken Villa in San Francisco vor Langeweile die Wände hochgehen. Sie ist ein Landmädchen und ein Wildfang. Sie reitet so gut wie jeder von uns, und sie kann auch schießen. Bevor Sie also behaupten, dass Sie nicht das haben, was sie braucht, sollten Sie vielleicht einmal herausfinden, was sie überhaupt braucht.“

Die Worte des alten Mannes ärgerten Morgan und machten ihm zugleich Hoffnung. „Wie kommen Sie darauf, dass ich mich für Lizzie interessiere?“

Darauf kicherte Angus nur und schüttelte den Kopf. Nachdem er gesagt hatte, was ihm auf dem Herzen lag, verschwand er und ließ die Tür hinter sich weit offen stehen.

Lizzie stürmte ziellos aus dem Arizona Hotel und genoss die Winterkälte und die vertrauten Bilder und Geräusche um sich herum, die Planwagen, Kutschen und Einspänner, die sich durch die verschneiten Straßen schlängelten. Tränen der Wut liefen über ihre Wangen. Sie wischte sie mit einer heftigen Handbewegung weg und lief schneller und schneller.

Vor dem Gemischtwarenladen, dessen großes Schaufenster mit bunten Girlanden, Bändern und Tannenzweigen dekoriert war, blieb sie stehen, atmete einmal tief durch und ging hinein.

Weihnachtsduft empfing sie – ein großer, mit teurem deutschem Weihnachtsschmuck behängter Tannenbaum stand in der Mitte des Ladens. Schimmernde, bunte Päckchen, vermutlich leer, lagen um den Baum verstreut.

Eine Frau Anfang dreißig trat lächelnd hinter der Ladentheke hervor. Sie trug ein einfaches Kleid aus leichtem grauen Wollstoff und hatte ihr blondes Haar zu einem lockeren Knoten im Nacken zusammengefasst. Kleine Strähnchen hatten sich gelöst und um ihr schmales Gesicht gelegt. Ihre Augen leuchteten in einem glänzenden Blau.

„Sind sie nicht hübsch?“, fragte die Frau. Sie meinte offenbar die blauen Glaskugeln, Engel und Nikoläuse, die an dem Baum blitzten.

Lizzie nickte. Aber sie war nicht gekommen, um die Waren zu bewundern, sondern um nach John Brennan zu fragen. Als sie ihn das letzte Mal gesehen hatte, war er schrecklich krank gewesen. „Mrs. Brennan?“, fragte sie.

Die Frau nickte, kam näher und streckte Lizzie eine Hand entgegen. „Bitte nennen Sie mich Alice. Sie müssen Lizzie McKettrick sein. John hat mir gesagt, wie freundlich Sie zu ihm waren.“

Lizzie schluckte. „Geht es ihm … besser?"

Zu ihrer großen Erleichterung lächelte Alice Brennan, wenn auch nicht ohne Sorge. Sie war hübsch und so zerbrechlich wie der feinste Weihnachtsschmuck an dem Christbaum. „Er hält sich ganz gut. Würden Sie ihn gern besuchen?"

„Ich möchte ihn nicht stören", sagte Lizzie.

„Ich glaube, er würde sich über Ihren Besuch freuen." Alice bedeutete Lizzie, ihr zu folgen. Im hinteren Teil des großen Ladens hinter einem Vorhang war eine Treppe. Alice zeigte ihr den Weg. Die Wohnung im ersten Stock war im Gegensatz zu dem Laden, wo die Regale bis unter die Decke mit Waren vollgestopft waren, spärlich eingerichtet. Aber ein großer Ofen in der Ecke strahlte Wärme aus, und auf einem Tisch vor dem Fenster stand ein weiterer, viel kleinerer Weihnachtsbaum.

John Brennan lag dick zugedeckt auf einer Couch. Als er Alice sah, lächelte er matt.

„Ich habe Besuch mitgebracht", erklärte Alice ihrem Mann.

Ein kleiner Junge, zweifellos Tad, spielte auf dem Boden mit einem geschnitzten Holzpferd. Er sah neugierig zu Lizzie hoch und ließ das Pferd dann weiter über eine Ebene aus Kissen galoppieren.

John strahlte, als er Lizzie entdeckte, und versuchte, sich aufzusetzen. Doch er war zu schwach. Alice beugte sich vor, gab ihm einen Kuss auf die Stirn, strich sein Haar zurück und murmelte ihm etwas zu. Dann trat sie zurück und bot Lizzie mit einer Handbewegung einen robusten Ohrensessel an.

Obwohl Lizzie sich wie ein Eindringling fühlte, setzte sie sich.

„Sie sagten, ich würde zu Alice und meinem Jungen nach Hause kommen." Johns Augen glänzten. „Und hier bin ich."

Gerührt blinzelte Lizzie die Tränen weg. John Brennan war zwar zu Hause, aber nach wie vor ein sehr kranker Mann und noch längst nicht außer Gefahr. Hatte er die Tortur in dem Zug und die beschwerliche Fahrt in dem Pferdeschlitten nach Indian Rock überlebt, nur um jetzt hier seiner Lungenentzündung zu erliegen?

„Ich schätze, wenn Sie nun sagen, dass ich gesund werde“, fuhr John fort, „dann wird auch das geschehen. Sie haben etwas ganz Besonderes an sich, Lizzie McKettrick.“

Lizzies Hals brannte. „Sie werden gesund werden“, versprach sie, eher, weil sie es wollte als glaubte. Leider besaß sie keine Zauberkräfte, wie John zu glauben schien. Sie war nur eine ganz normale Frau. „Sie müssen den kleinen Tad großziehen, und Alice und ihre Familie brauchen Sie, um den Laden zu führen.“

John nickte und entspannte sich ein wenig, als ob Lizzie ihm gerade ein lebensnotwendiges Geschenk gemacht hätte. „Sie scheinen sich gut zu halten“, meinte er. Sein Atem rasselte in der schmalen Brust.

„Das wird schon.“ Zumindest das war die Wahrheit. Sie hatte zwar Whitley verletzt und Morgan verschreckt, aber noch immer ihre Familie, ihre Freunde und ihr Lehrerinnendiplom – und damit eine Zukunft. John Brennan dagegen hatte vielleicht nicht so viel Glück.

„Und die anderen?“, fragte John.

Sie erzählte ihm, was sie über die Mitreisenden wusste – Whitley, die Halifax’, Morgan, Mr. und Mrs. Thaddings, die in Clarinda Adams’ Haus wohnten. Sie sprach von jedem Einzelnen, außer von Mr. Christian. Aus irgendeinem Grund wagte sie nicht, ihn zu erwähnen.

„Das ist gut.“ Lizzie sah, dass John kaum die Augen offenhalten konnte. Sie war schon zu lange geblieben, es war höchste Zeit, sich zu verabschieden.

„Gibt es irgendetwas, das ich tun kann?“, fragte sie Alice auf der Treppe.

„Beten Sie für ihn. Und kommen Sie ihn besuchen, wenn

Sie können. Es hilft ihm, wenn er Besuch bekommt."

Lizzie nickte.

Von Alices Eltern, denen der Gemischtwarenladen ja gehörte, war weit und breit nichts zu sehen. Bestimmt würde sie sie ein anderes Mal kennenlernen, denn Indian Rock war eine kleine Stadt, und sobald sie in dem Zimmer hinter dem Schulgebäude eingezogen war, würde sie hier regelmäßig einkaufen.

Als sie den Laden verlassen hatte, mochte sie noch immer nicht ins Hotel zurückkehren. Lorelei würde darauf bestehen, dass sie sich wieder hinlegte. Und selbst wenn es ihr gelänge, Morgan und Whitley aus dem Weg zu gehen, wäre ihr deren Anwesenheit doch ständig schmerzhaft bewusst.

Sie schloss den Mantel, den Lorelei ihr geliehen hatte, fester und zog die Kapuze auf, um ihre Ohren gegen die klirrende Kälte zu schützen. So eingepackt, ging sie erneut ohne Ziel den Gehsteig entlang. Ich laufe nicht auf etwas zu, dachte sie, sondern vor Whitleys Wut und Morgans knapper Abweisung davon.

Ihre Schritte lenkten sie zum Schulhaus, ein rotes Fachwerkhaus mit einem winzigen Glockenturm und einem Quartier im hinteren Bereich für den Lehrer oder die Lehrerin. Ihre Tante Chloe, Jebs Frau, hatte hier früher unterrichtet und in dem kleinen Raum hinter dem Klassenzimmer gelebt.

Alle Türen waren verschlossen. Lizzie stellte sich auf Zehenspitzen und spähte durch das Fenster in das Zimmer, das nach Neujahr ihr Zuhause werden sollte. Es gab einen kleinen Herd, ein Eisenbett, einen Tisch und einen Stuhl, sonst nichts. Sie freute sich auf die Arbeit und darauf, ihr eigenes Geld zu verdienen, so dürftig ihr Gehalt auch ausfiel. Und darauf, das Leben von Kindern auf kleine, aber entscheidende Weise zu formen.

Doch auf einmal kam ihr dieses Leben so einsam und leer

vor wie die fröhlichen Pakete unter dem Christbaum des Gemischtwarenladens.

Seufzend wandte sie sich vom Fenster ab – um direkt in Mr. Christians Gesicht zu sehen. Nicht die geringsten Anzeichen von Erfrierungen oder Erschöpfung waren an ihm zu erkennen, im Gegenteil, sein Gesicht leuchtete schwach, und seine Augen funkelten.

Er tippte lächelnd an seine Hutkrempe.

Trotz der erbarmungslosen Kälte wurde Lizzie plötzlich ganz warm ums Herz. „Ich bin so froh, Sie zu sehen. Niemand scheint sich zu erinnern …"

„Niemand scheint sich an *was* zu erinnern?", fragte Mr. Christian freundlich. Er trug einen sehr eleganten Mantel und hatte die Hände tief in den Taschen vergraben.

„Tja", sagte Lizzie ein wenig unbeholfen. „An *Sie*."

Da lächelte Mr. Christian erneut. „Dr. Shane erinnert sich an mich. Und die Kinder. Ellen und Jack werden sich *immer* erinnern."

Zwar fand Lizzie diese Bemerkung seltsam, aber sie war so froh, zu sehen, dass ihr Freund sich erholt hatte, dass sie nicht weiter darüber nachdachte. „Ich habe gerade John Brennan besucht. Ich befürchte …"

Mr. Christian unterbrach sie mit einem freundlichen Kopfschütteln. „Er wird gesund", behauptete er bestimmt.

„Wie können Sie da so sicher sein?"

„Nennen Sie es ein Weihnachtswunder", sagte Mr. Christian.

Ein kleiner Schauer fuhr über Lizzies Rücken. Die bitterkalte Luft schien irgendwie aufgeladen zu sein, als ob sich um sie und Mr. Christian herum ein elektrisches Feld aufgebaut hätte, ein geräuschloser, kleiner, unsichtbarer Tornado. „Ich würde Sie gern meiner Stiefmutter Lorelei vorstellen", sagte sie, nachdem ihr Herz ein paarmal heftig geklopft hatte.

„Weil sie denkt, dass es mich gar nicht gibt?" Jetzt strahlte Mr. Christian sogar.

Lizzie seufzte. „Nicht nur deshalb. Lorelei kennt wahrscheinlich Ihre Familie und …"

„Ich habe keine Familie, Lizzie. Nicht so, wie Sie das meinen jedenfalls."

„Aber Sie sagten doch …"

Wieder umspielte dieses rätselhafte Lächeln seine Lippen und das Leuchten, das sie schon zuvor bemerkt hatte, wurde noch intensiver. Da erst begriff sie, dass Mr. Christian sich in dieser kurzen Zeit nicht so gut hätte erholen können. War er … gestorben? Sah sie gerade seinen Geist? Natürlich hatte sie schon von solchen Dingen gehört, aber nie auch nur eine Sekunde lang daran geglaubt.

„Wer sind Sie?", hörte sie sich flüstern.

Er antwortete nicht.

Um nach seinem Arm zu greifen, streckte Lizzie die Hand aus, doch so sehr sie es auch versuchte, da war nichts. Dabei war er da und nicht durchsichtig, wie sie sich einen Geist vorgestellt hätte, sondern wirklich da, so real wie ein richtiger Mensch. Und doch gelang es ihm, ohne sich auch nur im Geringsten zu bewegen, ihren Berührungen auszuweichen.

„Wer sind Sie?", wiederholte sie diesmal drängender.

„Das ist nicht wichtig", antwortete er leise. Dann deutete er über Lizzies linke Schulter. „Sehen Sie dort. Da kommt Ihr junger Mann, um sich mit Ihnen auszusprechen. Geben Sie ihm die Gelegenheit, Lizzie. Er ist der Richtige."

Als Lizzie sich umdrehte, sah sie Morgan über den Schulzaun springen. Als sie sich wieder umwandte, um Mr. Christian noch eine Frage zu stellen, war er fort.

Einfach *fort*.

Mit hämmerndem Herzen ließ sie den Blick über den großen Schulhof schweifen, entdeckte aber nirgends eine Spur von

Mr. Christian. Sie rannte um das Gebäude, doch dahinter war er auch nicht. Auch hinter dem Plumpsklo oder dem kleinen für ein Pferd oder eine Milchkuh gedachten Stall fand sie ihn nicht.

„Lizzie?"

Sie wirbelte herum.

Morgan stand neben ihr. „Was ist los?", fragte er mit gerunzelten Brauen.

„Mr. Christian", stotterte sie. „Er war eben noch hier ... Sie müssen ihn gesehen haben."

„Ich habe nur Sie gesehen." Er nahm ihren Arm. „Sind Sie in Ordnung?"

Sie zitterte. Sie hätte am liebsten gelacht – und geweint. Getanzt und sich erschöpft in den pudrigen Schnee geworfen.

Der Schnee.

Mr. Christian musste Fußspuren hinterlassen haben – so wie sie. Aber sie entdeckte nur ihre eigenen und die von Morgan.

„Ich ... ich bilde mir Dinge ein ..." Sie schluckte, schüttelte den Kopf. „Nein, ich *habe* Mr. Christian gesehen – er war genau hier. Wir haben uns unterhalten. Er sagte ..."

„Lizzie", wiederholte Morgan, umfasste ihren Oberarm und sah ihr fest in die Augen. „Hör auf zu reden ... *atme*!"

„Er war hier!"

Morgan schob sie um das Gebäude herum zum Schulhaus, drückte sie auf die Veranda, wo der Schnee weggeschmolzen war, und setzte sich neben sie. „Ich glaube dir", versicherte er, ohne ihre Hand loszulassen. Sie spürte, wie seine Kraft in sie floss und sie aufrichtete. „Lizzie, ich *glaube* dir."

Da legte sie den Kopf an seine Schulter. So ungehörig es auch war, es interessierte sie nicht, ob jemand sehen konnte, wie sie eng nebeneinander auf der Schulveranda saßen und Händchen hielten.

Lange Zeit sprach keiner von ihnen. Lizzie wartete, bis ihr Herzschlag sich wieder beruhigt hatte, und Morgan schien zufrieden damit zu sein, hier mit ihr zu sitzen.

Schließlich brach er das Schweigen. „Du wirst Carson wirklich nicht heiraten?" Er sah genauso verlegen aus, wie er klang.

„Ich werde Whitley wirklich nicht heiraten", bestätigte Lizzie, und ihr Herz begann wieder aufgeregt zu pochen.

„Er hatte recht." Morgan seufzte tief und blickte zu dem fernen Gebirge, wo sie festgesessen hatten, begraben unter Tonnen von Schnee. „Mit allem, was er vorhin im Hotel gesagt hat, meine ich. Ich kann dir nichts von dem bieten, was er dir bieten kann. Keine gesellschaftliche Stellung. Kein Haus. Und so gut wie kein Geld."

Lizzie musterte ihn. „Morgan Shane", sagte sie dann. „Sieh mich an."

Er gehorchte mit einem traurigen Lächeln.

„Was willst du damit sagen?", fragte sie.

Wie es Lizzie erschien, zögerte er eine Ewigkeit. Dann, mit einem weiteren Seufzen, beantwortete er ihre Frage mit einer eigenen. „Kannst du dir vorstellen, dass ein mittelloser Landarzt ohne bemerkenswerte Zukunftsaussichten dir den Hof macht?"

Sie überlegte nur ungefähr zwei Sekunden lang. „Ja", stieß sie dann aus. „Das kann ich mir sehr gut vorstellen."

„Ich weiß, dass es eine Weile dauern wird. Es gibt viel, was wir nicht voneinander wissen. Außerdem wirst du deine Klasse unterrichten, während ich meine Praxis aufbaue. Aber wenn du mich willst, Lizzie McKettrick, dann werde ich nächstes Jahr um diese Zeit dein Ehemann sein."

„L-liebst du mich?", fragte Lizzie. Diese Frage war so dreist, dass sie prompt errötete.

„Da bin ich mir ziemlich sicher." Morgan grinste. „Und liebst du mich?"

„Ganz sicher fühle ich *irgendetwas*“, erwiderte Lizzie glücklich und verblüfft zugleich. „Aber ich weiß nicht, ob ich meinen Gefühlen trauen kann. Immerhin dachte ich auch, Whitley zu lieben. Bevor wir San Francisco verließen ...“ *bevor ich dich traf*, „... konnte ich an nichts anderes denken, als daran, ob er mir Weihnachten wohl einen Heiratsantrag macht oder nicht.“

Morgan lachte.

„Ich schätze, das beweist etwas, was mein Großvater immer sagt“, fuhr Lizzie fort. „Überlege genau, was du dir wünschst, es könnte verdammt noch mal in Erfüllung gehen.“

Diesmal lachte Morgan laut auf. „Amen“, rief er.

Lizzie betrachtete ihn nachdenklich. „Ich möchte weiter als Lehrerin arbeiten, auch nachdem wir geheiratet haben“, warnte sie ihn.

„Und ich möchte Kinder.“

Entzückt sah sie ihn an. „Ja, mindestens vier. Zwei Mädchen und zwei Jungen.“

Morgans Augen leuchteten. „Das Zimmer hinter meiner Praxis könnte ein wenig eng werden.“

„Wir werden uns etwas einfallen lassen.“

„Der härteste Teil wartet noch auf uns.“ Morgan beugte sich zu ihr und flüsterte: „Diese Kinder überhaupt zu zeugen, meine ich.“

Wieder errötete Lizzie. Sie war noch nie mit einem Mann intim gewesen, nicht einmal mit Whitley, dem sie aber immerhin ein paarmal erlaubt hatte, sie zu küssen. Doch nach diesem Mann verzehrte sie sich, nach diesem mittellosen Landarzt. Ob man ein derart heftiges Begehren ein Jahr lang aushalten konnte?

Er sah ihren Gesichtsausdruck und lachte schon wieder. Dann lehnte er seine Stirn an ihre. „Ich werde dich jetzt küssen, Lizzie McKettrick. So wie ich dich von der ersten Sekunde an küssen wollte. Und wenn ganz Indian Rock uns dabei zusieht, dann soll es so sein."

Einladend legte sie den Kopf in den Nacken. Sie sehnte sich nach seinem Kuss und war zugleich selbst empört über die Wucht ihres Verlangens.

Er küsste sie zuerst ganz sanft, dann mit einer Leidenschaft, die sogar noch heftiger war als ihre. Seine Lippen fühlten sich herrlich warm und weich an. Sie erschauerte, als sie seine Zunge spürte und einen Vorgeschmack auf das bekam, was kommen würde. Was erst kommen durfte, wenn sie verheiratet waren, sie aber jetzt schon an ihren geheimsten Stellen spüren konnte, als ob er sie tatsächlich direkt hier auf der Schulveranda genommen und zu seiner Frau gemacht hätte.

Lizzie stöhnte.

Morgan lachte leise an ihren Lippen.

Er wusste es. Er *wusste*, was sie dachte, was sie empfand. Ihr Gesicht wurde heiß, und das Blut summte in ihren Ohren.

„Du liebe Zeit", stieß sie hervor, als der Kuss vorüber war.

„Und das ist nur der Anfang", versprach Morgan heiser, während er eine Locke um seinen Finger schlang.

„Sei still", bat sie hilflos.

Er ließ ihr Gesicht los und rückte ein wenig von ihr ab. „Ich sollte besser zurück ins Hotel gehen", meinte er. „Ich erwarte Patienten, da ich inzwischen mein Schild aufgehängt habe."

„Ich komme mit dir", beschloss Lizzie, nicht weil sie unbedingt ins Hotel zurück wollte, wo sie wieder wie eine Kranke behandelt werden würde, sondern weil sie sich nicht von Morgan trennen wollte.

Noch nicht. Nicht nach allem, was gerade zwischen ihnen geschehen war.

Wie Lizzie vermutet hatte, wussten längst alle in Indian Rock, dass der neue Arzt jung und gut aussehend war. Drei Frauen, ausnahmslos bekannte Jungfern, warteten bereits auf ihn, eine jede in einem anderen Stadium vorgeschobener Krankheiten.

Sie hatte den albernen Wunsch, sie zur Seite zu schieben, riss sich aber umgehend zusammen und lächelte.

Dass Whitley nicht in der Lobby war, erleichterte Lizzie sehr. Sie konnte es kaum erwarten, dass er Indian Rock wieder verließ. Aber vermutlich würde es noch einige Zeit dauern, bis wieder ein Zug fuhr.

Mit einem Mal hungrig, lief sie durch den leeren Speisesaal in die Küche, wo Lorelei gerade mit der chinesischen Köchin plauderte.

„Da bist du ja", schimpfte Lorelei freundlich. „Deine Wangen sind ganz rot. Ist dir kalt?"

Noch immer spürte Lizzie Morgans Kuss auf ihren Lippen. Sie schwankte ein wenig und ließ sich albern lächelnd in einen Schaukelstuhl vor dem Ofen fallen. „Nein. Mir ist nicht kalt. Aber ich bin halb verhungert."

Die Köchin stellte ihr eine Schüssel Rinderbrühe mit Klößen hin, reichte ihr einen Löffel und verschwand.

Lorelei zog sich einen Stuhl heran.

„Mir ist heute etwas sehr Merkwürdiges passiert", gestand Lizzie ihr beim Essen.

„Ich habe dich mit Dr. Shane hereinkommen sehen." Lorelei lächelte. „Lizzie McKettrick, ich glaube, du bist verliebt."

Vielleicht bin ich das wirklich, dachte Lizzie.

„Lizzie?", hakte Lorelei nach, als Lizzie nichts sagte.

„Er will um meine Hand anhalten. Glaubst du, Dad hat etwas dagegen?"

„Nein", antwortete Lorelei, die Lizzie sehr, sehr aufmerksam betrachtete. „Würde es denn eine Rolle spielen, wenn er etwas dagegen hätte?"

Lizzie lachte. „Nein, das denke ich nicht."

In Loreleis Augen schimmerten Tränen des Glücks. „Dann

ist es wirklich Liebe. Als ich deinen Vater zum ersten Mal traf, dachte ich, dass wir nicht zueinander passten, und doch wollte ich so unbedingt mit ihm zusammen sein, dass ich keinen klaren Gedanken mehr fassen konnte."

„Es ist aber noch etwas geschehen", fuhr Lizzie fort, denn es gab kaum etwas, das sie nicht mit ihrer Stiefmutter teilte. Leise erzählte sie Lorelei von ihrem Zusammentreffen mit Mr. Christian im Schulhof.

„Gütiger Gott", sagte Lorelei und hielt eine Hand an Lizzies Stirn, um zu sehen, ob sie Fieber hatte. Dann runzelte sie die Stirn und sah zugleich erleichtert und besorgt aus.

„Du glaubst mir doch. Oder?", fragte Lizzie ängstlich.

„Wenn du diesen Mr. Christian gesehen hast", erwiderte Lorelei ohne zu zögern, „dann hast du ihn gesehen. Du würdest so etwas nicht erfinden."

„Aber wie konnte er einfach … einfach so verschwinden?"

„Ich habe nicht die geringste Ahnung." Lorelei erhob sich. „Iss deine Suppe auf. Ich komme in ein paar Minuten zurück, und dann trinken wir zusammen Tee."

Ihre Stiefmutter verließ in dem Moment die Küche, in der Angus eintrat. Er schenkte sich eine Tasse Kaffee aus der Kanne auf dem Herd ein. Dann stand er da und betrachtete Lizzie neugierig, als ob sie sich auf grundlegende Weise verändert hätte.

Und vielleicht hatte sie das auch.

„Du hast dich nach der Lawine vorbildlich verhalten", sagte er nach einer Weile. „Hast dich um die Mitreisenden gekümmert. Und ihnen Mut zugesprochen."

„Danke." So unabhängig sie auch sein mochte, die Meinung ihres Großvaters und ihrer Eltern war ihr sehr wichtig.

Angus nahm einen Schluck Kaffee. „Dir geht es gut, oder, Lizzie-Mädchen? Du kommst mir irgendwie – *anders* vor."

„Ich habe mich wahrscheinlich verliebt."

Da hob Angus lächelnd die Kaffeetasse und prostete ihr zu. „Darauf trinke ich“, sagte er, als Lorelei mit einer Bibel zurück in die Küche kam und sie Lizzie reichte.

„Lies das“, forderte sie Lizzie auf und zeigte auf eine Stelle im Buch der Hebräer, Kapitel 13, Vers zwei.

„*Vergesst nicht, Gastfreundschaft zu üben, denn auf diese Weise haben einige, ohne es zu wissen, Engel bei sich aufgenommen.*“

8. KAPITEL

Mr. Christian sieht so gar nicht nach einem Engel aus", sagte Lizzie ein paar Stunden, nachdem Lorelei ihr die Bibelstelle in der Hotelküche gezeigt hatte. „Findest du nicht?", fragte sie Morgan.

Morgan nahm sein Stethoskop vom Hals und legte es zur Seite. „Da ich noch nicht allzu viele Engel kennengelernt habe, kann ich das wirklich nicht sagen."

„Er hat mit den Kindern Karten gespielt." Lizzie suchte noch immer nach Gründen, warum Mr. Christian nicht zu den Himmelsscharen gehören konnte. „Er hat mit einer Pistole auf Whitley gezielt, und er hat dir Whiskey gegeben, bevor du hinaus in den Schneesturm gegangen bist."

„Das ist allerdings teuflisch", zog Morgan sie auf. „Die Sache mit der Pistole habe ich leider verpasst."

„Du warst zu dieser Zeit draußen."

„Warum sollte ein Handelsvertreter auf die Idee kommen, Carson mit einer Waffe zu bedrohen, egal wie lästig er auch sein mag?"

Lizzie schüttelte den Kopf. „Ich versuche herauszufinden, was eigentlich geschehen ist, Morgan. Und du bist mir wirklich keine Hilfe."

„Manche Dinge ergeben eben einfach keinen Sinn. Genauso wenig wie die Tatsache, dass jede unverheiratete Frau in Indian Rock mit einem Mal eine sehr melodramatische Krankheit entwickelt hat."

Obwohl sie nicht sonderlich amüsiert war, lachte Lizzie. „Das ist nun wirklich kein Rätsel. Schließlich bist du ein begehrter Junggeselle."

„Oh, aber ich bin kein richtiger Junggeselle mehr." Seine dunkle Stimme jagte einen Schauer über ihren Rücken. „Ich bin nämlich ganz und gar vergeben."

Gerade, als er sie wieder küssen wollte, ging die Praxistür mit einem lauten Knall auf. Doss, Lizzies siebenjähriger Bruder, stand auf der Schwelle.

„Pa ist zurück!“, schrie er begeistert. „Die Straßen sind frei, und nach der Kirche können wir nach Hause fahren und Weihnachten feiern.“ Er runzelte verblüfft die Stirn. „Habt ihr etwa *geknutscht*?“, fragte er misstrauisch.

„Nein“, sagte Lizzie lachend.

„Ja“, antwortete Morgan im gleichen Moment.

„Dann solltet ihr besser heiraten“, entschied Doss. „Man darf Leute nicht küssen, wenn man nicht mit ihnen verheiratet ist.“

„Ist das so?“ Morgan ging zu Doss und wuschelte ihm durch das dicke blonde Haar.

„Ich wette, das steht so in der Bibel“, behauptete Doss fest.

„Haben wir etwa einen angehenden Priester in unserer Mitte?“ Morgans Augen lachten.

Lizzie kicherte. „Doss? Gott behüte. Er ist eher ein Teufelsbraten als ein Engel.“

Beim Wort Engel verstummte sie und dachte wieder an Mr. Christian und das unlösbare Rätsel, das ihn umgab.

„Wir durften noch nicht Weihnachten feiern“, beschwerte sich Doss. „Dabei liegt ein ganzer Haufen Geschenke zu Hause unter unserem Baum, und ein paar davon gehören mir. Und jetzt müssen wir auch noch erst in die Kirche.“

Lizzie betrachtete Morgan aufmerksam. „Wirst du mit uns kommen? Um ein McKettrick-Weihnachten zu feiern?“

„Ich würde doch nur stören.“

„Der Mann mit dem gebrochenen Bein kommt auch“, verkündete Doss hilfsbereit.

Morgan breitete nur die Arme aus, als wollte er zu Lizzie sagen: *Siehst du, ich wusste es doch.*

„Du gehörst zu uns.“ Lizzie ließ sich nicht verunsichern.

Es war zwar merkwürdig, das verspätete Weihnachtsfest mit Whitley und Morgan zusammen zu feiern, ließ sich aber nicht ändern. Whitley allein im Hotel zurückzulassen, während alle anderen sich über die Weihnachtsente und den Eierflip hermachten, war einfach nicht McKettrick-Art.

Und schließlich gab Morgan nach.

Pastor Reynolds begann die Weihnachtsmette bei Sonnenuntergang, und die gesamte Stadt nahm daran teil. Kerzen wurden angezündet, Weihnachtslieder gesungen, und nach dem Abschlussgebet bekamen alle Kinder Geschenke. Lizzie erkannte die Schnitzarbeiten ihres Vaters und die Stoffpuppen von Lorelei und ihren Tanten.

Mr. und Mrs. Thaddings sahen ein wenig wehmütig zu, wie Ellen Halifax stolz die Puppe herumzeigte, die sie sich so sehr gewünscht hatte. Jack galoppierte trotz der Proteste seiner Mutter mit seinem Steckenpferd den Gang hinauf und hinunter. Sogar John und Alice Brennan waren da, zusammen mit Alices Eltern und dem kleinen Tad, der von seiner Spielzeugkutsche ganz fasziniert war.

Lizzie ging zu den Thaddings. Sie hatten Pastor Reynolds gebeten, für sie ein Telegramm an Clarinda Adams zu schicken, in der Hoffnung, dass sie so lange bleiben konnten, bis sie entweder zurückkam oder das Haus verkauft hatte. Doch bisher hatten sie noch keine Antwort erhalten.

Mrs. Thaddings umarmte sie. „Sie sehen gut aus, Lizzie."

„Ich bin glücklich, zu Hause zu sein", entgegnete Lizzie. Whitley, der auf seine Krücke gestützt in der Nähe stand, sah niedergeschlagen aus. Sie fragte sich, ob er jemals wirklich darüber nachgedacht hatte, in Indian Rock zu leben, oder ob er nach der Hochzeit mit ihr nach San Francisco gezogen wäre.

Das würde sie vermutlich niemals erfahren. Und es spielte auch keine Rolle.

„Wir gehen besser nach Hause und sehen nach Woodrow, meine Liebe.“ Mr. Thaddings ergriff sanft den Ellbogen seiner Frau „Bevor zu viel Schnee fällt.“

Doch Lizzie wollte nicht, dass die Thaddings zu Fuß nach Hause gingen und bat ihren Onkel Jeb, sie in seiner Kutsche mitzunehmen.

Als der McKettrick-Clan später Indian Rock in Richtung Triple M verließ, saß Morgan neben Lizzie im Planwagen ihres Vaters. Whitley, der abwechselnd düster und trostlos vor sich hin schaute, saß in dem anderen. Der Schnee, der in den Bergen so bedrohlich gewesen war, fiel weich und beruhigend und fast schon magisch auf sie herab.

Beim ersten Blick auf das Haupthaus der Ranch schossen Lizzie die Tränen in die Augen. Sie hatte befürchtet, ihr Zuhause niemals wiederzusehen, sich nie wieder vor dem Kamin die Hände zu wärmen oder in dem Schaukelstuhl vor sich hin zu träumen, während Sommerregen auf das Dach prasselte. Aber da stand es, das Dach mit Schnee bedeckt, die Fenster von einem goldenen Schimmer erleuchtet.

Hunde bellten zur Begrüßung, Cousinen und Cousins, Onkel und Tanten stiegen aus Planwagen und Schlitten. Ihre Stimmen vermischten sich zu einem fröhlichen Summen in der winterlichen Dunkelheit.

Nachdem Morgan ihr aus dem Wagen geholfen hatte, stand Lizzie ganz still da und nahm alles in sich auf. Im Haus ihres Großvaters glitzerte ein reich geschmückter Weihnachtsbaum. Berge von Geschenken lagen darunter, manche in einfaches braunes Papier oder Zeitungspapier gewickelt, andere in hübschen Stoff und mit einer schimmernden Schleife geschmückt.

Concepcion musste schon seit Tagen gekocht haben. Im Haus duftete es nach allem, wonach Lizzie sich im Zug gesehnt hatte – nach frisch gebackenem Brot, Gänsebraten, nach Gewürzen wie Zimt und Muskatnuss. Lizzie atmete die Liebe und Fröhlichkeit um sie herum tief ein.

Die Kinder konnten es kaum noch aushalten, und Holt schlug vor, dass sie ihre Strümpfe sofort ausleeren und ihre Geschenke öffnen durften. Das Chaos regierte, als Puppen und Spiele und bunte Hemden ausgepackt wurden. Lizzie betrachtete ihre große, lärmende Familie mit Dankbarkeit und Liebe. Morgan stand neben ihr, während Whitley sich mit verdrossenem Gesicht in einen Ledersessel vor dem Kamin gesetzt hatte.

Spätestens jetzt hätte Lizzie gewusst, dass Whitley einfach nicht zu ihrer Familie passte. Morgan hingegen zog seinen Mantel aus, krempelte die Ärmel auf und kniete sich auf den Boden, um Doss zu helfen, ein Miniaturfarmhaus aus kleinen Holzstämmen zusammenzubauen.

Ein Stups von ihrem Vater ließ sie herumfahren, und sie erschrak noch mehr, als sie sah, was er in der Hand hielt – die Spieluhr, die Mr. Christian ihr an Heiligabend im Zug geschenkt hatte.

Sie blinzelte. Sie hatten die Spieluhr genau wie das Gepäck im Zug zurückgelassen, um es später zu holen.

„Auf dem Schild steht, dass sie für dich ist." Holt sah verwirrt aus. Ganz offensichtlich hatte er die Spieluhr noch nie gesehen.

Lizzies Hände zitterten. Leise und etwas verzerrt hörte sie ein paar Töne von „*Stille Nacht*" – so ätherisch, dass sie sofort danach das Gefühl überkam, sich getäuscht zu haben.

Sie suchte sich einen Stuhl – was nicht leicht war, weil das Haus mit Gästen beinahe aus allen Nähten platzte.

Zufällig saß Whitley neben ihr. Er runzelte die Stirn und beäugte die Spieluhr, die Lizzie in ihrem Schoß hielt, als gelte es, sie mit allen Mitteln zu beschützen.

„Die ist hübsch", gestand er ein wenig widerwillig. „Hat Shane sie dir geschenkt?"

„Erinnerst du dich denn nicht, Whitley?", fragte sie kopfschüttelnd. Heiligabend hatten sie schließlich alle die Spieluhr gesehen und traurig ihrer Melodie gelauscht.

„Woran soll ich mich erinnern?“, fragt Whitley. Er spielte ihr nichts vor. Er konnte sich tatsächlich nicht erinnern.

„Nicht so wichtig“, sagte Lizzie.

Dann wurde zum Abendessen gerufen, und Whitley stand auf, griff nach seinen Krücken und hinkte Richtung Speisezimmer. Die meisten Kinder waren auf den Bergen aus zerknittertem Geschenkpapier eingeschlafen.

„Hunger?“ Morgan reichte ihr eine Hand. Sie stellte die Spieluhr auf den Tisch.

„Und wie“, sagte sie.

Anstatt sie ins Speisezimmer zu führen, wo alle anderen sich versammelt hatten – ihre Stimmen klangen in Lizzies Ohren wie eine Sinfonie aus Gelächter und fröhlichen Gesprächen – zog Morgan sie an sich. Er hielt sie, als ob er jeden Moment einen Walzer mit ihr tanzen wollte.

„Wenn das, was ich jetzt gerade fühle, keine Liebe ist“, raunte er nah an ihren Lippen, „dann ist es sogar noch etwas *Besseres* als Liebe.“

Sie wisperte seinen Namen, und er hätte sie wohl geküsst, wenn nicht neben ihnen jemand gehüstelt hätte.

„Dafür ist später noch Zeit“, sagte Angus grinsend. „Das Essen steht auf dem Tisch.“

An Neujahr waren die Gleise freigeräumt, und die Züge konnten wieder fahren. Lizzie wartete neben Whitley, der heute abreiste, auf dem Bahnsteig.

Ein kalter, trockener Wind blies, brannte in Lizzies Ohren, und sie fühlte sich so schlecht, wie Whitley aussah.

Du wirst eine andere treffen.

Das war es, was sie am liebsten gesagt hätte, doch unter diesen Umständen kam es ihr vermessen vor. Whitley behielt seine Gefühle für sich, sie wusste nicht genau, wie es in ihm aussah.

„Bist du dir wirklich sicher?“, fragte er leise, als der Zug pfeifend in einiger Entfernung um die Ecke bog. Weißer Dampf zischte aus dem Schornstein in den blauen Himmel. „Wir könnten ein gutes Leben zusammen haben, Lizzie.“

Vermutlich würde ein Leben mit Whitley wirklich gut sein, gut genug zumindest. Aber sie wollte für sich und Morgan mehr als „gut genug“ – und für Whitley auch. „Du gehörst nach San Francisco“, sagte sie sanft. „Und ich gehöre genau hierher, nach Indian Rock.“

Da überraschte Whitley sie mit einem traurigen, zärtlichen Lächeln. „Ich gestehe es nur ungern, aber du hast vermutlich recht. Werde glücklich, Lizzie.“

Der Zug war fast am Bahnsteig angekommen und so laut, dass Lizzie eine Antwort hätte brüllen müssen. Also stellte sie sich auf die Zehenspitzen und gab Whitley einen kurzen, keuschen Kuss auf den Mund. Mit kreischenden Bremsen kam der Zug zum Stehen.

Whitley sah Lizzie einen Moment tief in die Augen, verabschiedete sich stumm von ihr und drehte sich mit seinen Krücken um. Sie sah ihm nach, bis er eingestiegen war.

Morgen war ihr erster Schultag. Sie lief auf das Schulgebäude zu, wo ihr Vater und ihr Onkel Jeb gerade ihre Sachen aus der Kutsche luden.

Jeb nickte ihr lächelnd zu, bevor er den Schaukelstuhl hineintrug. Doch Holt schlang einen Arm um ihre Schultern und küsste sie zart auf die Stirn.

„Abschiede können schwer sein“, sagte er, „selbst wenn sie für alle das Beste sind.“

Lizzie nickte. „Ich war so sicher …“

„Natürlich warst du dir sicher. Du bist eine McKettrick, und McKettricks sind sich immer sicher.“

„Und wenn ich mich bei Morgan auch irre?“ Sie sah in das Gesicht ihres Vaters. „Ich glaube, ich könnte es nicht aushalten, mich von ihm zu verabschieden.“

„Mal den Teufel nicht an die Wand, Lizzie-bet.“ Holt lächelte. „Du hast noch ein Jahr Zeit. So lange wird Morgan dir den Hof machen. Und ich denke, dann wirst du dir sicher sein, so oder so.“

Sie nickte, schluckte und lehnte die Stirn an seine Schulter.

Nachdem sie zum etwa hundertsten Mal ihr Klassenzimmer mit der Tafel, dem Kanonenofen und den langen, niedrigen Tischen betrachtet hatte, ging sie in ihren Privatraum.

Ihr Vater und ihr Onkel waren wieder gegangen. Lizzies persönliche Sachen standen überall in Kisten und Truhen und Reisekoffern herum. Ihre Bücher, die besten Kleider, eine hübsche Porzellanlampe aus ihrem Schlafzimmer auf der Ranch und das kleine Schreibpult, das Angus ihr zu Weihnachten geschenkt hatte.

Um den kahlen kleinen Raum heimeliger zu machen, hatte Lorelei Quilts, Bettwäsche und dicke Kissen eingepackt. Ihr Vater hatte ein Feuer im Ofen entfacht. Lizzie durchwühlte ihre Sachen, bis sie die Spieluhr gefunden hatte, stellte sie mitten auf den Tisch und setzte sich, um sie ehrfürchtig zu betrachten.

Ein leises Klopfen riss Lizzie aus ihren Überlegungen. Als sie öffnete, stand Morgan auf der kleinen Veranda. Er hatte die Hände in die Taschen seines abgetragenen Mantels gesteckt und schenkte ihr ein schüchternes Lächeln.

„Ich weiß, es schickt sich nicht, aber …“

„Komm herein.“ Lizzie zerrte ihn geradezu über die Türschwelle.

Drinnen bemühte Morgan sich dermaßen, das Bett nicht zu bemerken, das den winzigen Raum dominierte, dass Lizzie in lautes Gelächter ausbrach.

„Ich kann nicht bleiben.“ Morgan wandte sich zum Gehen.

„Die Leute werden reden“, stimmte Lizzie noch immer amüsiert zu.

Sein Blick wanderte an ihr vorbei zu der kleinen Spieluhr. „Das war vielleicht ein Weihnachten, oder?“

„Das kann mal wohl sagen.“ Sie sah, wie er sich dem Tisch näherte, den Stapel kleiner Messingplatten mit verschiedenen Melodien durchsuchte und eine davon in den Schlitz der Spieluhr steckte. Dann zog er sie auf, und ein Walzer klimperte durch den Raum – so zart wie kleine Eiszapfen, die von Dachrinnen fielen.

Sie tanzten, bis die Musik endete, und dann tanzten sie weiter in der Stille, die folgte, um den Tisch herum, an Schaukelstuhl und Bett vorbei. Ringsherum drehten und drehten und drehten sie sich, der Arzt und die Schulmeisterin, und tanzten im Rhythmus ihrer Herzen.

9. KAPITEL

Miss McKettrick?", erklang eine kleine Stimme.

Lizzie sah von den Papieren auf, die sie gerade sortierte, und lächelte, als sie Tad Brennan vor sich stehen sah. Kaum fünf Jahre alt, war er noch zu jung, um zur Schule zu gehen. Trotzdem tauchte er oft nach dem Unterricht auf, um Lizzie seine „Hausaufgaben" zu zeigen.

„Tad", begrüßte sie ihn, erfreut über seinen begierigen Wunsch zu lernen. Innerhalb des Jahrs, das sie nun schon unterrichtete, hatte er mit der Hilfe seines Vaters das Alphabet und die Grundrechenarten gemeistert. Wenn er im Herbst offiziell angemeldet wurde, konnte er wahrscheinlich die erste Klasse überspringen.

„Mama sagt, dass Sie bald Dr. Shane heiraten", murmelte Tad unglücklich.

„Nun, ja." Lizzie widerstand dem Wunsch, ihm durchs Haar zu fahren. Sie wusste, wie sehr ihre kleinen Brüder diese Geste hassten. „Dr. Shane und ich werden einen Tag vor Weihnachten heiraten. Du bist zur Hochzeit eingeladen, genauso wie deine Eltern und Großeltern."

Plötzlich schwammen Tränen in Tads Augen. „Das heißt, dass wir einen anderen Lehrer bekommen. Aber ich will *Sie*", weinte er.

Lizzie schob ihren Stuhl zurück und hielt ihm die ausgestreckten Arme entgegen. Zögernd erlaubte er ihr, ihn auf ihren Schoß zu ziehen. Wie ihre Brüder betrachtete er sich inzwischen als großen Jungen, auf dem Schoß zu sitzen, war also eigentlich unpassend. „Ich werde deine Lehrerin sein, Tad", versprach sie sanft. „Der einzige Unterschied ist, dass du mich dann Mrs. Shane und nicht Miss McKettrick nennen wirst."

Das Kind betrachtete sie mit einer Mischung aus Verwirrung und Hoffnung. „Aber werden Sie denn keine Kinder bekommen?"

Lizzie spürte, wie ihre Wangen ein wenig heiß wurden. Sie und Morgan hatten sich wirklich bemüht zu warten, aber in einer milden Nacht im letzten Juni hatten sie es einfach nicht mehr länger ausgehalten. Sie hatten sich im hohen Gras einer Weide auf Triple M geliebt und seitdem immer wieder, sobald sich die Gelegenheit bot.

„Ganz sicher werde ich Kinder haben. Irgendwann."

„Mama sagt, Frauen mit Kindern müssen zu Hause bleiben und sich um sie kümmern", erklärte Tad ernsthaft.

„Sagt sie das?"

Tad nickte.

„Pass mal auf." Lizzie drückte ihn kurz an sich. „Ich verspreche, Kinder hin oder her, dass ich hier bin, wenn du in die Schule kommst. Gut so?"

Tad strahlte. Nickte. Er kletterte von Lizzies Schoß, gerade in dem Moment, in dem die Tür des Schulgebäudes aufgestoßen wurde.

Der Duft frischer Tannennadeln erfüllte den kleinen Raum. Dann erschien Morgan auf der Türschwelle, der einen Baum schleppte, der so groß war, dass sie nur Morgans Stiefel sahen. Für den nächsten Nachmittag war die Schulweihnachtsfeier geplant. Lizzie und ihre Schüler, vierzehn Kinder unterschiedlichsten Alters, würden den Morgen damit verbringen, ihn mit Papierketten und glitzerndem Papierschmuck zu dekorieren.

„Miss McKettrick hat versprochen, meine Lehrerin zu sein", verkündete Tad feierlich, „auch wenn sie ein Kind bekommt."

Morgans dunkle Augen blitzten amüsiert und zugleich voller Leidenschaft auf. Letze Nacht hatte er an Lizzies Tür geklopft, und sie hatte ihn hereingelassen. Er war bis kurz vor

Tagesanbruch geblieben und hatte Lizzie, aufgelöst vor Lust, in ihrem Bett zurückgelassen.

„Ich habe gerade deinen Pa getroffen", sagte er zu dem Jungen. „Er möchte, dass du ihm beim Holzholen hilfst."

Tad verabschiedete sich hastig und rannte hinaus. John Brennans Zustand hatte sich seit dem Zugunglück deutlich gebessert. Gesundheitlich war er jedoch noch immer angeschlagen und brauchte seinen Sohn, um ihm bei den Arbeiten zu helfen.

„Hast du John wirklich getroffen?", fragte Lizzie misstrauisch.

Morgan grinste, lehnte den Baum an die Wand, durchquerte den Raum und beugte sich über Lizzies Stuhl. Er gab ihr einen langen Kuss. Schauer jagten durch ihre Venen und tanzten in ihren Nervenbahnen. „Hätte gut sein können. Auf meinem Weg hierher bin ich direkt am Gemischtwarenladen vorbeigekommen."

„Du bist ein Schuft." Sie versetzte ihm einen leichten Stoß gegen die Brust, weil sie ihn am liebsten an sich gezogen hätte.

„Wir sind zum Abendessen bei den Thaddings eingeladen." Morgan feixte noch immer. „Sie haben Neuigkeiten."

Lizzie stand auf und räumte ihre Unterlagen auf dem Tisch zusammen. „Neuigkeiten? Was für Neuigkeiten?"

Nun stand Morgan ganz dicht hinter ihr und zog sie an sich. Sie spürte sein Begehren und fragte sich, ob er sie nach dem Abendessen nach Hause begleiten und in ihrem kleinen Zimmer verführen würde. „Ich weiß nicht", murmelte er, sein Atem strich warm über ihre Schläfe. „Deswegen sind es ja … Neuigkeiten."

Unendlich sanft umfasste er ihre Brüste.

„Dr. Morgan Shane", zischte Lizzie, „das hier ist eine *Schule*."

Er lachte. „Allerdings. Ich würde Sie ja ins Bett zerren und anständig verwöhnen, Miss McKettrick, aber ich habe vorhin Ihren Vater und Onkel aus der Cattleman's Bank kommen sehen. Ich schätze, sie sind gerade auf dem Weg hierher."

Mit einem kleinen Schrei riss Lizzie sich von ihm los und strich sich Haar und Röcke glatt.

Und tatsächlich fuhr in dieser Sekunde lärmend eine Pferdekutsche vor. Sie hörte, wie ihr Vater irgendjemanden grüßte.

Instinktiv legte sie die Hände an die Wangen, um sie zu kühlen. Ein Blick auf sie und ihr Vater wüsste sofort, wie weit sie und Morgan bereits gegangen waren. Wenn er es nicht sowieso schon wusste.

Morgan setzte sich auf die Tischkante, verschränkte die Arme und lächelte über ihr offensichtliches Unbehagen. „Wenn du mit mir schlafen willst, bist du fast genauso schön wie, nachdem ich mit dir geschlafen habe und du diese kleinen klagenden Geräusche machst."

„Morgan!"

Wieder lachte er.

Die Schultür sprang auf und Holt McKettrick trat herein. Er trug dicke Wollhosen, ein schweres Hemd und einen langen, mit Schafspelz gesäumten Mantel. Sein Blick wanderte von Morgan zu Lizzie, dann grinste er ein wenig.

„Lorelei hat ein paar Sachen für das neue Haus geschickt", sagte er. „Rafe und ich werden sie drüben abladen, es sei denn, ihr wollt sie bis zur Hochzeit lieber hier aufbewahren."

„Nein, drüben ist es besser", sagte Lizzie.

Gegen Morgans Protest hatte Lizzies Großvater an ihrem Verlobungstag und Lizzies zwanzigstem Geburtstag ein kleines Stück Land am Stadtrand erworben und ihnen geschenkt. Inzwischen wartete ein kleines weißes Cottage mit grünen Fensterläden auf ihren Einzug. Angus, Holt, die Onkel und Morgan hatten das Haus erbaut und komplett eingerichtet – mit einer Ausnahme: Es fehlte ein Bett.

Morgan pfiff leise vor sich hin, schüttelte den Tannenbaum ein wenig, sodass der Raum erneut von dem herrlichen Duft erfüllt wurde, und nickte Holt zu.

„Wir gehen dann mal wieder“, sagte Holt mit Belustigung in der Stimme. Seine McKettrick-blauen Augen blitzten auf. „Lorelei und die anderen Damen wollen noch ein wenig Wirbel um dein Hochzeitskleid machen, also solltest du in den nächsten ein, zwei Tagen auf der Ranch vorbeikommen.“

„Ich komme“, versprach Lizzie und nickte.

Ihr Vater küsste sie auf die Wange, warf Morgan einen Blick zu und ging.

Kaum war Holt verschwunden, küsste Morgan sie ebenfalls, wenn auch vollkommen anders, und bat sie, ihn um achtzehn Uhr vor Clarinda Adams' Haus zu treffen.

„Besuch!“, konnte man Woodrow im Haus krächzen hören. „Besuch!“

Morgan lächelte Lizzie zu, die zitternd den Mantel fester um sich zog. Auf der Erde lag unberührter weißer Schnee, der unter dem Licht der gasbetriebenen Straßenlampe glitzerte. Schneesterne zierten die großen Vorderfenster. „Dieser Vogel nimmt sich selbst ganz schön wichtig“, bemerkte Morgan.

„Beeilung!“, schrie Woodrow. „Beeilung! Lieber jetzt als nie! Beeilung!“

Lizzie kicherte. Inzwischen waren sie mit Woodrow genauso gut befreundet wie mit den Thaddings. Mr. Thaddings hatte den Vogel sogar einmal mit in die Schule gebracht. Die Schüler waren begeistert gewesen, dass Woodrow alles wiederholen konnte, was sie ihm vorsagten.

Die Tür ging auf, und Zebulon stand vor ihnen. Er trug einen roten Hausrock aus Seide, den vermutlich einer von Clarindas Kunden vergessen hatte, und hielt eine Pfeife in der Hand. „Kommt herein. Kommt herein.“

Dankbar betrat Lizzie, gefolgt von Morgan, das warme Haus. Angeblich sollten hier einmal Gemälde von nackten Menschen an den Wänden gehangen haben, doch davon war längst nichts mehr zu sehen.

Woodrow hüpfte seine Stange entlang. „Lizzie ist da!“, jubelte er. „Lizzie ist da!“

Als Morgan die Tür hinter ihnen geschlossen hatte, flog Woodrow durch den Gang und landete auf Lizzies Schulter.

„Lizzie ist hübsch!“, fuhr der Vogel fort. „Lizzie ist hübsch!“

„Kluger Vogel“, sagte Morgan.

Mit Wonne pickte der Sittich an einem der winzigen Kämme, die Lizzies wilde Locken zähmten.

„Schmeichler!“, schalt Zebulon seinen Vogel liebevoll. An Lizzie und Morgan gewandt, sagte er: „Er ist schon die ganze Zeit hinter diesem Kamm her.“

Lizzie lachte und strich mit einem Finger über Woodrows Federn. „Wann kommst du mal wieder in die Schule?“, fragte sie ihn.

„Woodrow in Schule!“, krächzte er. „Sieh das hübsche Vögelchen!“

„Das hält er stundenlang durch, wenn wir ihn lassen.“ Zebulon ging ihnen voraus in den Salon. Dort trat gerade Marietta mit einem Tablett in den prächtigen Raum. Sie war grauhaarig und zierlich, doch Lizzie betrachtete sie schon lange nicht mehr als alte Frau. Marietta veranstaltete regelmäßig Bridgetuniere und kannte etliche Gedichte, die sie vor Publikum rezitierte. Längst war sie zur guten Seele von Indian Rock geworden, und Lizzie liebte sie wie eine Großmutter.

„Kommt, setzt euch ans Feuer“, bat sie nun. „Ich habe eine schöne Kanne Tee gekocht, und das Abendessen ist auch fast fertig.“

Morgan nahm Marietta das Tablett ab und stellte es auf einen kleinen Tisch. Als sich alle gesetzt hatten, flog Woodrow zu Marietta und landete auf ihrer Rückenlehne.

„Wir haben von Clarinda gehört“, verkündete sie.

Lizzie versteifte sich. Wollte die legendäre Miss Adams nach Indian Rock zurückkehren und alles über den Haufen werfen? In ihrer Abwesenheit hatten die Thaddings das Haus verwaltet, doch wenn Clarinda zurückkehrte, würde sie ihr ehemaliges Etablissement bestimmt wieder eröffnen wollen.

Gleich darauf legte Morgan eine Hand leicht auf Lizzies Schulter. Es gab kaum etwas, das sie vor ihm geheim halten konnte, er erahnte selbst ihre kleinsten Stimmungsschwankungen.

„Lizzie ist in letzter Zeit ein wenig nervös“, sagte er. „Wegen der bevorstehenden Hochzeit und allem.“

„Also werdet ihr beide Heiligabend nach der Christmette heiraten“, strahlte Zebulon.

„Das ist so romantisch“, seufzte Marietta.

„Dann verraten wir euch jetzt die Neuigkeiten“, fuhr Zebulon fort, nachdem er seiner Frau einen langen, bewundernden Blick zugeworfen hatte. „Clarinda hat beschlossen, nicht nach Indian Rock zurückzukehren. Sie hat uns als feste Verwalter eingesetzt. Wir können mit dem Haus tun und lassen, was wir wollen. Es in ein Krankenhaus oder eine Pension verwandeln. Oder in eine Art Internat.“

Tränen des Glücks brannten in Lizzies Augen.

„Wir müssen etwas tun“, löste Marietta ihren Mann ab. „Um für unseren Lebensunterhalt aufzukommen, meine ich, und wir bekommen einen Zuschuss, wenn wir indianische Kinder aufnehmen. Kinder, die sonst nirgendwohin gehen können.“

„Du hast doch nicht das Gefühl, dass wir … dir in die Quere kommen, Lizzie?“

„In die Quere kommen?“, wiederholte Lizzie verwirrt. „Ich finde die Idee wundervoll.“

Da seufzten Zebulon und Marietta gleichzeitig erleichtert auf.

„Seid ihr dem denn gewachsen?“, fragte Morgan wie immer praktisch. „Kinder bedeuten eine Menge Arbeit.“

Zebulons Augen leuchteten. „Wir hatten nie eigene Kinder, wie ihr wisst, und dabei lieben wir sie so sehr. Mach dir keine Gedanken um uns.“ Er wandte sich an Lizzie, nun wieder mit besorgter Miene. „Das würde auch mehr Schüler für dich bedeuten. Und das Schulgebäude müsste vergrößert werden. Die Kinder sind bisher immer hin und her geschoben worden, sie haben keine Familien, die sich um sie kümmern. Sie könnten vielleicht Unruhe stiften.“

„Nach der Hochzeit braucht Lizzie ihr Privatquartier nicht mehr. Wenn die Stadtverwaltung einverstanden ist, könnte man leicht die Wand einreißen und ein paar weitere Tische hineinstellen“, schlug Morgan vor.

Als es Zeit fürs Abendessen war, folgte Lizzie Marietta in die Küche, um ihr zu helfen.

„Wie ist es eigentlich, hier zu wohnen?“, fragte sie neugierig.

„Am Anfang kamen einige verwirrte Herren hierher“, gestand Marietta mit geröteten Wangen. „Und eine Zeitlang klopfte es immer an die Tür, sobald ein Zug im Bahnhof ankam.“

„Ich hätte nicht fragen sollen“, entschuldigte sich Lizzie: „Es ist normal, sich darüber zu wundern“, beruhigte Marietta sie. „Und der Herr weiß, dass ich mich *genug* gewundert habe. Clarinda und ich sind in einer bescheiden, gottesfürchtigen Familie aufgewachsen. Meine Schwester war immer sehr lebhaft, das stimmt. Aber ich hätte niemals auch nur davon geträumt, dass sie eines Tages ein ... *Bordell* führen würde.“

Um den Braten aus dem Ofen zu holen und vorsichtig auf eine Platte zu legen, hielt Marietta kurz inne. Lizzie nahm eine Schüssel mit flockigem Kartoffelbrei in die Hand. „Die Menschen sind voller Überraschungen."

„Was auch immer sie in der Vergangenheit getan hat, es ist nett von Clarinda, dass sie Zebulon und mich hier wohnen lässt. Der Himmel weiß, was wir sonst hätten tun sollen. Sie hat sogar ein Telegramm an den Gemischtwarenladen geschickt, mit der Aufforderung, uns dort auf ihre Rechnung alles kaufen zu lassen, was wir brauchen."

Als sie alle in dem großen Speisezimmer saßen, sprach Zebulon ein Gebet. Nach dem Amen begannen sie schweigend zu essen. Woodrow blieb im Salon, wo er leise vor sich hin krächzte.

„Es ist fast unvorstellbar", meinte Zebulon nach einer Weile, „dass ein ganzes Jahr vergangen ist, seit wir uns kennengelernt haben."

Morgan warf Lizzie einen Blick von der Seite zu. „Manchen von uns erscheint die Zeit ziemlich lange."

Lizzie stieß ihn mit dem Ellbogen und schenkte Zebulon ein Lächeln. „Wann werden die Kinder ankommen?"

„Gleich nach Neujahr. Zebulon und ich haben bis dahin noch eine Menge zu tun", antwortete Marietta.

„Ich kann versprechen, dass ein ganzer Haufen McKettrick-Frauen euch helfen wird", verkündete Lizzie mit tiefster Überzeugung.

Nach dem Essen kümmerten sich Lizzie und Marietta um den Abwasch, während Zebulon, Morgan und Woodrow im Salon über Politik sprachen.

Als Lizzie und Morgan gingen, schneite es wieder. Doch anstatt zum Schulhaus zu laufen, steuerte Morgan mit ihr zu ihrem eigenen Cottage am Stadtrand.

Zu Lizzies Überraschung waren die Fenster hell erleuchtet und das winzige Vorderzimmer geheizt. Sie besuchten das Haus oft, einzeln oder gemeinsam. Lizzie stellte sich dann immer gerne vor, wie es werden würde, hier mit Morgan zu leben.

Der Holzboden glänzte, der Lackgeruch lag noch immer beißend in der Luft. Zwei Ohrensessel standen vor dem Backsteinkamin, und Spitzenvorhänge, die ihre Stiefmutter und Tanten genäht hatten, zierten die Fenster. Ein von Concepcion geknüpfter Teppich sorgte für Farbe in dem Zimmer.

Verträumt lief Lizzie in die Küche mit dem brandneuen Herd und den gefüllten Regalen. In der Mitte standen ein Tisch und vier Stühle, die ihr Vater selbst gezimmert hatte.

Außerdem gab es ein kleines, modern ausgestattetes Badezimmer und zu beiden Seiten zwei Schlafzimmer – das kleinere leer, das größere mit einer Kommode und einem Schrank möbliert, aber ohne Bett.

„Wo werden wir schlafen?“, fragte Lizzie.

Morgan zog sie lachend an sich und küsste sie auf die Nasenspitze. „Ich habe nicht vor, viel zu schlafen. Jedenfalls nicht in unserer Hochzeitsnacht.“

Vor Vorfreude und Verlegenheit brannten Lizzies Wangen. „Im Ernst“, sagte sie. „Wir brauchen ein Bett. Sollten wir nicht eines im Laden bestellen?“

Noch immer hielt Morgan sie fest – und noch fester. „Hör auf, dir Gedanken zu machen. Alles ist doch bisher immer gut geworden, oder nicht? Sieh dir Zebulon und Marietta an, John Brennan … und uns.“

Ganz und gar zufrieden, hier zu sein, gehalten von seinen starken Armen, lehnte Lizzie sich an ihn. Tatsächlich war alles gut geworden – die Halifax’ lebten glücklich auf Triple M, Ellen und Jack besuchten Chloes Schule, weil die Ranch weit von der Stadt entfernt lag. Whitley hatte vor Kurzem geschrieben, dass er auf einer Feier nach einem Poloturnier eine Frau kennengelernt habe und heiraten wolle. Morgans Praxis florierte, auch wenn er so gut wie nichts verdiente, und Lizzie liebte ihre Arbeit als Lehrerin.

„Denkst du jemals an Mr. Christian?“, fragte sie.

„Manchmal. Vor allem jetzt, wo Weihnachten vor der Tür steht. Meistens aber, Lizzie McKettrick, denke ich an dich.“

Um in sein Gesicht zu sehen, neigte sie den Kopf. „Ich liebe dich, Dr. Shane.“

Er küsste sie mit leidenschaftlicher Zärtlichkeit, dann zwang er sich, einen Schritt zurückzutreten. Sie hatten zwar miteinander geschlafen, aber bisher noch nie in dem Cottage. Das wollten sie sich aufheben.

„Und ich liebe dich“, erwiderte er, nachdem er wieder zu Atem gekommen war. „Stört es dich, meinen Namen anzunehmen, Lizzie? Du wirst nach unserer Hochzeit keine McKettrick mehr sein.“

„Ich werde *immer* eine McKettrick sein“, erklärte ihm Lizzie. „Egal, welchen Namen ich trage. Und außerdem werde ich deine Frau sein. Lizzie Shane.“

Seine Augen leuchteten, und als er sprach, klang seine Stimme rau. „Du bist das Beste, was mir je passiert ist. Ich hätte niemals geglaubt …“

„Still“, bat sie. „Hör auf zu reden und küss mich noch einmal.“

Das Haupthaus auf der Ranch schien am Weihnachtsmorgen aus allen Nähten zu platzen. Lizzie stand gehorsam in ihrem prächtigen Hochzeitskleid auf einem Melkschemel in Angus' und Concepcions Schlafzimmer. Lorelei und ihre Tanten Emmeline, Mandy und Chloe steckten Säume ab, nähten und schwatzten.

Katie, die elfjährige Tochter, die Angus und Concepcion noch sehr spät bekommen hatten, saß auf dem Bett ihrer Eltern und verfolgte das Geschehen mit großen Augen. Mit dem dunklen Haar und den dunkelblauen Augen war sie ein außerordentlich schönes Kind, was sie allerdings noch nicht wusste.

„Wenn ich heirate", sagte sie, während ihr Blick über Lizzies Kleid wanderte, „werde *ich* meinen Namen nicht ändern. Ich werde Katie McKettrick heißen, für immer und ewig, egal, was geschieht."

„Es wird noch eine Weile dauern, bis du heiratest", meinte Chloe. Sie war selbst eine Schönheit mit ihrem rotbraunen Haar und den glänzenden, klugen Augen. Chloe unterrichtete in der kleinen Schule, die Jeb ihr als Hochzeitsgeschenk gebaut hatte und die alle Kinder auf der Ranch und in der Umgebung besuchten. „Aber bis dahin hast du vielleicht deine Meinung geändert und wirst den Namen deines Mannes doch annehmen."

Eigensinnig verschränkte Katie die Arme. „Nein, werde ich nicht."

„Du bist genau wie dein Vater", bemerkte Concepcion, die gerade ins Zimmer gekommen war. Hastig schloss sie die Tür hinter sich, damit keiner der Männer einen Blick auf die Braut erhaschen konnte. „Katie, Katie, immer musst du widersprechen."

Lizzie lächelte. „Du wirst eine wunderschöne Braut sein."

Da strahlte Katie. „Du siehst so hübsch aus. Wie eine Märchenkönigin."

Irgendwann waren die Arbeiten beendet, und Lizzie konnte hinter den Wandschirm treten und das kostbare Kleid ausziehen. Sie schlüpfte in ein hellblaues Wollkleid mit ordentlichen schwarzen Paspeln und einem so hohen Kragen, dass er ihr Kinn kitzelte.

Als sie wieder hinter dem Wandschirm hervortrat, stellte sie überrascht fest, dass Concepcion, Lorelei und die Tanten verschwunden waren. Nur Katie war noch da.

Lizzie setzte sich neben sie aufs Bett und legte einen Arm um ihre Schulter. Katie war zwar viel jünger, aber Lizzies Tante und die Halbschwester von Holt, Rafe, Jeb und Kade.

„Na schön", sagte Lizzie sanft. „Was hast du, Katie-did?"

Tränen schimmerten in den Augen des Mädchens. „Du heiratest", schluchzte sie. „Und dann wird alles anders sein."

„Nicht sehr anders", antwortete Lizzie. „Ich bleibe deine Nichte."

Darüber musste Katie kichern, dann aber schniefte sie. „Ich habe dich so vermisst, als du nach San Francisco gegangen bist."

Lizzie umarmte sie. „Und ich habe dich vermisst. Aber jetzt bin ich zu Hause, und ich gehe nicht mehr weg."

„Aber du *heiratest*!", wiederholte Katie störrisch. „Du wirst dann Lizzie Shane und nicht mehr Lizzie McKettrick sein. Wenn Morgan nun feststellt, dass er nicht gern in Indian Rock lebt und mit dir weit weggeht?"

„Das wird nicht geschehen", versicherte Lizzie.

„Wie kannst du dir da so sicher sein? Wenn eine Frau heiratet, hat von dem Moment an der Mann das Sagen. Dann musst du tun, was er will."

„Woher hast du nur solche Ideen, Katie McKettrick? Tut deine Mum etwa, was dein Dad sagt? Und gehorcht irgendeine deiner Schwägerinnen vielleicht deinen Brüdern?"

Plötzlich leuchtete Katies Gesicht auf. „Nein", sagte sie.

„Morgan und ich haben über alles gesprochen, Katie. Wir werden in Indian Rock bleiben, für immer. Er wird seine Praxis führen, und ich arbeite als Lehrerin."

„Werdet ihr Kinder haben?"

Bei dieser Frage zuckte Lizzie ein wenig zusammen. Sie hatte heute Morgen aus einem völlig alltäglichen Grund in den Kalender geschaut und dabei etwas sehr Wichtiges festgestellt. „Das hoffe ich doch sehr", antwortete sie vorsichtig.

„Die kleinen Kinder glauben, dass der Weihnachtsmann Heiligabend kommt", murmelte Katie und umarmte Lizzie ganz fest. „Aber ich bin jetzt groß, und ich weiß, dass in Wahrheit Mum meinen Strumpf füllt und die Geschenke unter den Weihnachtsbaum legt."

„Ach ja, weißt du das?" Lizzie dachte an Nicholas Christian – Mr. Christmas, wie Ellen und Jack Halifax ihn genannt hatten.

„Du bist erwachsen", sagte Katie. „Du glaubst nicht an den Weihnachtsmann."

„Vielleicht nicht direkt", entgegnete Lizzie. „Aber auf jeden Fall glaube ich an Wunder."

„Was für Wunder?", wollte Katie wissen. Trotz ihres jungen Alters war sie außerordentlich misstrauisch.

„Ich denke zum einen, dass Engel auf die Erde kommen, als normale Menschen verkleidet."

„Warum sollten sie das tun?"

„Vielleicht, um uns zu helfen, stark zu bleiben, wenn uns der Mut fehlt."

„Hat dir jemals der Mut gefehlt, Lizzie?"

„Ja", sagte Lizzie. „Letzte Weihachten, als Morgan und ich und all die anderen mit dem Zug in den Bergen steckengeblieben sind. Da habe ich mich schon gefragt, ob ich jemals wieder nach Hause komme. Ich habe mich zwar nicht unterkriegen lassen, hatte aber wirklich Angst."

„Du wusstest doch, dass Dad, Holt, Rafe, Kade und Jeb dich retten würden", behauptete Katie.

Lizzie nickte.

„Warum hattest du dann Angst?"

„Es war kalt, einige der Mitreisenden waren krank oder verletzt, und ich war so weit weg von euch allen. Außerdem waren wir unter einer Lawine vergraben."

„Und dann kam ein Engel? Hatte er Flügel?"

Lizzie lachte. „Keine Flügel. Nur einen einfachen Koffer und einen Flakon mit Whiskey. Aber er ist hinaus in den

Schneesturm gelaufen und kam mit einem Weihnachtsbaum zurück."

Ganz offensichtlich enttäuscht krauste Katie die Nase. „Von so einem Engel habe ich noch nie gehört. Engel können doch fliegen, sie haben Flügel und einen Heiligenschein ..."

„Manchmal aber tragen sie stattdessen auch eine Melone und Übermäntel", sagte Lizzie. „Ich weiß, dass ich einen Engel getroffen habe, Katie, einen echten, lebendigen Engel. Das wirst du mir nicht ausreden."

„Aber woher *wusstest* du es?", wunderte sich Katie, gegen ihren Willen fasziniert. „Dass er ein Engel war, meine ich."

Obwohl sie allein im Zimmer waren, schaute Lizzie sich noch einmal um. „Er ist verschwunden", erklärte sie. „Ich habe letztes Jahr mit ihm gesprochen, ungefähr um diese Zeit herum auf dem Schulhof in der Stadt. Ich habe mich nur einen kurzen Moment umgedreht, und als ich zurückschaute, war er weg."

Katies erstaunte Augen wurden noch größer. „Veräppelst du mich, Lizzie? Ich bin nämlich kein kleines Kind mehr."

„Ich sage die Wahrheit." Lizzie hob eine Hand zum Schwur. „Und weißt du was? Er hat keine Fußspuren im Schnee hinterlassen. Meine waren zu sehen und Morgans auch, aber bei Mr. Christmas schien es so, als wäre er nie da gewesen."

Lizzie drückte ihre junge Tante an sich. „Was ich damit sagen will, Katie-did, ist Folgendes: Es ist wichtig, an etwas zu glauben, auch wenn man erwachsen ist."

„Ich glaube trotzdem nicht an den Weihnachtsmann", beharrte Katie standhaft.

In diesem Moment klopfte es. Concepcion steckte den Kopf zu ihnen ins Zimmer. „Wir werden bald in die Stadt aufbrechen. Angus sagt, so wie der Schnee fällt, wird es sehr wahrscheinlich wieder einen Weihnachtsschneesturm geben."

10. KAPITEL

Der Wind ließ die Wände und Fenster der kleinen Kirche wackeln. Als Holt McKettrick darauf wartete, seine Tochter nach der Christmette zum Altar zu führen, dachte er über Wunder nach. Ein Jahr zuvor hätte er Lizzie beinahe für immer verloren. Doch nun stand sie hier an seiner Seite, fast unerträglich schön in ihrem Hochzeitskleid.

Sein kleines Mädchen würde heiraten.

Heiraten.

Mit zwölf Jahren war sie zu ihm gekommen, um bei ihm zu leben – davor hatte er nicht einmal etwas von ihrer Existenz gewusst. Einen Moment sehnte er sich unendlich nach diesen für ihn verlorenen Jahren – er hatte nicht miterlebt, wie Lizzie laufen und sprechen gelernt hatte. Nie war sie mit aufgeschlagenen Knien, Enttäuschungen und Kleinmädchengeheimnissen zu ihm gekommen.

Aber wenn er etwas im Leben gelernt hatte, dann, dass es keinen Sinn hatte, Vergangenes zu bereuen. Die *Gegenwart* zählte.

Die Kinder zappelten auf den Bänken – schließlich war Heiligabend, und sie hatten schon den Gottesdienst durchgestanden. Eine kleine Stimme erhob sich.

„Ist es jetzt vorbei?“

Doss, sein jüngster Sohn.

Die Hochzeitsgäste lachten, und Holt entspannte sich ein wenig, als sein Blick auf Lorelei fiel. Sie schenkte ihm ein Lächeln und nickte leicht.

Holt nickte zurück. Ich liebe dich, erklärte er ihr stumm.

Wieder nickte sie.

Holt richtete seine Aufmerksamkeit auf den Bräutigam. Er stand hoch aufgerichtet und mit leuchtenden Augen vor dem Altar. Er war der *richtige* Mann für Lizzie, davon war Holt überzeugt. Seiner Meinung nach überstürzten die beiden die Dinge zwar etwas, aber falls Morgan sich als ein anderer Mann herausstellen sollte als gedacht, dann würde er Holt kennenlernen.

Lorelei hatte ihn daran erinnert, dass die beiden jung und verliebt waren, als er seinen Verdacht äußerte, dass die Braut und der Bräutigam schon für die Hochzeitsnacht geübt hätten.

Als er an Loreleis Lächeln dachte, wurde ihm warm ums Herz. „Weißt du noch, wie das bei uns war?“, hatte sie ihn gefragt. Tatsächlich hatte sich in dieser Hinsicht nicht viel geändert. Wegen der Kinder konnten sie zwar nicht mehr ganz so spontan sein wie früher, doch die Leidenschaft zwischen ihnen hatte nie nachgelassen.

Der Organist schlug die erste Note des Hochzeitsmarsches an.

„Fertig?“, fragte Holt ein wenig barsch, weil er einen Kloß im Hals hatte, der etwa so groß wie Texas war.

„Fertig“, versicherte Lizzie ihm behutsam und drückte seinen Arm. „Ich hab dich lieb, Papa.“

Tränen traten in Holts Augen. „Ich dich auch Lizzie-bet.“

Und dann gingen sie den Gang entlang zum Altar, wo Morgan und Pastor Reynolds auf sie warteten. Die Menschenmenge um Holt herum verschwamm, er fragte sich, ob Lizzie auch spürte, dass sie aus einer alten Welt in eine brandneue traten. Nach heute Abend würde nichts mehr so sein, wie es mal war.

Sie ist so was von schön, dachte Morgan, als er Lizzie am Arm ihres Vaters langsam in ihrem handgenähten Hochzeitskleid auf sich zukommen sah. In jedem Stich und jeder Falte und jeder winzigen Perle an dem Mieder steckte Liebe. Obwohl er eher praktisch veranlagt war, wusste er in diesem Moment, dass er und Lizzie eine Tochter haben würden, die dieses Kleid eines Tages tragen würde. Wenn dieser Tag kam, würde er auch wissen, wie Holt sich fühlte. Im Moment konnte er es nur ahnen.

Endlich stand Lizzie neben ihm.

Sein Kopf fühlte sich leicht an, er drückte die Knie durch. Verdammt, hatte er ein Glück. Mehr Glück, als er sich jemals erträumt hatte.

„Wer übergibt dieses Weib an diesen Mann?“, fragte der Pastor mit erhobener Stimme, um den vor der Tür tobenden Schneesturm zu übertönen.

„Lorelei und ich“, antwortete Holt feierlich. Er küsste Lizzie auf den Kopf und trat zurück, um sich neben Lorelei, Angus und Concepcion zu setzen.

Früher am Abend hatte Angus Morgan darüber in Kenntnis gesetzt, dass er etwas erleben könne, wenn er Lizzie jemals wehtäte.

Die heiligen Worte wurden gesprochen, das Ehegelübde abgegeben, dann erklärte der Pastor Lizzie und Morgan zu Mann und Frau.

„Sie dürfen die Braut jetzt küssen“, sagte er.

Morgans Hände zitterten ein wenig – die Hände, mit denen er so sicher das Skalpell führen oder eine Wunde verarzten konnte. Er hob Lizzies Schleier und sah voller Bewunderung in ihr Gesicht. Sie glühte vor Glück.

Sein Kuss war nicht so leidenschaftlich, wie er es später am Abend vorhatte, wenn sie allein in ihrem Cottage waren, sondern ehrfürchtig. Ein heiliger Schauer durchfuhr beide, als ob ihre Ehe nicht nur auf der Erde, sondern auch im Himmel geschlossen würde, für immer und ewig.

Die Orgel brauste wieder auf, ein fröhliches, triumphales Lied erklang, und darüber hinweg schrie eine Kinderstimme: „Es ist vorbei!“

Und obwohl Morgan mit den anderen lachte, dachte er: *Es ist nicht vorbei. Oh, nein. Das ist erst der Anfang.*

Der Empfang fand in der Lobby des Arizona Hotels statt, wo ein gigantischer Weihnachtsbaum über die Gästeschar aufragte, geschmückt mit Lametta und schimmernden Glaskugeln. Darunter häuften sich die Geschenke. Lizzies Großvater hatte sie auf seinen Schlitten geladen und in die Stadt gebracht. Die meisten McKettricks wollten im Hotel übernachten. Einige verbrachten die Nacht bei dem Ehepaar Thaddings.

Lizzie, der schwindlig war vor Glück, aß von dem Kuchen und posierte für den Fotografen, Morgan immer an ihrer Seite. Es gab Unmengen von Hochzeitsgeschenken: selbstgenähte Quilts, bestickte Geschirrtücher und Kopfkissen. Sie wurde umarmt, geküsst und geherzt.

Eine Musikkapelle spielte, und sie tanzte zuerst mit ihrem Vater, dann mit ihrem Großvater und schließlich mit Morgan. Als es endlich an der Zeit war zu gehen, war Lizzie zugleich erleichtert und nervös. Jetzt war sie Morgans Frau. Und sie hatte ein Geschenk für ihn, das man nicht in hübsches Papier einwickeln und mit einem glitzernden Band zubinden konnte.

Wie würde er wohl reagieren?

Ein Pferdeschlitten wartete bereits auf der verschneiten Straße auf Braut und Bräutigam. Lizzie ließ ihren Schleier in Loreleis Obhut zurück, dann bestieg sie den Schlitten, wo Morgan sie sofort in eine dicke Decke einwickelte und an sich drückte. Als sie durch die wirbelnden Schneeflocken nach vorn blickte, entdeckte sie eine Gestalt gebückt an den Zügeln sitzen und überlegte, um welchen ihrer Onkel es sich wohl handelte.

Der Schlitten trug sie durch die Nacht.

Aus den Fenstern des Cottages fiel goldenes Licht in die stürmische Nacht. Morgan half Lizzie vom Schlitten und trug sie zur Eingangstür. Als sie über die Schulter ihres frischgebackenen Ehemanns sah, erhaschte sie einen kurzen Blick auf den Fahrer, der seinen Hut lüftete, und erkannte Mr. Christian. Sie wollte ihm etwas zurufen, doch der Sturm wurde immer lauter, und schon verschwanden Pferde, Schlitten und Fahrer in einem riesigen Wirbel aus Schneeflocken.

Morgan trug sie über die Schwelle.

Irgendjemand hatte den kleinen Weihnachtsbaum geschmückt und auf einen Tisch vor das Fenster gestellt. Lizzie warf ihn beinahe um, als sie dorthin stürzte, um ihren Engel noch einmal zu sehen.

Der Wind hatte sich gelegt, dicke, weiche Schneeflocken fielen langsam vom Himmel und bedeckten friedvoll die Straßen.

„Lizzie, was ist los?“ Morgan nahm sie von hinten in die Arme und zog sie an sich.

„Ich dachte, ich hätte …“

„Was?“

Seufzend drehte sie sich zu ihm um. „Ich dachte, ich hätte einen Engel gesehen.“

Morgan küsste sie lächelnd auf die Stirn. „Es ist Heiligabend. Da könnten durchaus ein oder zwei Engel in der Nähe sein.“

Wenn sie diesen Mann auch nur noch ein kleines bisschen mehr lieben würde, würde sie platzen. Sie lächelte. „Ich habe ein Weihnachtsgeschenk für dich, Morgan“, sagte sie sehr leise.

Er sah zu den Päckchen unter dem kleinen Christbaum und hob fragend eine Augenbraue.

Lizzie nahm seine Hand und legte sie zart auf ihren Bauch. „Ein Kind“, flüsterte sie. „Wir bekommen ein Kind.“

Überrascht und entzückt starrte er sie an. „Wann, Lizzie?“

„Im Juli, denke ich“, entgegnete sie ein wenig schüchtern – und sehr erleichtert. Sie war sich überhaupt nicht ganz sicher gewesen, ob Morgan sich freuen würde, da sie gerade erst geheiratet hatten und sich gemeinsam eine Zukunft aufbauen wollten.

Morgan öffnete vorsichtig die Schnüre ihres Mantels und schob ihn von ihren Schultern. „Im Juli“, wiederholte er.

„Es wird Gerede geben“, warnte sie ihn. „Immerhin bin ich hier die Schulmeisterin.“

„Du weißt doch, was man sagt. Das erste Kind kann jederzeit kommen, die anderen brauchen neun Monate“, erwiderte er lachend.

Lizzie war viel zu glücklich, um sich über mögliches Gerede Gedanken zu machen. Sie war nicht die erste schwangere Braut in Indian Rock oder in der McKettrick-Familie und würde auch nicht die letzte sein. „Dann freust du dich also wirklich?“ Sie musste einfach fragen. „Würdest du nicht lieber etwas mehr Zeit haben?“

„Das würde nichts ändern, Lizzie. Überhaupt nichts.“

„Ich liebe dich so sehr, dass es mir Angst macht, Dr. Morgan Shane.“

Er küsste sie zart, so wie zuvor am Altar, als der Pfarrer sie zu Mann und Frau erklärt hatte. „Und ich liebe dich, Mrs. Shane.“

Lachend betrachtete sie die kleinen Päckchen unter dem Baum. „Warst du das?“, fragte sie.

Morgan schüttelte den Kopf. „Ich dachte, du wärst das gewesen.“

„Dann müssen es Lorelei oder eine der Tanten gewesen sein“, sagte Lizzie erfreut. Sie nahm ein Geschenk hoch und sah die Handschrift ihrer Schwiegermutter. „Für Morgan“, stand auf dem Schild. „Mach auf“, drängte sie ihn.

Morgans Miene machte ihr unmissverständlich klar, dass er andere Dinge im Sinn hatte, als Weihnachtsgeschenke zu öffnen. Trotzdem wickelte er das Päckchen aus, in dem eine wunderschöne Spielzeugeisenbahn aus schimmerndem schwarzem Metall lag – eine Erinnerung daran, wie er und Lizzie sich kennengelernt hatten.

Er lächelte. „Und jetzt du", sagte er.

Lizzie nahm das zweite Päckchen, öffnete die Schleife und riss vorsichtig das glänzende Papier auf. Lorelei hatte ein Taufkleidchen aus Spitze und ein winziges passendes Häubchen genäht.

„Sie *wissen* es", staunte Lizzie.

„Vielleicht war es einfach zu offensichtlich", grinste Morgan.

Lizzies Wangen wurden heiß.

„Lizzie", sagte ihr frisch angetrauter Ehemann. „Holt und Lorelei sind nun wirklich nicht gerade alt und gebrechlich. Und sie lieben einander, schon vergessen?"

„Ich würde gern dieses Kleid ausziehen."

Seine Augen glühten. „Tu das", erwiderte er heiser. „Und ich mach uns ein kleines Feuer."

Lizzie lief zum Schlafzimmer und erstarrte. „Morgan!", rief sie.

Er kam zu ihr.

Ein wunderschönes Bett stand in der Mitte, in das Kopfteil war eine große Eiche geschnitzt, die ihre Äste über einen kleinen Bach streckte. Vögel segelten über den wolkengetupften Himmel. In den Stamm des Baumes waren ihre Namen in ein Herz geritzt. „Lizzie + Morgan".

Das war das Hochzeitsgeschenk ihres Vaters. Und es war mehr als nur ein Möbelstück, mehr als ein Erbstück, das über Generationen hinweg weitergegeben werden würde. Es war sein *Segen* für ihre Liebe und ihre Ehe.

„Lizzie McKettrick Shane", sagte Morgan, der sich vorbeugte, um sie auf den Hals zu küssen. „Du kommst wirklich aus einer besonderen Familie."

Sie nickte, strich mit den Fingerspitzen über die feine Holzarbeit und bestaunte all die Zeit und Liebe, die ihr Vater in diese Arbeit gesteckt haben musste. „Und du bist nun ein Teil davon“, erklärte sie Morgan. „Du und unser Kind und all die anderen Kinder, die wir später noch haben werden.“

Als er sich gegen den Türbogen lehnte, sah er so gut in seinem neuen Anzug aus, dass Lizzie diesen Augenblick fest und für alle Zeiten in ihrem Gedächtnis speicherte. *Ihr Ehemann.* Selbst wenn sie eine uralte Frau war, mit knirschenden Knochen und runzlig, würde sie sich noch genau daran erinnern, wie er an diesem Abend ausgesehen hatte.

„Ich kümmere mich ums Feuer“, sagte er nach langem Schweigen.

Mit einem Mal unsicher, nickte Lizzie und wartete, bis Morgan gegangen war. Dann nahm sie ein Nachthemd aus Spitze aus der Truhe und zog sich um. Behutsam legte sie ihr Hochzeitskleid zusammen und legte es in eine speziell dafür vorgesehene Schachtel. Zuletzt ließ sie ihr Haar herunter und bürstete es vor dem Spiegel, bis es glänzte.

Morgan hatte sie noch nie mit offenem Haar gesehen.

Wärme breitete sich in dem Cottage aus, und nach und nach erlöschten die Lichter im Wohnzimmer. Lizzie wartete mit rasendem Herzen.

Endlich erschien Morgan wieder im Türrahmen. Der tiefe Schnee vor der Tür dämpfte alle Geräusche. Es war, als ob sie an diesem Heiligabend allein auf der Welt wären, zwei Wanderer, die nach einer langen, beschwerlichen Reise den Weg zueinander gefunden hatten.

Sie glitt in seine Umarmung. Beide hatten sich darauf gefreut, sich in ihrer Hochzeitsnacht zu lieben. Jetzt aber warteten sie und genossen jede Nuance ihres Zusammenseins.

Morgan strich durch Lizzies Haar. „Denk nur“, murmelte er leise, „dass ich letzte Weihnachten beinahe gar nicht in den Zug gestiegen wäre.“

„Nicht denken", neckte sie ihn. Dasselbe hatte er im Zug zu ihr gesagt.

Er küsste sie mit verhaltener Leidenschaft. Lust rauschte durch Lizzies Körper, aber sie war bereit zu warten. Es gab keinen Grund zur Eile, sie und Morgan waren jetzt schließlich verheiratet. In den Tagen, Wochen, Monaten und Jahren, die vor ihnen lagen, würden sie unzählige Male miteinander schlafen.

Sie hatten bereits ein Kind gezeugt, und Lizzie wusste, welche Wonnen auf sie warteten. Doch die heutige Nacht war eine besondere. Zum ersten Mal liebten sie sich als Mann und Frau.

Ihr stockte der Atem, als Morgan sie streichelte, sie überall da berührte, wo sie so gern berührt wurde, wo sie es *brauchte*, berührt zu werden. Sie gab sich ihm hin, ganz und gar, voller Freude, mit kleinen Seufzern und klagenden Lauten, während er sie liebkoste, so langsam und so gekonnt, dass Lizzie wünschte, die Nacht würde nie zu Ende gehen.

In diesem Bett mit dem herrlichen Baum auf dem Kopfteil starb sie und wurde neu geboren, eine neue Frau, noch stärker als zuvor. Sie rang nach Luft und wimmerte und schluchzte Morgans Namen und klammerte sich an ihn.

Stunden gingen vorüber, bis sie erschöpft einschliefen, Arme und Beine ineinander verschlungen.

Lizzie erwachte zuerst im kalten Licht eines klaren Weihnachtsmorgens. Das Feuer war in der Nacht ausgegangen, doch ihr war warm, durch und durch. Sie schmiegte sich unter den schweren Quilts noch enger an Morgan.

Er öffnete die Augen. „Ich mache besser wieder Feuer", brummte er verschlafen.

„Noch nicht", wisperte Lizzie.

„Wir werden erfrieren", sagte er.

Doch Lizzie schüttelte lachend den Kopf. „Das denke ich

kaum.“ Sie knabberte verführerisch an seinem Hals.

„Habe ich etwa ein lüsternes Weib geheiratet?“

„Ganz sicher.“ Lizzie strahlte. „Und du dachtest, ich wäre einfach nur eine Schulmeisterin.“

Morgan lachte, ein wunderschönes Lachen, und in der Ferne hörte Lizzie die Weihnachtsglocken läuten.

– ENDE –

Linda Lael Miller
Montana Creeds 1:
Das Herz aller Dinge

Band-Nr. 25452
8,95 € (D)
ISBN: 978-3-89941-739-5
384 Seiten

Linda Lael Miller
Montana Creeds 2:
Soweit die Sehnsucht trägt

Band-Nr. 25458
8,95 € (D)
ISBN: 978-3-89941-749-4
368 Seiten

Linda Lael Miller
Montana Creeds 3:
Heiß wie der Sommer

Band-Nr. 25467
8,95 € (D)
ISBN: 978-3-89941-760-9
368 Seiten

Suzanne Brockmann
Operation Heartbreaker 6: Crash – Zwischen Liebe und Gefahr
Band-Nr. 25487
7,95 € (D)
ISBN: 978-3-89941-794-4
304 Seiten

Julia Quinn
Mitternachtsdiamanten
Band-Nr. 25488
7,95 € (D)
ISBN: 978-3-89941-795-1
368 Seiten

Debbie Macomber
Drei, die der Himmel schickt
Band-Nr. 25480
7,95 € (D)
ISBN: 978-3-89941-786-9
320 Seiten

Nora Roberts u. a.
Winterzauber
Band-Nr. 20015
9,95 € (D)
ISBN: 978-3-89941-790-6
496 Seiten

Der Preis dieses Bandes versteht sich einschließlich
der gesetzlichen Mehrwertsteuer.

Umwelthinweis:
Dieses Buch wurde auf chlor- und säurefreiem Papier gedruckt.

MIRA®